KB178734

취춘리 장편소설

小說 공자

1

하늘이 무슨 말을 한다더냐!

임홍빈 옮김

지성문화사

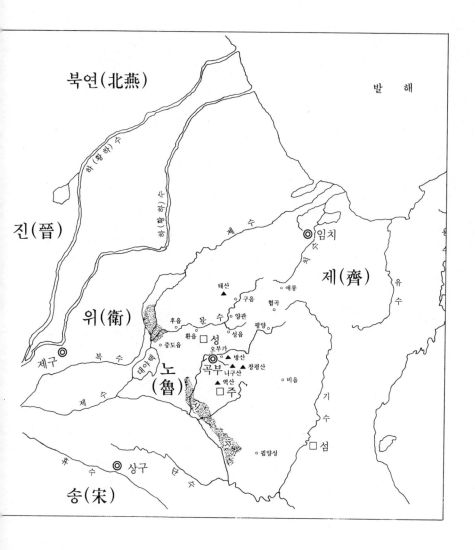

북연(北燕)

발해

진(晉)

제수

임치

제(齊)

위(衛)

태산
구읍
애릉
협곡
양관
평양
후읍 문수
환읍 성 성읍
중도읍
오부가 방산
곡부 창평산
니구산
역산
주
비읍

노
(魯)

유수

기수

섬

필양성

후수 상구 단수

송(宋)

제구
복수
제수

차 례

1
니구산에서 얻은 아들

주(周)나라의 왕실이 쇠약해지자 전국에 할거한 제후(諸侯)들 사이에는 해를 거듭하여 전쟁이 그칠 날이 없었다.

노(魯)나라의 양공(襄公)은 대장 맹손멸(孟孫蔑)에게 전투용 수레 3백승(乘)을 주고, 송(宋)나라에게 빼앗긴 픱양성(逼陽城)을 탈환하라는 명령을 내렸다.

정벌군이 출동하자, 큰길에는 전투용 수레가 먼지 구름을 뽀얗게 일으키며 치닫고 바람결에 펄럭이는 깃발이 하늘을 뒤덮었다.

이윽고 3백대의 전차가 픱양성 아래 집결하여 공격 대형으로 늘어섰다. 그러나 맹손멸은 공격 명령을 내리지 않았다. 맹손멸은 이맛살을 잔뜩 찌푸린 채 지휘용 수레 위에 우뚝 서서 앞쪽만을 뚫어지게 바라보고 있었다.

뜻밖에도 성문은 활짝 열려 있었고, 성벽 위 아래에는 사람 그림자라곤 하나도 얼씬거리지 않았던 것이다.

평소 용맹하기로 이름난 맹손멸도 이런 상식을 벗어난 상황 앞에서는 오히려 결단을 내리지 못하고 있었다.

'웬일일까? 혹시 송나라 군사들이 공성계(空城計)를 쓰는 것은 아닐까? ……'

그는 두세번 거듭 생각해 보았으나 결정을 내릴 수가 없었다.

시간은 자꾸 흘렀다. 투지가 펄펄 끓어오르는 병사들은 그의 공격 명령 한마디를 기다리다 지쳐 여기저기서 왁자지껄 고함을 지르기 시작했다.

"어서 명령을 내려 주십쇼!"

"우리를 내보내 주십쇼! 팔뚝이 근질거려 못 견디겠습니다!"

"장군님! ……."

그러나 외쳐대는 병사들의 고함 소리는 그의 심기를 더욱 어지럽히고, 그럴수록 결단을 내리기는 더욱 어려웠다.

맹손멸은 조급하게 손바닥을 비비더니, 이내 발을 굴렀다. 그리고 허리춤의 보검을 뽑아 높이 쳐들고 힘껏 휘둘렀다.

"돌격하라!"

공격 명령이 떨어지기 무섭게, 선두 전차 20여대가 급히 치달아 나가기 시작했다. 수레 위 좌우 갑사가 말고삐를 모두 풀어내고, 가운데 자리잡은 지휘관 갑사는 긴 창을 앞으로 겨눈 채 호령했다.

"돌진하라!"

그 뒤로 보병들이 칼과 방패를 갈라 잡고 천지가 뒤흔들리도록 함성을 지르면서 달려나갔다.

선두 전차 8대가 성문 안에 뛰어들었을 무렵 갑자기 문루(門樓) 위에서 우렁찬 함성이 크게 울리더니, 수직 갑문(閘門) 한 짝이 우르릉! 소리를 내면서 떨어져 내리는 것이 아닌가! 그것은 통나무로 엮어 만든 격자틀 문짝이라, 무게만도 1천 근이나 되는 것이었다.

너무나도 급작스런 일에 노나라 군사들은 그만 아연 실색하여 어쩔 줄을 몰랐다.

바로 그 위기 일발의 순간, 아홉번째로 돌입하던 전차 위에서 몸집이 우람한 갑사 한 명이 훌쩍 뛰어내리더니, 양 다리로 땅바닥을 굳게 디딘 채 두 팔을 번쩍 쳐들어 이제 막 떨어져 내리는 갑문을 힘껏 떠받쳐 들었다.

"성 안에 매복이 있다. 속히 물러나라!"

벼락 같은 그의 고함 소리에, 앞서 돌입했던 전차대와 군사들이 정신을 가다듬고 황급히 방향을 돌려 갑문 사이로 빠져 나왔다.

"콰당!"

천지가 진동하는 굉음과 더불어, 육중한 갑문이 흙먼지를 일으키며 땅에 떨어졌다. 문짝을 떠받치고 있던 갑사도 어느 틈엔가 몸을 빼어 성밖으로 빠져 나오고 있었다. 자욱한 먼지 구름이 걷히자, 뭇 장병들의 눈길은 그 사람에게로 쏠렸다.

그는 싸움 잘하기로 이름난 숙량흘(叔梁紇)이었다.

뒤미처 맹손멸의 고함 소리가 울렸다.

"전군 퇴각! 후대는 선두로 방향을 돌려라."

후퇴 명령은 적절하게 때를 맞추었다. 전차대가 재빨리 방향을 틀어 안전한 곳까지 물러났을 때, 핍양성 문루에서 고함 소리가 들려왔다.

"활을 쏘아라!"

성벽 위에 숨어 있던 송나라 병사들이 숲처럼 일어나더니, 삽시간에 수만대의 화살비를 쏟아댔다. 그러나 이미, 맹손멸의 부대는 바람같이 사정 거리 바깥으로 물러난 뒤여서, 우박처럼 날아간 화살비는 모조리 노나라 군사들의 등 뒤 멀찌감치 떨어진 땅바닥에 꽂히고 있었다.

전열을 다시 정비하고 전군이 한숨 돌리고 있을 때, 죽음의 문턱에서 구출된 병사들은 뜨거운 눈물을 머금고 앞다투어 숙량흘을 껴안았다.

맹손멸도 지휘용 수레에서 뛰어내려 앞으로 달려와서 숙량흘의 어깨를 두드려 주었다.

"잘했네, 참말 잘했어! 자네 덕분에 큰 손실을 모면할 수 있었네. 내 돌아가거든 주공께 아뢰어 무거운 포상을 내리도록 하겠네."

맹손멸의 목소리는 감격에 벅찬 나머지, 모래 섞인 듯 갈라져 나왔다.

맹손멸이 대군을 이끌고 노나라 도성으로 돌아오자, 성 안의 백성들은 길거리로 뛰어나와 그들을 맞았다.

숙량흘의 소문은 삽시간에 온 도성 안에 퍼졌다. 백성들은 구름같이 숙량흘을 에워싸고 입에 침이 마르도록 칭찬했다.

장병들은 연무장에서 해산식을 가졌다. 숙량흘도 집으로 돌아갔다. 노나라 군을 위해 혁혁한 공로를 세운 끝이라 그의 발걸음에는 신바람이 절로 났다.

그러나 집 문턱을 넘어서자마자, 들떠 있던 그의 기분은 일락천장 (一落千丈)으로 곤두박질치는 듯했다. 대문 앞에 마중 나온 자식들이 하나같이 딸이었기 때문이었다.

숙량흘은 일찍이 명문 규수 시씨(施氏)를 아내로 맞아들였다. 시씨는 아홉 자식을 낳았는데, 모조리 딸이었다. 무엇으로도 바꾸지 못할 이 현실은 숙량흘에게 이루 말할 수 없는 번민을 안겨 주었다.

'딸자식은 제사를 받들지 못하는 법, 대를 이을 아들이 없으니 조상을 무슨 낯으로 뵙는단 말인가.'

저녁 식탁에 앉아서도 숙량흘은 좀처럼 수저를 들 생각을 않고, 맞은편에 나란히 선 아홉 딸을 물끄러미 바라보기만 했다. 그렇다고 숙량흘이 딸들을 미워하는 것은 결코 아니었다. 몹시 사랑하는 딸들이었다. 다만 조상님께서 내려 주신 가문을 이어나갈 아들이 없다는 사실에 생각이 미칠 때마다, 풀이 죽고 착잡해지는 것이었다.

밤이 되어 기진 맥진할 정도로 지친 숙량흘은 의당 깊은 잠에 곯아떨어져야 하건만, 이리 뒤척 저리 뒤척 밤이 이슥해지도록 잠을 이룰 수가 없었다. 멀뚱멀뚱 뜬 눈에는 오직 하나의 영상, 똑똑하고 튼튼한 아들의 모습이 떠오르기만 하는 것이었다.

다음날 아침 궁궐에서 조회가 열리자, 맹손멸이 제일 먼저 나섰다.

"주군께 아뢰오. 소장(小將)이 무능하와 군명을 받들고 핍양성을 치러 갔사온데 공로를 세우지 못하고 돌아왔나이다. 선두 전차대가 성문에 돌입하기는 했사오나, 뜻밖에도 적이 갑자기 갑문을 내리는 바람에 전멸당할 위기에 처했습니다. 그런데 다행히도 숙량흘이 두 손으로 갑문을 떠받쳐, 입성했던 선두 부대가 한 명의 사상자도 나지 않고 무사히 살아 돌아올 수 있었나이다. 바라옵건대 주군께서는 신이 직분을 지키지 못한 죄를 벌하시옵고, 숙량흘에게 포상과 벼슬을 내려 주시옵소서."

노나라 군주 양공(襄公)은 얼굴 가득 미소를 띠며 물었다.

"숙량흘이라? 혹시 상나라 때 명군 성탕의 후예가 아니오?"

"바로 그렇사옵니다."

맹손멸의 대답을 듣고 노양공은 희색이 만면했다.

"그것 참 잘 되었구려. 나도 오래 전부터 그럴 생각이 있었소. 경은 그에게 어떤 벼슬을 내리는 것이 좋다고 생각하오?"

맹손멸은 진작 생각해 둔 바가 있는 터라 거침없이 대답했다.

"추읍의 대부(大夫)로 봉하심이 어떠하리까?"

노양공은 눈빛으로 문무 관원들을 쓸어보면서 물었다.

"경들의 의향은 어떻소?"

"명철하신 결정이나이다."

문무 관원들이 입을 모아 아뢰자, 노양공은 즉석에서 전지(傳旨)를 내렸다.

"이 길로 숙량흘에게 가서 입궁하라 일러라."

떠난 지 얼마 안 되어 칙명 사신은 그를 대궐 문 밖에 세워 두고 들어가서 노양공에게 아뢰었다.

"숙량흘을 데려왔나이다."

"어서 속히 들게 하라!"

숙량흘은 집에 사신이 왔을 때부터 이미 짐작한 참이라 당황하지 않고 침착하게 옷차림새를 가다듬고 칙명 사신의 인도를 받아 궁전으로 들어갔다. 문무관이 좌우 양편에 늘어선 가운데 들어서자, 그는 새삼 옷깃을 여미고 무릎을 꿇었다.

"숙량흘이 주군께 문안 올리오!"

노양공은 자기 앞에 꿇어 엎드린 숙량흘의 모습을 자세히 살펴 본 다음 손짓을 보냈다.

"경은 일어나시오."

숙량흘은 머리 조아려 예를 취하고 나서 무관의 반열 맨 끝자리로 가섰다.

"그대는 나라에 공로를 세웠고 또 거룩하신 제왕 성탕의 후예이므로, 과인이 특별히 백은(白銀) 2천냥을 내리고 그대를 추읍 대부에 봉하노라."

"융숭하신 은혜에 감사하나이다!"

숙량흘이 큰 영예를 안고 집으로 돌아간 후, 문무 관원들도 뒤따라 찾아가서 축하를 해주었다. 숙량흘과 아내 시씨는 하루 종일 축하객을 맞아들이고 배웅하느라 바쁘게 지냈다. 손님들은 해질녘에야 가까스로 모두 돌아갔다.

온 집안 식구들이 겨우 쉴 참을 얻었는데, 이번에는 맹손멸이 얼굴 가득 봄바람을 풍기면서 찾아왔다. 숙량흘은 또 한 차례 아내를 데리고 나가서 맞아들여야만 했다. 맹손멸은 사양치 않고 대청 안으로 들어섰다. 주객(主客)간에 인사가 끝나자, 맹손멸은 좌우를 둘러보았다. 그 뜻을 눈치챈 시씨는 이내 딸들을 데리고 안채로 물러갔다.

두 사람만 남게 되자, 맹손멸은 단도 직입으로 물었다.

"커다란 공명을 이룩하셨는데, 어찌 안색이 밝지 못하시오? 필시 무슨 걱정거리가 있는 모양이구려."

정문 일침(頂門一鍼)이랄까, 속마음을 간파당한 숙량흘은 황소 눈만 멀뚱멀뚱 뜨고 한참 동안이나 맹손멸을 바라보았다. 그러다가 저도 모르게 탄식이 흘러나왔다.

"장군은 정말 귀신 같은 분이외다. 나를 낳아주신 분이 부모님이라면, 나를 알아주시는 분은 장군이로소이다."

"그렇다면 어째서 중매쟁이를 놓아 측실을 맞아들이지 않으시오?"

숙량흘은 한숨을 내쉬면서 도리질을 했다.

"저와 시씨는 결발 부처(結髮夫妻)요, 백년 종신토록 함께 살아갈 부부이외다. 시씨가 비록 아들을 낳지는 못했으나, 저희 둘 사이의 애정과 신뢰는 산악보다 더 무겁소이다. 이제 만약 제가 측실을 맞아들이면, 혹여 그녀의 마음을 아프게 할지도 모르는데……."

"그게 무슨 말씀입니까?"

그때 느닷없이 안채에서 시씨가 뛰어들면서 남편의 말을 끊어 놓았다. 그리고는 맹손멸을 향해 이렇게 간청했다.

"장군님, 소첩의 부탁이오니 장군님이 주재하셔서 제 남편에게 측실을 얻게 해주십시오. 그 여자가 공씨 가문에 훌륭한 아들만 낳아 준다면, 소첩은 평생토록 그 여자를 친동생처럼 대하겠사옵니다."

그 말을 듣자, 맹손멸은 가슴이 후련하도록 웃음을 터뜨렸다.

"부인께서 이토록 활달한 도량을 베푸시다니, 정말 훌륭하십니다. 그러시다면 제가 매파(媒婆)를 구해 보도록 하지요."

맹손멸의 주선으로 숙량흘은 곧 측실을 얻어 일가족을 데리고 부임지인 추읍으로 떠났다. 그후 숙량흘의 측실이 마침내 아기를 낳게 되었다.

온가족은 기쁨에 들떠 손꼽아 해산 날짜를 기다렸다. 아들이었다. 그러나 뜻밖에도 선천적인 불구였다. 태어나면서부터 두 다리를 쓰지 못하는 장애자였던 것이다.

숙량흘은 흥분과 절망감을 함께 맛보아야 했다. 흥분한 것은 자신도 아들을 가질 수 있다는 희망 때문이었고, 절망한 것은 그토록 바라던 아들이 장애자로 태어났다는 사실이었다.

숙량흘은 머리를 쥐어짜내 곰곰이 생각한 끝에, 아들에게 얄궂은 이름을 붙여 주었다. 이름은 맹피(孟皮), 자(字)는 백니(伯尼)였다. '맹(孟)'과 '백(伯)'은 모두 맏이를 뜻하고 '피(皮)'는 절름발이를 뜻했다. 맏아들의 이름을 통해 숙량흘의 가슴이 얼마나 쓰라리고 아팠는지, 또 그가 튼튼하고도 미끈한 아들이 다시 태어나기를 바라는 마음이 얼마나 강했는지 알 수 있었다.

그러나 세상은 숙량흘의 간절한 마음을 외면했다. 그로부터 2년의 세월이 지나도록 측실은 다시 잉태를 하지 못했다. 숙량흘은 속이 타다 못해 또 다시 맹손멸을 찾아가 의논했다. 하지만 수단 좋은 맹손멸도 이번 만큼은 난감해 했다.

"이것 참 난처한 일이로군. 법도에 정실은 한 사람밖에 둘 수 없으니 어쩌면 좋다? ……공 대감, 정녕 다른 아내를 맞아들이려면 시씨와 이혼을 해야만 하오. '칠거지악'을 적용하면 안 될 것도 없는데……."

결국 남편을 위해 시씨는 눈물을 흘리며 쓰라린 가슴을 부여 안고 공씨 가문을 떠났다.

시씨가 떠나자, 맹손멸이 수소문하여 곡부의 명문 선비 안양(顔襄)에게 재덕을 고루 갖춘 딸이 셋 있는데, 모두 출가하지 않았다는 사실을 알아냈다. 그는 숙량흘을 대신하여 중매쟁이를 놓아 안씨 가문에 청혼을 했다.

며칠 후 안양 선비 댁을 찾아간 중매쟁이는 대청으로 안내를 받고 들어가자 주인장에게 단도 직입으로 방문한 용건을 끄집어냈다.

"이 댁에 따님이 세 분 있다는 소문을 듣고, 중매를 들고자 이렇게 찾아뵈었습니다."

"뉘 댁을 위해 중신을 들겠다는 거요?"

"추읍 대부 숙량흘 대감께서 정실 부인을 구하고 계십니다."

"숙량흘 대감의 가문 내력은 나도 잘 알고 있소이다. 하나 그분의 나이가 우리 집 딸아이보다 두 배나 많은 게 꺼림칙하구려. 딸아이의 뜻을 물어보아야만 답변을 할 수 있으리다. 여기서 잠시 기다리고 계시오. 셋 중에 누가 승낙할지 가서 알아보고 오리다."

"예에, 의당 그러셔얍지요."

안양은 곧장 뒤채로 들어갔다. 세 딸은 조용히 책을 읽거나 서예 연습을 하고 있다가, 아버지가 들어서자 냉큼 일어나서 문안 인사를 올렸다. 세 처녀는 모두 곱고 얌전할 뿐더러, 옷차림새도 소박하고 단정한 모습이 여간 아리따운 것이 아니었다.

"아버님께서 어인 일로 예까지 행차하셨는지요?"

"어흠……내 뭣 좀……상의하러 왔다……."

안양은 한 마디씩 뜸을 들여가며 천천히 용건을 꺼냈다.

"지금 추읍 대부 숙량흘 대감께서 중매쟁이를 보내 청혼을 해 왔구나……."

여기까지 말하고 나서, 그는 수염을 쓰다듬으며 딸들의 기색을 살폈다.

"숙량흘 대감으로 말하자면, 옛날 상나라 때 명군 성탕의 후예요, 또 지금 천하에 명성을 떨치는 대영웅이라. 우리 집과 혼인을 맺기에도 썩 어울리는 분이라고 하겠다. 하지만 나이가 벌써 쉰하나가 된 사람이라, 너희들 중에 누가 그분에게 시집을 가려느냐?"

뜻밖의 말을 듣고 세 처녀는 한참 동안이나 침묵을 지켰다.

"어째 대답이 없느냐? 모두들 싫은 모양이로구나."

아버지의 재촉을 듣고도, 맏딸과 둘째 딸은 고개를 떨군 채 아무 말도 하지 않았다. 이윽고 둘째 언니 등 뒤에 숨어 있던 막내 안징재(顔徵在)가 수줍은 목소리로 응답을 했다.

"딸 된 도리는 집에서 어버이의 말씀을 따르고 출가해서는 남편의 뜻을 따르는 것이라 하옵니다. 딸의 혼사는 오로지 아버님께서 주재하실 일이온데, 굳이 저희들에게 물으실 까닭이 어디 있나이까?"

그 말을 듣고, 안양은 막내가 숙량흘에게 시집 갈 의향이 있다는 것을 눈치 채고는 대청에 돌아가 중매쟁이에게 그 뜻을 전했다.

중매쟁이는 숙량흘에게 가서 들은 대로 알려 주었다. 숙량흘은 또 다시 예단과 폐백을 갖추어 안양 댁에 중매쟁이를 보냈다. 이윽고 길일이 되자 후취(後娶)를 맞아들이는 혼례식이 거행되었다.

공씨 가문에 들어온 안징재는 누구보다 소아마비인 맹피에게 동정이 갔다. 그녀는 맹피를 친자식처럼 알뜰히 보살펴 주었다. 맹피는 그녀의 따뜻한 보살핌 속에서 정신적으로 안정을 찾게 되었다.

안징재는 시집온 지 이태 남짓이 넘도록 잉태의 기미가 없었다. 겉으로 내색은 하지 않았지만, 이들 부부의 근심 걱정은 이루 형언할 길이 없었다.

어느 날, 안징재는 숙량흘에게 이런 말을 했다.

"제 나이가 비록 젊기는 하지만, 대감께서는 반백(半百)을 넘기셨습니다. 이렇게 나가다간 장차 어찌해야 좋을지 모르겠습니다. 제가 듣기로는, 니구산(尼丘山) 신령님이 아주 영험하시다던데, 그 산신령님을 찾아뵙고 아들 하나 점지해 주십사 빌어 보는 것이 어떻겠습니까?"

"좋은 말이오! 어디 가 봅시다."

숙량흘도 선뜻 동의하고 그날 밤중으로 모든 차비를 차려놓게 했다.

다음날 이른 아침, 부부는 한 수레에 올라 니구산을 향해 떠났다.

계절은 화사한 봄철, 바라보이는 곳마다 붉은 복사꽃이 활짝 피어나고 푸르른 버드나무 가지 사이로 꾀꼬리의 흐드러진 노래 소리, 제비들의 춤이 한창 어우러지는 절기였다.

니구산으로 가는 길 내내 젊은 아낙 안징재는 대자연이 인간 세상에 베푼 아름다운 경치를 감상하면서 마음속 깊숙이 이루 말할 수 없는 기쁨을 느꼈다. 수레를 끄는 말이 논두렁 사잇길을 감돌아 기수(沂水) 북안의 흐름을 거슬러오르니, 아침 햇살을 뚫고 건너편 기슭의 창평산(昌平山)과 북쪽 기슭 니구산의 웅장한 자태가 어렴풋이 눈에 들어왔다. 이것을 본 안징재의 가슴은 더욱 들뜨기 시작했다. 그녀는 마치 자기 자신이 제일 먼저 이 아름답고 우아스런 자연 풍광을 얻은 듯한 느낌이 들었다.

산들바람이 불어가니 땅바닥에 떨어진 복사꽃 이파리가 바람결에 흩날려 흐르는 강물에 떨어지고, 봄볕 아래 반짝이는 수면과 어우러져 눈부시게 비치는가 하면, 푸른 물빛 붉은 꽃잎이 절묘한 조화를 자아냈다. 이따금씩 여린 버드나무 잎새가 떨어지기라도 하면 연초록빛까지 어울려 니구산의 아리따운 자태가 더욱 두드러졌다.

창평산은 동에서 서로 뻗어 나가고, 니구산은 남북으로 뻗쳐, 두 산봉우리가 마주 서 있었다. 그 형국은 마치 거대한 장벽 기수의 흐름을 막아 놓고 겨우 조그만 틈서리 하나를 내주어 물의 흐름을 마지못해 통과시켜 주는 듯했다. 그래서 천연 장벽의 상류에는 아담한 호수가 이루어져 있었다.

수면에는 재두루미와 온갖 물새들이 한창 바쁘게 물고기며 새우를 잡느라 정신을 팔고 있었다. 물고기를 잡은 새들은 그 자리에서 먹어치우기보다 부리에 문 채 하늘 높이 날아 오르곤 했다.

그 정경을 바라보면서, 안징재는 속으로 생각했다.

'저 새는 아마 어린 새끼들에게 먹이를 주러 가는 걸거야. 나는 언제나 우리 아기에게 젖을 먹일 수 있을런지 ……'

생각을 하다 보니, 그녀는 저도 모르는 사이에 남편 숙량흘의 손을 잡아 끌어다가 꼬옥 품어 안은 채 갓난아기 어르듯 토닥거리고 있었다. 그녀의 입술 사이로 어느덧 자장가가 흘러나왔다.

숙량흘은 아내가 하는 짓이 쑥스러워 손을 뽑아내려 했다. 그러나 곧, 아내의 마음 속을 이내 깨닫고 그냥 내버려 두었다. 안징재는 남편의 손이 움찔거리는 기척에 깜짝 놀라 환상에서 깨어났다. 수줍음과 애처로운 아내의 눈빛, 그것을 본 숙량흘의 입가에도 의미있는 미소가 번졌다.

마차가 니구산 남록(南麓)을 감돌아 나갔을 때, 눈을 들어 북쪽 하늘을 바라보니 이 산의 북록(北麓)은 또 다른 뭇 산봉우리와 서로 잇대어 기복이 실타래 얽히듯 면면히 뻗어나가고, 가파르고 험준한 산악이 첩첩으로 포개졌다. 이곳에서 기수의 흐름은 남북으로 꺾이어, 맑고 투명한 강물이 좔좔 소리를 내며 남쪽으로 흘러가는데, 동편 기슭의 뭇 산봉우리가 강물에 거꾸로 비쳐 병풍화를 보는 듯한 장관을 자아냈다. 이렇듯 시정(詩情)이 담북 담긴 그림 같은 경치에, 젊은 안징재는 가슴이 활짝 트이고 정신도 해맑아져 시라도 한 수 읊고 싶어졌다.

마차가 북록 기슭에 멈추자, 숙량흘이 아내를 부축해 내렸다.

두 사람은 새삼 옷매무새를 가다듬고 정성껏 준비한 제물을 등에 지고 돌계단을 밟아 산 위로 오르기 시작했다. 호젓한 산길, 주변에는 온통 소나무·잣나무가 빽빽하고 길가 풀잎에 맺힌 이슬도 방울방울 진주처럼 영롱하게 빛났다. 흥취에 겨운 부부는 가파른 산길을 오르는데 힘이 드는 줄 몰랐다.

산 중턱에 다다르니, 산신묘(山神廟)가 바로 눈앞에 나타났다. 발 밑에는 이름 모를 들꽃이 흐드러지게 피었고, 새파란 잔디가 포근한 요처럼 깔려 있었다. 나뭇가지에는 산새의 지저귐, 알록달록한 꽃나비 떼가 팔랑팔랑 춤을 추었다.

안징재의 입에서는 감탄어린 한숨이 새어나왔다.

"아아, 조어화향(鳥語花香)의 별천지가 있다더니, 바로 이곳을 두고 한 말인가 봐요."

숙량흘은 조용히 따라 웃었다. 젊은 아내가 천진난만한 어린애처럼 보이는 것이다. 그는 아내의 손목을 붙잡아 이끌어 주며 빠른 걸음으로 산신묘 앞으로 다가갔다.

그들은 제단 위에 향불을 밝히고 정성껏 마련한 제물을 늘어놓은 다음, 나란히 꿇어 엎드려 절을 올렸다.

'신령님이 저희 부부를 보우하사 속히 귀한 아들을 하나 점지해 주십시오……'

참배와 축원을 마치고 나서, 한결 홀가분해진 마음으로 귀가 길을 재촉했다.

니구산에서 돌아온 이후, 안징재의 표정은 눈에 띄게 밝아졌다. 먹성도 크게 늘어나고 몸집도 남의 눈에 돋보일 만큼 건장해졌다.

그해 겨울, 안징재는 임신을 했다. 엄마가 된다는 기쁨도 컸지만 뱃속의 아기가 딸이거나 맹피처럼 불구자가 아닐지 두렵기도 했다. 생각이 이에 미칠 때마다 그녀의 맹피에 대한 관심과 애정은 갑절로 늘어났다.

맹피는 벌써 다섯 살이 되었다. 그녀는 맹피에게 정성을 다 기울여 글자를 가르치고 놀이도 가르쳐 주었다. 이 어린 장애자의 그늘진 마음을 풀어 줄 수 있는 일이라면, 그녀는 무엇이든지 생각해 내려고 했고

진심으로 함께 놀아 주었다. 밝고 행복한 삶을 누리도록 혼신의 정성을
다 쏟아 주었다.

한편 안징재는 틈만 나면 시씨(施氏)를 찾아가 위로하고 또 인생 선
배로서의 가르침을 구했다. 그녀가 시씨에게 관심을 가진 이유는, 훌륭
한 재덕을 갖춘 시씨가 아무런 허물도 없이 공씨 문중에서 출가를 당했
다는 사실을 알고 있었기 때문이었다.

그녀는 이런 세속적인 법도를 이해할 수 없었고 남존여비(男尊女卑)
사상에 대해 큰 불만을 품고 있었다.

해산일이 다가오자, 숙량흘과 맹피의 생모는 아기 받을 준비에 바빴
다. 이제는 공씨 문중과 남이 된 시씨도 찾아와서 바쁜 살림살이를 도
와주곤 했다.

숙량흘의 재혼을 놓고 세간(世間)에서는 말도 많았다. 결혼 당사자
들의 나이 차이가 엄청났기 때문에, 세상 사람들은 숙량흘 부부를 가리
켜 '야합(野合)' 했노라고까지 공공연히 비꼬았다.

이런 소문은 공씨 댁 사람들의 귀에도 물론 들려왔다. 안징재는 세간
의 험담을 피해 한적한 곳으로 옮겨가기로 결심했다. 그녀는 자신의 생
각을 남편에게 알리고 허락을 받아냈다. 숙량흘은 니구산으로 가서 깨
끗한 초가집 한 채를 세 내었다. 그리고 이튿날 아내를 그곳으로 보냈
다.

호젓한 산촌에서의 생활은 안징재에게 커다란 기쁨을 주었다.

그녀가 이곳 니구산으로 옮겨 온 다음 날, 바로 기원전 551년 8월
27일, 위대한 철인(哲人) 한 사람이 태어났다.

숙량흘은 아기가 태어났다는 급보를 받고 단걸음에 달려왔다. 문밖
에서부터 '응애, 응애!' 울음소리를 듣는 순간, 그는 숨조차 제대로 쉴
수 없을 지경이었다. 이윽고 산파의 손을 거쳐 그는 아들과 첫 대면을

했다. 품에 안은 아기의 살결이 거무스름하고 골격도 우람한 것을 보자, 숙량흘은 저도 모르게 웃음기가 배어나왔다.

"요놈 보게, 영낙없이 날 닮았구먼! 내 귀여운 아들! ……."

하염없이 기뻐하던 그의 눈빛이 갑작스레 움칫했다. 눈초리가 멎은 곳은 아기의 정수리였다.

'이런 변괴가 있나!'

정수리가 움푹 패이고 두개골이 사방으로 불쑥불쑥 돋아 있었고, 게다가 그 위에 작은 언덕 모양으로 검은 부스럼 덩어리가 여럿 나 있는 것이었다. 부스럼을 보는 순간, 숙량흘은 아쉬운 입맛을 다셨다.

'쯧쯧, 이거야말로 옥에 티로구먼!'

이런 생각이 드니, 방금까지 들떠 있던 흥분도 기쁨도 저절로 사그러들 수밖에 없었다.

남편이 언짢은 기색을 보이자, 아기를 미처 보지 못한 안징재는 정신이 아뜩해졌다.

"설마 이 애도……."

그녀는 더 이상 말을 잇지 못했다. 생각하기조차 싫었다. 안징재는 남편에게 손을 내밀었다가 도로 움츠렸다. 그 동안 자신이 낳은 아기를 보고 싶어 애가 탔지만, 남편의 눈빛에서 무엇인가 심상치 않은 기미를 보자 그녀는 갑자기 두려운 생각이 들었다.

그녀가 내밀었던 손길이 중도에서 딱 멎었다. 숨결도 멎었다.

'아아, 이 아기도 딸인가, 아니면 맹피처럼 불구란 말인가!'

숨막히는 공포가 일순 방안을 무겁게 짓눌렀다.

"아기를 안아 보게 해 줘요."

그녀는 떨리는 목소리로 간신히 입을 열었다.

숙량흘은 황급히 두 손으로 아기를 떠받들어 아내의 얼굴 앞에 내밀었다. 그것은 마치 이 세상의 무엇과도 바꿀 수 없는 진귀한 보물을 천자님께 바치는 것처럼 정중하고도 조심스런 손길이었다.

안징재는 포대기를 들추고 아기의 발가벗은 몸뚱이를 조심조심 살펴보았다. 이윽고 그녀의 입에서는 안도의 한숨이 흘러나왔다. 정신이 맑아지면서 가슴을 짓누르고 있던 천근 무게의 바윗돌이 떨어져 내리는 기분이었다.

아기는 둥글둥글 넙적한 얼굴에 짙은 눈썹, 부리부리한 눈망울을 지닌 아들이었다. 두 팔 두 다리, 어느 구석을 살펴보아도 흠집 하나 없이 말짱했다.

"그래요, 아빠를 쏙 빼어 닮았네요."

본디 마음 속으로만 생각했던 말이, 어찌 된 셈인지 입 밖으로 술술 빠져 나왔다.

"하지만 정수리가 움푹 패이고, 지저분한 것들이 잔뜩 돋았어."

남편의 아쉬움 섞인 목소리가 들리자 안징재는 웃었다. 그녀는 아들의 머리통을 쓰다듬으며 대꾸했다.

"이건 아기가 갓 태어날 때 늘 있는 현상이에요. 남들이 그러는데, 정수리에 검정 부스럼이 달린 아기는 아주 똑똑하대요. 우리 아기도 나중에 대학자가 되거나 나라에 커다란 공헌을 하는 인물이 될지 누가 알아요?"

그말을 들은 숙량흘의 마음은 이내 풀어졌다.

"아무렴, 내 아들은 반드시 대학자가 되든가, 아니면 이 아비처럼 용맹스런 장수가 되고 말 거야!"

숙량흘은 마음 속의 기쁨을 더 이상 감출 수가 없었다. 그는 아들을 냉큼 건네 받아 품에 꼭 껴안고, 아직도 말랑말랑한 정수리에 가볍게 입을 맞추었다.

남편이 기뻐 어쩔 줄 모르는 모습을 바라보자니, 안징재는 뜨거운 눈물이 왈칵 쏟아지는 것을 참을 수 없었다. 그동안 애간장을 녹이던 긴장감이 기쁨이 되어 흐르는 것이었다. 그녀는 얼른 손등으로 눈물을 훔쳐냈다.

"어서 아기 이름을 지어 줘요."

"암, 그래야지! 아주 좋은 이름을 하나 지어 줄 테야."

혼잣말로 중얼거리면서, 숙량흘은 눈길을 아들의 정수리에 못박은 채 이름자를 하나하나씩 떠올려 보았다.

"일년 전, 우리가 이 니구산에 와서 신령님께 축원을 올린 적이 있지 않소? 그래서 이렇게 아들을 하나 얻었는데, 정수리가 움푹 패이고, 그 변두리에 모래 언덕 같은 부스럼이 여럿 돋아났구먼. 당신 말대로 이게 총기(聰氣)가 있다는 징표라면 무척 다행스런 일이오. 그래서 나는 우리 이 아기한데 '언덕 구(丘)' 자로 이름을 지어 주었으면 하오. 또 자(字)를 중니(仲尼)라고 붙였으면 좋겠는데, 당신 의향은 어떻소?"

"공구(孔丘)라, 아주 좋은 이름이에요."

아내는 한마디로 찬성했다.

후일, 니구산은 위대한 철인 공구의 이름자를 피해 그냥 니산(尼山)으로만 불리게 되었다.

공구는 어려서부터 아주 활발하고 귀염성 있게 자라났다. 온 집안 식구들은 공구를 손바닥에 놓은 보석처럼 아끼고 사랑해 주었다. 어머니 징재는 공구를 돌보는 한편 맹피에 대한 교육 또한 게을리하지 않았다. 그래서 집안 사정을 모르는 사람들은 그녀가 맹피의 생모인 줄 잘못 알기까지 했다.

세월은 흘러, 공구는 어느덧 세 살이 되었다. 그는 확실히 천부적인 지혜와 영민한 자질을 타고 났다. 사람을 깜짝 놀라게 만드는 총명을 지녀서, 어버이가 글자와 말을 가르치면 단 한 번만에 깨우쳤다. 숙량흘 부부는 이 아들을 더욱 사랑하고 아꼈다. 그와 동시에, 이들 부부는 맹피에 대해서 이루 말할 수 없는 비애와 연민을 느껴야 했다.

어째서 이 아이들은 불공평한 운명을 타고 나야 했는지 하늘마저 원망스러웠다. 그들은 맹피의 미세한 감정 변화도 놓치는 법 없이 관심을 쏟아주고 마음을 따뜻하게 해주었다. 이렇듯 오랜 나날이 지나자, 굳어졌던 맹피의 마음도 차츰 풀려, 안징재를 친어머니처럼 여겼다.

그러던 어느 날 숙량흘이 병으로 자리에 눕게 되었다. 처음에는 감기 몸살이겠지 하며 대수롭지 않게 여겼다. 그러나 병세가 가벼워지기는커녕 오히려 어지럼증마저 일기 시작했다. 이제 병세는 날이 다르게 심각해져 갔다.

환자뿐만 아니라 온가족이 모두 초조감에 못이겨 안달하기에 이르렀다. 허겁지겁 의원을 모셔다가 진맥을 하고 약방문을 받아왔으나, 불안감은 좀처럼 가실 줄 몰랐다. 안징재는 손수 약을 달이고 밤낮없이 남편의 곁에서 시중을 들었다. 그러나 숙량흘의 병세는 이미 막바지에 접어들어 온갖 치료와 백약이 무효(無效)였다.

어느 날 밤, 숙량흘이 오랜만에 혼수 상태에서 깨어났다. 정신을 차린 그는 희망이 없음을 알고 아내의 손을 부여잡은 채 뜨거운 눈물을 하염없이 흘렸다.

"여보! ……."

아내를 부르는 목소리에 힘이 없었다.

"이제 난 곧 죽을 몸이오. 당신을 과부로 만들고 아이들을 내버려 둔 채 저승으로 가야 하다니, 정말 애처로워 못견디겠구려. 또 당신이 두 아이를 데리고 앞으로 얼마나 어렵게 살아가야 할지 아득하기만 하오."

숙량흘의 목소리는 점점 가늘어졌다. 아내가 흘린 뜨거운 눈물이 방울방울 남편의 입술에 떨어졌다. 그녀는 남편의 음성조차 귀에 들어오지 않았다. 그저 이제 얼마 안 있으면 다시는 못 보게 될 남편의 초췌한 얼굴만을 뚫어져라 바라보고 있을 따름이었다.

"여보, 내 말 듣소?"

남편이 힘겹게 다시 물었다. 그제서야 안징재는 재빨리 흐트러진 정신을 가다듬고 대답했다.

"마음 놓으세요. 맹피가 비록 제 친자식은 아니오나, 그 아이 역시 우리 공씨 가문의 혈육입니다. 소첩이 심혈을 기울여 돌보아 주고 어엿한 인물로 길러낼 터이니, 당신은 부디 안심하셔요."

곁에서 듣고 있던 맹피의 생모가 목놓아 대성 통곡을 하기 시작했다.

숙량흘은 손바닥으로 침상 변두리를 쓰다듬으며, 일어나 앉으려고 안간힘을 썼다. 하지만 끝내 몸을 일으키지 못했다. 그의 입술 사이로 절망의 한숨이 흘러나왔다. 그는 마지막 남은 기력을 다 쥐어 짜내어 한마디 짧디짧은 유언을 남겼다.

"당신…… 당신이 맹피를…… 잘 길러 준다면…… 나는 구천…… 지하에 가서도…… 편히 눈을 감을 수 있을…… 거요……."

숨이 끊어졌다. 그러나 숙량흘의 두 눈은 부릅뜬 채 감길 줄 몰랐다.

"마음 놓고 떠나세요…… 제가 무슨 짓을 해서라도 반드시 당신께 언약한 바를 지키렵니다."

안징재는 울음 섞인 목소리로 다짐을 하면서, 조용히 손바닥으로 남편의 두눈을 감겨 주었다.

공씨 일가족에게 있어서 숙량흘의 죽음은 그야말로 하늘이 무너져 내리는 재앙이 아닐 수 없었지만 안징재는 공씨 가문의 대들보 역할을 해내기에 부끄럽지 않은 굳센 여자였다. 그녀는 하염없이 흐르는 눈물을 닦아내고 자꾸만 무너져 내리는 정신을 가다듬었다.

침식마저 잊은 채 눈코 뜰 새 없이 부랴부랴 장례식을 마친 그녀는 남편의 시신을 성 동쪽 방산(防山)에 안장했다. 장례가 끝나고 나자, 앞으로 살아갈 대책을 세우느라 바빴다.

그 무렵에 이미 아홉 딸은 차례차례 시집을 갔고, 남은 가족이라고는 맹피 모자와 공구 모자 넷뿐이었다. 안징재는 앉아서 유산만을 파먹다 가는 거지 신세가 되겠구나 싶어 씀씀이를 줄이고 푼푼이 절약했다.

맹피는 벌써 아홉 살, 서당에 나가서 공부를 하고 있었다. 그런데 골치아픈 문제가 생겨났다. 그가 쌍지팡이를 짚고 절름절름 서당에 나올 때마다, 몇몇 짓궂은 학우들이 놀려대는 것이었다. 한번은 개구쟁이 녀석들이 지팡이를 감추는 바람에 집에 돌아갈 방법이 없어진 맹피는 해가 저물도록 돌계단에 주저앉아 울고만 있었다. 저녁 무렵에야, 안징재와 생모가 그 소식을 전해 듣고 달려가서 집으로 데려왔다.

그런 일이 있은 후부터 맹피는 서당에 나가려 하지 않았다. 두 어머니가 아무리 달래고 얼러도, 그는 한사코 말을 듣지 않았다.

2
학문을 시작하다

맹피는 개구쟁이 학우들의 얼굴을 두번 다시 보고 싶지 않았다. 안징재와 생모가 백방으로 달래도 그의 고집을 꺾을 수가 없었다. 이렇게되자 안징재도 두 손을 들고 장탄식만 터뜨려야 했다.

"네가 어린 나이에 아버지를 잃고 몸뚱이마저 자유롭지 못하니, 밖에 나가서도 어려운 일을 너무 많이 겪겠구나! 그래 좋다. 오늘부터 집에 있으면서 나한테 가르침을 받으려무나."

그 말을 들은 맹피의 생모는 감사의 절이라도 올리고 싶은 지경이었다.

안징재는 본디 선비 가문의 태생이라, 어려서부터 훌륭한 교육을 받아 경륜과 학문이 뛰어난 여인이었다. 그녀는 어린 공구를 돌보거나 살림살이 하는 일을 빼고, 하루 대부분의 시간을 모두 맹피에게 할애했다. 학습부터 일상 생활에 이르기까지 그녀는 주도면밀하게 맹피의 교육을 이끌어 나갔다.

그녀는 모든 것을 다 용납하고 너그러이 보아 주었으나, 다만 게으름만큼은 절대로 용서하지 않았다. 맹피에게 있어서 그녀는 자애로운 어머니이기도 했지만 그보다는 엄격한 스승이기도 했다.

자애로우면서도 엄격한 교육을 받으면서, 맹피의 학업은 나날이 진전을 보였다. 닫혀 있던 마음의 문도 활짝 열리기 시작했고 어린 동생 공구와 무척이나 친하게 어울렸다. 틈만 있으면 동생을 데리고 바깥에 놀러 나가는 일도 잦아졌다. 안징재에 대한 효성도 지극했다. 맹피가 하루 온종일 '엄마, 엄마!' 하고 따라붙는 모습을 볼 때마다, 그녀의 마음은 말도 못하게 흐뭇하기만 했다.

맹피를 교육하기 시작한 지 얼마 지나지 않아 공씨네 일가족은 추읍을 떠나 안징재의 고향인 곡부로 이사를 했다. 거처가 마련된 곳은 노나라 도성 안 번화가의 구석진 초가집이었다. 서너 칸밖에 안 되는 옹색한 집인데다 앞마당도 겨우 하나뿐이라, 추읍에 있던 으리으리한 대저택과는 두드러지게 다른 살림집이었다. 그곳은 시끄럽고 번잡한 길가 집에 비하면 아주 고요하고 안정되어 흡사 세상 사람들에게 잊혀진 별천지나 다를 바 없었다.

공구가 여섯 살이 되었다. 눈빛도 초롱초롱 빛나고 체구도 동갑내기보다 훨씬 크게 자라자, 초가삼간과 작은 안마당의 세계는 공구에게 점점 더 비좁게 느껴졌다. 공구는 날마다 큰길 거리로 뛰어 나갔다.

그 해 음력 동짓날은 노나라에서 교제(郊祭)를 거행하는 날이었다. 행사는 아주 융숭하고 정중하게 치러졌다. 나라의 중요한 인물이 세상을 떠나는 일이 있을 때 종묘(宗廟)의 제사를 보류하는 경우는 있어도, 천지의 신에게 올리는 교제를 미루거나 중단하는 법은 결코 없었다. 또 그 나라 안에서 군주를 포함해서 누구라도 교제 의식을 마음대로 폐지한다는 말은 입밖에 낼 수 없었다.

교제를 올리는 곳은 도성 남문 밖, 기수(沂水) 강변이었다.

이른 아침, 안징재는 공구와 맹피에게 살며시 귀띔을 해주었다.

"구야, 너 요 며칠 새 줄곧 바깥에만 나가 놀았지? 오늘은 우리 나라의 교제를 올리는 날이다. 형과 네게 기막힌 구경을 실컷 하도록 해주마, 어떠냐?"

공구는 교제가 뭣하는 놀음인지 전혀 알지 못했다. 그저 어머니의 나가서 실컷 구경하라는 말씀에 신바람이 날 따름이었다.

"우와, 길거리에 나가면 왁자지껄한 구경을 실컷 하겠네."

안징재는 두 아이에게 밥을 배불리 먹인 다음, 따뜻한 옷을 입혀 주고 신신 당부를 했다.

"맹피야, 너는 형이니까 동생을 잘 돌봐 주겠지? 구야, 형은 다리가 불편하니까 혼자서만 놀지 말고 형을 잘 보살펴 주어야 한다."

그러나 공구의 마음은 벌써부터 길거리로 날아가 있는 터라, 어머니의 목소리는 귓가로 들을 뿐, 도대체 무슨 말씀을 하시는지 전혀 관심이 없었다. 그저 어서어서 대문 바깥으로 달려나가고 싶기만 해서, 되는 대로 고개를 끄덕였다.

어머니의 당부가 귓전에 미처 다 울리기도 전에, 공구는 벌써 그물을 벗어난 토끼처럼 깡충깡충 뛰어 대문 바깥으로 달아나고 있었다.

노나라의 도성은 무척 넓고 컸다. 동서를 가로질러 열한 가닥의 큰 도로가 나 있고, 남북으로도 일곱 가닥의 대로가 뚫려 가로세로 엇갈려 있었다. 큰 길가에는 점포가 숲처럼 늘어서고 술집에서 풍겨나오는 요리 냄새가 바람결을 타고 장돌뱅이들을 꾀는가 하면, 수레와 말, 당나귀 떼가 꼬리를 물고 지나다녔다.

공구는 눈을 휘둥그레 크게 뜨고 왼편 오른편, 동쪽 서쪽을 정신없이 두리번거렸다. 어린 공구는 눈에 보이는 것마다 신기하여 마구 소리를 질러댔다.

"형, 저 마차 좀 봐! 얼마나 으리으리해? 형, 저 집 대문 좀 보라구! 우와 무지무지하게 높네! 이크, 저렇게 큰 말이 다 있어! ……."

팔짝팔짝 뛰면서 참새처럼 재잘대고 웃고 호들갑 떠는 바람에, 길가던 행인들의 눈길이 소년에게 쏠렸다.

맹피는 워낙 외롭고 괴팍스런 성격인데다 두 다리마저 자유롭지 못한 터라, 행인들에게 비웃음을 당할까 두려워 아무 대꾸도 않은 채 묵묵히 동생의 뒤만 따라 걷고 있었다. 그 동안 바깥 출입이 거의 없었던 맹피는 뭇사람들의 눈초리가 절룩거리는 자기 걸음걸이에 쏠리고 있음을 느끼게 되자, 그만 가슴이 두 방망이질 치고 얼굴이 숯불에라도 데인 듯 화끈거려서 도저히 견딜 수가 없었다. 그는 쌍지팡이를 바쁘게 옮겨 걸음걸이의 속도를 높였지만, 사람들의 눈길은 끊이지 않고 따라붙었다.

동생이 제멋대로 마구 뛰는 것을 막으려고, 맹피는 왼손에 짚고 있던 지팡이 끝을 공구의 손에 쥐어 준 채, 그 어깨에 손길을 얹고 바짝 따라붙어 걸었다. 한참 걷다 보니, 공구의 머리통에서 더운 김이 모락모락 피어 올랐다. 맹피는 얼른 지팡이를 걷어들이면서 안쓰럽게 물었다.

"아우야, 힘들지?"

공구는 성격이 굳세기도 하거니와 고집도 어지간했다. 형이 묻자, 공구는 가슴을 앙징맞게 불쑥 내밀고 도리질을 했다.

"아니!"

"우리 좀 천천히 갈까?"

공구는 조숙한 편이어서 동갑내기 친구들보다 사리 분별력이 뛰어났다. 형의 목소리를 듣는 순간, 그는 가슴이 찌르르 하고 울렸다.

'난 참말 못된 놈이야, 형님 생각을 너무도 안 해주었다니! 자 뭐라고 대답하지? ……'

소년은 큼지막한 눈망울을 깜박거리며 한참을 궁리해 보았지만, 적당한 말을 찾아낼 수가 없었다. 그래서 고개만 연신 끄덕였다.

어린 형제는 다시 걷기 시작했다. 이번에는 맹피가 쌍지팡이를 딛고 공구가 팔꿈치를 부축해 가며 인파의 흐름을 따라 천천히 걸었다.

도성에는 사면 팔방으로 성문이 열한 군데나 있었다. 시끌벅적 소란스런 인파는 정남문을 빠져 나갔다. 형제가 바라보니, 멀리 교제의 제단 위에 맞바람을 받고 나부끼는 깃발이 보였다. 여기서 맹피는 급작스레 걸음을 빨리 했다. 공구 역시 놓치지 않으려고 바짝 따라붙으면서 곁눈질로 형의 걸음걸이를 쉴새없이 지켜보았다.

그들이 제단 앞에 다다랐을 때는, 겨울철 서북풍에 비명을 지르며 펄럭이는 깃폭만 보일 뿐, 그밖에 아무 것도 볼 수가 없었다. 교제를 보러 나온 구경꾼들이 엄청나게 많았던 것이다. 꼬마들의 눈에 보이는 것이라곤 빽빽하게 들어찬 사람들의 장벽과 서로 앞서 나가려고 머리통을 처박는 혼란이 전부였다.

공구 역시 어른들 틈으로 비집고 들어가려 버둥거렸지만 허사였다. 어른보다 키도 작은 데다 아무리 애를 써봐도 힘에 부쳐서 도로 밀려나기만 했다. 다급해진 공구는 제 귓밥을 잡아뜯고 볼따구니를 꼬집어댔다. 그러나 결국은 도리질에 나오느니 한숨뿐이었다.

'이 멋진 구경거리를 놓치면 어쩌지? ……'

"저기다, 저기야!"

강변 남쪽 그리 멀지 않은 곳에 나즈막한 강둑이 하나 있는데, 지면보다는 훨씬 높았다. 공구는 형에게 미처 알려 줄 틈도 없이 손목을 잡아 끌고 제방 위로 기어 올라갔다. 봇둑에 올라서서 바라보니, 정말 기막힌 장관이었다. 형제는 추위에 얼굴이 발갛게 달아올랐다.

제단 위에는 공탁(供卓)과 제기(祭器)가 가지런히 늘어서고, 그 위에는 돼지와 양이 통째로 놓이고 그보다 작은 그릇에도 여러 가지 제물들이 수북하게 쌓인 것이 어렴풋이나마 보였다. 제사가 한창이었다. 어린 공구는 넋이 빠진 채로 그 광경을 바라보면서 제주(祭主)가 연출해 내는 동작을 하나하나씩 흉내내기 시작했다.

"교제를 끝마치오!"

찬례관(贊禮官)이 소리 높여 선포를 했는데도, 소년의 흥은 좀처럼 가실 줄 몰랐다. 사람들이 모두 돌아가고 나서야 정신을 가다듬은 공구는 형의 손목을 붙잡고 집으로 돌아왔다.

안징재와 맹피의 생모는 벌써부터 대문 밖에 나와 아들들이 돌아오기를 기다리고 있었다. 길모퉁이에 두 소년의 모습이 나타나자, 어머니들도 겨우 마음을 놓았다.

공구는 보고 들은 것을 손짓 발짓까지 해가며 한바탕 어머니 앞에 늘어놓았다. 맹피 역시 두 어머니가 묻는 대로 일일이 대답했다. 그는 생모와 안징재 사이에 바짝 기대어 앉았다. 그래야만 두 어머니의 따사로운 체온을 욕심껏 느낄 수 있기 때문이었다. 두 여인은 얼음덩어리처럼 꽁꽁 언 두 아들의 손을 어루만져 주면서 아직도 김이 모락모락 오르는 이마를 바라보자 가슴이 저렸다.

"얘야, 안으로 들어가자꾸나."

안징재는 맹피를 방으로 데려다가 따뜻한 물로 얼굴을 닦아주었다. 그리고 발을 씻기려고 버선을 벗기다가 두 눈이 휘둥그레지고 말았다. 신발에 쓸린 발끝마다 핏멍울이 맺혀 있었기 때문이었다. 하마터면 눈물을 쏟을 뻔했다. 그녀는 재빨리 발을 씻기고 다시 부드러운 천으로 핏멍울이 맺힌 상처를 곱게 싸매 주었다.

교제 행사를 보고 나서 공구의 안목은 탁 트였다. 공구는 제례 행사에 대해서 깊은 관심을 보였다. 그 이후로 제사가 있단 말만 들으면, 공구는 만사를 제쳐놓고 형을 졸라 구경을 나갔다.

맹피는 거동도 불편한 데다 천성이 조용한 것을 즐기는 터라, 동생을 데리고 한두 번쯤 가본 다음에는 누가 뭐래도 다시는 제사 구경을 하려

들지 않았다. 그러나 공구는 달랐다. 형이 안 가면 혼자서라도 구경하러 나섰다.

도성 안에는 예로부터 주공 희단을 모신 태묘(太廟)가 있었다. 그는 형인 주무왕에게 노나라의 군주로 책봉을 받았고, 비록 영지를 다스린 적은 없으나 정식 제후 군주로서 지위를 가졌었기 때문에, 그의 사당도 자연 태묘라고 일컬었다. 이 사당은 훗날에 주공묘(周公廟)라는 명칭으로 바뀌기는 했으나, 주공 희단은 노나라 군주의 선조이므로, 그 제례 행사도 매우 복잡하고 성대하게 치뤄졌다.

제사가 거행될 때마다, 공구는 빠뜨리지 않고 구경을 했다. 그리고 주제관(主祭官)이 하는 동작을 낱낱이 보고 익혔다. 워낙 기억력이 뛰어난 공구는 몇 차례 보고 나서 그 복잡한 제사 순서와 배치를 대략이나마 깨우칠 수 있었다.

어느 날, 공구는 어머니가 주신 용돈으로 장난감 제기(祭器)를 몇 개 사가지고는 앞마당에 늘어놓고 제사 지내는 연습을 하기 시작했다. 어떤 때는 형을 졸라 함께 제사 올리는 흉내를 내기도 했다. 맹피는 엎드리고 일어나기에 몹시 애를 먹었다. 그래서 몇 번 놀아 본 다음부터는 이내 흥미를 잃고 그저 방 안에 틀어박혀 책이나 읽으며 소일을 했다. 짝을 잃어버린 공구는 어쩔 수 없이 혼자서 제사 놀이를 했다. 제사 놀이였지만 그 장중한 태도와 열성은 실제로 하는 것이나 전혀 다를 바 없었다.

처음에는 어머니 안징재도 별로 마음 쓰지 않고 노는 대로 내버려 두었다. 그런데 날이 가면 갈수록 제사 놀음에 빠져 나중에는 미치광이처럼 행동하는 것을 보고 나서, 마침내 엄한 기색으로 꾸짖었다.

"날마다 제사 놀이만 하니, 그 예법을 배워서 무엇에다 쓰려고 그러느냐? 설마 묘지기나 찬례관(贊禮官)이 되고 싶은 건 아니겠지?"

공구의 입술이 삐죽 나왔다.

"어머니께서 형님한테만 글을 가르쳐 주시는데, 그런 놀이도 안하면 제가 무얼해야 좋겠어요?"

그 말을 듣자, 안징재는 속으로 흐뭇했다. 어린 아들이 공부를 하고 싶은데 가르쳐 줄 생각을 않으니, 그런 장난에 몰두하고 있었던 모양이로구나 하는 생각이 들었다.

"공부를 하고 싶은 게로구나. 좋다, 그럼 내일부터 네 형과 같이 배우도록 해라. 하지만 일단 공부방에 들어서면, 놀러 나갈 생각은 아예 말고 반드시 마음과 뜻을 모아서 공부에만 열중해야 하느니라. 어떠냐, 두 번 다시 놀러 나가지 못할 텐데 괜찮으냐?"

"알겠습니다, 어머니. 공부만 할래요."

공구는 연신 고개를 끄덕거리면서 장난감 제기를 모두 집어다가 안뜰 한 귀퉁이에 던져 놓았다.

그날 밤, 집안 일을 끝낸 안징재는 등잔불을 밝혀 놓고 탁자 위에 죽간(竹簡)을 한 묶음 한 묶음씩 풀어 놓았다. 그리고 어린 아들이 기억하기 쉬운 글자로 3백여 개쯤 골랐다. 공구가 한 달 동안 깨우칠 교본을 마련하기 위한 것이었다.

이튿날 꿈에도 생각지 못한 일이 일어났다. 공구에게 글자를 보여주고 외우게 했더니, 단 한 번 훑어보고는 이내 외워버리는 것이 아닌가! 하루 해가 저물기도 전에 공구는 한 달치 3백여 글자를 모조리 익히고 말았던 것이다. 기특한 아들의 모습에, 안징재는 속으로 매우 기뻐하였다.

공구가 태어나던 날, 남편의 언짢은 마음을 위로하기 위해 한 말이 그대로 적중할 줄이야 누가 알았겠는가! 그녀는 격한 감동을 억누르며 아들의 얼굴을 빤히 쳐다보았다. 지금 눈앞에 서 있는 공구의 모습이 어느새 다 자란 어른 같았다. 당차고 우람한 체구는 아버지를 판에 박은 듯이 닮아 보였다. 가슴 한 귀퉁이에 이루 형언하지 못할 흐뭇한 감정이 복받쳐 오르자, 그녀는 묵묵히 축원을 드렸다.

'신령님, 이 몸의 아들이 튼튼하게 자라도록 보우하여 주소서! ……
지하에 계신 조상님들이시여, 이 어린 공씨의 후손이 나라의 대들보감
으로 성장하게 돌보아 주소서!'

"어머니, 다 익혔습니다."

맹피가 버럭 소리 치는 바람에, 그녀는 공상에서 깨어났다.

공구도 엄마의 손을 잡아 흔들면서 어리광을 부렸다.

"어머니, 더 배우고 싶습니다."

징재는 아들이 더 배웠다가 싫증을 낼까봐 도리질을 했다.

"내일 또 하자꾸나. 한꺼번에 많이 배우면 뚱뚱보가 돼요."

그러나 공구는 고개를 외로 꼬면서 투정을 부렸다.

"형님은 날마다 오랫동안 가르쳐 주시면서, 저한테는 요만큼밖에 안
가르쳐 주세요? 어머니는 형만 아껴 주시나봐."

징재는 어이없다는 듯 웃음을 띠었다. 매우 흐뭇한 웃음이었다.

"오늘 배운 3백 자라도 잘 복습해요. 내일 새 글자를 가르치기 전에
시험을 볼 테니까, 알았지?"

공구는 자신 만만하게 고개를 끄덕였다.

그날 밤, 공구는 형과 한방에서 자겠노라고 떼를 썼다. 징재는 처음
부터 허락을 하지 않았다. 맹피가 잠자는 데 불편을 주지 않을까 해서
였다. 하지만 맹피의 생모까지 공구 편을 들고 나오는 바람에, 그녀는
마지못해 허락을 내렸다.

그날 밤 어린 형제는 소원대로 한 이부자리에 누웠다. 얼음처럼 차가
워진 손발이 마주 대어 따뜻해지자, 공구는 형에게 소근거렸다.

"형, 어머니께서 내일 나한테 시험을 치신다는데, 좀 도와주지 않을
래?"

"어떻게 돕니? 시험을 내가 대신 쳐줄 수도 없는 걸."

"아냐. 내가 먼저 써 보일 테니까, 형은 맞는지 틀리는지 그것만 봐 줘."

"이렇게 캄캄한 데서 무슨 글자가 보이겠어?"

그러나 공구는 진작부터 궁리해 둔 바가 있었다.

"형 손바닥에 써 보이면 될 거 아냐?"

"손바닥에? ……옳아, 그러면 되겠구나!"

맹피는 영리한 아우의 꾀에 탄복을 했다.

공구는 형의 손바닥을 끌어다가 제 가슴에 올려놓고 글자를 하나씩 써 보이면서 읊기 시작했다.

"하늘 천(天), 따 지(地), 할아비 조(祖), 마루 종(宗) ……."

대략 5, 60자쯤 써 내려갔을까, 공구의 읊조리는 목소리가 점점 가늘어지기 시작했다. 손바닥을 간지럽히던 공구의 손가락이 한두 차례 꼼지락거리더니 스르르 맥이 풀렸다. 조금 더 있자니 아무 소리도 들리지 않고 손가락도 멎었다. 그 대신, 어린 형제의 고른 숨소리만 들렸다. 그들은 잠이 들었다. 하지만 형의 손바닥을 잡은 꼬마 손은 끝끝내 풀릴 줄 몰랐다.

공부를 시작한 지 얼마 되지 않아 공구는 글자 외우기에 싫증을 냈다. 그래서 안징재는 단순하게 글자만 익혀 주던 방법을 바꾸어, 주나라의 여러 가지 예의와 기예(技藝)를 가르치기 시작했다. 나라의 큰일을 이해하고 또 배운 지식을 실제로 쓰임새 있도록 해주기 위한 배려에서였다.

공구는 굉장한 흥미를 느꼈다. 배우기도 열심이었지만 이해도 무척 빨랐다. 하루 일과를 마치면, 징재는 아들에게 배운 내용을 설명하게 했다. 신통하게도 아들의 설명은 언제나 정확하고 조리가 있어, 그녀의 마음을 흡족하게 만들었다. 징재는 공구와 맹피에게 경쟁을 붙였다. 서로 묻고 대답하면서 깨우쳐 주는 방법을 택한 것이었다. 답이 빗나가거나 틀리면 그때그때 고쳐 주었다.

이렇듯 가르치고 배우면서 3년이라는 세월이 흘렀다. 공구의 나이도 아홉 살이 되었다. 그 동안 징재는 집안일을 전혀 하지 않았다. 그 부담은 모조리 맹피의 생모에게 떨어졌다. 어려운 살림을 꾸려나가다 보니, 생모의 얼굴은 날로 수척해지고 허리띠를 졸라매는 일이 많아졌다. 주름살도 훨씬 늘어나고 눈자위가 퀭하니 파묻혀 들어갔다. 맹피의 생모는 되도록 지친 내색을 하지 않으려 했으나, 징재는 그런 모습을 바라볼 때마다 가슴이 아팠다.

요 몇 년 동안 집안의 대들보 노릇을 한 사람이 누구였던가 곰곰이 생각해 보았다. 자신은 두 아들의 교육에만 몰두했고, 없는 살림살이에 궂은 일을 도맡은 사람은 맹피의 생모였다. 이제 맹피 생모의 심신은 그 한계에 다다르고 있었다. 둘이 서로 의지하고 힘을 합쳐 집안을 꾸려나가지 않으면 안 되는 것이었다. 그렇다면 이제 한창 시작된 아이들의 교육은? …….

징재는 공구와 맹피를 학당(學堂)에 보내기로 결심했다. 아이들은 더 많은 학문을 배울 수 있고, 자신도 맹피 생모의 부담을 덜어주고 함께 집안 살림을 꾸려나갈 시간적 여유를 얻기 위해서였다. 징재는 가족들과 상의했다. 모두들 대찬성이었다. 더구나 공구는 진작부터 학당에 나가고 싶던 참이었다.

집에서 그리 멀지 않은 곳에 학당이 하나 있었다. 맹피도 이번만큼은 입학을 마다하지 않았다. 몸집 단단한 동생이 늘 곁에 있고 자신도 벌써 열다섯 나이가 되었으니, 학우들에게 수모를 당할 염려는 없었기 때문이었다. 공구는 환경이 바뀌었어도 형이 하루 온종일 곁에 있어 주는 덕분에 고적감을 느끼지 않고 집에서나 다름없이 학업에 열중할 수 있었다.

다시 3년이라는 세월이 눈 깜짝할 사이에 흘러갔다. 공구는 학당에서 배우는 것이 너무 부족하다는 생각이 들었다. 그래서 어머니에게 다른 학당으로 바꾸어 달라고 청을 했다. 안징재는 곰곰이 생각하고 이리저리 수소문해 보았으나, 도대체 이 욕심 많은 아들의 탐구심을 채워 줄 만한 곳이 나타나지 않았다. 그녀는 생각다 못해 아들에게 이런 제안을 냈다.

"할 수 없구나. 네 외할아버님께 가서 배우도록 해라. 그분은 진재실학(眞才實學)을 고루 갖추신 분이란다. 내가 너에게 가르친 학문도 모두 그분께 전해 받은 것이니까."

아들이 고개를 끄덕이자, 그녀는 다시 맹피에게 의견을 물었다.

"어떠냐, 너도 아우하고 같이 외조부님께 배울 마음은 없느냐?"

"아니요, 저는 학당에서 그냥 배우겠습니다."

맹피는 스승이 가르치는 것이 제 비위에 꼭 맞는데다, 모처럼 사귄 학우들과도 사이가 썩 좋았기 때문에 계속 학당에서 배울 생각이었다. 그래서 징재 역시 억지로 권하지는 않았다.

친정집은 도성 동북쪽 한 모퉁이에 자리잡고 있었다. 이튿날, 징재는 공구를 데리고 친정을 찾아갔다. 그리고 문턱에 들어서자마자 친정 아버지인 안양에게 찾아온 용건을 털어놓았다.

"아버님, 이 녀석을 맡아 좀 가르쳐 주세요. 어떻게나 공부를 파고드는지……."

선비 안양은 그 무렵 이미 육순을 넘겨 수염과 머리털이 하얗게 세어 있었다.

그는 평소부터 외손자 공구를 끔찍이도 사랑해 늘 보고 싶어했다. 그런데 이제 딸이 일부러 찾아와서 영특한 외손자를 교육시켜 달라고 부탁하니, 매우 반갑고 기뻤다.

"아무렴, 내 손주 녀석을 어느 누가 가르치겠느냐? 염려 말아라."

"무엇부터 시작하시렵니까?"

딸이 물었다. 행여 너무 수준 높은 학문을 가르칠까 걱정이 되었기 때문이었다.

"예로부터 악(樂), 예(禮), 사(射), 어(御), 서(書), 수(數), 여섯 가지 학문을 배워야 사람 구실을 한다고 했다. 그것이 바로 '육예(六藝)'라는 것이다. 요 귀여운 녀석은 내 기대를 저버리지 않을 게다. 모든 경륜을 다 쏟아부으면 훗날 이 나라의 대들보감이 될 것이다. 한데, 나는 예, 악, 서, 수 네 가지 학문만 알고 있으니 어쩐다? 사와 어, 두 과목은 이 할애비가 무공을 익히지 않아서 수박 겉핥기로만 알고 있으니, 그것 참 난감하구나."

공구가 외조부를 빤히 올려보면서 물었다.

"어머니에게서 육예가 예, 악, 사, 어, 서, 수 여섯 가지란 말씀은 들었지만, 그게 또 어떻게 나뉘는지는 모르겠어요."

안양이 빙그레 웃었다.

"나중에 천천히 얘기해 주마."

그러나 공구는 마음이 급했다.

"저는 지금 당장 듣고 싶은 걸요!"

어머니가 말렸다.

"뭐가 그리 급하냐? 앞으로 시간이 많은데."

공구는 샐쭉해져서 입을 꼭 다물었다.

안양은 외손자가 대견스러워, 자기 앞으로 바짝 끌어다 앉혔다.

"이 할애비가 대충만 들려 주마. 더 자세한 것은 나중에 설명해 주기로 하고 말이다."

외손주의 얼굴에는 금세 함박 웃음꽃이 피어났다. 공구는 외조부의 손을 잡아 흔들어가며 재촉했다.

"어서 말씀해 주세요, 할아버지!"

안양은 목청을 가다듬고 진중하게 천천히 말머리를 끄집어냈다.

"옛 사람이 가르친 육예(六藝)란, 오례(五禮), 육악(六樂), 오사(五射), 오어(五御), 육서(六書), 구수(九數)를 말하느니라."

"'오례'가 무엇무엇입니까?"

공구는 다그쳐 물었다.

"바로 다섯 가지 예의이다. 제사에 관한 일을 길례(吉禮)라 하고, 죽은 사람을 장사지내는 일을 흉례(凶禮), 손님을 맞아들이는 일을 빈례(賓禮), 군대와 전쟁에 관한 일을 군례(軍禮), 관례(冠禮)를 올리거나 혼인식을 할 때 적용하는 예절을 가례(嘉禮)라고 한다."

"'육악'은요?"

안양은 한숨 돌릴 겨를도 없이 내처 대답해야 했다.

"그건 여섯 가지 춤과 음악이지. 시대에 따라서 여섯 종류로 나뉜 것이란다. 황제(黃帝) 대의 음악을 운문(雲門)이라 부르고, 요(堯) 임금 대의 음악을 함지(咸池), 순(舜) 임금 대의 음악을 대소(大韶), 우(禹) 임금 대의 음악을 대하(大夏)라고 일컫는다. 그리고 너희 조상님 되시는 탕(湯) 임금 대의 음악은 대호(大濩), 무왕(武王) 대의 음악은 대무(大武)라고 일컫지."

안양의 말끝이 떨어지기도 전에, 공구는 되물어 볼 작정으로 입을 열려고 했다. 그러나 어머니가 먼저 가로막았다.

"얘야, 할아버님 좀 쉬게 해드려라!"

안양은 껄껄 너털웃음을 터뜨렸다.

"아니다, 내친 김에 다 얘기해 주어야겠구나. '오사'란, 활쏘는 법 다섯 가지를 말한다. 그게 뭔고 하니, 백시(白矢), 참련(參連), 섬주(剡注), 양척(襄尺), 정의(井儀), 이렇게 다섯 가지다. '오어'가 뭔지도 알고 싶겠지? 수레와 말을 모는 다섯 가지 방법이다. 명화란(鳴和鸞), 축수곡(逐水曲), 과군표(過君表), 무교구(舞交衢), 축금좌(逐金左)가 바

로 그것이다. '육서'란 글자를 만들고 쓰는 여섯 가지 방법을 일컫는
다. 여기에는 지사(指事), 상형(象形), 형성(形聲), 회의(會意), 전주
(轉注)와 가차(假借)의 여섯 가지 방법이 있다. 그리고 마지막으로,
'구수'란 고대 수학에서 쓰던 아홉 가지 산법(算法)이다. 방전(方田),
속미(粟米). 차분(差分), 소광(少廣), 상공(商功), 균수(均輸), 방정(方
程), 영부족(瀛不足)과 구고(句股)가 그것이다. 더 자세한 내용은 한두
마디로 설명할 수 없으니, 이 다음에 찬찬히 얘기해 주마."

"그래, 할아버님도 숨을 돌리셔야지 안 그러냐?"

안징재는 아들을 자기 앞으로 끌어 당기면서 달랬다.

"시간은 얼마든지 많다. 할아버님께서 천천히 가르쳐 주실 거야. 넌
성질이 너무 급해서 탈이로구나."

웬일인지, 공구도 선뜻 고개를 끄덕거렸다. 제아무리 똑똑해도 이렇
게 생소한 낱말들을 한꺼번에 익히고 이해할 수는 없는 것이었다. 그래
서 어린 소견에도 시간을 두고 천천히 새김질할 궁리가 드는 모양이었
다.

외조부와 어머니, 외손자 삼대는 화제를 일상 생활로 이끌어갔다. 이
것저것 묻는 과정에서, 안양은 외손주를 유심히 관찰했다. 그의 눈에
이 어린 손주 녀석이 가르침을 청할 때는 방금 전처럼 우물에서 숭늉
찾듯 들볶아 대지만, 아주 얌전하고 으젓하고 대범한 데다 참을성마저
돋보이는 것이었다. 그것을 눈여겨 보는 노인장의 마음은 이루 말할 수
없이 흐뭇하기만 했다.

점심을 끝내고 안양은 곧바로 외손주의 학업 수준을 시험해 보았다.
그는 손주의 학업수준에 매우 감탄하였다. 여느 동갑내기 소년으로서
는 전혀 이해하기 어려운 지식을 뜻밖에도 어엿하게 이해하고 있는 것
이 아닌가! 질문이 떨어지기가 무섭게 응구 첩대(應口輒對)로 대답하
는데, 그럴 듯도 하려니와 조리가 정연하였다. 노소(老少)간의 문답은

두 시간이나 계속되었으나 늙은 외조부는 전혀 지친 기색이 없었다. 질문을 던질수록 흥겹기만 하고 어린 외손주의 대답을 들을수록 통쾌함이 느껴졌다. 나중에 가서는 어린 손주의 어깨를 툭툭 쳐주면서 딸에게 한 마디 찬탄을 던졌다.

"이 애야말로 갈고 닦아 주기를 기다리는 아름다운 옥돌이로구나!"

공구는 게으름을 피우지 않고 학업에 열중했다. 때로는 잠자고 먹기조차 잊어버릴 정도로 학문과 지식을 갈구했다. 그는 어려서부터 사물의 근거를 만족할 때까지 캐내야만 직성이 풀리는 습관이 배어 있었다. 이해하지 못하는 것이 있으면 이내 물었다. 일단 질문을 던지면 끈질기게 뿌리를 파헤쳤다. 이것도 아니고 저것도 아닌 어정쩡한 문제를 자기 머리 속에 담아두는 법이라곤 전혀 없었다. 외손주가 철두철미 추궁할수록, 할아버지도 그만큼 희열이 커졌고 의문을 풀어주는 해설도 갈수록 세심해졌다.

노인과 소년 두 사람은 이렇게 나날을 보내고 해를 거듭했다. 6년의 세월이 흘렀다. 안양은 자신이 수십 년간 쌓아두었던 학문을 남김없이 외손주에게 전수해 주었다. 이제 공구는 고금 박통(古今博通)한 대학자의 경지에 첫발을 들여놓으려는 수준에 이르른 것이다.

공구가 만 열여덟 살이 되었을 때, 안양은 갑자기 정신이 혼미해지고 몸을 지탱할 수 없을 정도로 기력이 쇠잔해졌음을 깨달았다. 그의 머리 속에 이제 자신은 실을 다 뽑아낸 늙어빠진 누에 같다는 생각이 드는 순간 얼른 공구를 불러들였다.

"애야, 이 할애비는 평생토록 학문을 헛되이 쌓아 왔을 뿐, 나라의 은혜에 보답할 기회는 끝끝내 얻지 못했구나. 그게 종신토록 한이 된다. 다행스럽게도 이제 뒤늦게나마 내 모든 학문을 너에게 모조리 전수해 주어 이 할애비의 마음이 놓이는구나. 아무쪼록 지금과 같이 분발하고 항심(恒心)을 지녀 배움을 거듭하여라. 그리고 장차 기회가 오면 나라를 위하여 배운 바를 다 써서 진충 갈력(盡忠竭力)하거라. 애야, 기억해 두어라. 사람은 살아 있는 동안에 한 가지 사업을 반드시 이룩하여 청사(靑史)에 그 이름을 길이 남기고, 후세 사람들에게 경모(敬慕)와 추앙(推仰)을 받으며 본받는 인물이 되어야 한다. 네가 만약 그 경지에 도달할 수만 있다면, 네 조상의 이름을 빛낼 뿐만 아니라, 이 늙은 할애비도 구천지하(九泉地下)에서 기뻐할 것이다. 내 말뜻 잘 알아듣겠느냐?"

공구는 어려서부터 강단 있고 의연한 성품을 지녀서 좀처럼 눈물을 흘린 적이 없었다. 그러나 지금 외조부의 임종 유언같은 말씀을 듣자니 코끝이 찡해지고 눈물이 방울방울 두 뺨을 타고 흘러내렸다.

외손주의 모습을 보는 안양도 가슴이 쓰라렸다. 그러나 벅찬 감정을 억누르니, 떨리는 목소리에도 힘찬 기운이 배어 나왔다.

"울어서야 쓰나, 사내 대장부의 기백을 잃지 말아야지! 너는 좀 더 굳세져야 하겠다. 사람이 한평생 살아가는 길은 길고도 지루하다. 순풍에 돛단 배처럼 뜻대로 나갈 수 있는 길은 하나도 없단다. 그런 만큼, 역경(逆境)을 헤쳐 나갈 준비와 자신감을 늘 지니고 있어야 하느니라. 곤경과 난관, 이것은 영웅의 생애와 동시에 만들어지는 것이다. 애야, 젊음을 아껴라. 세월은 사람을 기다려주는 법이 없다. 잠깐 사이에 지금 나처럼 늙은 나이가 되면, 아무 짝에도 쓸모없는 허수아비, 그저 관에 누워 땅 속에 파묻힐 날만 기다리게 된다."

공구는 공손한 자세로 할아버지의 말씀을 귀담아 들었다. 처음 몇 마디를 듣는 순간, 그의 가슴 속에는 뭐라고 형언 못할 벅찬 응어리가 꿈틀거렸으나, 마지막 두세 마디를 들었을 때는 저도 모르게 비감한 생각을 이기지 못하고 끝내 울음을 터뜨리고 말았다.

"할아버지! ……."

"얼른 가서 네 어미를 불러오너라, 내 할 말이 있으니까."

안징재는 단걸음에 뛰어왔다. 얼마나 울면서 달려왔는지, 벌써 목이 다 쉬어 있었다.

통곡하는 딸을 앞에 두고, 안양은 조용히 말문을 열었다.

"공구의 학문은 이미 내 웃길에 올랐다. 내가 보건대 이 녀석은 앞으로 큰 일을 해낼 인물이 될 것이다. 잔명(殘命)을 더 이어갈 수만 있다면, 내 손주 녀석이 청운의 뜻을 이룩하고 비황 등달(飛黃騰達)하는 날을 볼 수 있으련만, 뜻밖에도 하늘이 그 때까지 기다려 주지 않는구나! 하는 수 없지, 누구든 제 수명대로 누리다 가는 수밖에……. 내가 죽더라도 너는 이 아이를 잘 길러 주어 청사에 그 이름을 길이 남기도록 해 주어야 한다."

말을 마치자, 그는 한숨 속에 천천히 눈을 감았다.

공구의 연락을 받고 두 딸이 달려왔다. 세 자매가 허둥지둥 아버지에게 수의(壽衣)를 갈아입혔을 때, 노인은 이미 숨이 끊겨 있었다.

상례(喪禮)대로, 공구는 어머니와 함께 백일 시묘(侍墓)를 지켰다. 백일의 탈상을 마치고, 두 모자는 집으로 돌아갔다.

그로부터 얼마 되지 않아, 맹피가 결혼을 하게 되었다. 누구보다 기뻐한 사람은 맹피의 생모였다. 고생에 찌들대로 찌들어 버린 그녀의 입에서 보기 드물게 함박 웃음이 터지고 걸쭉한 농담마저 서슴없이 나왔다. 그녀는 어깨에 평생토록 지고 있던 무거운 짐을 벗어 놓은 기분이었다.

공구는 키가 팔 척에다 어깨가 떡 벌어진, 훤칠하게 잘 생긴 청년으로 변해 있었다. 둥글 넙적한 얼굴, 으젓하고 당당한 모습, 대화를 나눌 때는 고상하고 점잖은 말이 절로 나오는가 하면, 행동 거지도 단정하고 장중했다. 혼담을 가진 중매쟁이들이 꼬리를 물고 대문을 들락거렸다.

어느 날, 안징재는 아들 공구를 불러들였다.

"구야, 이리 오너라, 내 의논할 일이 하나 있다."

3
수모를 겪은 후에 큰 뜻을

"너도 이제 어른이 다 되었구나. 내가 너를 혼인시켜야겠다고 생각한 지 이미 오래다. 또 그래야만 내 조상님들께 진 내 마음빚도 덜 수 있겠고 말이다."

공구는 어머니 앞에 공손히 서서 말씀을 들었다. 그러나 그의 대답은 선뜻 응낙하는 말이 아니었다.

"어머님, 남녀가 장성하여 혼인하는 것은 자연스런 일이요, 또 의당 부모님께서 주재하시는 뜻에 따라야 마땅한 줄 압니다. 그러나 혼인은 사람의 한 평생을 좌우하는 막중한 대사라, 실 한 오리만큼이라도 경솔히 해선 안 되는 일입니다. '남자는 삼십이 되어야 취처(娶妻)를 한다'는 것은 주공(周公)께서 정한 혼제(婚制)이온데, 그 옛 법례를 어떻게 어길 수 있겠습니까?"

주공 희단(姬旦)은 공구가 가장 숭배하는 인걸 중의 한 사람이었다. 그는 주공을 가장 완전한 미덕의 소유자, 가장 고상하고도 학문이 뛰어난 위인으로 보았다. 따라서 주공 희단은 청년 공구에게 있어서 가장 으뜸가는 스승이요, 그가 남긴 말 한 마디 한 마디는 지극한 이치가 담긴 교훈이 될 수밖에 없었다.그래서 그는 주공이 제정한 혼례를 끄집어내어 어머니를 설득하려 했던 것이다.

하나 어머니도 그 나름대로 주견이 있었다. 그녀는 재삼 아들을 타일렀다.

"너는 학문을 잘 익히고 듣고 본 것도 많고 기억력도 비상하여, 그 많은 옛 예법을 두루 깨우친 것은 잘한 일이다. 하지만 옛것을 배우되 현실에 알맞게 적용하지 못하고 얽매이거나, 옛 사람의 말씀과 예법을 만고 불변의 금과 옥조(金科玉條)로 무조건 떠받들기만 해선 절대로 안 된다. 옛 말씀에도 '과거의 경험과 교훈을 잊지 말고, 미래의 거울로 삼아라' 하지 않았더냐? 내가 이 말을 하는 것은 까닭이 있다. 네 아버님은 젊었을 적부터 후대를 이을 아들을 원하셨으나 오십이 되도록 얻지 못하셨다. 내가 공씨 가문에 들어 왔을 때, 네 아버님은 연세가 많으셨다. 그 결과, 나는 청상 과부가 되었고, 너도 젖먹이 나이에 아비 없는 자식이 되고 말았다. 이 쓰라린 경험을 내 어떻게 잊을 수 있겠느냐? 이제 너는 어른이다. 신체도 건장하고 일가를 세워 이끌고 나갈 만한 나이도 되었다. 그런데 어째서 결혼을 못한단 말이냐?"

공구는 한참 동안 대답이 없었다. 그러나 마음 속으로는 갈등을 겪고 있었다. 지금 그는 학구열에 불타는 청년이었다. 처자식을 거느리기보다 좀 더 공부를 하고 싶었다. 하지만 공부는 무엇 때문에 하며 예법은 무엇 때문에 익히는가? 작은 일부터 사리에 어긋나고서야 어떻게 큰일을 이룩한단 말인가?

그는 어머니가 온갖 고초와 난관을 겪어가며 자신을 이 나이가 되도록 길러준 은혜를 뼈 속 깊이 느끼고 있었다. 그만큼 공구의 효성은 깊었다. 어머니의 말씀을 어겨서야 어찌 자식이라 할 수 있겠는가!

아들은 두 손을 앞에 모으고 조용히 입을 열었다.

"정녕 그러시다면, 어머님의 뜻에 따르겠습니다. 모든 것을 어머님 께서 주재해 주십시오."

그제서야 징재의 얼굴이 활짝 펴졌다. 다음 날, 그녀는 중매쟁이를 놓아 사방으로 며느리감을 물색했다. 며칠이 지나, 중매쟁이는 송(宋) 나라 기관씨(亓官氏)의 가문에 재덕과 용모를 갖춘 규수가 있다는 소식을 가지고 돌아왔다. 징재는 부랴부랴 기관씨 댁에 사주 단자(四柱單子)를 보냈다. 공교롭게도 그 처녀는 공구와 동갑내기였다. 결혼 준비는 일사 천리로 진행되었고 황도 길일(黃道吉日)을 가려 뽑아, 공구의 혼례식은 거행되었다.

공구가 아내 기관씨를 맞아들인 후, 집안 식구들의 분위기는 새롭게 바뀌었다. 공구 역시 신혼의 단꿈을 누리면서 행복한 나날을 보냈다. 그러나 그는 이상을 지니고 포부도 지닌 청년이었다. 더구나 혈기 방장한 나이에 온갖 학문과 경륜을 익힌 몸이었다. 이런 청년이 어찌 소리 소문도 없이 집구석에만 처박혀 있으려 하겠는가? 신혼기의 격동이 가라앉으면서, 그의 머리 속에는 외할아버지가 남긴 교훈과 유언의 말씀이 자꾸만 떠올랐다.

'삼황(三皇)과 오제(五帝)는 난세를 평정하고 나라를 태평 성대로 이끌었다. 이들은 사사로운 안녕을 위해서가 아니라, 오직 천하의 안녕 만을 위해 힘써 왔다. 그런데 나는 지금 무엇을 하고 있는가? ……'

외조부의 말씀이 귓전에 메아리칠 때마다, 그는 자신의 학문과 재능을 어서 시험해 보고 싶은 충동이 끓어올랐다.

공구의 외조부가 말한 이상을 구현하려면 몇 가지 단계를 거쳐야 했다. 우선 지식을 갖춘 선비와 교분을 맺고 사회에 발을 내딛어, 차츰 나라에 공헌할 웅재 대략(雄才大略)을 펼쳐나갈 기회를 잡는다거나, 정치 이상의 포부를 펼치려면 관원이 되어야 했다. 그러나 당시에는 과거

제도가 없었으므로 모든 벼슬은 연줄을 타고 잡아야 했다. 제후국을 다스리는 군주로부터 대부(大夫)에 이르기까지 모든 관직은 세습(世襲)으로 전해 내렸다.

공구의 아버지 숙량흘도 추읍 대부에 임명되기는 했으나, 그 역시 녹봉(祿俸)을 주기 위한 헛된 명분일 뿐, 실제로 행사할 수 있는 권력은 쥐꼬리만큼 밖에 안 되었다. 그나마도 공구가 세 살 되던 해 숙량흘이 세상을 떠남으로써 벼슬과의 연줄은 끊기고 말았다. 세상 만사는 염량세태(炎凉世態), 권문 세가의 연줄을 타고 아부하여 등용문에 오르는 사람들이 많은 대신, 스스로 몸을 낮추고 미관 말직에 나서려는 사람은 드문 법이었다. 숙량흘이 죽고 나자, 고관 대작들과 귀족들은 재빨리 그의 존재를 잊어버렸다.

공구는 어쩌다가 장터에라도 나가서 서로 속이고 속는 장사꾼들의 흥정하는 광경을 보노라면 분노하곤 했다.

'이런 사회의 기풍이 바뀌지 않는 한, 노나라의 앞날은 전혀 가망이 없으리라. 두고 보라, 언젠가는 내 손으로 바꾸어 놓고야 말 테니! ……'

공구는 갈수록 잠 못 이루는 날들이 많아졌다. 어떤 때는 밤을 꼬박 뜬눈으로 지새는 적도 있었다. 어둠 속에서, 그는 자신의 구상에 따라 이 노나라를 강대국으로 만들 수 있는 웅대한 청사진을 그려냈다.

상상의 화폭에는 온갖 색채가 현란하게 물들여졌다.

'법령을 반포하고, 인의(仁義)를 행하며, 예치(禮治)로 다스리고, 폭정을 금하며, 도적들이 날뛰지 못하게 하고, 장사꾼이 손님을 속이는 일이 없어지면, 서민과 백성들은 자연 평온하고 안락한 삶을 누릴 수 있게 되지 않겠는가? ……'

구상은 거기서 멈추지 않고 한없이 나래를 펼쳐갔다.

'노나라만 부강해져선 안 된다. 이 나라에 쓴 방법이 그 밖의 다른 제후국에 영향을 끼친다면, 이제 붕괴를 눈앞에 둔 종주국 주(周)나라를 다시 부흥시킬 수 있지 않겠는가? ⋯⋯'

물론 그는 이 목표가 너무 크다는 것을 잘 알고 있었다. 원대한 목표, 그것은 전란과 분쟁에 의해 황폐화되어 가는 천하 제후국들을 다시 종주국을 중심으로 결속시키는 것이었다.

어디서부터 손을 대야 하며 또 무슨 힘으로 그 목표를 달성할 수 있을지 좀처럼 자신 있는 방도가 떠오르지 않았다. 그저 마음 속으로 다짐을 두는 것이 고작이었다.

당시 노나라에는 이른바 '삼환(三桓)'이 정권을 장악하고 있었다.

노나라 환공(桓公)이 일찍이 제(齊)나라 군주 양공(襄公)의 누이동생 문강(文姜)을 부인으로 맞아들였다. 그런데 문강은 오래 전부터 오빠 양공과 부정하게 근친상간(近親相姦)을 저질러 온 탕녀였다.

어느 봄날, 노환공이 친선차 제나라를 방문하는데, 문강도 남편과 동행을 하게 되었다. 친정의 나라에 도착한 후, 문강은 옛정을 잊지 못해 오빠 양공과 은밀히 사통(私通)을 했다. 그러나 그 일이 발각되고, 노환공은 크게 노하여 문강을 내버려 둔 채 급히 귀국길에 올랐다. 제 양공은 소문이 날까 두려워, 심복 부하를 뒤쫓아 보내 중도에서 노환공을 죽여 버렸다.

이 때 노나라의 세자는 문강의 소생인 희동(姬同)이었다. 환공이 죽자, 세자가 즉위했다. 그가 노장공(魯莊公)이었다. 장공은 어머니 문강에게 국경 지대에 거처를 정해주고 노나라에 들어오지 못하도록 했다.

노장공에게는 형제가 셋이 있었다. 형 경보(慶父)와 아우 숙아(叔牙)는 배다른 형제였고, 막내 계우(季友)만이 친형제였다. 이들 세 사람은 군주의 형제로서, 제각기 일정한 세력을 지니고 있었다.

노양공이 세상을 떠난 후 노소공(魯昭公)이 왕위를 이어 받았다. 군주가 바뀜에 따라, 경보, 숙아, 계우의 후손들도 노나라 조정 안에서 끊임없이 세력을 넓혔는데, 이들은 각각 중손씨(仲孫氏), 숙손씨(叔孫氏), 계손씨(季孫氏)라고 일컬었으며 이들 세 가문을 '삼환'이라고 불렀다.

공구가 20세 되던 해, 노나라의 상국(相國 : 재상)은 계손의여(季孫意如 : 季平子)가 맡고 있었다. 계손의여는 기존의 삼군을 이군(二軍)으로 합쳐 자기가 일군을 통솔하고, 나머지 일군을 숙손성자(叔孫成子)와 맹희자(孟僖子) 두 가문이 거느리게 했다. 그리고 노나라의 전국토와 백성을 넷으로 나누어, 자신이 그 중 둘을, 숙손씨와 맹손씨는 각각 하나씩 차지하게 만들었다. 이렇게 되니, 군주인 노소공은 빈 껍데기가 되었을 뿐만 아니라, 숙손씨와 맹손씨 양 가문의 세력도 엄청나게 약화되고 말았다.

숙손씨와 맹손씨도 쉽사리 양보하지 않고 기회만 있으면 계손씨 가문을 공격했다. 이리하여 세 가문은 서로 공공연히 싸움을 벌이거나 암투를 벌여, 단 하루도 평안한 날이 없었다. 노나라 전국은 온통 뒤죽박죽 난장판이 되어 있었고 국력은 날로 쇠약해져 갔던 것이다.

이렇듯 암울하고도 절망적인 시대상을 보면서, 공구는 그야말로 전쟁터에 나선 전사(戰士)처럼 자신의 학문을 병기 삼아 헝클어진 사회를 바로잡고만 싶었다. 그러나 정작 현실의 자신을 돌아보면, 답답함과 자신의 황당무계함을 비웃을 수밖에 없었다.

공구의 머리 속은 온통 무지개 빛깔의 환상으로 가득 찼다. 하지만 필생의 업을 이룩하기 위해서는 반드시 첫 단계부터 밟아 올라야 하고 작은 일부터 시작해야 한다는 사실도 깊이 알고 있었다.

오랜 생각 끝에 그는 일단 집 밖으로 나갈 생각을 굳혔다. 우선 노나라의 어진 신하, 훌륭한 선비들을 만나 설득해 보겠다는 결심이었다.
이래서 공구는 첫 유세(遊說)의 길에 나섰다.

어느 날 길을 걷던 공구의 귓결에 우연히 사람들이 쑥덕거리는 소리
가 들려왔다.

"계 상국이 또 어진 선비들을 찾는 모양이야."

"그걸 어떻게 아나?"

"그 댁 하인들이 푸짐한 잔치 준비를 하느라 정신 없이 바쁘단 말씀
이야. 문인과 학사들을 여럿 초청했다더군."

"공연히 체면치레 하느라 그렇겠지, 뭐⋯⋯."

"아냐, 진짜로 훌륭한 인재를 찾는지도 모르지."

궁상맞은 샌님 몇몇이서 주고 받는 대화였다. 공구 역시 며칠 전에
그 소문을 들어 본 적이 있었지만 긴가민가 하던 차에 지금 같은 얘기
를 듣고보니 확신이 섰다.

'오냐, 기다리던 때가 왔구나!'

그는 신바람이 나서 집으로 돌아갔다.

벼슬길에 발을 들여놓으려는 공구에게 있어서, 그것은 의심할 것도
없이 기막힌 희소식이었다. 그는 이 기회를 단단히 붙잡으리라 결심했
다.

상국 계평자가 문사들을 초청해서 큰 잔치를 열던 그날, 공구는 이른
아침부터 의관을 정제하고 대문을 나섰다.

상국의 집은 높다란 담장, 으리으리한 건물, 위세 당당하게 활짝 열
린 대문짝, 그야말로 보는 사람의 기를 죽이는 웅장한 저택이었다. 이
른 아침인데도 상국의 집은 벌써 문전 성시를 이루고 있었다. 울긋불긋
호화스런 비단 옷차림의 귀족 자제들이 떼를 지어 드나드는 모습이 자
못 활기차 보였다.

높고 커다란 문루(門樓) 아래 다가가서 보니, 범 같은 장한이 한 사

람 딱 버티고 서 있었다. 나이는 30여세 정도로 짙은 쪽빛 저고리를 풍성하게 걸치고 뺨에는 시커먼 수염이 덥수룩하게 덮혀 있고 툭 불거진 근육이 사뭇 험상궂게 생겼다.

손님들이 드나들 때마다 장한의 얼굴 표정도 자주 바뀌었다. 고개를 끄덕이는가 하면 아첨 섞인 웃음기를 질질 흘려 보이기도 하고, 잠깐 있다가는 눈썹을 곤두세우고 호랑이 눈을 부릅뜬 채 이빨을 하얗게 드러내기도 했다. 손님의 신분에 따라서 환영하고 내쫓는 기색이 영 다른 것이었다.

공구는 멀찍이 서서 한참 동안이나 그 모양을 바라보았다. 이따금씩 문턱에 발도 디밀지 못하고 문지기 녀석한테 떠밀려 쫓겨나는 사람들의 몰골을 보니, 그는 자신도 모르게 몸이 움츠러들고 소름이 끼쳤다. 공구는 한숨이 절로 나왔다. 이거야말로 염량 세태 시세에 붙좇는 소인배가 아니고 뭐란 말인가?

그는 눈을 똑바로 뜨고 다시 한 번 문지기를 바라보았다. 가만 있자, 저 녀석이 누굴까? 올커니, 상국 계평자의 가신(家臣) 중에 양호(陽虎) 란 심복이 있다던데 그자가 아닐런지? ······.

귀빈 영접을 맡은 문지기는 계평자의 심복 부하 양호였다. 춘추 시대 제후국 군주 밑에는 경대부(卿大夫)들이 있었는데, 이 경대부 벼슬은 모두 세습으로 이어받은 것이었다. 그러나 경대부에게 소속된 관원들은 세습직이 아니라 모두 경대부가 마음대로 뽑아 임용하거나 해임시켰다. 다시 말해, 경대부의 영지를 맡아 다스리는 재(宰), 사도(司徒), 사마(司馬)의 직분을 맡은 사람들을 통틀어 가신이라고 일컬었다.

양호의 구역질나는 상판을 보자니 당장 발길을 돌리고 싶었으나 그는 이내 생각을 바꾸었다. '노나라를 위해서, 공씨 가문의 조상님들을 위해서라면 반드시 이 좋은 기회를 잡아야 한다.'

생각이 이에 미치자 용기가 솟아났다. 그는 가슴을 떡 벌리고 으젓한 걸음걸이로 대문 앞을 향해 걸어갔다.

문턱 계단 아래 이르자, 공구는 두 주먹을 맞잡고 인사를 건넸다.

양호는 답례는커녕 그가 미처 인삿말을 꺼내기도 전에 볼 것도 없다는 듯이 호통을 쳤다.

"너는 뭐하는 놈이냐? 여긴 왜 왔어?"

공구는 고개를 숙이고 우뚝 선 채, 공손히 대답했다.

"소인은 공구라 하옵니다. 듣자니 상국 어른께서 연회석상에 천하의 문인 학사들을 초청하신다기에 ……."

"으하하! …… 으하하하! ……."

말이 채 끝나지도 않았는데, 양호는 미치광이처럼 웃음보를 터뜨렸다. 듣기만 해도 온 몸뚱이의 솜털이 곤두설 만큼 듣기 싫은 웃음소리였다.

"이것 봐, 상국 대감께서 초청한 분들은 이 노나라의 일류 가는 명사들이야. 네 따위 궁상맞은 샌님이 그 판에 끼어들려 하다니, 정말 하늘 높은 줄도 모르고 땅이 얼마나 두터운지도 모르는 녀석이로구나!"

한바탕 조롱을 듣고나자, 공구의 머리 속은 오히려 맑아졌다. 그는 고개를 번쩍 쳐들고 얼굴 가득 노기를 띠었다. 공구는 발걸음을 앞으로 성큼 내딛었다. 양호와 한바탕 시비를 가려볼 참이었다.

양호 역시 그의 속셈을 꿰뚫어보았다. 그는 공구가 입을 열 때까지 기다려 주지 않았다. 폭넓은 소맷자락이 공구의 면전에서 휙! 하고 바람을 일으키더니, 뒤미처 벼락 같은 호통이 터져나왔다.

"거렁뱅이 같은 놈! 이래도 안 꺼질 테냐?"

공구는 본디 자존심이 강한 청년이었다. 또 겸손하고 신중할 때는 누구보다 점잖았다. 또한 체면을 무척이나 아끼는 사람이었다. 그러한 공구가 난생 처음 이토록 억울한 수모를 당하고 나자, 그는 분노와 부끄러움에 얼굴이 벌겋다 못해 귓불까지 붉어진 채 어찌할 바를 몰랐다.

'내가 이런 모욕을 받아가며 무식한 소인배와 시비를 가려야 옳단 말인가?'

"괜히 걸리적거리지 말고 어서 꺼져!"

양호의 고함 소리가 귓전을 때렸다. 맥없이 발길을 돌린 공구는 집으로 돌아가는 길 내내 이루 말할 수 없이 참담했다.

첫번째 좌절을 겪고서 공구는 결코 낙담하지 않았다. 반대로 그는 인생의 길이란 평탄하지 못한 것, 파란 만장하고도 우여 곡절이 심하다는 진리를 깨우칠 수 있었다. 그 길은 숱한 시련을 겪은 굳센 인간만이 걸어 나갈 수 있으며, 또 피나는 역경을 헤쳐 나가야만 필생의 업적을 달성할 수 있다는 것을 깨달았다.

현실적인 좌절과 깨달음은 공구의 생각을 처음부터 바꾸어 놓았다.

'지금은 성급하게 나설 때가 아니다. 모든 길은 벼슬에 있는 것이 아니라, 더욱 깊은 학문을 쌓아 나가는 데 있다. 원대한 목표를 지향하기에는, 나는 아직도 멀었다. 끊임없이 자신을 연마해야 한다.'

그는 한층 분발하여 학문을 익혔다. 시간은 그에게 있어서 무엇보다 소중한 보물이었다. 단 한 시각이라도 헛되이 쓰는 법이 결코 없었다. 그는 예(禮), 악(樂), 서(書), 수(數)를 심도 있게 연구하는 한편, 실제로 사(射)와 어(御)를 연마하는 데도 전심 전력을 다 기울였다.

집에서 그리 멀지 않은 곳에 마을 사람들의 연습을 위한 활터가 있었다. 그는 계획을 세워 놓고 고된 학습과 단련을 해나갔다. 시간은 노력하는 사람을 저버리지 않는 법, 활쏘는 기술은 하루가 다르게 높아져가고, 이론적으로 배운 다섯 가지 사법(射法)에도 낱낱이 정통했다.

활터에 그의 그림자가 나타나기만 하면, 사람들은 구경거리를 놓칠세라 앞다투어 몰려왔고 그가 활시위를 놓을 때마다 찬탄의 소리가 끊이지 않았다.

공구의 박한 다식한 재능은 차츰 세상 사람들에게 인정을 받게 되었고 소문이 널리 퍼지면서 그에게 가르침을 구하러 찾아오는 사람들이 줄을 이었다.

어느 날, 태묘에서 제례 행사가 벌어졌다. 태묘는 도성 중간 지점, 북쪽에 자리잡고 있었다. 그곳은 지세가 불쑥 돋아있고 늘푸른 소나무 잣나무 숲 속에 사당이 높다랗게 위치하고 있었기 때문에 아무리 먼 데서 바라보아도 이내 눈에 들어왔다.

때는 가을, 세 갈래 길 한 가운데 삼중 대문을 거쳐 들어가는 옛 사당 뜨락에는 수천 그루 국화꽃이 활짝 피어나 황금 벌판을 이루고, 푸른 소나무와 붉은 담장이 어우러져 소박하고도 고풍스런 분위기에 한결 아리따운 맛을 더해주고 있었다.

제사가 시작되기도 전에, 사당 문밖과 안뜰에는 구경 나온 사람들로 벌써 인산 인해를 이루고 있었다. 공구도 예외없이 북적대는 인파에 끼어, 제사가 시작되기만을 기다렸다.

시각이 되자, 종과 북이 한꺼번에 울리고, 찬례관이 제주(祭主)를 맡은 노소공(魯昭公)을 모시고 무악대(舞樂隊)와 함께 제단에 올랐다. 제단이란 주공 희단의 소상(塑像)이 안치된 대전 앞에 장방형으로 꾸며 놓은 것으로 동서로 길게 남북으로 좁게 벽돌을 쌓아 만든 평대(平臺)였다.

제주 노소공이 먼저 술잔을 바치고 주공 희단의 공적을 찬양하는 축문을 낭독하더니, 대례(大禮)를 베풀고 제단 아래로 내려섰다. 그 다음에는 악공들이 대전 끝 처마 아래 모였다. 뒤따라 무생(舞生)들이 한 줄에 여덟 명씩 여섯 줄로 늘어서서, 왼손에는 꿩의 깃털[雉尾]을, 바른손에는 피리[簫管]를 잡고, 악공들이 연주하는 음악에 맞추어 너울너울 춤을 추기 시작했다. 격조 높은 음악과 우아한 무도 자세는 자못 엄숙한 분위기를 자아냈다.

얼마 쯤 지났을까, 갑자기 음악이 뚝 끊기더니 악공과 무생들이 제단 아래로 질서 정연하게 물러났다. 이어서 찬례관의 선포가 들려왔다.

"제사를 마치오!"

하나, 공구의 뇌리에는 무생들이 펼친 동작이 생생하게 남고, 귓결에는 음악 소리가 여전히 메아리치고 있었다. 그는 이대로 떠나기가 아쉬워 급히 찬례관 앞에 다가갔다.

"선생님, 방금 그 무도는 어째서 육일무(六佾舞)라야 됩니까?"

찬례관은 나이 오십 정도에 균형이 잘 잡힌 체구, 희고 말끔한 얼굴빛, 세 가닥 검정 수염을 기른 사뭇 기품있는 사람이었다. 젊은 청년이 갑자기 물어오자, 그는 공구의 위 아래를 훑어보더니 차근차근 대답해 주었다.

"팔일무(八佾舞)는 천자께서만 쓰는 춤이요. 제후는 육일무를 써야 하네. 주공은 제후이시니, 자연 육일무를 받으셔야 하지 않겠는가?"

"사리대로 따진다면, 주공은 무왕을 도우셨고 성왕을 보필하여 주나라를 태평 성대로 다스리셨으니, 그 공적이 무왕보다 높을 텐데 어째서 팔일무를 못쓴단 말씀입니까?"

공구의 질문에, 찬례관은 빙그레 웃음을 지었다.

"주공께서 비록 생민에게 널리 덕을 입히시고 그 공적이 하늘에 닿았다 하나, 그분은 단 하루도 천자 노릇을 해 보신 적이 없었네. 그러니 팔일무는 절대로 쓰지 못하는 것일세. 주성왕도 그분이 나라에 바친 공적을 생각해서 팔일무를 써도 좋다고 특명을 내렸으나, 그분은 예의 법규에 부합되지 않는 일이라며 한사코 거절하셨다네. 주공이 원하지 않는 팔일무를 추어서 그분의 예법을 깨뜨린다면 불경스런 일이 아니겠는가?"

공구는 다시 제례에 관한 문제를 몇 가지 물었다. 전부터 궁금했던 문제들이었다. 찬례관은 참을성있게 일일이 대답해주었다. 의문이 모두 풀리자, 공구는 깊숙이 절을 올려 감사의 뜻을 표했다.

"고맙습니다. 선생님. 너무 번거로움을 끼쳐 드렸군요."

"아니, 괜찮으이. 참말 기특한 젊은이일세."

찬례관은 이 젊은 청년이 보여준 학구적인 태도를 가상하게 여겼다. 그래서 공구의 뒷모습이 큰길 모퉁이로 사라질 때까지 줄곧 지켜 보았다.

공구는 너무나 흥겨워서 집에 돌아갈 마음이 없었다. 발길이 나가는 대로 내버려 두었더니, 동서 대로를 따라서 마냥 걸었다. 십자로에 서서 어디로 향할까 생각하니, 눈길은 북쪽으로 돌아갔다.

'옳지, 저기다!'

그리 멀지 않은 서편 공터에 흙더미로 쌓은 토대(土臺)가 잣나무 전나무 숲에 둘러싸여 있었다. 시끄러운 길거리보다 한결 으슥하고 조용한 숲 속, 차가우면서도 맑은 공기를 한껏 들여마시면서, 그는 발길 닿는 대로 걸었다. 그 토대는 노나라 첫번째 군주요, 주공 희단의 아들인 백금(伯禽)이 쌓은 망부대(望父臺)였다.

토대를 한 바퀴 돌면서, 공구는 깊은 상념에 빠졌다. 백금이 토대를 쌓아 올린 방향은 바로 주나라 도읍지 호경(鎬京) 쪽이었다. 그는 호경에 남아 계신 아버지를 그리워하는 마음에서 이 토대를 쌓고 늘 올라가 바라보곤 했다. 이제는 오랜 세월 아무도 오른 흔적없이 잡초와 쑥대만이 무성하게 자라 있을 뿐이었다.

백금의 간절한 효심을 떠올리자니, 공구는 새삼 비탄을 느꼈다. 노나라의 군주는 어엿이 백금의 후손들인데, 조상을 생각하는 마음은 벌써 오래 전 하늘 밖 구름 속으로 날려보냈으니, 이 얼마나 안타까운 노릇인가. 하기야 노나라 조정도 '삼환'의 수중에 실권을 빼앗긴 상황인데, 힘없는 군주에게 그런 효성과 예의를 기대한다는 것 자체가 무리일 것이었다.

집으로 돌아온, 공구는 언제나 다름없이 학습에 몰두했다. 그는 현재의 성취에 만족하지 않고 육예(六藝)를 더욱 정통하는 데 뜻을 세웠다.

뜻밖인 것은, 이번 태묘 제사를 보고 온 이후 그를 비평하는 도성 안 사람들의 공론이 더욱 늘어났다는 점이었다. 달라진 것이 있다면, 과거에는 그의 학문을 놓고 이러쿵저러쿵 호평을 해 주던 사람들이, 지금에 와서는 공구를 아예 무식꾼으로 취급한다는 점이었다. 학식이 많은 줄 알았던 그가 찬례관을 붙잡고 이것저것 물어보는 것이 돼먹지 않았다는 것이었다.

어느 날, 공구가 마을 청년 몇몇과 함께 활터에서 사격 연습을 하고 있는데, 젊은이 하나가 슬쩍 다가오더니 귀띔을 해주었다.

"여보게, 자넬 비평하는 사람이 많더군."

공구는 깜짝 놀라 눈이 휘둥그레졌다.

"아니, 뭐라고 비평하던가?"

"자네가 태묘에 들어가서 시시콜콜 묻는 걸 보니, 제사 예법에 대해선 아무것도 모르는 먹통이라는 걸세."

"흠흠, 먹통이라……그래 다른 말은 없던가?"

"있지! 자네더러 제사는 둘째로 치고 애당초 무식꾼이라는 거야."

그 말을 듣고 공구는 도리질을 했다.

"그 사람들이 날 너무도 몰라주는군. 내가 학문을 익히는 데 있어 특징은 자신이 많이 알더라도 배우기를 좋아하여, 아랫사람에게라도 묻기를 부끄럽게 여기지 않는 점에 있다네. 내가 보기에, 이 세상에는 학문을 지닌 사람들이 매우 많은 줄 아네. 옛말에, '아는 것을 안다 하고, 모르는 것을 모른다고 하는 것, 이것이 바로 진정 아는 것'이라고 하지 않았나? 분명히 알지도 못하고 할 줄도 모르는 사람이 억지로 아는 척한다면, 배움이 무슨 이득이 되겠는가? 그렇기 때문에 나도 열심히 배우고 남에게 묻기를 부끄럽게 여기지 않는 것일세."

"으음, 좋은 말씀이네."

"세상에 태어나서부터 아는 사람이 어디 있겠나? 그저 열심히 배우고 익혀야만 참된 학문, 참된 지식을 얻는 법일세. 물론 사람 중에는 똑똑한 사람과 어리석은 사람에 대한 구별이 있겠지. 그러나 총명이 절정에 달한 사람일지라도 끊임없이 배우고 익히고 자기 충실에 힘써야 하네. 세상에는 배울 것이 너무도 많으이. 학문에는 끝이 없다니까!"

그 청년은 일리가 있다고 느꼈는지 연신 고개를 끄덕였다. 그것을 본 나머지 청년들도 흥미를 느꼈는지 공구를 에워싸고 앉은 채, 그가 하는 말에 다소곳이 귀를 기울였다.

공구는 동료 친구들을 한번 훑어보고나서, 목청 높여 자신있게 말했다.

"나는 어려서부터 무엇이든 배우기를 좋아했었네. 열다섯 나이가 되어서는 이미 모든 학문에 깊고 두터운 취미를 붙였고, 날이 갈수록 학문을 익히는 데 온 마음과 뜻을 다 쏟아왔네."

열띤 이야기가 계속되었다. 그 말은 뭇친구들의 마음을 움직이고도 남음이 있었다. 활쏘기를 마친 후, 그들은 제각기 마을로 돌아가서 공구의 소신과 견해를 두루 선전했다.

'모르는 것은 모른다 하고, 아는 것은 안다 하라. 모르는 것을 남에게 묻는다고 부끄러울 것이 어디 있느냐?……'

공구의 이 말이 전해지자, 그를 가리켜 먹통, 무식꾼이라고 비방하던 사람들은 너나 할 것 없이 큰 깨달음을 얻었다. 이후, 공구에 대한 인식도 일변하여 그를 존경하고 신봉하는 이가 늘어났다. 심지어는 공구를 가리켜 '성인(聖人)'이라고 일컫는 사람들마저 생겨났다.

1년은 잠깐 사이에 흘러갔다. 더불어 그의 명성은 더욱 널리 떨쳐졌다.

발 없는 말은 천리를 달려 공구의 학문이 대단하다는 소문은 마침내 노나라 궁정까지 들어갔다.

어느 날, 조회를 마친 노소공은 상국 계평자와 숙손성자, 맹희자를 후궁으로 불러들여 흥분된 목소리로 이렇게 물었다.

"경들도 소문을 들어 알겠소만, 과인이 듣자니까 추읍 대부였던 숙량흘의 아들 공구가 매우 학식이 높다던데, 그게 사실인지 뜬소문인지 모르겠구료."

계평자는 땅딸보에 살이 투실투실 찐 사람으로 실눈을 뜨고 남을 곁눈질로 흘겨보기를 좋아했다. 숙손성자는 중간 키에 쪼글쪼글 마른 얼굴에 여간해서 자기 감정을 나타내는 적이 없는 사람이었다. 군주의 질문을 받고 두 사람은 서로 얼굴만 훔쳐 볼 뿐 아무런 대꾸가 없었다.

두 사람 대신에 맹희자가 조용히 말문을 열었다.

"신도 소문을 들어 봤사옵니다만, 직접 만나본 적은 없으므로 그 진위를 아뢰지 못하겠나이다. 혹시 근거없이 떠도는 소문은 아니온지 ……."

노소공이 결론을 내렸다.

"그렇다면 그 사람을 입궁시켜서 직접 시험해 보는 것이 어떻겠소? 과연 그 소문이 사실이라면 중책을 맡겨도 좋겠고……."

계평자가 이맛살을 찌푸렸다. 듣고 보니 불쾌한 모양이었다. 숙손성자는 그 말을 못 들은 척, 가타부타 반응이 없었다.

맹희자가 다시 말문을 열었다.

"주공께서 그럴 의향이시라면, 신이 곧 사람을 보내 그 청년을 입궁토록 하겠습니다."

맹희자는 즉시 공구의 집으로 사람을 보냈다.

이 날, 공구는 집에서 《시경(詩經)》을 읽고 있었다. 그는 《시경》에 담긴 인간의 진솔한 감정과 우아한 어휘를 몹시 좋아했다.

한참 흥겹게 시구를 읊조리고 있는데, 문 두드리는 소리가 났다. 뒤이어 아내 기관씨가 신발을 끌고 나가는 소리가 들렸다.

"아이구머니!"

아내의 당황한 목소리에, 공구는 보던 책을 내려놓고 문 쪽을 내다보았다.

"여보, 대궐에서 칙사 어른이 오셨어요!"

"뭐라구, 칙사 어른이?"

공구는 부랴부랴 의관을 갖추고 앞마당으로 내려서서, 공손히 허리 굽혀 인사를 올렸다.

"누추한 집에 칙사 어른이 왕림하시다니, 미리 영접하지 못한 죄 부디 용서하십시오."

칙사는 인사 치레를 생략하고 대뜸 용건부터 끄집어냈다.

"주공께서 그대를 속히 입궁시키라는 명을 내리셨네. 어서 서둘러 입궁할 준비나 갖추게."

뜻밖의 희소식을 듣자, 공구는 미처 어머니와 아내에게 한 마디 말도 남길 겨를 없이 그 길로 칙사를 따라 나섰다.

노소공은 만면에 웃음을 띠고, 눈앞에 꿇어 엎드린 청년을 굽어보았다.

"이리 앉으라."

"황공하옵니다, 주공."

그는 숨을 죽인 낮은 목소리로 대답한 다음, 아랫자리로 물러나 앉았다.

"과인이 듣자니 그대는 경륜과 학문에 밝아 박학 다식한 인재라 하던데, 이 자리에서 나라를 다스리는 이치를 들려줄 수 있겠는가?"

공구는 벌떡 일어나 그 자리에 무릎 꿇었다.

"초야의 미천한 이 몸이 어찌 감히 주공 앞에 망령된 의견을 내오리까?"

"일어나 앉으라. 삼황 오제가 세상을 다스린 강령이 무엇인고?"

"천하를 공(公)으로 삼았다는 점입니다."

공구는 추호도 거침없이 대답했다.

"주공(周公)께서 이룬 주요 업적은 무엇인가?"

"예악(禮樂)을 제정하신 것입니다."

"지금 형세를 보건대, 제(齊)나라는 강성하고 우리 노나라는 쇠약하다. 과인은 이 미약한 노나라를 제나라보다 강대한 나라로 만들고 싶은데, 무슨 방법을 써야 하겠는고?"

어려운 질문이었다. 공구는 고개를 숙인 채 잠시 생각한 다음, 굳세고 차분한 어조로 자신의 견해를 피력했다.

"황공하오나, 구(丘)는 이렇게 생각하옵니다. 노나라가 부강해지려면, 무엇보다 먼저 주(周)나라의 법도를 회복시켜, 덕정을 베풀고 민생에 관심을 쏟으며 백성을 사랑하고 보호해야 합니다. 도덕의 길로 백성을 인도하고 예의와 교육으로써 그들을 규범지어야 합니다. 그보다 더 중요한 것은 집정자가 몸소 실천하여 백성들의 본보기가 되도록 힘쓰는 일입니다. 이렇게 하면, 법령이 곧바로 시행되고 금령(禁令)을 내려도 지켜지게 됩니다."

"과인이 그것을 실현하려면 어떻게 해야 하는고?"

"어질고 능력있는 인재를 가려뽑아 그 직분을 맡기는 일입니다. 오늘날 세인의 관심 밖에 잊혀져 은거해 있는 현량(賢良)한 선비와 재덕을 겸비한 인재를 발탁하시어 무겁게 쓰시고, 상하가 합심 협력하여 나라를 다스린다면, 제나라를 능가하기에 무슨 어려움이 있겠나이까?"

공구의 자신있는 대답에, 노소공은 크게 찬탄하며 즉석에서 말투를 바꾸었다.

"공부자(孔夫子)는 진실로 하늘이 내신 성인이로다! 혹시 궁궐에 머무르면서 과인에게 좋은 모책(謀策)을 내어 줄 생각은 없으시오?"

공구는 일순 자기 귀를 의심했다. 이것이야말로 자신의 뜻과 재능을 펼쳐 보일 기회, 자신의 포부를 구현해 보일 절호의 기회가 아니고 무엇이란 말인가? 그러나 그것은 너무도 빨리 찾아왔고 너무 돌발적이라, 공구는 말문이 막혀 두 눈만 휘둥그레 뜬 채 어떻게 대답해야 좋을지 몰랐다.

상국 계평자는 몸집이 비대한 대신 속이 좁아, 도량이라곤 눈꼽만큼도 없는 위인이라, 진재 실학(眞才實學)을 갖춘 사람을 용납해 본 적이 없었다. 그는 공구가 과연 천하를 주름잡을 만한 경륜의 소유자임을 보고, 또 노소공이 즉석에서 관직을 내리려는 것을 보자, 놀라다 못해 숨통이 꽉 막혔다. 그는 노소공의 눈치를 살피면서, 공구가 미처 대답하지 못한 틈을 노려 재빨리 두 사람의 대화를 가로채고 나섰다.

"주공께 아뢰오. 이 공부자(孔夫子)로 말씀드리오면, 한창 젊은 나이에 이토록이나 재능이 많사온즉, 실로 존경받을 만한 훌륭한 선비라고 생각합니다. 하오나 관직을 맡기는 일은 국가적인 대사이므로, 좀 더 시간을 두고 재능을 헤아려 등용하심이 옳을까 하나이다."

노소공은 계평자의 내심을 뻔히 알고 있었다. 그러나 계평자는 상국이었다. 게다가 일국의 정권을 나누어 쥔 숙손씨, 맹손씨도 있는 자리에서 계평자와 다투어 보았자 이득이 될 것은 하나도 없었다. 일단 노소공은 계평자의 말을 따르기로 마음을 바꾸었다.

"상국의 말씀이 지당하오. 시간을 두고 좀 더 생각해 보는 것이 좋겠소."

그 말을 듣는 순간, 공구는 낙담했다. 그 역시 오래 전부터 '삼환'이어떤 사람들인가 소문을 들어 모르는 바 아니었다. 이들 셋 중에서도 계평자의 횡포가 가장 심하여, 세상의 모든 것을 눈 아래 깔보고, 자기 멋대로 국사를 독단하는 인물이라는 사실도 익히 알고 있었다. 반면, 숙손성자는 이해 득실에 몸을 도사리고 성격이 우유부단(優柔不斷)하여, 세 가문의 권력 쟁점 한 가운데 서서 이리 붙었다가는 저리 붙는 줏대 없는 위인이었다.

맹희자는 천성이 후덕하고 정직한 데다 마음 씀씀이가 단순하지만, 학문적인 지식이나 교양을 갖추지 못한 인물인데다 권력도 세 가문 중에 제일 약해서, 아무 것도 좌지우지할 형편이 못 되었다.

공구는 이들 세 사람을 살펴 보았다. 그 눈빛에는 경멸과 애석함, 분노와 원망이 가득 담겨 있었다. 그는 권문 귀족들이 나라 위할 생각은 하지 않고 오로지 권력 쟁탈에만 눈이 벌개져서 아귀 다툼을 벌이는 비열한 작태를 멸시했다. 그리고 노나라가 이런 위인들의 수중에 잡혀, 국력이 날로 쇠약해지는 현실이 안타까웠다.

그는 세상의 도리가 너무나 불공평하다는 사실에 분노를 느끼고, 조정의 권세를 잡고 뒤흔드는 이 형편없는 사람들이 밉고 또 미웠다. 그 중에서도 계평자에 대한 분노와 미움은 이루 말할 수 없이 컸다. 마음 같아서는 당장 자리를 박차고 일어나, 강개한 언사로 반박하여 저 추악스런 짐승의 얼굴을 뒤집어 엎고, 비열한 태도를 통렬히 질책하고 싶었다.

하지만 공구는 참았다. 교육을 받은 사람, 수양을 갖춘 선비가 이런 몰상식한 위인과 사리를 따질 수는 없는 노릇이었다. 공구의 얼굴에는 억지 웃음이 떠올랐다.

"공구는 재능도 없고 학식도 천박하여 고루 과문(孤陋寡聞)하오니, 주군과 여러 어르신께서 부디 많은 가르침을 내려 깨우쳐 주시기만 바라옵니다."

노소공이 일어나 앞으로 한 발짝 걸어나왔다. 비록 벼슬을 내리지는 못했지만, 눈앞에 앉아 있는 청년의 이 의젓한 태도를 보고 범상치 않은 말투를 듣는 동안, 그는 마음 속으로 아끼고 싶은 생각을 금치 못했다.

"공부자는 명군 성탕의 후예이니, 한때의 좌절에 낙망하지 않고 반드시 역경을 헤쳐 나가리라 믿소. 앞으로 더 정진(精進)하면 언젠가는 우리 노나라의 명실 상부한 인재가 될 날을 기약할 수 있을 것이오."

노소공의 격려에 공구는 옷매무새를 단정히 가다듬고 그 자리에 꿇어 엎드렸다.

"금옥 같으신 말씀을 삼가 명심하여, 주공의 두터우신 기대를 저버리지 않도록 학문에 발분 노력하오리다."

공구는 그들 네 사람을 남겨 두고 조용히 발길을 돌렸다. 얼굴에는 장엄한 긍지가 떠오르고 마음도 차분하게 가라앉았다. 궁궐 문을 나서는 발걸음은 힘차고도 당당했다.

첫 술에 배부를 수 없듯 이제 첫 발을 내딛었으니 앞으로 제2보, 제3보를 꾸준히 디뎌 나가면 언젠가는 자신의 이상을 실현할 날이 반드시 오고야 말 것이라고 다짐했다. 그러면서도 공구는 그날이 하루 빨리 왔으면 하는 마음이 간절했다.

그는 자신감을 가졌다. 그리고 미래에 대한 자신의 예측을 단단히 믿어 의심치 않았다. 사실 그는 이번 입궐에서 적지 않는 소득이 있었다. 노소공과 계평자가 자신을 무어라고 불렀던가? 공부자(孔夫子)! ……'자(子)'라는 말뜻은 통상 '선생님'이란 의미지만, '부자(夫子)'라면 학식도 많고 훌륭한 경륜을 지닌 대학자, 선비를 가리켜 부르는 존칭이었다. 그러니 공구는 벼슬은 얻지 못했으나, 실력만큼은 인정을 받은 셈이었다.

집 문턱을 막 넘어섰을 때, 그는 갓난아기의 울음소리를 들었다. 반가움이 울컥 솟구쳤다.

"요녀석, 드디어 이 세상에 나왔구나!"

공구는 싱글벙글 함박 웃음을 띤 채 방 안으로 뛰어 들어갔다. 하얀 살결, 포동포동한 몸집, 문쪽을 바라보는 어머니와 산모의 얼굴 표정에서, 그는 자신의 아들이 태어났다는 사실을 금방 알아챌 수 있었다.

"어머니! ……."

징재는 아무 말없이 갓난아기를 건네주었다. 그리고 천장에 눈길을 던졌다. 어둠 침침한 허공에서 죽은 남편 숙량흘의 눈망울이 미소를 머금고 내려다 보는 것이 보였다. 귓결에는 남편의 속삭임이 들려왔다.

'고생했소, 부인. 이제 나도 마음이 놓이는구려……'

"여보, 이름을 지어 주셔야죠."

들릴듯 말듯, 기관씨가 힘없는 목소리로 남편에게 말했다.

"아무렴, 그래야지!"

공구는 아들을 아내의 품에 넘겨주고 방 안을 한 바퀴 빙 돌았다.

'이름이라, 뭐라고 지어야 좋을까? ……'

아무리 생각해도 그 숱한 글자 중에서 마음에 쏙 드는 것이 금세 떠오르지 않았다.

'하느님 맙소사, 내가 진짜 먹통에 무식꾼 소리를 듣게 되었구나! ……'

그날 밤, 공구는 오래도록 잠을 이루지 못했다. 노소공과의 만남, 게다가 아들의 탄생, 이 겹친 경사는 공구를 잠 못이루게 만들고도 남음이 있었다. 그는 생각하고 또 생각했다. 상상의 화폭에는 또 다시 화려한 무지개 빛깔이 펼쳐졌다. 이 노나라의 현실을 어떻게 바꾸어 놓아야 할 것인가? 귀여운 아들은 또 어떻게 가르쳐, 내 필생의 사업을 이어받을 수 있게 만들 것인가? …… 날이 훤히 밝아질 때에야, 그는 어렴풋이 잠에 빠져들었다.

몽롱한 꿈 속에서, 그는 수레를 타고 주나라의 도성 호경(鎬京)으로 들어갔다. 유서 깊은 호경, 수백년 이어내린 역사에 부끄럽지 않게 호경의 도로는 넓고도 평탄했다.

수레바퀴 구르는 소리가 구름을 타고 날듯 고요하기만 한데, 좌우를 내다보니 층층 누각이 숲처럼 늘어서고 온갖 조각을 아로새겨 꾸민 대들보와 기둥이 어디를 보나 고색 창연하다. 길거리는 북적북적대고 남녀노소 행인들도 많았다.

하지만 남정네와 아낙이 걷는 길이 다르고, 서로 양보하면서 걷는다. 여기저기 노인에게 인사하는 젊은이의 목소리, 해맑은 어린아이의 웃음소리가 메아리치는데, 장사꾼들의 아귀다툼은 전혀 들리지 않는다. 속임수가 없다는 증거다.

공구는 넋을 잃은 채 고삐를 놓고 사방을 둘러본다. 아아, 이것이 바로 주나라의 태평 성대란 말인가! 우리 노나라는 어느 때에나 이룩될 수 있을까? ……주인이 고삐를 놓으니, 말이란 놈은 제멋대로 치달려 간다. 얼떨결에 흘끗 바라보니, 궁궐 대문이 눈앞에 확 다가섰다. 아이구 맙소사, 큰일났구나! 이 멍청한 짐승이 왕궁으로 달려가다니! …… 그는 황급히 마차에서 뛰어내려 그 자리에 넙죽 엎드렸다. 이거야말로 죽을 죄를 범한 것이 아니고 뭐냐? …….

대궐 문에서 나이 지긋한 노인 한 분이 미소를 띠고 걸어나왔다.

"일어나거라! 네가 혹시 노나라에 사는 공구가 아니냐?"

노인장의 부축을 받고 일어나면서, 공구는 의아하게 여겼다. 어떻게 첫 대면에 나를 알아보실까? 그는 얼른 두 손 모아 예를 올렸다.

"후배가 바로 공구이옵니다만, 노인장께서 어찌 저를 아십니까?"

"나를 모른단 말이냐? 네가 밤낮 없이 그리워하던 주공(周公)이 바로 나다. 오늘쯤 해서 네가 올 듯싶어, 내 일부러 여기 나와서 기다리던 참이다."

공구는 새삼스레 주공의 모습을 우러러 보았다. 머리털과 수염은 백발이 되었지만, 우람한 체구에 키도 훤칠한 노인이 자애로운 눈빛으로 자기를 굽어보고 있었다. 공구는 황공스럽게 머리를 조아렸다.

"후배가 무슨 덕으로 어르신의 영접을 받으오리까?"

"나도 너를 그냥 맞이하는 것이 아니다. 노나라가 부강해지기를 바라는 마음에서 이렇게 하는 것이다. 너는 젊은 나이에 큰뜻을 품고 학문과 경륜을 많이 쌓았으니, 노나라를 흥성시킬 막중한 책임이 네 어깨에 달렸다."

"후배 역시 미력하나마 군주를 보필하려는 마음이 있사오나, 혼자 외로운 몸으로 어찌해야 좋을지 모르겠나이다."

주공 희단이 정색을 하고 꾸짖는다.

"뜻을 지녔으면 반드시 성취할 길이 있는 법이거늘, 네가 어찌 나약한 말을 하는고!"

"어르신, 부디 그 길을 가르쳐 주소서!"

젊은 공구는 한사코 애원했다. 그러나 주공은 소맷자락을 떨치고 돌아선다.

"어르신……! 어르신……!"

"응애……! 응애……!"

갓난아기의 울음소리에, 공구는 소스라쳐 잠이 깨었다. 앞마당에는 어느덧 눈부신 햇살이 가득 하고, 담장 모퉁이의 해묵은 떡갈나무 잎이 황금빛을 받아 투명한 비취색으로 너울거리는 아침이었다.

4
추수 감독관

부랴부랴 안마당을 쓸고 난 공구는 어젯밤의 꿈을 되새기면서 아들에게 지어 줄 이름을 곰곰이 생각했다. 그러나 아무리 생각해도 이름자는 떠오르지 않았고 꽉 막힌 머리 속은 맑아지지를 않았다.

"똑똑똑!"

누군가 문을 두드리는 기척에, 그는 정신이 번쩍 들었다. 급히 문을 열고 바라보니, 바로 어제 왔던 칙사가 손에 펄펄 뛰는 잉어 두 마리를 들고 서 있는 것이었다.

공구는 황망히 칙사를 안으로 모셨다.

"어인 일로 이렇게 행차하셨습니까?"

"그대가 귀한 아들을 얻었단 소식을 들으시고, 주군께서 축하 선물로 잉어 두 마리를 내리셨소."

칙사의 전갈을 듣고, 공구는 감격을 이기지 못했다.

"나라에 아무런 공도 없는 제게 이토록 우악하신 은혜를 베푸시다니, 부끄러움을 이기지 못하겠습니다."

"받으시오. 공부자께서도 훗날 주군의 은혜를 갚을 날이 있지 않겠소?"

공구는 두 손으로 공손히 잉어를 받았다. 그리고 돌아가는 칙사의 뒷모습이 사라질 때까지 물끄러미 바라 보았다.

잉어를 들고 안채에 들어가던 그는 퍼뜩 머리에 떠오르는 것이 있었다.

'옳거니, 아들 녀석에게 지어 줄 이름이 생각났다! 이름은 '잉어 리(鯉)', 자(字)는 '백어(伯魚)'라고 붙여 주자꾸나!'

그는 한달음에 내실로 뛰어 들어갔다. 그리고 어머니와 아내에게 갓지은 아들의 이름을 알려 주었다.

"어제 아들을 낳았는데, 군주께서 어떻게 소식을 들으셨는지 아침 일찍이 예물을 보내오셨습니다. 이것은 아주 기념할 일이요, 영광스럽기 짝이 없는 일이올시다. 그래서 저는 이 아기의 이름을 공리(孔鯉)라 짓고, 자는 백어로 지었습니다."

"그래, 아주 뜻 깊은 이름이로구나."

어머니의 찬성에, 며느리는 두말할 나위 없었다.

공리의 탄생은 이 조촐한 집안에 기쁨과 웃음을 가져다 주기도 했지만 공구에게 부담을 주기도 했다. 그로서는 일가족 네 식구의 생계 문제를 걱정하지 않을 수 없었다. 배다른 형 맹피는 벌써 오래 전 생모와 처자식을 데리고 따로 살림을 냈기 때문에, 남은 식구는 이제 넷뿐이었다.

맹희자가 다스리는 영지 중에 성읍(成邑)이라는 곳이 있었다. 그런데 이 지역 창고를 관리하고 전세(田稅) 수납을 위탁받은 관리가 해마다 부정을 저질러 제 주머니를 채우고, 백성들을 마구 착취하여 그 폐단이 심했다. 맹희자는 오래 전부터 그 소문을 듣고 마땅한 사람으로 교체시킬 생각을 하던 참이었다. 그런데 궁정에서 공구를 처음 보는 순간, 맹희자는 마침내 물색하던 적임자를 찾아냈다고 생각했다. 노소공이 공구를 등용할 의사 표시를 했을 때, 그가 침묵을 지킨 것도 그런 속셈이 있기 때문이었다.

추수철이 다가오면서, 그는 오랜 심사 숙고 끝에 공구를 성읍 위탁관으로 내보낼 생각을 굳혔다. 부정 관리를 교체시키려는 뜻도 있었지만, 또 한 가지 이유는 공구가 과연 말만큼 통치 능력을 갖추었는지의 여부도 눈여겨보겠다는 의도도 있었다. 결심이 서자, 그는 곧 공구에게 사람을 보냈다.

심부름꾼에게서 전갈을 받은 공구는 그 즉시 뒤따라 나섰다. 맹손씨 댁으로 가는 도중, 그는 속으로 맹희자의 인물 됨됨이를 되새겨 보았다.

'소문에 듣건대, 맹희자로 말하자면 자기 자신은 아무런 학식도 경륜도 없는 무식꾼이라고 했다. 그래도 지식을 존중하고 어진 선비에게 자신을 낮추어 예로써 공경할 줄 안다고 하니, 사실 말이지 권문 세가의 우두머리로서 이만하기도 어려운 노릇이 아니겠는가?'

바쁜 걸음 중에서도 공구의 머리 속에 한 가닥 실낱 같은 희망이 비쳤다.

'만약 이 사람의 천거를 받아 조정에 등용된다면 어떻게 될까? …… 오냐, 내 힘껏 실적을 올려 맹희자의 기대에 부응하기로 하자! 그것은 내가 앞으로 웅대한 포부를 펼쳐 보일 수 있는 터전이 될 것이다.'

이런 생각 저런 궁리를 하다 보니, 어느새 맹손씨 댁 문전에 다다랐다. 이 저택의 위엄은 비록 계평자의 저택 문루에 견줄 바가 아니었지만, 건물의 꾸밈새나 규모는 역시 상당한 것이었다.

"공부자님, 들어가시지요!"

심부름꾼의 목소리가 상념을 끊어 놓았다.

정원으로 통하는 회랑(廻廊), 구불구불 꺾이는 회랑의 깊고 차분한 분위기가 공구의 마음을 가라앉혔다. 삼중 대문을 거쳐서야 드디어 맹희자의 거처가 나타났다.

공구는 그곳이 어떤 장소인지 금방 알아차렸다. 귀빈을 접대하는 후실(後室), 그것은 주인이 공구를 상객(上客)으로 맞아들이고 있다는 것을 뜻했다. 공구의 짐작은 맞아떨어졌다.

"공부자께서 오셨습니다!"

심부름꾼이 목청을 드높여 아뢰자, 안채에서 맹희자가 기다렸다는 듯 즉시 모습을 드러냈다.

"공부자님, 어서 오시오!"

맹희자는 반갑게 맞아들였다.

"지난 번 궁중에서 부자(夫子)의 말씀을 듣고, 이 늙은이는 얼마나 감탄했는지 모르겠소이다. 오늘에야 특별히 모시고 박주(薄酒) 몇 잔 올려 존경을 표하고자 하니, 아무쪼록 제 낯을 보아 받아주시면 고맙겠소이다."

"아무런 덕도 없는 후배에게 이토록 과분하신 호의를 베풀어 주시다니, 실로 감당하기 어렵습니다."

그러는 동안, 술상이 푸짐하게 차려졌다.

술이 몇 순배 돌고 나자, 맹희자는 차츰 시험관다운 말투로 공구의 속뜻을 탐색하기 시작했다. 공구 역시 예상한 일이라, 은연중에 '무슨 직분이든 한번 맡겨 주면 해보고 싶다'는 의사를 내비쳤다.

공구의 뜻을 확인하자, 주인은 구체적인 용건을 말하기 시작했다.

"공부자의 재능이나 덕망으로 말씀드리자면, 경대부의 벼슬도 넉넉히 감당하시고 남을 것이외다. 그러나 때가 무르익지 않았으니 어쩌리까? 지금 내 속읍(屬邑)에 수납관 자리가 하나 비었는데, 하는 일이라야 추곡 세를 걷어들이는 임무뿐이오. 그런 미관 말직에 공부자와 같은 대인재를 모시기에는 노부도 매우 안쓰럽게 생각하오만, 어디 그 직책을 맡아볼 의향은 없으시오?"

공구는 오는 길에 결심한 바가 있는 터라, 스스럼없이 응낙했다.

"대감 어른의 천거인데, 제가 어찌 명을 받들지 않으오리까."

맹희자는 크게 기뻐하며 술잔을 높이 들고 공구에게 건배를 청했다. 그리고 성읍에 파견되어 있는 위임관의 부정 행위를 낱낱이 들려주고, 현지에 부임해서 처리할 방도까지 일러주었다.

집으로 돌아와서, 공구는 어머니와 아내에게 이 일을 알린 다음, 즉시 성읍으로 떠날 차비를 갖추기 시작했다.

현지 사정은 한 마디로 엉망이었다.

전임 관리가 서리 아전들과 한 통속이 되어 온갖 작폐를 다 저질렀을 뿐만 아니라, 거둬들인 부세(賦稅)의 절반 이상이 이들의 개인 주머니에 들어가는 한심한 실정이었다.

부임한 직후 공구는 조세 수납 대장을 낱낱이 조사했다. 파탄과 허점은 곳곳에서 나타나고 착오와 탈루된 항목이며 지우고 다시 고친 부분도 이루 말할 수 없어, 혼란의 극치를 이루고 있었다.

그는 아전 몇몇을 불러다 세워 놓고 온화한 목소리로 타일렀다.

"나는 맹손 대부의 명을 받고 이 성읍의 추곡세를 거두러 온 파견관일세. 장부를 보아하니, 전임관은 힘써 일하지 않고 엉터리 장부 한 권만 남겨 놓고 떠나 버렸으니, 어쩌면 좋단 말인가? 장부와 현물을 대조하여 맞춰 놓는 것이 급선무일세. 전임관은 소환당해 처벌을 받겠으나, 다른 사람들은 내가 전부 유임시켜 쓰도록 할 테니, 모두들 합심 협력하여 금년 세납 임무를 원만하게 이루도록 해주게."

아전들이 신임관을 가만 보아하니 새파란 애송이라, 이들의 얼굴에는 당장 멸시하는 기색이 떠오르고 대답하는 말투도 건성이었다.

"어르신, 분부만 내리십쇼. 저희들 모두 전심 전력을 다하오리다."

'어르신'이란 말투에 꼬리가 길게 달리는 것이, 조롱기가 담북 서려 있었다. 그래도 공구는 못 들은 척, 각자 할 일에 대해 지시를 내렸다.

"지금부터 성읍 땅을 다섯 군데로 나누고 자네들을 다섯 패로 나누어서 내보낼 터이니, 현지로 내려가거든 미납이 없도록 힘써들 주게."

"알아 모시겠습니다, 허흠! ……"

아전들을 떠나보낸 후, 공구는 아무도 모르게 미복으로 갈아입고 손수 현지민의 동태를 알아보려고 조용히 나섰다.

논둑 밭둑 길을 따라 걷노라니 거둬들인 농작물의 이삭도 실팍지고 알곡도 하나같이 단단히 여물었다. 올해는 대풍년이다. 소출도 많고 세납도 착실하게 들어올 것이 틀림없었다.

동네 어구 탈곡장에 들어서자, 농사꾼 아낙네들이 도리깨질로 알곡을 털어내면서 구성지게 노래를 읊조리고 있었다.

팔월이라 중추 가절, 언제 즐겼던고.
구월이라 서리철, 올해도 대풍일세.
시월이면 너도나도 볏가리 거두어,
오곡을 그득 쌓느라, 농사꾼은 바쁘다네.

해맑은 노랫가락에 기쁨이 물결치니, 공구도 아낙네들의 노래 소리에 담북 취했다. 한데 그 다음이 문제였다.

기쁨에 한껏 들뜨던 노랫가락이 급작스레 뚝 떨어지더니, 처량하고도 구슬픈 가락으로 돌변하는 것이 아닌가!

아이고 서러워라, 우리 농사꾼들아!
추수 대풍이면 뭣할꼬, 공실(公室) 창고만 가득 차는 것을.
한낮부터 저녁까지 허리뼈가 휘어져도,
밤이면 등잔 밑에 새끼 꼬느라 또 바쁘다.
초가 삼간 이엉 얹고 잠깐 쉬려나 했더니,
씨 뿌리고 모내느라 또 바쁜 시절일세!

한창 기꺼워하던 공구는 그만 멍청해졌다. 방금 들은 노랫가락은 옛날부터 전해 내려오는 민요라, 그 역시 익히 아는 구절이었다. 여느 때 알기로는 농부들의 흥타령인데, 한이 맺히고 서글프게 들리는 건 어인 일인가? 하지만 공구는 단순하게 생각하려 했다.

'농사꾼들이 한 해 동안 겪는 기쁨과 고초를 몇 마디로 어찌 다 풀어 낼 수 있으랴? 양식거리를 얻기가 어디 그리 쉬울라구! ……'

그는 탈곡장 안으로 들어섰다. 갑자기 낯선 사내가 나타나자, 젊은 아낙 처녀들이 노래를 부르다 말고 뚝 그쳤다. 그저 고개를 푹 숙인 채 너나 할것 없이 손놀림만 바삐 움직였다.

볏짚더미 위에서 놀던 아이들이 와르르 달려나와 공구를 에워싸더니, 왕방울만한 눈으로 신기한 듯이 바라보았다. 공구는 빙긋 미소를 지으면서 아이들을 둘러보았다.

"어디서 오셨어요? 누굴 찾으세요?"

아이 하나가 뱃심 좋게 물어왔다.

공구는 얼른 대꾸할 말이 떠오르지 않았다. 남의 동네에 왔으면 분명 용건이 있어야 할 텐데, 적당히 둘러댈 말을 찾느라 머뭇거리는 판에, 나머지 아이들도 왁자지껄, 마구잡이로 물어대기 시작했다.

"아저씨 뭣하러 왔어요?"

"길을 잃었나요?"

"배고파서 뭣 좀 얻어 먹으려구요?"

"목이 마른가요?"

하나같이 천진스런 얼굴, 거짓이라곤 느껴지지 않는 말 한 마디 한 마디가 가슴에 울려와 닿았다. 공구는 이들에게서 순박함, 성실함을 느낄 수 있었다. 그는 벅찬 감동 속에 웃음으로 얼버무렸다.

"난 배도 안 고프고 목마르지도 않단다. 고맙구나, 너희들."

공구는 탈곡장 맞은편, 커다란 고목 아래 앉아 쉬고 있는 농사꾼들 앞으로 걸어갔다. 그리고 슬그머니 그들과 어울려 수작을 건네기 시작했다. 농사꾼들의 기분은 모두들 가을 하늘처럼 상쾌했다. 아이들도 뒤쫓아 와서 어른들이 주고 받는 얘기에 귀를 기울였다. 무슨 얘긴지 알아듣지는 못해도 어른들이 웃으면 덩달아 낄낄거렸다.

"영감님, 올해 수확이 괜찮습니다그려?"

공구의 물음에, 늙수그레한 농사꾼이 말을 받았다.

"수확이야 괜찮습지요."

"부세(賦稅)를 내시는 데 어려움은 없으신가요?"

세금 얘기가 나오자, 농사꾼들은 당장 웃음기를 거두었다. 그리고 한참 동안 입을 여는 이가 없었다. 공구는 그들의 표정을 살피면서 참을성 있게 대답을 기다렸다.

오래도록 침묵이 흘렀다. 농사꾼 중의 한 사람이 그의 모습을 뚫어져라 샅샅이 훑어보았다. 시원스레 탁 트인 이마, 짙은 눈썹, 단아한 태도와 점잖은 말투로 보아 누군지 모르나 이 젊은이는 간사한 소인배나 교활한 무리에 속하지 않는 것 같다고 단정짓고 마침내 입을 열었다.

"솔직히 말씀드리자면, 올해 농사로 세금을 내기에 어려움 같은 것은 전혀 없습니다. 다만……."

농사꾼은 일단 말을 끊고 주변을 빙 둘러보았다.

"다만 수납관이 못돼 먹어서 아전들과 한 통속이 되어 작폐가 막심

합니다. 위로는 대부님을 속여 먹고, 아래로는 주민들을 등쳐 먹고, 도대체 못하는 짓거리가 없지요."

"어떻게 속이고 등쳐 먹는단 말인가요?"

"하하, 대처(大處) 분이라 모르시는 모양이로군! 세곡(稅穀)을 걷을 때는 규정보다 커다란 말[斗]로 되어서 받아내고, 위에 보고할 때는 소출이 조금밖에 안 된다고 줄여서 아뢰니 우리 농사꾼들만 억울하게 꾸지람을 듣고 제놈들은 배만 채운다 그 말이지요. 대처 양반도 생각 좀 해 보십쇼. 이래 가지고야 어떻게 우리가 흥겨운 마음으로 납세를 할 수 있겠소이까?"

곁에 있던 농사꾼도 한 마디 거들고 나섰다.

"소문을 듣자니, 금년에는 수납관이 또 바뀌었다던데, 그 사람은 어떤지 모르겠구려."

그러자 다른 사람들도 기다렸다는 듯이 이구 동성으로 떠들어대기 시작했다.

"자네 뭘 바라나? 관가에 있는 놈들은 모두 한 통속이지! 깨끗해 봤자 얼마나 깨끗하겠는가?"

"속된 말로, '염라대왕은 새끼 귀신도 마다않고 잡아먹는다' 던데, 그 작자들 본성이 변할 리 있겠나? 제발 덕분에 작년보다 더 뜯어가지나 않으면 다행일 걸세."

"혹시 누가 아나? 이번에는 착한 분을 만나게 될지."

"착한 분이라구? 해가 서쪽에서 뜨기를 바라지 그래!"

공구는 슬그머니 자리를 떴다. 하루 종일 세 군데 마을을 돌아다녀 보았지만, 들은 내용이라곤 한 사람 입에서 나온 것이나 다를 바 없었다. 관아로 돌아올 무렵, 장차 모든 일을 어떻게 처리해야 될 것인지에 대한 계획을 마무리지었다.

이튿날 공구는 수납장으로 나가 농민들이 부세를 바치는 광경을 눈여겨 보았다. 어제 들은 얘기는 하나도 틀림이 없었다. 아전들이 수납하는 됫박은 규정보다 엄청나게 컸다.

곡식 자루가 창고로 넘어갈 때 거기서 또 한 차례 됫박질을 하는데, 그 말[斗]은 아까 것과 달랐다. 공구는 수납장을 조용히 빠져나와, 이웃 마을로 가서 농사꾼들이 쓰는 됫박을 몇 개 빌려왔다.

그 됫박은 한결같이 수납용보다 훨씬 작았다. 반대로, 창고지기가 쓰는 것보다는 그 용량이 훨씬 컸다.

관아로 돌아가서, 공구는 전임관이 남겨둔 아전들을 모조리 불러들여 놓고 호통을 치며 물었다.

"너희들이 전에도 이런 방식으로 수납했으렷다!"

아전들은 그제서야 꼬리가 잡힌 줄 깨닫고 벌벌 떨며 용서를 구했다.

"잘못했습니다, 나으리! 소인들이 잘못했습니다요!"

공구는 정색을 하고 엄하게 꾸짖었다.

"국법이 얼마나 무서운지 모르는 모양이로구나! 너희같이 심보가 나쁜 놈들은 중벌을 받아 마땅하다! 당장 그 자리에 꿇지 못할까!"

공구는 즉석에서 장부를 펼쳐 놓고 일일이 책임 소재를 따졌다. 그리고 죄질의 경중(輕重)에 따라서 아전들에게 벌을 내리되, 가장 민원을 사고 있던 악질 두 명은 상부 기관에 넘겨 그 죄를 다스리게 하고, 나머지는 각각 횡령한 수량을 물어내게 하였다.

사건이 마무리되자, 공구는 다시 농민들의 추천을 받아 가장 믿을 만한 사람을 아전으로 내세워 수납 일을 맡겼다.

농민들은 신임 수납관이 공평하게 일을 처리하고 상벌도 분명하게 밝히는데다, 또 수납 업무를 맡은 아전들도 모두 자기네가 추천한 사람들인 것을 보고, 저마다 앞다투어 조세를 완납하러 나섰다.

그래도 공구는 여전히 현장 시찰을 나갔다. 누군가 또 엉뚱한 짓을 벌이지 않을까 걱정스러워서였다.

어느 날, 농사꾼 한 사람이 쌀 광주리를 걸머지고 납세를 하러 왔다. 옷차림새도 꾀죄죄하고 얼굴빛도 파리한 것이 무엇엔가 지친 기색이 역력해 보였다. 공구는 다가가서 물었다.

"집에 무슨 어려움이 있는 모양이로군요. 차림새가 남루한 걸 보니 ……."

농사꾼은 서른일곱쯤 들었을까, 떡 벌어진 어깨에 굵직한 허리통, 몸집도 힘깨나 쓰도록 다부지게 생긴 중년이었다. 그는 외눈 하나 깜박이지 않고 공구의 위아래를 한 차례 훑어보더니 조심스럽게 되물어왔다.

"새로 부임하신 수납관이십니까?"

"그렇소이다."

농사꾼은 그 자리에 쌀 광주리를 내려놓고 옷자락 먼지를 툭툭 떨어내더니, 허리를 굽신하고 예를 올렸다.

"소인이 몰라 뵈었습니다. 올해 농사는 대풍이라, 살아가기에 모자람이 없습지요. 그래서 어렵지 않게 조세를 바치러 오지 않았습니까?"

그러나 공구의 눈빛에는 아직도 묻는 기색이 비쳤다.

농사꾼은 영문을 모른 채 공구를 마주 바라보다가 문득 깨달았다.

"아하, 제 옷차림을 보고 그러시는군요!"

공구는 말없이 고개를 끄덕였다.

농사꾼은 무슨 생각이 들었는지, 눈언저리가 붉어지더니 눈물까지 핑그르 돌았다. 그리고 울먹이는 목소리로 사연을 털어 놓았다.

"이태 전에, 아내가 저하고 열두 살 난 아이 녀석을 내버리고 세상을 떠났습지요. 이런 불행을 당하고 났더니, 집안은 그리 가난하지 않으나 살림살이가 엉망진창이 되어 버렸습니다. 사내 손으로 날마다 살림을 꾸려 나가자니 그게 여간 어려운 일이 아니더군요. 보십쇼, 바느질도 못해 누더기를 그냥 걸치고 다니지 않습니까요?"

울먹이던 목소리가 끝에 가서는 피식하고 멋쩍은 웃음으로 변했다.

"그렇다면 어째서 재취(再娶)를 않으셨소?"

"속담에 '보름달이 제 아무리 밝은들, 우리 집 등잔불만큼 밝으랴' 하지 않았습니까? 계모가 아무리 착해도 제 친 어미만큼은 못한 법입지요. 소인은 후처가 전실 자식을 학대할까봐서, 새장가 들 생각을 미루고 있습지요."

"세상에는 악한 사람보다 착한 사람이 많소이다. 내가 보기에 당신이 꼭 그런 악처를 맞아들인다고 두려워할 필요는 없을 듯싶구료."

"말씀은 그렇지만, 소인은 마음이 놓이지 않습니다요."

공구는 씁쓰레하게 웃었다. 소심한 사람을 아무리 타일러봐야 별 소득 없는지라, 그는 눈길을 딴 데로 돌렸다. 거기에도 옷차림새가 꾀죄죄한 사람이 하나 서 있었다. 이 사람은 몸집도 비쩍 마른 데다, 한쪽 다리를 꾸부정하니 절면서 무거운 쌀자루를 어깨에 둘러메고 힘겹게 서서 차례를 기다리고 있었다.

공구는 또 그 사람에게 다가가서 말을 걸었다.

"당신 차림새는 어째 이 모양이오?"

"소인은 어려서 다리를 다쳐 불구자가 되었습죠. 몸이 이러니 농사야 제대로 지을 수 있겠습니까? 허구한 날 가난뱅이를 면치 못합지요. 사실 법대로 따진다면 소인은 부세를 면제받아야 옳습니다만, 저는 해마다 꼬박꼬박 소작료를 바쳐왔습니다. 흉년이 들던 해, 소인도 수납관 어르신께 면제해 달라고 애원해 보았습니다. 허나 소인에게 돌아온 것은 꾸지람에 눈흘김뿐이었습죠. 올해도 수확이 신통치 못해서, 걱정이 태산같습니다요……."

"관가의 규정대로 납부하지 못해 걱정된단 말이오?"

절름발이 농사꾼은 대답 대신에 고개를 툭 떨구었다.

공구는 딱 부러지게 말했다.

"당신 세금은 면제되었소. 이 쌀자루를 도로 지고 가시오!"

"아이구, 어르신네!"

뜻밖의 너그러운 조치에, 농사꾼은 어찌할 바 모른 채 그저 허리만 굽신굽신거릴 따름이었다.

주변에서 이 광경을 지켜보고 있던 사람들이 쑥덕공론을 벌이기 시작했다. 새로 부임한 이 젊은 수납관의 공평 무사하고 청렴 결백한 모습은 과연 소문대로였던 것이다.

소문이 퍼져 나가자, 농민들의 납세 실적은 더욱 좋아졌다. 기한이 다 차기도 전에 맹손씨의 영지 조세는 계획된 수량대로 모두 걷혔다.

공구는 수납 곡물을 직접 호송하여 도성으로 돌아가 맹희자에게 넘겨주었다. 그리고 현지에서 보고 들은 실상과 자신이 취한 조치를 사실대로 보고했다.

"기한에 맞추려 독려했습니다만, 예정보다 1할 정도 수량이 줄었습니다. 모두 제가 미숙한 탓이오니, 대감께서 양해를 해 주십시오."

"수고 많으셨소."

맹희자는 세수(稅收)가 줄었다는 말에 속으로 언짢게 생각하면서도, 겉으로는 내색을 하지 않았다. 공구를 돌려보낸 후, 그는 장부와 수량을 맞춰본 다음, 다시 예년의 장부와 비교해 보았다. 그리고 깜짝 놀라지 않을 수 없었다. 공구가 넘겨준 수량은 예년에 비해 모자라기는커녕 오히려 2할 이상이나 더 늘어나 있었던 것이다.

그제서야 맹희자는 모든 내막을 확연히 깨닫고 장탄식을 터뜨렸다.

"허어! 그랬었구나! 해마다 내려보낸 수납관 녀석과 아전 놈들이 작당해서 내 곡식을 축내고 제놈들의 배를 채워 왔을 줄이야! ……."

그는 급히 공구를 다시 불러들였다.

"금년 소득이 1할 줄었다더니, 작년보다 2할 이상이나 늘어나지 않았소? 이게 도대체 어찌 된 일이오?"

"전임관을 만나보지 않으셨습니까? 서울에 올라와서 복명을 했으리라 생각했는데요."

"공부자 험담만 실컷 늘어놓고 갑디다."

"그랬었군요. 저는 그 사람이 처벌을 받았을 줄로만 알았는데……."

공구는 현지에서 아전들과 전임관이 어떤 작폐를 벌여 왔는지 간략하게 설명한 다음, 자신이 수습한 경위도 상세히 보고했다.

보고를 들으면서, 맹희자는 연신 고개를 끄덕였다.

"이번 일을 통해서 나도 공부자의 모든 것을 잘 알게 되었소이다. 이것으로 맡은 일에 성실하고 직분을 충실히 지켰음이 입증되었소. 처음 직분을 맡은 몸으로서 현지의 교활한 아전 녀석들에게 눈가림을 당하지 않으셨다니, 정말 보기 드문 재능이외다!"

"과찬의 말씀입니다."

첫 임무를 무사히 마치고 집으로 돌아와서, 공구는 다시 예전대로 학문을 익히기에 힘쓰는 한편, 틈틈이 벗들을 찾아가서 가르침을 구하기도 했다.

어느 날, 맹희자가 공구를 다시 불러들였다.

"지금 내 농장의 형편이 날로 나빠져가고 있소이다. 공부자께선 나이도 젊으시고 재능도 있으셔서, 무슨 일이든 잘 해내실 분으로 생각하오. 그래서 내가 공부자께 승전리(乘田吏)의 직분을 맡기고 싶은데, 의향이 있으시오?"

'승전리'는 농장이나 목장을 관리하는 말단 직책에 지나지 않는 것이었다.

수납관 대신 승전리 직을 제안받게 되자, 공구는 그 즉시 반응을 보이지 않고 곰곰이 생각했다.

맹희자가 미안스러운 듯 다시 말했다.

"농장을 관리하자면 하루 온종일 소나 말, 돼지 염소 따위 짐승들과 어울려야 하기 때문에 더럽기도 하거니와 힘도 무척 들어서, 공부자 같은 분이 그 일을 하시기에는 너무 벅차지 않을까 생각되는구료."

"그 정도쯤이야 개의치 않습니다."

공구는 결단을 내렸다.

"다만 그 일을 잘 해낼 수 있을지, 그게 걱정스럽습니다."

맹희자는 입이 함박만하게 벌어졌다.

"하하, 걱정이라니요! 공부자께선 사람이나 짐승이나, 무엇이든 다 스릴 만한 재능을 갖추지 않았소이까?"

"맹손 대감께서 저를 그토록이나 능력 있게 보시니, 마땅히 전심 전력하여 농장을 관리해 보겠습니다."

"언제 부임하시겠소?"

"대감께서 정하시는 대로 따르겠습니다."

"그럼 내일은 어떻소?"

공구는 고개를 끄덕였다.

이튿날 아침, 공구는 승전리 아문으로 출근했다. 농장이라는 곳에 들어서고 보니, 온통 누렇게 시들어빠진 풀섶에 쑥대밭투성이요, 밟히는 것은 부서진 벽돌장에 기왓장뿐, 한 마디로 엉망진창이었다.

사무를 보는 방 안에 들어섰더니, 사면 팔방 거미줄이 쳐 있고 뽀얗게 쌓인 먼지가 금방 귀신이라도 나올 것 같았다.

공구는 한숨이 절로 나왔다. 다시 정원으로 나가려니, 웬 노인이 비틀걸음으로 들어왔다.

공구는 반가워서 얼른 마중을 나갔다.

노인장이 물었다.

"승전리가 새로 부임하신다던데, 바로 당신이십니까?"

"그렇소이다."

"저도 오늘 아침에야 그 소식을 들었습니다만, 아전 녀석들은 아직도 모르고 있을 겝니다. 그렇지 않고서야 이때껏 코빼기도 안 보일 리 있나요."

"도대체 아전들은 모두 어딜 간 겁니까?"

공구가 정색을 하고 묻자, 노인은 한숨만 푹푹 내쉬었다.

"나리의 전임관이 파면된 지가 벌써 두 달이나 넘었습니다. 그러니 아전 녀석들도 그저 봉급만 받아 가고, 일을 하기는커녕 날마다 돼지 · 양이나 잡아먹고 술 마시며 춤이나 추는 게 고작이지요."

노인의 말이 다 끝나기도 전에, 덩지 큰 사내 둘이서 큰길을 가로질러 헐레벌떡 달려왔다.

"승전리가 새로 부임했다는데, 어디 있소?"

노인장은 그들을 밉살스레 흘겨보면서 공구를 가리켰다.

"여기 이 분이 새로 오신 승전리 어른일세!"

그러자 두 사내는 입을 가리고 껄껄 웃음보를 터뜨렸다.

"에끼, 농담 마시구료! 요렇게 새파란 친구가 승전리라면, 우리는 읍재로 나가겠수."

노인장은 이거 큰탈 나겠구나 싶어 황급히 그들의 옷자락을 잡아당겼다.

"내 이 나이가 되도록 거짓말을 하는 거 봤어? 진짜 이분이 새로 오신 승전리 어른이시란 말이다!"

두 사내는 기절초풍을 하고 말았다.

"아이구, 잘못했습니다! 소인들이 눈이 멀어 어르신을 몰라뵙고 경망을 떨었습니다. 부디 저희들의 무례한 짓을 용서해 주십쇼!"

"나머지 녀석들은 어딜 갔느냐?"

공구의 목소리는 얼음장 같았다. 두 사내는 서로 눈치만 살피고 선뜻 대답을 하지 않았다. 알기는 하는데, 이실직고를 해야 좋을지 말아야 할지 망설이는 것이 틀림없었다.

공구는 매서운 눈초리로 쏘아보았다. 두 사람 모두 얼굴이 벌개진 채 황소 눈알을 휘둥그레 뜨고 굴리는 모습을 보아 천성이 제법 무던하고 독실해 보였다. 공구가 쏘아보면 볼수록 이들의 고개는 점점 아래로만 떨구어졌다.

"너희들 이름은 뭐냐?"

노인장이 대신 대답했다.

"한 녀석은 화충(和忠)이라 하고, 이쪽 녀석은 평성(平誠)이라 부릅니다. 사람 됨됨이는 두 녀석 모두 괜찮은데, 성미가 워낙 거칠고 사나운 게 탈이지요."

공구는 빙그레 웃음을 지었다.

"그 점은 나도 보아서 알 만합니다."

그리고 이어서 분부를 내렸다.

"너희들, 이 길로 나가서 동료 녀석들을 모조리 찾아오너라!"

"분부 받드오리다!"

화충과 평성, 두 아전이 바람같이 사라지더니 얼마 되지 않아 동료 녀석들을 한패거리 몰고 돌아왔다.

공구는 동헌 앞 섬돌에 올라서서 정색을 하고 꾸짖었다.

"너희들이 맹손씨 댁의 녹봉을 받아 먹으면서, 하는 일은 팽개치고 싸돌아다니기만 하다니, 도대체 어쩔 셈이냐!"

승전리 소속 아전은 모두 이십여 명, 공구에게 꾸지람을 듣는 표정도 제각각이었다.

공구의 책망이 이어졌다.

"너희들, 두 눈 똑똑히 뜨고 봐라! 관서가 이게 무슨 꼴이란 말이냐?"

아전들은 쥐죽은 듯 아무 소리도 없었다.

"날 따라 오너라, 이제부터 대청소부터 해야겠다. 그 다음에는 흩어진 소와 말, 나귀, 양 떼를 모아서 돌보기로 하자꾸나."

농장을 둘러볼수록, 공구의 이마에는 주름살이 깊게 패여갔다.

짐승을 가두어 놓는 울타리에 통나무 대나무 말뚝이 이리 쓰러지고 저리 기울어, 쓸 만한 것이라곤 하나도 없었다. 또한 여기저기 쇠똥이 무더기 산을 이루고 말 오줌이 강물처럼 흐르는데, 모기 파리 떼가 까맣게 날아오르고 질펀한 바닥에는 온통 구더기가 꾸물꾸물 기어다녔다. 후텁지근한 대기에 냄새 때문에 코를 쳐들 수가 없고, 더럽기는 변소가 따로 없을 지경이었다.

어디 그뿐이랴, 눈앞에 보이는 짐승들도 대다수 피골이 상접해 있었다. 이쯤 되니, 아무리 너그러운 공구도 화가 나는 걸 참을 수 없었다.

마침내 공구의 입에서 벼락 같은 호통이 터져 나왔다.

"여기 책임자가 어떤 놈이냐?"

키 작은 아전이 다 기어 들어가는 목소리로 대답했다.

"소인이 이곳 관리를 맡고 있사옵니다."

그는 뾰죽 내민 닭부리 입술, 원숭이 볼따구니에 생쥐 눈알을 똥글똥글 굴려가며 힐끔힐끔 공구의 눈치를 보았다.

"네 이름은 뭐냐?"

"소인, 고활(古滑)이라고 부릅지요."

"고활!"

"예엣, 소인 여기 대령했습니다요!"

공구는 위엄을 세우고 딱 부러지게 분부를 내렸다.

"앞으로 닷새 기한을 주겠다. 이곳 무너진 울타리를 전부 고쳐 놓고 짐승들의 오줌 똥을 말끔히 치워 놓거라! 오늘 이후로 다시 이런 꼴을 보는 날에는 네놈에게 단단히 벌을 주겠다. 알아듣겠느냐?"

그는 곧이어 마굿간으로 들어갔다. 동구유에서 말먹이를 한 웅큼 집어들고 보니, 지푸라기만 있을 뿐, 콩 같은 사료(飼料)는 온 데 간 데 없다.

"여기 마필들은 풀만 먹고 콩은 전혀 안 먹느냐?"

고활은 말문이 꽉 막혔다.

공구는 아전들을 휩쓸어 본 다음 두 사람을 고함쳐 불러냈다.

"화충! 평성!"

"예에잇, 여기 대령했습니다요!"

"너희 둘은 오늘부터 고활을 도와서 이 농장을 책임지고 관리해라. 아무쪼록 단시일 안에 정리하도록! 알겠느냐?"

"예엣!"

화충과 평성 두 아전은 자신있게 응답했다.

공구가 그 자리를 떠나자, 고활은 생쥐 눈을 반짝거리면서 새로 우두머리가 된 동료 아전에게 다가갔다.

"이보게 아우님들, 내게 무슨 재주가 있어서 이 넓은 농장을 다 관리하겠는가? 이제 공 대인께서 자네들을 우두머리로 내세웠으니 하는 말인데, 이 형님 좀 잘 봐주지 않겠나?"

"무얼 봐달란 말씀이오?"

화충이 되묻자, 고활은 눈치를 살살 보아가며 본론으로 들어갔다.

"두 아우님이 눈만 감아주면, 내가 콩섬이나 넘겨주고 돼지 양도 몇 마리쯤 빼돌려 줌세. 어떤가?"

그러자 화충이 두 손을 홰홰 내저었다.

"아이구, 안 됩니다요! 큰일 날 말씀을…… 우리는 그저 고형을 성심껏 도와드릴 테니까, 딴 말씀일랑 아예 꺼내지도 마십쇼."

"맞습니다, 고형. 우리는 형님 조수 노릇이나 착실히 할랍니다."

무던하게 생긴 평성도 맞장구를 쳤다.

그러자 고활은 간살맞게 웃었다.

"아우님들, 꽁무니 빼지 말게. 내가 자네들보다 여기 밥을 몇 년이나 더 먹었는지 아는가? 그럼 우리 약속한 걸로 믿네."

두 사람은 선배의 강요에 어쩌지 못하고 묵인하고 말았다.

어느 날, 맹희자가 농장 시찰을 나왔다. 공구는 그를 안내하여 이곳저곳 한 바퀴를 돌았다. 시찰을 도는 동안, 맹희자의 얼굴에는 만족스런 웃음꽃이 가실 줄 모르고 찬탄이 그치지 않았다.

"우리 공부자는 참말 기인(奇人)이시외다!"

그러나 시찰이 거의 끝날 때쯤 되어서, 맹희자 갑자기 웃음을 거두더니 이해할 수 없다는 기색으로 공구에게 물었다.

"그것 참 알 수 없는 노릇이구려. 돼지와 양이 이처럼 투실투실 살이 쪘는데, 어째서 매달 열 마리밖에 안 보내주시는 거요?"

느닷없는 불평에, 공구는 어리둥절해졌다.

"저는 대감께서 정하신 수량대로 꼬박꼬박 보내드렸습니다."

"얼마나 보내셨소?"

"매달 돼지 열 마리, 양 열 마리씩 보내드렸습니다."

맹희자는 고개를 절레절레 내둘렀다.

"아니야, 아니오. 내가 받은 숫자는 돼지와 양, 각각 다섯 마리밖에 안 되었소이다."

그 말을 듣는 순간, 공구는 일이 어떻게 돌아갔는지 이내 눈치챘다. 누군가 중간에서 장난질을 쳤음이 틀림없는 것이었다. 이러한 생각이 들자, 모처럼 흥겨웠던 기분이 싹 가시고 말았다. 그는 풀이 죽은 목소리로 변명했다.

"이상한 노릇입니다, 대감. 소관(小官)이 그 까닭을 조사해서 내일 찾아뵙고 아뢰도록 하겠습니다."

맹희자는 뭔가 속임수에 넘어간 듯싶어, 불쾌한 기색으로 돌아갔다.

공구는 즉시 아문으로 나가서 고활과 화충, 평성을 당하에 불러다 세워놓고 큰소리로 문초했다.

"너희들 중에 누가 맹손 대감 댁의 돼지와 양을 가져갔느냐?"

고활이 송구스런 표정으로 나섰다.

"소인이 때맞춰서 보내 드렸습니다요."

"한 달에 얼마나 보냈느냐?"

고활은 눈을 깜박깜박하더니, 냉큼 대답했다.

"매달 열 마리를 보냈습죠."

"돼지와 양 각각 열 마리씩이냐, 아니면 합쳐서 열 마리란 말이냐?"

엄한 힐문에, 고활은 잠시 머뭇거리다가 딱 잡아떼어 말했다.

"그야 물론 돼지 열 마리, 양 열 마리였습지요."

"하면, 맹손 대감께선 어째서 매달 돼지와 양을 다섯 마리씩밖에 못 받았다고 하시느냐? 설마 그분이 거짓말을 하셨다고는 하지 못하겠지!"

"그건, 저……."

"바른 대로 불지 못할까!"

매서운 호통이 떨어지자, 고활은 그 자리에 털썩 무릎을 꿇더니 와들와들 떨며 자백을 했다.

"돼지…… 양…… 그 절반은 소인이 내다가 팔아먹었습니다요!"

"판 돈은 어떻게 하고?"

"소인이…… 죄다 챙겨 두었습니다……."

공구는 기가 막혀 잠시 고개를 숙인 채 말이 없었다.

'세상에, 이런 소인배가 어떻게 공무를 맡아 보게 되었을꼬?'

뒤미처 엄한 호통이 다시 터졌다.

"이 고얀 놈, 오늘부터 너는 파면이다! 여봐라, 이놈을 집으로 끌고 가서 감춰둔 돈을 몰수하고, 두 번 다시 이 농장 근처에 얼씬도 못하게 하라."

이번 사건을 겪고 나서, 공구는 헤아릴 수 없는 인간의 마음 속과 관부의 난맥상을 깊이 깨우치게 되었다. 승전리 아문처럼 쥐꼬리만한 관서에조차도 고활 같은 자가 달라붙어 나라의 양분을 빨아 먹을 줄이야, 그로서는 꿈에도 생각지 못했던 것이다. 교활한 소인배에게 농락당했다는 슬픔과 여러가지 착잡한 감정이 한꺼번에 치밀어 오르는 동안, 그의 머리 속에는 새로운 생각이 떠오르기 시작했다.

5
방산(防山)에 어머님을 모시고

그날 밤, 공구는 거듭 생각하고 망설인 끝에 결단을 내렸다. 그리고 아침 일찍이 맹희자를 찾아갔다.

맹희자는 그가 사건을 변명하러 온 줄 알고 시큰둥하게 맞아들였다. 공구는 농장에서 고활이 저지른 짓과 그 사후 조치를 낱낱이 아뢴 다음, 마지막으로 자기 뜻을 밝혔다.

"이 공구는 대감의 천거를 받아 앞서는 수납관 직을 맡았고 또 이제까지 승전 관리를 맡아 왔으니, 그 은덕을 결코 잊지 못하겠습니다. 하오나, 두 번 세 번 거듭 심사 숙고한 결과, 공구는 두 번 다시 관가에 발을 들여놓지 않기로 결심했습니다."

뜻밖의 통보에, 맹희자는 놀랍고도 의아스러웠다.

"아니, 그게 어인 말씀이시오? 공부자께서는 고활의 부정 사건을 과단성있게 또 깨끗이 처리하지 않으셨소이까? 사리로 따지면 의당 포상을 받으셔야 할 분인데, 어째서 사직하시려는 거요?"

"벼슬길에 나아가 어떤 관서에서든지 나라에 공헌하려는 것이 이 공구의 숙원이었습니다. 그렇기 때문에 수납관 직분을 맡아 조세를 고르게 거둬들이느라 힘써 왔고, 장부도 말끔히 정리해 놓았습니다. 또 승전리로서도 제게 맡겨진 직책을 모두 다 완수했다고 생각합니다."

"그야 이를 말씀이오? 한데 어째서 사직을……."

"그러하오나 목전의 대세를 보건대, 공실(公室)은 날로 쇠약해지고 큰 도리가 널리 펼쳐지지 않아, 세상 풍속은 날이 갈수록 타락하고 예악도 무너져가고 있는 실정입니다. 이런 판국에 제 아무리 조세 장부가 깨끗이 정리되고 농장에서 가축이 살찌며, 이속(吏屬)들이 청렴해지고 아전들이 더할 나위없이 부지런해진다 하더라도, 주나라 왕실이 흥성하고 노나라 공실이 부강해지는 데는 역시 달걀로 바위를 치는 격이요, 장작더미에 붙은 불을 한 잔의 물로 끄려드는 격으로, 아무 소용이 없다고 생각합니다."

"그렇다면 공부자의 견해로는 어떻게 해야 좋다고 생각하시오?"

"주문왕, 무왕 시대의 인정(仁政)을 본받아 경대부와 사서민이 제 한몸을 위해 이익을 꾀하는 폐단을 과감히 없애야만, 이 노나라가 날로 강성해질 수 있으며, 백성들도 행복해 질 수 있습니다. 또 그 때 가서는 이웃 나라에서도 현인 달사들이 노나라의 명성을 흠모하여 넘어오지 않을까 생각합니다."

"좋은 말씀이오!"

맹희자는 성품이 착실하고 단순한 사람이었다. 그는 손뼉을 쳐가며 공구의 견해에 찬탄을 보냈다. 한참 무릎을 맞대고 대화에 열중하던 참이었다. 느닷없이 가신 한 사람이 들어와서 아뢰었다.

"웬 사람이 찾아와서 공부자님께 뵙기를 청합니다."

"들여보내라."

맹희자가 공구 대신 허락을 내렸다. 잠시 후 젊은이가 잔뜩 긴장된

걸음걸이로 들어왔다. 맹희자는 초면이라, 이 불청객의 모습을 자세히 뜯어보았다. 중간 키에 다부진 몸집, 햇볕에 그을린 듯 거무스레한 얼굴의 청년이었다.

"아니, 자네가 웬 일인가?"

공구는 첫 눈에 그를 알아볼 수 있었다. 이름은 안요(顔繇), 일명 무요(無繇), 자는 계로(季路), 혹은 성을 붙여 안로(顔路)라고도 불렀다. 집안이 몹시 가난하여 어렸을 적부터 소치는 목동 노릇을 해 왔으며, 어린 시절부터 공구와는 절친한 소꿉동무였다.

공구는 안로의 이마에 송글송글 맺힌 땀방울을 보자, 저도 모르게 불안한 생각이 들었다. 그래서 묻는 목소리도 다급해졌다.

"여보게, 아우님. 무슨 일이 일어났길래 그토록 허둥거리는가?"

"형님, 빨리 집으로 돌아가 보시우! 내 방금 댁에 가봤는데, 어머님께서 급병으로 쓰러지셨소!"

안로의 말 한마디는 공구에게 마른 하늘의 날벼락처럼 느껴졌다. 공구는 맹희자와 인사치레를 하는 둥 마는 둥 하고 허겁지겁 집으로 달려갔다.

어머니 안징재는 얼굴빛이 창백하게 질리고, 두 눈을 질끈 감은 채 꼼짝도 않고 누워 있었다.

침상 곁에는 아내 기관씨가 어쩔 줄을 모르고 발만 동동 구르고 있었다.

이제 갓 네 살짜리 철부지인 공리는 침상 아래에서 머리통을 내밀었다가 숨고, 의자 주변을 뱅글뱅글 돌아가며 장난치느라 정신이 없었다. 이 무렵 공구는 딸을 하나 더 낳아서 이름을 무위(無違)라고 지어 주었는데, 이제 한창 말을 배우느라 옹아리를 한다.

공구는 침상 머리로 덮치듯이 다가 앉으며 물었다.

"어머니, 무슨 일이세요? 아침 나절에도 괜찮으셨는데, 이게 갑자기

웬일이십니까? 어머니! ……."

그녀는 눈을 천천히 떴다. 두어 차례 가벼운 기침을 토해내자, 눈물
방울이 함초롬하게 맺혔다.

"가슴이 꽉 막히고 숨을 내쉬기가 힘든 걸 보니, 이제 틀린 모양이
다."

기력이 뚝 떨어진 목소리에 공구는 차마 더 이상 듣지 못하고 버럭
고함을 질렀다.

"아닙니다, 어머니! 이제 겨우 마흔도 안 되셨는데, 이게 무슨 말씀
이세요? 딴 생각 마시고 누워계십쇼. 제가 곧 의원을 모셔올 테니까요.
금방 괜찮아지실 겁니다."

하지만 그녀는 도리질을 했다.

"이미 늦었다. 다 부질없는 일이다."

공구는 의원을 모시러 뛰쳐나갈 참으로 벌떡 일어섰다.

"구야, 내 병은 내가 잘 안다. 이리 오너라. 너는 그래도 네 아버님과
외조부님의 기대를 저버리지 않았구나. 성품이 겸손하고 배우기를 좋
아하여 학문에 큰 성취를 이루었으니, 이 얼마나 장한 일이냐? 이제 또
미관 말직이나마 벼슬까지 얻었으니, 외조부님께 떳떳한 모습을 보일
수 있어 잘 되었다."

"어머니! ……."

"애야, 내 말 명심해라. 무슨 일에 처하든 반드시 올곧음을 굳게 지
키고, 곡학 아세하지 말아라. 관원이 되었으면 공평 무사가 으뜸이다.
천하에는 권문 세가에 붙좇아 이익을 도모하는 소인배가 많으니라. 너
는 절대로 그런 부류와 어울려 이름을 더렵혀선 안 된다. 하늘과 땅이
뒤집혀 돌아가더라도, 너는 깨끗이 몸을 지키고 자중 자애하는 사람이
되어야 한다. 그래야만 네 외할아버님께서 말씀하신 대로 청사에 길이
이름을 남기게 될 것이다."

"소자…… 깊이 명심하겠습니다."

공구의 목소리가 침착성을 되찾았다.

"외조부님이 임종시에 당부하신 말씀을 깊이깊이 생각해야 한다. 그 말씀으로 늘 자신의 언행을 가다듬고 학문에 힘쓰도록 해라."

"소자도 깊이 명심하고 있습니다."

그녀는 잠시 눈을 감고 생각에 잠기더니, 다시 말을 이었다.

"네 형은 몸이 불편하니, 네가 잘 돌보아 주어라."

공구가 미처 응답하기도 전에 한 사람이 화닥닥 뛰어들었다. 맹피였다. 그는 들어오는 도중 귓결에 이 말을 듣고 그만 목놓아 울음을 터뜨렸다.

"어머니, 우릴 버리고 가시면 안 돼요!"

안징재는 맹피의 손목을 잡았다.

"그럴 수가 없구나…… 얘야, 우리 공씨 가문은 대대로 나라에 공을 많이 세운 집안이다. 너희 두 형제도 힘을 합쳐 조상님들의 가업을 잘 이어받아야 하느니라. 맹피야, 알겠느냐?"

방 안은 차츰 희뿌연 어둠 속에 잠기기 시작했다. 공구의 아내가 작은 등불을 밝혔다. 징재의 창백하던 얼굴빛이 누렇게 들뜨자, 일가족이 모두 긴장된 기색이었다.

공구는 등 뒤에 지켜 서 있던 안로에게 부탁했다.

"난 지금 나갈 수 없는 형편일세. 수고스럽지만 아우님이 의원을 좀 모셔와 주게!"

"알았소, 형님!"

안로는 한걸음에 달려 나가더니 의원의 팔뚝을 잡아끌듯이 하면서 헐레벌떡 돌아왔다.

진맥을 마친 의원이 공구를 불러 귓속말로 얘기했다.

"이제 틀렸소. 맥박도 아주 약하고 숨소리도 끊일락 말락 하오. 어서

뒷일이나 준비하시는 게 좋으리다."

말을 마친 의원은 가버렸다.

온 식구들은 안징재의 곁을 지키면서, 그녀가 다시 숨을 돌려 몇 마디라도 더 해 주기를 간절히 바랐다. 혹시 음성을 듣지 못할까 두려워, 이들은 숨조차 죽였다. 시간은 급류처럼 빠르게 흘러 가다가는 다시 천천히 흐르면서 스러졌다.

새벽녘까지 애타게 기다린 보람이 있었던지, 그녀는 마침내 눈을 떴다. 밤은 여명이 밝기 전 마지막 어둠을 깔아 놓았으나, 어느새 창문 틈서리에는 희뿌연 빛이 스며들기 시작했다.

그녀는 바짝 메마른 입술을 달싹거렸다. 무슨 말인가 하고 싶은 것이 있는 듯했다. 공구는 그것이 무엇을 뜻하는지 잘 알고 있었다. 임종을 앞둔 사람이 흔히 보이는 회광 반조(廻光返照) 현상이었다. 그는 두 손을 모은 채 서서, 어머니의 마지막 가르침에 귀를 기울였다.

안징재는 힘들게 입을 열었다. 끊길 듯 이어지는 목소리……,

"내가…… 이날 이때껏 …… 너희들을 속여 왔구나…… 너희 아버님은…… 어디 묻히셨는고 하니…….'

"아버님이 어디 묻히셨습니까?"

공구는 거듭 묻고 또 물었다.

"날 네 아버님 곁에……."

최후의 기력을 다 쥐어짜낸 목소리로 한 마디 했을뿐, 다시는 아무 말도 하지 못하고 두 눈을 감아 버렸다. 이때가 노소공 14년 봄날 이른 아침, 그녀는 겨우 서른아홉 차례의 봄 가을만 겪고 이 세상을 떠난 것이었다.

애처로운 통곡 속에, 장례 준비가 시작되었다. 친한 벗 안로 역시 남아서 바쁜 일을 도와주었다.

염습(殮襲)을 마치고 입관 예절이 끝나자, 공구는 어머니의 유언 말

쓴대로 아버지 곁에 합장해 드릴 생각을 했다. 그런데 아버지의 무덤이 어디 있는지 모른다는 것이 문제였다.

숙량흘이 세상을 떠났을 때, 맹피와 공구는 철부지였다. 바깥 세상을 기웃거릴 나이가 되자, 이들 형제는 제사 놀이에 홀딱 빠지기 시작했다. 그 중에서도 공구는 그 정도가 심했다. 안징재는 혹시나 이 철없는 것들이 아버님 묘소를 찾아가서 밤낮없이 제사나 드리고 학업을 전폐하지나 않을까 걱정한 나머지, 두 형제에게 무덤 있는 곳을 가르쳐 주지 않았다. 임종시에 일러주려 했지만 이미 때가 늦어 버린 것이었다.

공씨네 집은 숙량흘이 세상을 떠난 후에야 추읍에서 고향 곡부로 돌아왔기 때문에, 이웃집 사람들도 숙량흘이 어디 묻혔는지 아무도 몰랐다.

공구는 형과 상의한 끝에, 어머니의 영구(靈柩)를 오부(五父)라고 불리는 네거리에 안치한 다음, 내막을 아는 사람이 나타나서 도와주기를 기다렸다.

공구와 맹피는 이른 아침부터 정오가 되도록 줄곧 기다렸다. 그러나 구경꾼은 적지 않게 들락거렸으나, 숙량흘의 무덤이 어디 있는지 알려 주는 사람은 하나도 없었다.

두 형제가 한참 근심에 잠겨 있노라니, 한 늙수그레한 부인이 다가왔다. 나이는 오십을 훨씬 넘긴 듯, 백발이 성성하고 얼굴은 주름살투성이가 된 노파였다. 그녀는 안징재의 영구 앞에 정중하게 조의를 표한 다음, 두 형제가 보는 앞으로 돌아섰다.

"너희들, 무슨 까닭으로 어머님의 영구를 여기 멈추었느냐?"

공구가 대답했다.

"어머님을 아버님과 합장해 드리려고 하는데, 아버님 묘소가 어디 있는지 모르니 어찌 하오리까. 그래서 영구를 여기 멈춰 놓고, 아는 분이 계시면 가르침을 구할까 해서 기다리고 있는 참입니다."

"옳아, 그랬었구나! 네 어머니하고 나는 어렸을 적부터 좋은 친구였어. 또 네 아버님과도 먼 친척 누이뻘 되고 말이다. 너희 아버님이 묻힌 곳은 내가 잘 알고 있지!"

그야말로 지성이라면 감천이라고 했던가, 공구와 맹피 형제는 황급히 그 자리에 꿇어 엎드려 절을 올렸다.

"백모님, 제발 가르쳐 주십시오!"

노파는 두 형제에게 숙량흘의 무덤이 있는 곳을 가르쳐 주었다.

"고맙습니다, 백모님. 이 은혜 길이 잊지 않겠습니다."

공구와 맹피는 거듭 사례하고 나서, 숙량흘의 묘소가 있는 방산(防山)을 향해 떠났다.

방산은 동에서 서로 뻗었는데, 동쪽은 높고 서쪽이 얕은 산이었다. 상제들은 경사가 완만하고 평탄한 언덕 비탈을 따라서 오르기 시작했다. 산마루턱에 올라서니, 방산의 전경이 한눈에 내려다 보이는데, 마치 거대한 용이 몸뚱이를 도사리고 누운 듯, 구불구불한 능선이 길게 펼쳐져 있었다.

산마루턱 건너편 제법 평탄한 곳에 일부러 심은 듯한 잣나무 전나무 몇 그루가 듬성듬성 자리잡고 있었다. 공구는 친척 아주머니가 말한 대로 그곳에 아버지의 무덤이 있다는 것을 알아차렸다. 일행의 발걸음은 자연 빠르게 움직여 나갔다.

숙량흘의 무덤 앞에서, 공구와 맹피 형제는 나란히 무릎 꿇고 큰절을 올리면서 묵도를 바쳤다. 그리고 관례대로 북에서 남쪽을 향해, 부친의 무덤을 오른 편에 두고 그 왼쪽에 방위를 잡아 광중을 팠다. 어머니를 안장한 후, 형제는 회한에 찬 눈물을 뿌리며 돌아섰다.

집으로 돌아온 공구는 넋잃은 사람처럼 정신없이 사흘을 보내고 나흘째 아침이 되어서야 일어났다. 정신은 조금 맑아진 듯했고 지친 몸도 거뜬하게 풀렸다.

그는 조반을 마치자 곧바로 학습에 들어갔다. 워낙 시간을 금쪽같이 여기는 성격이라, 세월을 헛되게 흘려보내고 싶지 않았다. 오전 내내, 그는 책상 위에 죽간(竹簡) 한 무더기를 늘어 놓았다. 이제부터 《역경》을 궁리해 볼 생각에서였다.

조금 있으니, 안로가 뛰어 들어와서 급한 소식을 전했다.

"형님, 길거리에 쑥덕공론이 파다합니다. 상국 계손씨네 가신 남괴가 비읍(費邑)에서 반란을 일으켰다는 겁니다."

"아니, 뭐라구? 반란이 일어났다고?"

공구는 어처구니없는 기색으로 친구 안로를 바라봤다.

"그런데 비읍 주민들이 떼를 지어 공격하는 바람에 반란은 실패로 끝나고, 남괴도 지금 제나라로 달아났다고 그럽디다."

"그것 참 다행이로군."

공구는 안도의 한숨을 내리쉬었다.

"난 가봐야겠수. 소를 치다가 왔으니까."

안로를 보내고 나서 다시 《역경》을 집어들었으나, 마음만 산란해질 뿐 좀처럼 정신을 집중시킬 수가 없었다. 안로가 던지고 간 말이 아직도 귓가에 맴돌면서, 이제까지 계평자가 저질러 온 소행이 머리 속에 불끈 떠오르는 것이었다.

몇 년 전, 계평자는 무례하게도 북치고 깃발 날리면서 태산에 올라가 신령에게 제사를 지낸 적이 있었다. 주나라 예법에 따르면, 그 산신제는 천자와 제후들만이 행사할 수 있는 고유 권한인데, 경대부의 신분에 지나지 않는 계평자가 그 제사를 받들었던 것이다.

그 사건을 염두에 둔 채, 공구는 한참 동안 깊이 생각을 했다. 그리고 계평자가 언젠가는 자신의 가신 남괴처럼 노나라 조정에 반란을 일으키지나 않을까 걱정스러웠다.

그 정변이 비록 경대부들간의 권력 투쟁이요, 서로 속고 속이는 암투에 지나지 않는다고는 하지만, 그 해독은 바로 노나라 백성에게 끼쳐질 것이고, 그 결과는 노나라의 국력을 더 쇠락의 구덩이에 빠뜨릴 것이 분명했다.

공구는 자신의 처지를 잘 이해하고 있었다. 지금 자신의 지위나 신분으로 본다면, 그저 상상이나 할 뿐, 국면을 전환시킬 현실적인 방법은 전혀 없는 것이었다. 하지만 언젠가는 자신에게도 국정에 참여할 기회가 오리라는 것을 믿어 의심치 않았고, 또 기대 속에 열심히 학문을 닦고 있는 것이었다.

당시의 예법에는 어버이가 세상을 뜨면 그 자식은 삼년상을 치르게 되어 있었다. 이 3년 동안에는 악기도 만질 수 없거니와, 노랫가락도 읊조리지 못했다. 공구 역시 예법에 정통한 만큼, 고례를 삼가 지켜 어머니를 위한 삼년상을 치루었다. 그 동안 바깥 출입을 일절 삼가고 손님도 거절한 채 꼬박 집안에 들어앉아서 책을 읽거나 예법을 익혔다. 다만 한 사람, 절친한 벗 안로만이 이따금씩 찾아와서 바깥 세상 소식을 전해주고 때때로 가르침을 청하기도 했다.

안로의 신분은 소나 양떼를 치는 목동에 지나지 않았으나, 국가 대사에 관심이 매우 높아, 항간의 여론에 곧잘 끼어들기도 하고 사람들이 주고 받는 시국에 대한 토론들을 귀담아 듣는 것을 몹시 좋아했다.

노소공 17년 이른 봄, 노나라의 부용국인 섬나라 군주 섬자가 모처럼 노소공을 뵈러 입국했다. 섬나라 군주는 지위가 자작(子爵)이었으므로 '섬자'라고 불렸다. 한데 이 나라 풍습은 유별나게 새를 떠받들어, 온갖 새의 무속이 발달했을 뿐만 아니라, 심지어는 관직명조차도 날짐승의 이름을 따서 붙일 만큼 새를 좋아했다.

공구도 오래 전부터 섬나라 사람들에게 이런 풍습이 있다는 소문을 들었으나 그 까닭이 무엇인지는 전혀 모르고 있었다. 그래서 기회가 닿으면 섬나라 사람에게 알아보겠다는 생각을 품어 오던 터였다.

안로는 평소 공구가 그런 생각을 지녔음을 잘 알고 있던 참이라, 섬나라 군주가 입국했다는 소식을 듣자, 곧 바로 달려와서 공구에게 전해 주었다.

공구는 때마침 그 해가 탈상기였기 때문에, 좋은 기회가 왔다고 반가워하면서 안로와 함께 노나라 궁정으로 갔다. 그때 도중에서 마주친 사람은 공교롭게도 바로 맹희자였다.

"맹손 대감, 소문에 듣자니 섬나라 군주가 주공을 뵈러 오셨다는데, 그게 정말입니까?"

"온 지 벌써 사흘이 지났소이다."

공구는 옳다구나 싶어 맹희자에게 매달려 간청했다.

"그분께 몇 가지 여쭤보고 싶은 것이 있는데, 맹손 대감께서 만나뵐 수 있도록 주선을 좀 해 주시지 않겠습니까?"

그러자, 맹희자는 사뭇 안됐다는 표정을 지었다.

"그것 참 묘하게 되었구료. 섬나라 군주는 벌써 귀국 길에 올랐소이다. 떠난 지가 아마도 한 시진(時辰)은 넘었을 거요."

"그랬군요……."

공구는 모처럼 들떴던 기분이 싹 가시고 말았다.

그 해 가을, 섬나라 군주가 두 번째로 노나라에 조회(朝會)하러 들어왔다. 맹희자는 전에 공구가 섭섭해 하던 모습을 잊지 않고 즉시 사람을 보내 이 소식을 알려왔다.

공구는 의관을 정제하고 섬나라 군주가 묵고 있는 관사(館舍) 문전에 가서 기다렸다. 밤이 으슥해져서, 노소공의 환영 잔치에 참석했던 섬자가 마침내 관사로 돌아왔다.

참을성 있게 기다리던 공구는 섬자 일행 앞으로 나가서 예를 올리고 자기 소개를 했다.

"소인은 노나라 백성 공구라 하옵니다. 귀군께 여쭈어 볼 일이 있어서 뵙기를 청하오니, 부디 가르침을 내려 주십시오."

뜻밖의 노상 질문을 받게 된 섬나라 군주는 순간 어리둥절했다. 그러나 상대방이 노나라에서 학문 높기로 유명한 공부자임을 알고 이내 반가운 미소를 지었다. 그 역시 공부자의 명성을 전해 듣고 오래 전부터 흠모하여 한번 만나보고 싶었던 것이었다.

"하하! 실례가 많았소이다. 과인도 공부자님의 높으신 이름을 들어 뫼신지 오래인데, 이런 자리에서 이렇게 만나뵙게 될 줄이야……자, 어서 안으로 들어갑시다."

관사에 들어가서 주객이 자리잡고 앉은 후, 공구는 섬자에게 단도 직입으로 물었다.

"귀국에서는 날짐승을 매우 숭상하고 또 새 이름으로 관직명을 붙이셨다는데 연유가 있으신지 모르겠습니다. 부디 가르쳐 주십시오."

"하하! 공부자께서 그것이 궁금하셨던 모양이로군요."

섬자는 껄껄 웃으며 자상하게 대답해 주었다.

"우리 섬나라의 시조께서 처음으로 나라를 세우셨을 적에 봉황새 한 쌍이 오동나무에 날아들었지요. 선조께선 그것을 상서로운 길조라 생각하시고, 나라의 기틀을 바로잡은 후 봉황새를 국조(國鳥)로 삼으셨소이다. 그 후, 선조들께서도 여러 가지 날짐승을 길조로 지정하시고, 새를 숭상하는 풍습이 전해 내린 거지요. 벼슬 이름에 새 이름을 따서 붙인 것도 시조 때부터 시작된 관습이었소."

섬자는 이어서 자국의 관제와 더불어 여러 가지 실상까지 자세히 소개해 주었다. 의문이 다 풀리자, 공구는 섬나라 군주에게 거듭 사례를 표한 다음, 홀가분한 마음으로 관사를 나왔다.

노소공 18년에는, 송(宋), 위(衛), 진(陳), 정(鄭)에서 연달아 큰 화재가 일어났다. 그 중에서도 정나라의 피해가 가장 심했다.

정나라 조정에서는 하늘에 제사를 지내야 한다는 여론이 팽배해졌다. 심지어는 '하늘에 재앙을 물려줍시사고 제사를 올리지 않았다가는, 우리 나라 전체가 불타 없어지게 될지도 모른다'는 주장까지 나왔다.

당시 정나라의 정권을 장악한 대부는 공실 귀족 자산(子産)이었다. 조정과 백성들간에 천제를 드려야 한다는 여론이 물끓듯 일어나자, 자산은 이렇게 무마했다.

"하늘이 세상을 다스리다니, 모두가 허무 맹랑한 말이다. 사람의 손으로 다스리는 것만이 절실하고도 가능한 것이다. 나는 하늘에 제사를 올리지도 않겠거니와, 또 그렇게 한들 하늘은 아무 것도 알아주지 않을 것이다."

공구는 오래 전부터 자산에 대한 소문을 들어왔고 또 매우 존경하고 있는 터였다. 자산의 본명은 공손교(公孫僑), 바로 정목공(鄭穆公)의 손자로서 정나라의 어진 신하였다.

지리적으로 정나라는 강대국 진나라와 초나라 틈에 끼어 있어서, 시달림을 받지 않는 날이 없었다. 또 이들 양대국이 남북으로 세력을 확장시킬 때마다 정나라는 국력이 쇠약해지고 영토가 줄어들었다.

자산이 정권을 잡은 것은 노양공 30년이 되던 해였다. 형편없이 문란해진 국정을 도맡게 된 그는 부국 강병책으로 조정 대신들과 백성에게 근검 절약을 제창하고 군을 착실히 정비해 나갔다. 그러나 어리석은 백성들이 근검 절약을 이해하지 못하자, 그는 그 뜻을 노래로 만들어 널리 보급시켰다.

부지런하게 살아가세, 절약하면서 살아가세.
하루 종일 부지런하고 절약하며 살아가세.
비단옷이 생겨도 입지 말고 아껴 두세.
군대를 일으키세, 군대를 일으키세.

우리 군대를 어엿하게 만들어 보세.
논밭이 거칠어지면 어쩔거나?
우리 모두 가꾸어 기름지게 만들어 보세.
누가 앞장서서 자산을 따라잡을 거나?
우리 모두 한 마음으로 이분 따라 일하세 !

자산은 학문도 깊고 재능도 많았으나, 거기에 만족하지 않고 기회가
있는 대로 어진 선비와 유능한 인재를 천거 받아 기용했다.
나라의 큰 일을 결정할 때마다, 그는 반드시 여러 제후국의 정세에
밝은 공손휘(公孫揮)에게 의견을 묻곤 했다. 또한 생각이 깊고 멀리 내
다볼 줄 아는 비심(裨諶)을 도성 밖 교외로 불러내어 상의하고, 서민
백성들의 여론을 널리 청취한 다음, 다시 판단력이 뛰어난 풍간자(馮簡
子)에게 결단을 내리도록 요청했다. 그리고 마지막에 가서는 외교 수완
이 능한 유길(游吉)에게 결정된 정책으로 외국과 교섭하게 만들었다.
이렇듯 신중에 신중을 거듭하는 단계를 거쳤기 때문에, 자산이 결정한
정책은 한 번도 실패해 본 적이 없었다. 정나라는 3년 동안 자산의 손
에 다스려져, 마침내는 사회 질서가 안정되고 강국과의 외교전에서도
끊임없이 성공을 거두게 되었다.
이리하여 정나라 백성들간에는 자산을 칭송하는 민요가 나돌았다.

우리 아들 딸은 자산에게 교육 받고,
우리 농토는 자산이 개간해 주었네.
자산아, 죽지 말렴.
죽으면 누가 이어받으리?

자산은 무엇보다도 인간의 능력을 중시하는 이성적인 사람이었다.

무슨 일을 하든 주도 면밀하고 엄숙한 태도로 신중하게 처리했다.

나라와 백성을 사랑하는 그의 사상은 공구에게 막대한 영향을 끼쳤다. 사람들의 입을 통해 자산의 공적을 전해 들을 때마다, 그는 이 선배에게 마음속 깊은 존경과 감복을 느끼고, 당장 달려가서 스승으로 섬기고 치국 안방(治國安邦)의 도리를 배우지 못하는 것이 한스러울 정도였다.

학업에 분발하고 고심 참담하는 연구를 거쳐서 공구의 학문 세계는 갈수록 깊고 두터워졌다.

어느 날, 그는 아들 공리와 어린 딸 무위에게 글을 가르치고 나서, 현금(弦琴)을 집어들고 흥겨운 가락을 뜯기 시작했다.

그런데 어찌 된 셈인지, 시종 날카로운 음만 울릴 뿐 깊고도 유연한 운치가 모자란 듯한 느낌이 들었다. 그는 손을 멈추고 한참 동안 고요히 묵상하다가 다시 한번 뜯어 보았다. 역시 마음에 썩 들지 않았다.

공구는 일어나 벽을 향해 앉은 채 깊은 상념에 빠졌다.

'도대체 오늘은 가락이 어째서 이 모양으로 울리는가?……'

곰곰이 반성하고 음미한 끝에, 그는 돌연히 깨우침을 얻었다.

'내가 다른 학문 수준을 높이느라 탄금법(彈琴法)에 소홀했었구나! 그러니 조예가 이토록 천박할 수밖에 더 있겠는가? ……'

이래서 그는 탄금의 명인을 찾아가 지도를 받기로 결심했다.

그는 오래 전부터 진(晉)나라의 악관(樂官) 사양자(師襄子)가 탄금법에 아주 정통하다는 소문을 들어 알고 있었다. 그는 이 명인에게 배우고 싶은 마음이 간절했다.

노소공 19년 늦은 봄, 그는 진나라로 떠났다. 날마다 새벽부터 길재촉을 하고 밤이 으슥해서야 객점을 찾아 약간 쉬었다. 이렇듯 초행길에 겪은 고생이란 이루 말할 수 없었다. 십여 일을 걷고 또 걸어서 그는 가까스로 태행산(太行山) 아래에 당도했다.

태행산맥은 어느 방향에서 바라보나, 산세가 험준하고 치솟은 봉우리들이 구름을 뚫고 들어가, 눈길 끝에 닿는 곳이 없도록 중첩첩(重疊疊)이요, 천길 절벽에 만길 낭떠러지가 아찔하게 내려다 보이는 험산준령이 장벽처럼 펼쳐진 명산이었다. 하지만 골짜기에 들어서면, 푸른 소나무 잣나무 숲 사이로 노루 사슴이 뛰어 놀고, 학의 울음소리가 구성지게 메아리치는가 하면, 솔개와 독수리 떼가 한가로이 날고 있었다.

석양이 지고 서편 하늘가에 저녁 노을이 찬란하게 드리워진 것을 보자, 내일도 아주 맑은 날씨가 될 듯싶었다. 오솔길을 따라서 들어가노라니, 어디선가 닭 울음소리, 개짖는 소리가 들려왔다. 산모퉁이를 돌아서자, 드문드문 자리잡은 초가 몇 채, 굴뚝마다 저녁 짓는 연기가 모락모락 피어 올라 노을 빛에 반사되면서 시정이 담북 담긴 한 폭의 풍경화를 자아내고 있었다.

공구는 마을로 들어서서 길가의 집을 하나 찾아 들어갔다. 하룻밤 묵어가기를 청하니, 인심 좋은 주인이 선뜻 응낙하고 사랑방으로 안내했다. 방은 지저분하고 비좁았으나, 하루 종일 걷기에 지친 공구에게는 대궐보다 더 편안한 잠자리였다.

이튿날 아침 일찍이 조반을 끝낸 공구는 운좋게 동반자를 몇 사람 만나 함께 산을 오르기 시작했다. 그러나 태행산을 넘기가 그리 쉽지만은 않았다. 구절 양장 오솔길은 가시덤불투성이요, 산길 곁에는 수백 년 된 고목이 하늘을 가리웠다.

그는 골짜기 개천을 몇 군데나 건너고, 영마루 산등성이를 몇 차례나 타고 넘었는지 몰랐다. 눈앞에 시원스레 탁 트인 계곡이 나타났다 싶으면 이내 깎아지른 절벽이 나타나고, 오르막길이다 싶으면 다시 곤두박질쳐 내려가는 길뿐이었다. 겨우 한 사람이 지날 수 있는 매우 좁은 산길도 끊일 듯하다가 다시 이어지곤 했다. 공구는 그저 위태로운 발치의 아랫깃만 굽어보느라, 먼 경치를 눈여겨볼 겨를조차 없었다.

해질녘이 되어서야 공구는 겨우 태행산을 가로질러 넘어설 수 있었다. 그 다음에 펼쳐진 것은 하늘 가에 닿도록 끝없이 너른 황토 고원 지대였다. 아득한 벌판, 오랜 세월 비바람에 깎이고 씻기운 탓으로 천을 짜듯 촘촘하게 파인 도랑이며 그 위에 그물같이 퍼져 흐르는 강물 둔덕 사이사이로 촌락이 들어앉아 평화로운 정경을 자아내고 있었다.

벌서 끼니 때가 되었는지, 마을에는 자욱하게 저녁 연기가 피어 오르고 공구는 피곤함을 느꼈다. 험준하면서도 기구한 산길 수십 리를 정신 없이 걸어 오느라 허리가 쑤셔대고 두 다리가 저리고 현기증이 날 정도였으나, 태행산을 넘어섰다는 흡족한 성취감에 가슴이 뿌듯하기만 했다.

만족감은 또 다른 상념을 자아냈다. 공구 자신 앞에 펼쳐진 인생 길은 아마도 이보다 더 곡절도 많고 기구하며 순탄치 못할 것이다. 그렇더라도 자신이 추구하는 길, 선택한 길을 곧바로 끝까지 걸어 나가고야 말 것이다. 마음 속으로 이런 생각 저런 다짐을 두면서, 그는 지칠 대로 지치고 맥이 풀린 두 다리를 격려하면서 앞으로 성큼성큼 내딛어 나갔다.

황토 고원의 봄철은 바람이 많은 계절이었다. 평지에 다가갈수록 강한 바람결에 휩쓸린 누런 흙먼지가 외로운 나그네를 덮쳐왔다. 자욱한 흙먼지에 눈을 뜰 수도 없었고, 세찬 바람은 걸음을 떼어 옮길 수 없게 만들었다. 공구에게 있어서 이런 경험은 난생 처음이었다.

한바탕 불어닥치는 황토 모래 바람을 피하느라, 그는 이따금씩 제자리에 멈춰 서서 얼굴을 가리고 바람이 지나쳐 갈 때까지 기다렸다가 다시 어렵게 어렵게 전진하곤 했다. 이 새로운 역경은, 앞서 태행산을 넘어올 때의 기막힌 고생마저 깡그리 잊어버리게 만들었다.

이 날, 그는 진나라 도성에 다다랐다. 이곳 역시 유서 깊은 고성(古城)이라 거리도 넓고 번화했다. 길가에 늘어선 누각 정자들도 하나같이 고색 창연한 운치를 풍기고 있었다.

한시 바삐 스승을 찾아 뵙고 싶은 욕심에, 공구는 신기한 경치를 구경할 마음은 접어 두고 길가는 행인들을 붙잡고 사양자의 거처를 열심히 물어보았다.

마침내 어느 외지고 한적한 골목에서, 공구는 사양자의 집을 찾아냈다. 검정 칠을 먹인 대문짝은 건성으로 닫혀 있어서, 문틈 사이로 안마당을 가로막은 영벽(迎壁)에 새겨놓은 큼지막한 글자를 들여다볼 수 있었다.

공구는 옷자락에 수북이 쌓인 먼지를 털어낸 다음, 가볍게 문을 두드렸다.

잠시 후 주인이 나타났다. 희끗희끗한 수염과 머리카락, 네모난 얼굴에 평화스럽고도 자상함이 흐르는 노인이었다.

공구는 한 걸음 내딛고서 허리 굽혀 예를 올렸다.

"여쭙겠습니다. 선배님께서 사양자 어른이 아니신지요?"

"그렇소만, 어디서 오신 뉘시오? 무슨 일로 이렇게 누추한 집을 손수 찾아 오셨소?"

"후배는 노나라에서 온 공구라 하옵니다. 선배님께 탄금법을 배우고자 허위단심 찾아 뵈었습니다."

사양자는 빙그레 웃음을 지었다.

"허어, 귀한 손님이 오셨구료! 공부자의 박학 다식한 소문을 들은 지 오래였소만, 오늘 이렇게 찾아오실 줄이야 꿈에도 몰랐소이다. 금세(今世)의 성인을 언제 만나뵈올까 한스럽더니, 실로 이 사양자의 복이 아닐 수 없소이다."

"선생님의 크신 명성은 사해 천하 사람들이 모두 아는 터, 후배 공구는 그 이름을 흠모하와, 불원 천리하고 가르침을 받으러 찾아왔사옵니다."

"헛된 이름만 났을 뿐, 그실 보잘 것은 없소이다. 기왕에 천리 길을 마다 않고 찾아 오셨으니, 누추하나마 안으로 들어오셔서 얘기나 나눕시다."

말을 마치자, 주인은 공구의 손을 붙잡고 안으로 들어갔다.

우선 시원한 물로 목을 축였다.

"풍진을 헤치고 그 머나먼 길을 오시다니, 말씀은 않으셔도 공부자님의 간곡한 진정을 알 만합니다그려. 이 양정(襄定)도 금예(琴藝)를 아낌없이 전수해 드리리다."

"감사합니다. 선배님!"

"나는 궁정에서 경(磬)을 두드리는 직분을 맡았기 때문에, 탄금법을 익히게 되었소. 이제부터 현금(弦琴)을 뜯으면서 설명할 터이니, 잘 새겨 들으시오."

사양자는 탁자 위에 놓인 물건을 앞으로 끌어당겨 놓았다. 검정 보자기를 벗겨 내자, 새까만 옻칠을 먹인 현금 한 틀이 형체를 드러냈다. 검정빛 윤택이 반들반들 흐르는 것이 오랜 세월 해묵은 진품임에 틀림없었다. 그는 조심스레 줄을 고르고 나서 온 정신을 모아 탄주하기 시작했다. 은은하고도 깊숙이 가라앉은 현금 가락이 대들보를 휘감아 떠오르면서 듣는 사람의 심금을 두드리기 시작했다.

사양자는 한 곡 탄주할 때마다 해설을 곁들였다. 공구는 진지한 태도로 귀를 기울여 듣고 단단히 기억했다. 탄금의 명인은 그 성실한 배움의 자세를 보고 속으로 경탄해 마지 않았다. 그는 자신이 수십 년 동안 심혈을 기울여 가꾼 기량을 송두리째 꺼내 보여, 공구로 하여금 감격을 이기지 못하게 만들었다.

첫 대면인데도 이들 두 사람은 아주 오랜 옛날부터 사귀어 온 벗처럼 의기가 투합했고, 서로 상대방을 지기지우로 인정했다.

그날 저녁, 사양자는 조촐하게나마 술자리를 베풀어 공구를 환대했다. 그리고 자신의 기예를 모조리 전수할 때까지 자기 집에 머물게 했다. 이로부터 두 사람은 아침 저녁으로 해가 기우는 줄도 잊은 채 탄금의 기예를 전수하고 받았다.

보름 남짓 지났을까, 공구는 현금을 탄주해 보고 자신의 지법(指法)이 능숙해졌음을 느낄 수 있었다. 이제야말로 현금의 가락이 폐부로부터 우러나오는 언어가 되어, 구구절절 심금을 울리고 마디마디가 귀를 즐겁게 만들었던 것이다.

어느 날, 공구는 여느 때처럼 곡조를 반복해서 탄주했다. 곁에서 듣고 있던 사양자가 빙그레 웃더니, 이렇게 말했다.

"탄주 요령을 손끝에 완전히 익혔구려. 기교도 제법 능숙해졌고 말이오. 그럼 이번에는 다른 곡을 배워 보시겠소?"

공구는 겸손했다.

"저는 이 한 곡밖에 탈 줄 모릅니다. 그것도 아직 깊은 도리를 깨우치지 못했고 말입니다."

그는 다시 탄주를 계속했다.

얼마쯤 지나 사양자가 다시 입을 열었다.

"나는 이 소리로써 그대가 이미 탄금의 도리를 깨우쳤음을 알아낼 수 있소. 그러니 새로운 곡으로 바꿔도 괜찮을 거외다."

"이 곡 중에 숨겨진 뜻을 아직 이해도 못하는 걸요."

조금 있으려니, 사양자가 또 말했다.

"그대는 벌써 이 곡에 함축된 의미를 깨우쳤소. 다른 곡조를 연주해도 충분한 수준이외다."

"저는 아직도 이 곡을 지은 사람의 흉금으로부터 우러나오는 지향과 그 품격, 그 정감을 여실히 표현해 내지 못하고 있습니다."

공구는 묵묵히 깊은 사념에 잠겼다. 어떻게 하면 곡을 만든 이의 높고도 원대한 안목을 표현해 낼 수 있을까, 그것만을 생각하는 것이었다.

얼마쯤 지나, 그의 입에서 감회 서린 한숨이 길게 흘러나왔다.

"아아, 이제는 해낼 수 있습니다! 너르디너른 흉금, 원대한 지향, 위대한 품격, 고결한 지조, 이 모든 것은 주문왕(周文王)이 아니고서야 그 누가 이런 곡을 지어낼 수 있겠습니까? 그분의 안목은 너무도 원대하여, 온 천하를 두루 내다보고 계십니다그려!"

그 말을 듣자, 사양자는 가슴이 뭉클해지는 격한 감동을 이기지 못하고 공구를 향해 연신 읍례를 올렸다.

"공부자께서는 진실로 당세의 성인이시외다! 내 스승님이 이 곡을 전수해 주실 때, 그 이름이 바로 《문왕조(文王操)》라고 말씀하셨소이다. 공부자께선 이 곡에 함축된 의미를 참으로 철두철미하게 깨우치셨을 뿐더러, 탄주 기법도 이토록 출중하고 박대 정심(博大精深)하시다니, 정말 탄복해 마지 않소이다."

두 사람은 종일토록 금(琴)과 곡(曲)의 원리를 놓고 담론을 했다. 이제 두 사람은 음률로 맺어진 벗이 되었다.

지기를 만나면 세월 빠른 줄도 모른다는 말이 있다. 어느덧 달포가 지났다. 공구는 사양자에게 작별을 고했다.

"선배님의 가르침에 힘입어, 이 공구의 금예(琴藝)도 큰 진전을 보았습니다. 달포 남짓 폐를 끼쳤으니, 이만 귀국할까 합니다."

사양자는 섭섭함을 이기지 못했다.

"공부자께서 이제 떠나시면 어느 세월에야 다시 만나볼 수 있으리오? 며칠만 더 계시면 안 되겠소?"

주인이 굳이 만류하니, 공구도 할 수 없이 며칠 더 묵기로 했다.

사흘이 지나서, 사양자는 공구를 위해 송별연을 베풀었다. 술이 세 순배 돌고난 후, 주인이 물었다.

"공부자께서는 천문에 달통하시고 지리에 밝으시며 고금의 역사를 두루 깨우쳐 알고 계시니, 천하에 명성을 떨치는 성인이시외다. 그런데 어째서 벼슬길에 나아가 군주를 섬기고 나라를 위해 힘쓰지 않으시오?"

공구는 차분히 대답했다.

"후배 공구는 노나라에 태어나 노나라에서 자랐습니다. 그러니 어찌 고국을 위해 힘쓸 마음이 없겠습니까. 하오나, 공실(公室)이 쇠미해지고 간사한 신하들이 정권을 잡아 득세하는 마당이라, 저는 벼슬길에 나갈 뜻을 잠시 거두고, 학문을 닦으면서 좋은 때가 오기를 기다리렵니다."

사양자는 탄식해 마지않았다.

"옛 말에 '소인배는 알아보기 어렵고 군자는 알아보기 쉽다' 했으나, 소인배들이 중용되는 때도 있고, 군자가 영락(零落)하는 시우(時遇)도 있는 모양이구료. 이게 모두 어리석은 군주가 눈을 감고 귀를 틀어막아 생기는 불행이 아니겠소? 속담에도 '좋은 약은 입에 쓰나 병에 이롭고, 충언은 귀에 거슬리나 행함에 이롭다(良藥苦口利于病, 忠言逆耳益于行).' 했소이다. 그러나 이 세상 어느 누가 입에 쓴 약을 즐겨 먹을 것이며, 귀에 거슬리는 말을 달갑게 들으려 하겠소?"

"요순(堯舜)과 같은 성군이 이 세상에 다시 태어나고, 우왕(禹王) 문왕(文王) 같은 명군이 다시 나오셔야 하겠지요."

두 사람은 술의 힘을 빌어 수심을 떨쳐내고 밤늦도록 고담 준론을 나누다가, 새벽 이슬이 내릴 때가 되어서야 마지못해 술자리를 파했다.

다음 날 이른 아침, 공구는 사양자에게 작별 인사를 올렸다. 사양자는 차마 헤어지기 섭섭하여 도성 밖까지 배웅을 나왔다.

"그리운 임을 천리 길에 보낸다 하더라도 이별은 역시 잠깐이라더니, 그 말이 과연 옳구료. 멀리 전송하지 못하는 나를 용서하시오."

"불초 공구, 선생님의 과분하신 사랑을 받고 떠나오니, 실로 삼생(三

生)에 다시 없는 행운이로소이다. 선생님의 은덕을 평생토록 잊지 않고, 훗날 보답하기를 기약하오리다. 이만 떠나오니, 선생께서는 부디 보중하소서."

"훗날을 기약했으니, 우리 모두 보중합시다. 하하하!"

공구는 어렵고 힘든 길을 다시 밟아 노나라로 돌아왔다.

집 문턱을 딛고 들어서니, 아내 기관씨와 아들 공리, 딸 무위가 기척을 듣고 달려나왔다. 아내는 보따리를 받아들고, 아들과 딸은 먼지를 털어드린다며 부산을 떨었다.

방 안에 자리잡고 앉아서 한숨 돌리려는 참인데, 안로가 싱글벙글 웃으며 들어섰다. 성급한 이 친구는 보기가 무섭게 궁금증부터 한 보따리 꺼내 놓았다.

"형님, 진나라 도성은 얼마나 큽디까? 우리 곡부 성보다 좋습디까? 거기까지 가는 길은 또 어떻습디까? 사양자란 분의 됨됨이는 괜찮았는지 모르겠구료. 그분과 어떻게 지내셨소?"

쉴 새 없이 쏟아붓는 질문에, 공구는 도대체 어디서부터 대답해야 좋을지 몰랐다.

대답이 채 끝나지 않았는데, 안로는 또 다시 엉뚱하고도 어려운 문제를 끄집어냈다.

"형님은 이제 육예(六藝)에 정통했으니, 나를 제자로 맞아들이셔야 할 거요. 내가 이 날을 얼마나 기다렸다구!"

공구는 깜짝 놀랐다. 이따금씩 모르는 것이 있으면 물으러 오기는 했지만, 안로가 이렇게 공공연히 정식 제자가 되겠노라고 자청할 줄은 꿈에도 생각지 못했던 것이다. 공구는 좋은 말로 거절했다.

"여보게, 자네는 내 친구가 아닌가? 또 나라에서 열고있는 학당이 여러 군데나 있는데 굳이 내게 배울 필요가 어디 있나? 개인이 제자를 두어 가르치는 선례도 아직은 없네. 나 또한 남을 가르칠 만한 학문도 모자라고 그럴 생각도 품어본 적이 없네. 사람을 교육시킨다는 일은 아이들 장난이 아닐세. 잘못 가르치면 남의 자제를 그르치게 된다는 걸 모르나?"

하지만 안로는 황소 고집이었다.

"형님같이 깊고 두터운 학문을 지닌 사람이 어디 있소? 또 형님처럼 성실하고 진지하게 남을 대하는 사람도 다신 없을 거요. 무엇이 두려워 학당을 열지 못하겠다는 거요? 학당을 열기만 하면 문짝이 몽땅 부서져 나가도록 제자들이 모여들 테고, 학생들은 형님의 그 무궁한 학문을 못 다 배워서 안달을 할 텐데, 어찌 남의 자제를 그르칠 리가 있겠소?"

"말이야 쉽지만, 개인 학당을 여는 일만큼은 무엇보다 신중히 고려해야 하네. 우리 시간을 두고 좀 더 생각해 보기로 하세."

말끝이 미처 다 떨어지기도 전이었다. 느닷없이 맹렬한 진동이 울리더니 집 전체가 우지끈 소리를 내면서 흔들렸다. 담벽에 걸어 놓았던 호미 자루와 낫 등속이 땅바닥에 팽개쳐지듯 후두둑 떨어졌다.

"지진이다. 빨리 안마당으로 나가거라!"

공구가 소리쳤다.

식구들이 마당으로 뛰쳐나가 돌아보니, 담장에 길다란 틈서리가 벌어지고 지붕을 덮은 볏짚 이엉이 무더기로 쏟아져 내리고 있었다. 문밖으로 나서자, 이웃집 담장이 허물어지고 집이 통째로 주저앉는 바람에 흙먼지가 자욱하게 일었다.

"아이쿠, 안 되겠구먼! 나도 집에 가봐야겠수."

제자가 되겠노라고 끈덕지게 졸라대던 안로도 정신이 번쩍 들었는지, 냅다 달음박질을 쳐 나갔다. 안로는 가난해서 여염 골목에 집을 짓지 못하고 빈민들만 사는 외따른 골목에 집을 지어 살고 있었다.

"여보, 아이들과 여기 있으시오. 당분간 집에 들어가지 말고!"

아내에게 당부 한 마디 남겨놓고서, 공구 역시 빠른 걸음걸이로 친구 뒤를 따라 큰길로 나섰다. 안로의 집이 어떻게 되었는지 걱정스러워 견딜 수 없었던 것이다.

6
어진 선비를 찾아서

길거리에 나가 보니, 눈에 들어오는 것은 온통 처량한 광경뿐이었다. 방금 전까지만 하더라도 멀쩡하게 자리잡고 있던 집칸들이 삽시간에 이리 기울고 저리 무너졌다. 사람들은 공포에 질려 놀란 넋을 가라앉히지 못한 채 문밖에 몰려나와 참담한 기색으로 하늘을 향해 울부짖으며 기원을 올리고 있었다.

빈민가 골목은 그 이름에 어울릴 만큼 비좁고 구부러진데다가, 오르막 내리막길투성이었다. 그 골목길 가에 토담집들이 동서 남북 제멋대로 옹기종기 늘어서 있었다. 한데 이상한 것은 무너져 내린 집이 그리 많지 않다는 점이었다. 황새 다리만큼이나 가느다란 기둥으로 버틴 집들이었으나 모두 초가 처마 끝을 야트막하게 지은 덕분에, 그 엄청난 진동에도 중심을 잃지 않고 버텨냈던 것이었다.

안로의 초가집 엉성한 사립문짝 앞에는 그 아내가 자식들을 데리고 서서 경황없이 어쩔 바를 모르는 채 허둥대고 있었다.

"아빠 오셨다!"

꼬마 녀석이 반색을 하면서 소리쳤다. 남편이 공구를 데리고 나타나자, 아내는 놀란 가슴을 차츰 가라앉힐 수 있었다. 그녀는 어깨 너머로 집 안쪽을 가리켰다.

"저기 좀 보세요, 뒷담이 무너졌어요."

안로와 공구는 부랴부랴 뒷뜰로 가 보았다. 담장은 한 귀퉁이가 폭삭 내려앉았으나, 워낙 옹색한 집구석이라 두 사람이 진흙을 개어 바윗돌 몇 개로 쌓아 올렸더니 한 시진도 못 되어 원상으로 회복되었다.

도성 안은 집수리를 하는 소동으로 벌컥 뒤집혔다. 언제 또 일어날지도 모를 천재지변에 대비하느라, 평소 대수롭지 않게 보아 넘기던 집구석구석을 손질 하는 사람도 적지 않았다.

공구도 집 몇 군데를 손보고, 예나 다름없이 학문 연구에 몰두했다.

노소공 20년, 공구는 만 스물아홉 살이 되었다. 옹근 나이로 쳐서 30고개에 오른 셈이었다. 이 때쯤 되어서, 그는 여러 해 동안 고심 참담 학문을 익히고 연구하여 이미 정치학과 법제, 인륜 도리와 예술 분야에 이르기까지 착실한 기반을 다져놓고 있었다. 공구는 그 기반에서 필생의 사업을 이룩할 수 있으리라 믿었고 또 그것을 성취하기로 맹세했다. 하지만 현실 정치에 참여할 방법은 여전히 막막하기만 했다.

안로는 하루에도 몇 차례씩이나 들락거리면서 이것저것 시시콜콜 물어보고, 답해주면 큰 보물이나 얻은 양 싱글벙글거리면서 돌아가곤 했다. 공구 앞에 나타날 때마다 자기를 제자로 삼아 달라는 말을 입버릇처럼 했다.

이 날도 안로는 예외없이 나타나서 보채기 시작했다.

"형님, 언제까지 대답을 안 하실 거요? 내가 졸라대는 것이 지겹지도 않으시우? 제발 나를 정식 제자로 삼아 주시구료. 또 이럴 것이 아니라, 아예 사학(私學)을 열어서 학생들도 받아들이고 말이오."

공구는 도리질을 했다.

"우리 이대로 조용히 연구나 하세. 그럼 마음 걱정도 덜 텐데 무얼 자꾸 졸라대나? 공공연히 개인 학당을 열었다가는 학문을 가르치기는 커녕 반대로 골치만 썩고 일만 복잡해진단 말일세."

그러나 안로의 집념은 찰거머리 같았다.

"스승이 받아들이기만 하면, 학문 수행은 제자들 개인이 각각 알아서 닦을 거 아니우? 형님은 그저 가르치기만 하면 되고, 학생들이 어떻게 배우는 거야 제 능력과 열성에 달린 일이 아니겠소?"

공구는 낯빛을 엄숙하게 굳혔다.

"내가 일단 학문을 가르치게 된다면, 그 학생들은 곧 내 책임일세. 인간이란 천품이나 자질, 취미, 습성, 특별한 장기 면에서 천차 만별이라는 것을 자네는 모르나? 이들을 재목감으로 만들려면, 하나하나씩 그 개성에 맞게 가르쳐야 하는 법일세."

"옳은 말씀이오!"

안로가 갑자기 소리를 지르면서 그 자리에 넙죽 엎드리더니, 공구에게 머리를 조아려 큰절을 올렸다.

"제자 안로, 스승님을 뵙습니다!"

공구는 깜짝 놀라, 황급히 그를 부축해 일으켰다.

"아우님, 이게 무슨 짓인가?"

하지만 안로의 얼굴 표정은 진지하기만 했다.

"제자가 스승님을 처음 뵈옵는데, 큰절을 올려야 하지 않겠습니까?"

"그렇다면, 내가 자네를 꼭 제자로 받아들여야 한단 말인가?"

"솔직히 말씀드려서, 저는 벌써 오래 전부터 스승님의 제자가 된 셈이나 다를 바 없었습지요."

이 때부터, 공씨 댁 앞마당은 학당으로 바뀌었다. 다행히도 해묵은 느티나무 한 그루가 따가운 햇볕을 가려 주어, 한여름철에는 무더위를 식혀 주는 지붕 역할을 맡았다.

어느 날, 공구가 단 한 명의 학생을 앉혀놓고 강의를 하고 있으려니, 웬 사람이 대문을 두드렸다. 귀 밝고 발 빠른 아들 공리가 부리나케 달려가서 문을 열어 주었다.

방문객은 나이는 스무 살 남짓한데, 중키의 몸집에 두터운 눈썹 아래 부리부리한 눈망울을 빛내고 서 있었다.

어린 공리는 그저 두 눈만 멀뚱멀뚱 뜬 채로 한참 동안 조심스레 살펴보고 나서야 손님에게 말문을 열었다.

"누굴 찾아 오셨나요?"

"말 좀 묻자꾸나. 여기가 공부자님 댁이냐?"

손님의 말투는 투박하면서도 점잖았다.

공리도 은근하게 손님을 맞아들였다.

"네, 그렇습니다. 어서 들어오시지요."

공구와 안로는 바깥 인기척을 듣고 대문 앞으로 나갔다.

손님이 자기 소개를 했다.

"저는 남무성(南武城)에 사는 증점(曾點)이라 하옵니다. 공부자님의 함자를 오래 전부터 듣고 사모해 오던 터에, 이제 사부님으로 모시고 가르침을 청할까 해서 달려 왔습니다."

이 손님도 안로만큼이나 성미가 급한지, 말을 마치자 공구의 대답도 들어보지 않고 보따리를 끌러 한 곁에 내려놓더니, 옷차림새를 가다듬고 그 자리에 넙죽 엎드려 큰절부터 올렸다.

"제자 증점이 사부 어른을 뵙습니다!"

증점은 노나라 남무성 태생으로, 자(字)가 자석(子晳)이요, 노양공 27년에 태어난 젊은이였다.

공구는 금세 응답을 하지 않고 눈앞에 꿇어앉은 청년을 찬찬히 살펴

보았다. 열의에 불타는 눈빛, 꾸밈새 없이 소박한 태도에서, 이 청년을 반드시 가르쳐야겠다는 일종의 사명감이 마음 속으로부터 우러나는 것을 느꼈다. 마침내 공구는 개인 학당을 열고 제자를 받아들이기로 결단을 내렸다.

그는 증점을 부축해 일으켰다.

"우리, 들어가서 얘기를 하세."

공구는 증점에게 우선 안로를 인사시킨 다음, 다시 아내 기관씨와 아들 공리, 딸 무위를 차례로 소개했다.

증점은 사모님인 기관씨에게 새삼 큰절을 올렸다. 그리고 보따리를 풀어 그 안에 말린 고기 열 덩어리를 꺼내 스승에게 바쳤다.

"제자의 집안이 시골 가난뱅이라, 사부님께 올릴 마땅한 예물이 없습니다. 그래서 입학 예물로 건육 열 덩어리만 겨우 준비해 가져왔으니, 스승님께서는 부디 너그러이 받아주십시오."

공구는 예물을 받아들고 진지하게 타일렀다.

"나도 이 예물이 가볍다는 것은 잘 안다. 하지만 학문을 배우려는 태도와 정성을 더 무겁게 본다. 기왕에 내가 학당을 열고 제자들을 가르칠 바에는, 관에서 적용하는 학당의 낡은 규칙이나 관습을 일체 폐지하려다. 이제부터 내 문하에서는 출신이 부귀하든 빈천하든, 그저 배움을 갈구하는 사람이라면 나도 일시동인(一視同仁)으로 대우해 줄 것이다. 그러나 이 세상에 이런 상면례(相面禮)의 관습이 있으니 어쩌겠는가? 그래 좋다. 오늘 이후로 나는 말린 고개 열 덩어리로 입학례를 삼으련다. 누구든지 나를 스승으로 섬기겠다면, 곧 내 제자가 될 것이고, 나 또한 전심 전력하여 그를 가르치겠다."

당시 관에서 운영하는 학당은 수업료가 엄청나게 비싸, 벼슬아치나 돈 많은 부호의 자식들이라야 가르침을 받을 수가 있었다. 그런데 공구는 겨우 말린 고기 열 덩어리로 수업료를 받은 것이다. 가난한 집안 자제들의 입장에서 본다면, 이것은 확실히 절호의 기회가 아닐 수 없었다. 따라서 그의 명성도 점점 더 커졌고, 인접한 이웃 나라 사람들조차 그를 성인으로 알게 되었다. 이리하여, 노나라 전국은 물론이요, 이웃한 주변 국가에서도 앞을 다투어 자기네 자제들을 공구의 문하에 달려보냈다. 곧 공씨 댁 안마당에는 많은 제자들이 북적대어 그야말로 장터를 연상할 정도였다.

공구의 교수방법은 순환 고리식으로 차근차근 이끌어가면서 제자들의 개성에 따라 가르침을 베푸는 것이었다. 방 안에서 가르칠 때도 있지만, 이따금씩 앞뜰 느티나무 아래 학생들을 모아놓고 강의할 때도 있었다.

교수 내용은 주로 《시(詩)》, 《서(書)》, 《예(禮)》, 《역(易)》, 《악(樂)》과 같은 경전이었다. 때로는 가만히 앉아서 학생들이 문제를 건네올 때까지 기다렸다가, 서로 다른 경우를 일일이 가려가면서 풀이해 줄 때도 있었고, 어떤 때는 학생들을 모두 이끌고 성밖 교외로 놀러 나갈 때도 있었다. 그것은 소풍놀이를 겸해서 풍광을 접하면서 정서를 도야시키기 위한 방법이었다.

어느 날, 공구가 앞뜰에 학생들을 모아놓고 강의를 막 시작하려는데, 갑작스레 대문 밖에서 한 사람이 뛰어들어왔다.

웬 불청객인가 싶어 바라보니, 훤칠한 키에 호랑이처럼 떡 벌어진 등판에다 곰처럼 굵은 허리가 사뭇 사나운 기세를 돋보이고, 펑퍼짐한 얼굴에 이마는 시원스레 벗겨져 있었다. 차림새는 더욱 볼 만한 것이, 머리에는 수탉의 꽁지 깃털을 꽂은 무사모(武士帽)를 쓰고 몸에는 비단 두루마기를 걸쳤는가 하면, 허리에는 보검 한 자루를 차고 있고, 두 다리에는 목이 긴 가죽 장화를 신었으니, 무사 같으면서도 무사는 아니요, 선비인 듯하면서도 선비가 아닌 얼치기 차림새였다.

그는 뭇사람들의 눈총을 한몸에 받으면서 공구 앞으로 뚜벅뚜벅 걸어오더니 거칠고 투박한 목소리로 첫 마디를 건넸다.

"제자 중유(仲由)가 사부님을 뵙습니다!"

중유, 자는 자로(子路)요, 달리 계로(季路)라는 이름을 지녔다. 노나라 변지(卞地) 출신으로, 노양공 31년에 태어났다.

공구는 어디서 본 사람인가 싶어 의아해 하다가, 저쪽에서 건네는 첫 마디를 듣고서 깜짝 놀라고 말았다. 그는 한참 미심쩍은 눈초리로 상대방을 쏘아보다가, 대뜸 꾸지람부터 내렸다.

"그런 차림으로 남의 집에 여봐란 듯이 무인지경으로 쳐들어오다니, 글 배우려는 선비의 기개라곤 한 점도 없구나! 이래서야 무슨 체통이 서겠는가? 강물이 높은 산에서 흘러 내리나 그 원천이 되는 샘물은 술잔 하나도 띄우지 못하는 법, 그 물이 중류를 거쳐 하류로 내려왔을 때는 큰 바람도 피하지 않을 만큼 도도히 흐른다는 사실을 모르느냐? 배를 타지 않고서는 건널 수 없는 그 도도한 강물이 어디서부터 얼마나 작게 샘솟아 흐르는지, 그 연유도 모르는 자로구나. 너는 지금 화려한 옷을 입고 눈에 보이는 것이 없을 만큼 오만무례한 기세로 남을 깔보고 있다. 이런 판국에 누가 네 잘못을 지적해 주려 하겠느냐?"

그러나, 자로는 대꾸도 없이 머리를 숙이고 뒷걸음질쳐 물러나갔다. 좀 있더니, 그는 전신에 무사 복장 차림을 하고 들어와서 보검을 뽑아 들고 앞뜰 한가운데로 나온 다음, 덩실덩실 칼춤을 추기 시작했다.

무사의 칼춤은 과연 그 생김새만큼이나 사납고 눈부셨다. 몸짓 하나하나 바뀔 때마다, 서리찬 칼빛이 바람 소리를 내어 휘리릭 휘리릭! 무서운 비명을 토해내는 것이었다. 그야말로 보는 사람의 눈이 빙글빙글 돌아갈 정도로 정신이 없었다.

뭇사람들이 넋을 잃고 바라보는데, 그는 급작스레 말타기 자세를 굳히고 우뚝 멈춰섰다. 그리고 보검을 칼집에 꽂아 넣은 다음, 공구를 향해 이렇게 말했다.

"옛날 군자들은 너나 할것 없이 호신용으로 패검을 차고 다녔습니다. 불초 중유가 소문을 듣자오니, 사부님의 영존(令尊) 어르신께서는 범같이 무서운 장수여서, 지금까지도 핍양성 사람들이 그분의 용맹에 찬탄을 보내고 있다 합니다. 사부님도 신체가 건장하시니, 검술과 무예를 배우셔서 조상님의 업적을 이어받으셔야 하리라 생각되옵니다."

공구가 대답했다.

"옛날 군자들은 모두 충성[忠]을 근본으로 삼고, 어짊[仁]을 중심으로 삼았다. 그래서 착한 일을 행하지 않는 사람을 보면 충성과 믿음[忠信]으로 가르치고, 강포한 사람과 마주치면 인의(仁義)로서 감화시켰다. 그렇게 해서도 좋은 결과를 얻을 수 있었는데, 굳이 칼을 차고 다니면서 몸을 보호할 필요가 어디 있겠느냐?"

자로는 귀를 기울여 자세히 들었다.

공구의 타이름이 계속되었다.

"내가 듣건대, 성탕(成湯)께서 하(夏)나라 폭군 걸왕(桀王)을 토벌하시고, 무왕께서 은(殷)나라 폭군 주왕(紂王)을 토벌하셨을 때, 두 분 모두 손수 칼을 뽑아 몸을 보호하지 않으셨다. 그런 방법이 아니더라도 폭군을 정복하지 않으셨던가? 이것이 바로 덕으로써 남을 굴복시킨다는 것이다. 나는 덕으로 사람을 굴복시키는 길만이 인간을 마음속 깊이 성심으로 굴복하게 만들 수 있다고 생각한다. 이러한 도리는 이미 숱하게 많은 사실로 증명된 것이다. 이와 반대로, 힘만 가지고 남을 굴복시킨다면, 그 사람은 입으로만 복종할 따름이지, 마음으로 심복하게 만들기는 어려울 것이다."

그 말을 듣고, 자로는 깊은 존경심이 우러났다. 그의 입에서는 항아리 울리듯, 사뭇 굵고 투박한 대답이 흘러나왔다.

"스승님의 가르침을 한바탕 듣고 났더니, 불초 중유는 마치 어두운 암실에 오래도록 거하다가 갑작스레 밝디밝은 등잔불 앞에 나선 것처럼, 심안(心眼)이 한꺼번에 활짝 트였습니다. 스승님, 잠시만 기다려 주십쇼. 제가 옷을 갈아입고 다시 뵙겠습니다."

공구는 속으로 흐뭇해 하였다. 왈살스럽게 보이면서도 마음은 충직하고 무던하다는 것을 느꼈기 때문이었다.

세번째 다시 들어왔을 때, 자로의 옷차림새는 선비 복장으로 바뀌어 있었다. 그는 한눈도 팔지 않고 아주 점잖은 탯거리로 걸어 나왔다. 방금 전까지 사납게 칼춤 추던 무부의 흔적은 온 데 간 데 없이 사라졌다.

공구는 엄숙하게 말했다.

"중유야, 듣거라. 내가 보건대, 자신의 용맹을 추켜세우고 남보다 얼마나 뛰어나다느니 떠벌이기를 좋아하는 사람은 위엄과 능력을 뽐내면서 겉으로 멋있게 보일지 모르나, 속은 알차지 못한 사람이라고 생각한다. 그처럼 아무 데서나 보잘 것 없는 총명을 과시해서 남의 눈에 들기만을 좋아한다면, 그는 바로 비천한 소인배다. 군자의 마음 씀씀이는 언제나 솔직 담백하고 스스럼이 없으며, 허장 성세로 꾸미는 법이 없다. 아는 것은 안다 하고, 모르는 것은 모른다 인정하며, 할 만한 일은 할 줄 안다 나서고, 하지 못할 일은 분명히 모른다고 말하는 태도야 말로, 정인 군자(正人君子)로서 마땅히 지녀야 할 태도인 것이다."

"예, 예! 제자도 알아 듣겠습니다."

자로는 연신 허리를 굽혀가며 대답했다.

공구의 입가에도 미소가 감돌았다. 이 우직하고 순박한 제자를 마음 속 깊이 좋아하기 시작한 것이다.

"중유야, 너는 평생토록 무엇을 가장 큰 장기로 삼아 왔느냐?"

"스승님께서도 방금 보셨다시피, 제자는 검무를 가장 큰 장기로 생각하고 있습니다."

"내가 묻는 것은 무예가 아니라, 문재(文才)가 어떠냐는 것이다. 내보기에, 너도 네 나름대로 천부적인 자질을 지녔을 법한데, 기왕에 나

한테 학문을 구하러 왔으니, 무슨 학문을 좋아하는지 알아야 할 게 아
니냐?"

자로는 솔직히 고백했다.

"스승님, 가르쳐 주십시오! 제자는 사실 학문을 좋아하지만 도대체
왜 해야 하며 어떻게 해야 좋을지 모르고 있습니다."

공구는 한동안 생각하고 나서, 이 우둔한 제자가 알아듣기 쉽게 한
마디 한 마디씩 끊어 가며 가르쳐 주었다.

"임금에게 충성스러운 신하의 권면이나 간언이 없으면 반드시 잘못
을 저지르게 되고, 그것은 곧 나라에 재난을 가져올 터인즉, 그 뒤에 미
칠 결과는 상상도 못할 것이다. 정직한 문인 학사라 할지라도 좋은 벗
들과 사귀지 않고 귀에 거슬리는 충고를 받아들이지 못한다면, 그 역시
길이 발전하기 어려울 것이다. 이와 마찬가지로, 사람은 학문을 지녀야
만 마음도 밝아지고 안목도 넓어져서, 무슨 일에라도 통달할 수 있게
된다. 사람이 일단 배우기를 싫어하여 학문의 발전을 추구하지 않으면
퇴보하게 되고 잘못을 저지르게 된다. 그 때에 처하게 되는 것은 오직
형벌뿐이다. 그렇기 때문에, 군자는 늘상 배우고 익힘에 발분 노력해야
하는 것이다."

자로는 금세 승복할 수 없다는 듯, 공구의 말에 항변을 했다.

"이 세상에는 저절로 생겨서 저절로 자라는 것이 얼마나 많습니까?
남산에 대나무 좀 보십쇼. 씨 뿌린 사람도 가꿔 주는 사람도 없지만 저
절로 곧게 잘 자라고 있지 않습니까? 그 대나무로 날카로운 화살을 만
들어 쏘면, 코뿔소 가죽이라도 꿰뚫을 수가 있습니다. 이게 바로 혼자
태어나서 혼자 자라는 자연 이치가 아닌가요? 그 대나무가 무슨 학문
을 배우고 익혀서 홀로 곧게 자란단 말입니까?"

"그렇구나, 네 말이 틀림없다."

공구는 일단 수긍을 해주면서 이끌어 나갔다.

"중유야, 이것은 또 어떻게 생각하느냐? 그 대나무로 살대를 만든 다음, 그 끄트머리에 날카로운 구리 살촉을 끼워넣고 쏘았을 때, 그 관통력은 맨 살대로 쏜 것보다 더 크고 위력이 있지 않겠느냐?"

"하긴 그렇습니다."

자로는 일리가 있다고 생각되었는지, 연신 고개를 끄덕였다.

공구는 덧붙여 말했다.

"천부적인 자질을 가지고 거기에 더 배우고 익히는 노력을 가한다면, 그 수확은 더욱 커지는 법이다. 이것이 살대에 구리 살촉을 끼워넣고 쏘는 것과 똑같은 이치이니라."

자로가 또 물었다.

"가령 여기에 남루한 누더기를 걸친 사람이 품 속에 아름다운 옥돌을 감추고 있다면, 어떻게 처신해야 좋겠습니까?"

공구는 지체없이 대답했다.

"그 사람이 처한 세상에 황음 무도한 혼군(昏君)이 정권을 휘두르고 있다면, 그 사람은 옥돌을 가지고 깊은 산 속에 들어가서 숨어 있어야 할 것이다. 만약 어질고 사리에 밝은 명군이 다스리는 세상이라면, 그 사람은 화려한 옷을 입고 두 손으로 옥돌을 받들고 나와서 이 세상을 그 빛으로 더욱 밝게 만들어야 할 것이다."

"군자를 만나면 드러내고, 소인배를 만나면 은둔하라 하신 그 말씀을 삼가 명심하겠사옵니다."

스승과 제자가 일문 일답을 나누는 동안, 다른 학생들은 곁에서 두 사람을 에워싼 채 조용히 귀담아 들었다.

조금 있자니, 누군가 들어와서 안로에게 슬그머니 귀띔을 해주었다.

"댁에 가 보십죠. 귀한 아드님이 태어났답니다."

"뭐요, 아들이 나왔다구?"

안로가 반가워서 버럭 소리를 지르는 바람에, 두 사람의 대화는 끊겼다.

공구도 친구이며 첫 제자인 안로에게 대를 이을 아들이 태어났다는 말을 듣고, 그 즉시 아내를 불렀다.

"여보, 안에 들어가서 건육 여섯 덩어리만 내오구료."

기관씨가 말린 고기를 내오자, 공구는 그것을 안로에게 건네주면서 이렇게 말했다.

"옛네, 축하 예물일세. 육육 대순(六六大順)의 뜻으로 여섯 덩어리를 주는 것이니 받게나."

"고맙습니다, 스승님!"

안로는 감격을 이기지 못하고 스승에게 깊숙이 허리 굽혀 절을 올리더니, 곧장 집으로 달려갔다.

공구는 하늘을 우러러보았다. 날이 저물려면 아직도 멀었는지, 햇살이 제법 화창했다. 그는 소매춤에서 죽간 한 묶음을 꺼냈다. 펼쳐들고 보니, 마침 자기가 찾으려던 《시경》 주남(周南) 가운데 부이편이다.

"제자들아, 이제 너희들에게 '부이편'을 해설해 줄 터이니 잘 듣거라. 이 시는 아낙네가 질경이를 캘 때 부르던 노래다. 모두 세 장으로 되었고, 한 장마다 네 구절밖에 안 되는 짧은 단가(短歌)이긴 하지만, 그 안에는 날카롭고도 순수한 내용이 간결하고 명쾌하게 담겨 있다."

캐세 캐세, 질경이를
질경이를 캐어 보세.
캐세 캐세, 질경이를
질경이를 캐어 두세.

캐세 캐세, 질경이를
질경이를 거둬 두세.

캐세 캐세, 질경이를
질경이를 훑어 두세.

캐세 캐세, 질경이를
옷자락에 담아 두세.
캐세 캐세, 질경이를
옷자락에 싸서 두세.

시구를 가락에 실어 읊조리자, 학생들도 모두 나지막한 목소리로 따라 노래를 부르기 시작했다.

스승과 제자들이 한창 흥겹게 화답하고 있는데, 또 한 사람이 들어와서 공구에게 놀라운 소식을 전했다.

"공부자님, 정나라에 큰 상(喪)이 났답니다!"

"누가 돌아가셨다더냐?"

공구는 불길한 느낌을 받으면서 내처 물었다.

"어진 상국 자산(子産) 어른이 돌아가셨다는 소문입니다."

"아니 뭐라구? 자산 어른이 ……."

자산으로 말하자면, 공구가 날이면 날마다 아침 저녁으로 그리워하고 흠모해 오던 사람이었다. 언제 기회만 있으면 찾아가 뵙고 싶었던 어진 선비가 세상을 떠났다니! …… 그 흉보는 공구에게 있어서 무엇보다 더 큰 충격을 안겨 주었다. 공구의 후회스러움이란 이루 형언할 길이 없었다. 애당초 무슨 방도를 강구해서라도 찾아 뵈었어야 할 것을, 공연히 때를 미루다가 끝내 다시 못 볼 곳으로 떠나 보내지 않았는가? …… 그는 하늘이 원망스러웠다. 그토록 훌륭한 분을 몇 년 몇 해쯤 더 살게 해 주지 않고 저승으로 데려가다니 이토록 무심한 처사가 또 어디 있겠는가 말이다.

꼿꼿이 선 채 하늘을 우러러보던 공구는 눈시울이 붉어지더니, 어느 덧 뜨거운 눈물이 고였다.

자로는 성격이 곧고 입바른 사람이라, 스승이 이토록 가슴 아파하며 눈물까지 흘리는 것을 보고 그냥 넘기지 못했다.

"사부님, 어째 우십니까? 자산은 정나라 상국이고 또 그분이 죽었다고 해서 우리 노나라에 어떤 손해가 있는 것은 아니지 않습니까? 사부님은 평소 아무런 교분도 없던 분을 위해서 눈물을 흘리십니까?"

공구는 혼자 말하듯 조용히 입을 열었다.

"자산은 참된 군자이시다. 그분이 정나라를 다스린 지 20여년, 정나라가 약소국에서 강대국으로 바뀌었고, 가난을 벗어나 부유한 나라로 변했다. 그것이 모두 자산이 베푼 네 가지 덕정에 따른 결과였다."

"네 가지 덕정이라뇨?"

"첫째, 그분은 품행이 단정하고, 무슨 일에든 삼가 신중하셨으며, 모든 것을 주나라 예법에 따라 실천하셨다. 둘째, 그분은 자신의 군주에게 성실한 태도로 막중한 국사를 책임졌을 뿐만 아니라, 어질고 능력있는 선비에게 몸을 굽혀 예우하고 모든 사람들의 생각과 이로운 점을 널리 모으고 구하여, 실패 없이 국사를 처리하셨다. 셋째, 그분은 온 나라 사람들에게 근검 절약을 제창하고 허례 허식과 낭비를 철저히 막아, 나라를 다스리되 법도에 맞추었으며, 그 백성을 자식처럼 아끼고 사랑해 주셨다. 그 덕분에 백성들은 모두 생활이 안정되고 행복한 나날을 누릴 수 있게 되었던 것이다. 넷째, 그분은 인정(仁政)을 베풀기에 힘쓰고, 인재와 물력을 아껴 썼으며, 백성들이 하는 모든 일을 의리와 이치에 부합되게 만드셨다. 이토록 아름다운 덕행과 지조를 지닌 분을 내 어찌 숭배하지 않겠느냐? 나는 이 날 이때껏 그분을 찾아 뵙고 허심탄회하게 가르침을 구하고 싶었으나, 시종 그 소원을 이루지 못하고 말았다. 이 어찌 안타까운 일이 아니겠으며, 또 그분이 세상을 떠나셔서 내

소망이 한낱 물거품으로 변했는데, 어찌 슬퍼하지 않을 수 있겠느냐?"

자로는 도무지 이해할 수가 없었다. 아무리 생각해도 자기는 자산이란 사람을 알지도 못하겠거니와, 아무리 들어도 스승의 푸념은 요령부득이었다.

그날부터 공구는 며칠 동안 울적한 심사를 풀지 못하고 얼굴에 기쁜 빛을 띠지 않았다.

하루는 폭우가 쏟아지고 나서 해맑은 하늘에 오색이 뚜렷한 무지개가 눈이 부시도록 찬란하게 펼쳐졌다. 그것을 보자 공구의 앙앙불락(怏怏不樂)하던 기분도 풀어졌다. 아름답고도 오묘한 자연의 기적이 그의 마음을 개운하게 만들어 주었던 것이다.

비 갠 뒤 맑은 날씨를 보니, 문득 교외로 나가보고 싶은 생각이 들었다. 옛날, 자기가 니산(尼山) 아래에서 태어났다고 하신 어머니의 말씀이 떠올랐다.

"그렇구나, 그곳에 한번쯤 놀러 가보는 것도 기꺼운 일이 아니겠는가? 니산으로 나가보자꾸나!"

이 무렵, 공구는 또 민손, 진상, 염경, 칠조개와 같은 몇몇 이름난 제자들을 문하생으로 받아들이고 있었다.

니산으로 나가자는 공구의 말에 제자들은 반색을 했다. 떠날 차비를 하는 동안, 공구는 죽간을 한 묶음 골라서 몸에 지녔다. 책에 대해서 유별나게 깊은 정감을 품고 있는 그는 어디를 가든 죽백(竹帛)을 한시도 떼어 놓지 않았다.

한여름철 니산은 또 다른 경치를 펼쳐 보이고 있었다. 산악 전체를 뒤덮은 고목이며, 온 들판에 깔린 짓푸른 풀밭이 서로 키재기 하듯 무럭무럭 자라고 있었다.

공구는 제자들을 데리고 산허리 중턱까지 올라가서 산신령 사당 앞에 자리를 펴고 앉았다. 모처럼 등산에 가빠진 숨을 가다듬고 난 후, 그는 줄곧 손에 쥐고 있던 죽간을 펼쳐 들었다. 학생들이 둘러서서 기웃거려 보니, 이번에도 영낙없는 《시경》이었다.

자로가 궁금증을 이기지 못해 물었다.

"스승님, 무엇 때문에 그토록 《시경》을 좋아하십니까?"

공구는 사뭇 흥미 진진한 표정으로 대답했다.

"잘 듣거라. 《시경》 3백 편을 한두 마디로 말하자면, 진지하고도 풍부한 감정, 순수하고도 올바른 사상이라고 할 것이다. 너희들은 시경의 깊은 맛을 잘 이해하지 못하고 있구나. 《시경》을 읽으면 상상력을 기를 수도 있고, 관찰력이 높아질 뿐더러, 또 남을 이해하고 다른 사람을 단결시키는 능력도 높일 수가 있다. 어디 그뿐이랴, 풍자 수법을 배울 수도 있단 말이다."

"또 다른 이유는 없습니까?"

"아무렴 있고 말고! 《시경》에 내포된 도리에 따라 부모를 받들어 모실 수도 있고, 임금을 섬기는 데도 쓸 수가 있다. 또 날짐승, 산짐승, 풀과 나무 이름도 많이 알게 되고 말이다. 《시경》은 내 정신을 분발시키고 그 안에서 위안을 얻게 만든다. 나는 그렇기 때문에 늘 《시경》을 배우고 익힌다."

말을 마치자, 그는 산 아래 흐르는 강물에 눈길을 던진 채, 깊은 상념에 빠져들었다.

여느 때 같으면 기수(沂水)는 잔잔하게 흐르면서 강 밑바닥까지 들여다 보일 정도로 맑고 투명한데 그날은 폭우가 쏟아진 끝이라, 흙탕물이 넘실넘실 물결치며 사나운 기세로 흘러내리고 있었다. 공구는 도도히 흐르는 강물을 바라보면서 감탄을 금치 못했다.

"세월도 강물 같아서 주야로 쉴새없이 흐르는구나! 제자들아, 인간의 한평생도 준마가 순식간에 지나치듯 짧은 것, 모름지기 이 짧은 시간을 아껴 배움에 분발하고 익힘에 부지런하거라. 그래서 한 가지 지식이라도 더 자기 것으로 만들기에 힘써야 한다."

"알겠습니다. 사부님."

제자들이 입을 모아 응답했다.

공구는 제자들의 활기찬 얼굴을 바라보면서 매우 흐뭇해 했다. 그리고는 마음 속으로 이들의 개성을 하나하나씩 되새겨 보았다.

'안로는 충성스럽고 듬직하다. 자로는 성격이 왁살스러운 대신에 솔직한 면이 있어서 좋다. 염백우는 온건하고도 성실한 반면, 칠조개는 눈치 빠르고 예민한 성격을 지녔다. 민자건은 너그럽고 관후한 성품에 효심이 지극한 청년이다……. 자아, 이런 제자들의 특징과 개성을 어떻게 갈고 닦아서 가르침을 베풀어야 하는가?'

공구는 생각하고 또 생각했다. 공구 자신이 추구하는 미래는 필경 이들의 신상에 기대를 걸어야 성취될 수 있을 터, 그 때가 오면 재량껏 이들이 능력을 발휘할 수 있도록 만들어야 하는 것이다.

스승의 눈빛이 다시 민자건에게 가서 멈추었다.

민자건은 어렸을 적에 어머니를 여의었다. 아버지는 후처를 맞아들였다. 계모는 집안에 발을 들여놓은 직후부터 전실 자식을 사랑하지는 않아도 겉치레로 그럭저럭 보살펴 주기는 했다. 하지만 두 아들을 낳자, 전실 자식과 친자식을 대하는 계모의 태도가 천양지차(天壤之差)로 달라지고 말았다.

어느 해 겨울철, 계모는 솜옷 세 벌을 지어다가 이들 세 형제에게 나누어 입혔다. 어린 형제에게 입힌 두 벌은 얄팍해 보였으나, 조금만 뜀박질을 해도 땀이 날 정도로 전혀 추위를 느끼지 않았다. 민자건이 받아 입은 옷의 외양은 두툼해 보였지만, 별 것 아닌 추위에도 몸뚱이가 얼어붙을 만큼 차갑고 무거웠다. 민자건은 늘 와들와들 떨면서 몸을 움츠리고 지냈다.

아버지는 그 궁상맞은 몰골을 보고 괘씸하게 여겼다. 어린 녀석이 깜찍스럽게도 계모를 못된 어미로 모함한다고 생각한 것이었다. 성미가 불같은 아버지는 가죽 채찍을 휘둘러 이 '괘씸한 아들'에게 매질을 퍼부었다. 그런데 채찍 끝에 솜옷이 찢겨나간 것을 보니, 그 속에서 따뜻한 솜 대신에 바싹 마른 갈대잎이 우수수 쏟아져 나오는 것이 아닌가! 그제서야 내막을 알아차린 아버지는 가슴 속에서 울화통이 확 치밀어 올랐다.

"이년, 어디 있느냐! 이리 썩 나오지 못할까?"

아버지는 불같이 노하여 펄펄 뛰면서 포달을 부렸다. 남편의 고함 소리를 듣자, 제 발이 저린 후처는 벌벌 떨어가며 안방에서 뛰쳐나왔다.

"아이구, 여보! …… 제가 잘못했어요……."

"이런 괘씸한 것, 제 자식이 아니라고 이렇게 박대하다니!"

아버지는 발치 앞에 꿇어 엎드린 후처를 당장 때려 죽일 듯이 채찍을 휘둘러가며 무서운 기세로 꾸짖었다.

그 광경을 본 민자건은 냉큼 아버지 앞에 달려가 무릎 꿇고 계모를 대신해 용서를 빌었다.

"아버님, 고정하십시오. 어머니는 계모일망정 이날 이때껏 저한테 변함없이 잘 해주셨습니다. 이 솜옷은 한 때 잘못 만드신 것을 제가 주워서 입은 것이오니, 제발 어머니를 용서해 줍시오!"

그러나 아버지의 노염은 쉽사리 수그러들지 않았다. 그는 채찍을 내던져 버리고 호통을 쳤다.

"알았다, 그만 해라. 애비가 이 계집을 내쫓아 버리면 그만 아니냐?"

민자건은 거듭 용서를 빌었다.

"아버님, 이혼이라니요? 아니 되옵니다! 계모가 계시는 동안 비록 저는 박대를 당했사오나, 저 하나 참으면 다 되는 일이 아닙니까? 이제 만약 계모를 내쫓으신다면, 저는 물론 두 아우들까지 어미없는 자식이 되어서 굶주리고 추위에 떨어야 합니다. 고생은 저 혼자 당하는 것으로 족하오니, 부디 이 어린 아우들은 고생을 겪지 않도록 해줍시오!"

계모는 꿇어 엎드린 채 어쩔 바를 모른다. 전실 자식이 하는 말 한 마디, 한 마디는 송곳이 되어 곧바로 그녀의 가슴을 찌르듯 와 닿았다. 그녀는 말할 수 없는 부끄러움을 느꼈다. 어느덧 그녀의 두 눈에서 회한에 찬 눈물이 흘러내리기 시작했다.

그 일이 있은 뒤부터, 계모는 민자건을 친아들 못지 않게 아끼고 사랑해 주었다. 민자건은 '하늘이 내리신 효자'라는 명성으로 여러 제후국에까지 소문이 퍼졌다.

공구는 남의 장점을 즐겨 선양하고 그 단점을 감추어 주기를 좋아했다. 또 그는 이것을 군자로서 갖추고 지켜야 할 신조로 삼았다. 학생들 앞에서 그는 온갖 미덕을 되새겨 보는 동안, 그 마음 속은 늘 흐뭇함으로 가득 차곤 했다.

니산의 풍경을 한바탕 즐긴 스승과 제자들은 너무나 흥겨워 그 산을 어떻게 내려왔는지조차 모를 정도였다. 집으로 돌아오는 도중에도, 제자들은 어린아이들처럼 신바람이 나서 노랫가락과 춤이 절로 나왔다.

공씨 댁 안마당은 날이 갈수록 늘어나는 제자들로 붐볐다. 공부자의 명성도 날이 다르게 높아져서 이웃나라 먼나라 할 것 없이 모르는 이가 없었다.

한편 노나라 조정에서도 차츰 생각을 달리하는 사람이 생겨나고 있었다.

어느 날, 상국 계평자가 조회를 마치고 부중으로 돌아와 문턱을 들어서자 이내 마중나온 가신 양호(陽虎)와 눈길이 마주쳤다. 양호를 보는 순간, 계평자는 문득 역겨운 느낌이 들어 미소조차 띠지 않고 문안 인사를 받는 둥 마는 둥 불쾌한 기색으로 양호를 밀쳐내고 앞장서서 안채로 들어갔다.

그도 그럴 것이, 계평자는 요 몇 달 동안 기분 나쁜 소문을 적지 않게 들어온 터였다. 양호가 자기 모르게 은밀히 개인 세력을 기르고 있다는 소문이었다. 계평자는 그런 소문을 다 귀담아 듣는 사람은 아니었으나, 그렇다고 양호에게 예전처럼 신임을 보이지도 않았다.

그는 마음 속으로 곰곰이 생각했다.

'양호의 세력을 꺾어 약화시키려면 그를 견제할 만한 인물이 부중에 있어야 한다. 양호와 맞설 다른 인물이 없을까? ……'

아무리 생각해도 지금 수하에 거느린 가신들 중엔 그만한 인물이 보이지 않았다.

'그렇다면 참신한 능력자가 필요하다. 어디서 그런 인물을 찾아 등용할 수 있을까?'

밤이 늦도록 심사숙고를 거듭한 끝에, 계평자는 공구의 문하 제자들에게 생각이 미쳤다.

다음 날, 그는 공부자를 상국 부중에 초청했다. 과거 공구를 박대하던 때와는 다르게, 만면에 녹을 듯한 미소를 지며 용건을 꺼냈다.

"내 소문을 듣자니, 공부자께서 학당을 열고 제자들을 많이 받아들이셨다던데, 참말 장하시오."

"과찬의 말씀입니다."

"여러 나라에서 도를 갖춘 재사들이 공부자님의 문하에 들려고 찾아와서 대문 앞에 장사진을 치고 있다는 소문입니다. 그래서 말씀인데, 공부자님께서 제자 몇 분을 추천해 주시면, 나도 그들을 벼슬길에 등용하고 싶소만, 공부자님의 생각은 어떠하시오?"

공구는 잠시 생각해 본 다음, 허리 굽혀 사례의 뜻을 표했다.

"제자라야 숫자만 많을 뿐, 재능이나 덕망으로 따져서 벼슬아치 노롯을 할 만한 인물은 그리 많지 않습니다."

"너무 겸손한 말씀입니다. 그래도 몇몇 분이야 없겠소이까?"

"지금으로 보아선 중유(仲由) 한 사람만이 정사를 맡아 볼 재능을 조금 갖추었을 따름입니다."

그 말에, 계평자는 다급하게 물었다.

"어떻소이까, 읍재(邑宰)를 맡길 만한 인물입니까?"

"중유는 강직하고 과단성이 있어서, 일단 정사를 맡으면 공평 무사하게 처리하여 업적을 이루어 낼 수는 있습니다. 하오나, 성격이 워낙 조급하고 거칠어서, 지금 상태로는 중책을 맡길 때가 아니라고 생각됩니다."

"으음…… 그렇다면 앞으로 마음 써서 제자들을 관찰해 보셨다가, 정사를 도모할 인재가 나오거든 몇 분 천거해 주시지 않겠소이까?"

공구의 얼굴에 비로소 웃음꽃이 피어났다.

"제가 학생들을 받아들인 목적도 바로 나라를 위해 헌신할 재목감을 양성하기 위해서입니다. 일단 적합한 인물을 고를 수 있게 되면, 말씀하지 않으셔도 이 공구가 직접 상국 대감께 천거하겠습니다."

작별을 고하고 돌아오는 길에, 공구의 마음은 매우 흥분되었다. 얼마나 기쁘고 반가운지, 쪽빛 하늘이 더욱 짓푸르게 보이고 넓은 큰길 거리가 더욱 널찍해 보였다. 자신이 도모하는 사업의 중대성을 처음으로 알아주는 사람을 만났으니, 그저 상쾌하고 반가울 수밖에 더 있겠는가!

집에 돌아와 보니, 자로와 안로, 진상, 염경, 민손, 칠조개 몇몇이 아직도 안뜰 느티나무 아래 모여 앉아서 학습에 몰두하고 있었다. 그 모습을 바라보는 공구의 마음은 더욱 흐뭇하기만 했다.

스승이 돌아오신 것을 알아보고 먼저 자로가 벌떡 일어나서 물었다.

"사부님, 상국 대감이 무슨 일로 청하셨습니까? 무슨 중요한 일이라도 생겼습니까?"

공구가 빙그레 미소를 지었다.

"벼슬 문제로 상의하고 오는 길이다."

"뭐라구요? 그럼 상국 대감이 스승님을 관직에 부르신답니까?"

"내가 아니라 너희들을 쓰고 싶으신 모양이더라."

"사부님이 벼슬을 하지 않으시는데, 저희가 어떻게 벼슬아치가 될 수 있겠습니까? 그래서 사부님께서는 승낙을 하셨습니까?"

"안 했다."

그 말을 듣고, 학생들은 약속이나 한 듯 안도의 한숨을 푹 쉬더니, 제자리로 돌아가서 책을 집어들었다.

이번에는 민자건이 물었다.

"스승님, 어떤 인물이 벼슬아치가 될 수 있습니까?"

공구는 더 생각해 볼 것 없이 즉석에서 대답했다.

"속담에도 '학문을 하고서 여가가 있으면 벼슬을 한다' 하였으니, 학업에 남달리 우수한 사람이 당연히 벼슬아치가 되는 법이다."

"그렇다면 벼슬아치는 어떤 면에 뜻을 기울여야 합니까?"

"벼슬아치란, 위로는 천자와 제후국의 군주, 아래로는 여민(黎民) 백성을 위할 줄 알아야 한다. 천자에게는 충성을 바치고, 군주에게는 존경과 숭모를 올리며, 서민들을 사랑하고 노인과 어린이를 제 몸같이 아껴 주어야 한다. 이것을 명확한 목표로 삼고 굳센 자신감으로 지켜야 한다. 그렇지 못할 때는 벼슬아치가 되어도 아무런 일을 이룩할 수 없게 되는 것이다. 이 밖에도 뜻있는 선비와 어진 사람들의 견해를 널리 받아들여서……."

스승과 제자들이 한창 대화에 열중하고 있는데, 갑자기 제(齊)나라에서 사신이 방문했다는 놀라운 전갈이 들어왔다.

공구는 서둘러 의관을 정제하고 문밖으로 마중을 나갔다.

대문 밖에는 과연 제나라 사신이 기다리고 있었다. 사신은 공구를 보자 깊숙이 허리 굽혀 예를 올린 다음, 정중하게 방문 용건을 꺼냈다.

"저희 제나라 군후(君侯)와 상국 안 대감께서 노나라를 방문하셨습니다. 지금 관사에 묵고 계시는데, 공부자님께 여쭐 일이 있사와 이렇게 모셔가려 찾아왔습니다."

"뭐라구요? 안 상국께서 지금 우리 나라에 오셨단 말씀입니까?"

"예, 그렇습니다."

공구는 이루 말할 수 없이 반가웠다. 안 상국은 영공(靈公)과 장공(莊公)을 대대로 섬겨 온 상경(上卿)이었다. 그는 제경공(齊景公)이 즉위하면서 상국의 자리에 올라, 조정 안에서 막중한 국가 전략을 세우고 기묘한 외교 책략을 구사하여, 제나라의 내정과 외교면에서 실로 중대한 공헌을 해 온 인물로서, 공구가 숭배하는 인걸 중의 한 사람이었던 것이다.

공구는 그에 대한 얘기를 숱하게 많이 들었다. 임금 앞에서도 노염을 마다 않고 서슴없이 직간(直諫)을 올려 군주의 허물을 바로잡는 인물, 절약과 검소한 생활을 제창하되 몸소 실천하기에 힘쓰고, 식탁에 고기를 올려놓지 못하게 만들었는가 하면, 측실에게는 비단 옷을 입지 못하도록 엄하게 금지시킨 인물이 바로 안영, 안평중이었다. 그는 두뇌 회전이 빠르고 변설에 능통하여 일찍이 강대국 초나라에 사신으로 가 큰 위기에 직면해서도 모욕을 당하지 않고 무사히 돌아왔다는 전설적인 인물이었다.

뜻밖의 회소식에 공구는 오래 전부터 이 노선배에게 가르침을 받고 싶어 하던 참이라, 그 길로 사신의 뒤를 따라 나섰다.

이윽고 그는 제경공의 처소에 안내를 받고 들어섰다.

"공부자의 크신 명성을 전해 들은 지 오래인데, 오늘 이처럼 만나뵙게 되다니, 실로 과인의 복이 아닐 수 없소이다."

공구는 겸손히 대답했다.

"한낱 헛된 이름일 따름이옵니다."

제경공은 단도 직입으로 질문을 던졌다.

"공부자님께 묻겠는데, 진목공(秦穆公)이 당년에 무슨 능력으로 제후들 가운데 패자(覇者)의 명성을 얻게 되었는지 말씀해 주시겠소?"

다짜고짜 엉뚱한 물음에, 공구는 가슴이 철렁 내려앉았다.

'이게 무슨 질문이냐? 설마 당신도 열국 제후 중의 패자로 군림할 야심을 품었단 말인가? 그렇지 않고서야 왜 그 문제에 유별난 관심을 보이는 것인가? ······'

공구는 이런 생각을 하면서 제경공의 모습을 다시 한번 찬찬히 뜯어보았다. 나이는 마흔 중반쯤 들었을까, 후리후리한 키에 깡마른 얼굴, 그러나 눈동자가 초롱초롱 빛나고 듬성듬성한 세 가닥 수염을 가다듬는 자세가 제법 점잖고 너그러워 보이지만, 얼굴에는 교만한 기색이 감돌고 있었다.

제경공의 표정을 살펴보는 동안, 공구는 저도 모르게 차가운 숨을 한 모금 들이켰다. 방금 느낀 자기 생각이 옳았음을 깨달은 것이었다.

그는 잠시 생각에 잠겼다가 마지 못해 입을 열었다.

"진목공이 패자로 군림할 수 있었던 중요한 까닭은, 바로 인재를 잘 쓸 줄 알았기 때문입니다."

제경공이 다시 물었다.

"과인이 보건대, 정나라 간공(簡公)은 자산(子産)을 잘 썼고, 정공(定公) 역시 자산을 등용했으니, 두 임금 모두 인재를 부리는 데 능통하다고 말할 수 있을 것이오. 그럼에도 두 군주는 결국 제후의 패자가 되지 못하였으니, 이는 무슨 까닭이오?"

공구는 냉정하게 분석해 보였다.

"정나라는 북쪽으로 강대한 진나라가 있고 남쪽으로도 강대국 초나라와 국경을 맞대고 있습니다. 그런 까닭에 국력이 쇠약해지고 민심이 늘 불안하여 흩어졌습니다. 자산이 정나라 군후를 보필한 이래, 나라의 세력이 크게 떨쳐지고 백성들은 평강을 누리게 되었으니, 제후국 가운데 괄목할 만한 성과를 이룩했다 하겠으며, 그 업적만으로도 이미 자산의 통치 능력이 두드러졌다는 사실을 알 수 있을 것입니다. 만약 정나라 군후께서 자산을 등용하지 않았더라면, 국력은 당시보다 더 한층 쇠미해졌을 터이고, 벌써 오래 전에 군후의 한 몸조차 돌보기 어려운 처지에 빠졌을 것입니다."

제나라 상국 안평중은 한 곁에서 조용히 듣고만 앉아 있었다. 나이는 오십에 가까운데, 체구가 왜소하여 몸을 일으켰을 때도 다른 사람의 앉은 키에 겨우 맞먹을 정도였다. 공구의 말이 끝나자, 그는 자리에서 일어나 공구에게 허리 굽혀 예를 올렸다.

"안영이 불초하나마 뵙고 들은 바, 공부자께서는 확실히 고금에 박통한 분이외다. 기왕에 뜻을 품으셨고 추구하는 바도 있으실 터인데, 어째서 노나라 군후에게 벼슬을 구하여 노나라를 위해 힘쓰지 않으십니까?"

"불초 후배 공구가 배운 학문은 대다수 옛 성현께서 전해 내린 것입니다. 이런 학문은 남의 지혜를 빌린 것일 뿐만 아니라, 실제로 나라를 다스리고 백성을 가르치는 분야와는 동떨어진 학문입니다. 하물며 염량 세태를 맞아 올바른 사람이 업신여김을 당하기 쉬운 세상이므로, 저는 아무래도 제자나 모아서 글을 가르치는 것이 적성에 맞는 듯합니다."

"평생토록 은둔자로 지낼 생각은 아니시겠지요?"

안평중의 물음에, 공구는 미소로 응답했다. 안평중은 공구의 미소에 영문을 모르고 바라볼 뿐이었다.

7
노자(老子)와의 만남

한동안 무거운 침묵이 흘렀다. 그러나 안평중은 집요한 눈초리로 끝까지 대답을 기다렸다.

공구는 어쩔 수 없이 입을 열었다.

"평생 은둔할 생각은 없습니다. 때가 오면 제 능력으로 나라를 다스릴 수 있을지 없을지 한번 시험해 볼 것입니다."

질문은 여기서 끝나지 않았다. 제경공과 안평중은 교대로 각국의 고금 사례를 묻고, 천문 지리에 대한 지식도 물어왔다. 공구는 한 번도 막히지 않고 일일이 답변을 해주었다. 그의 지식 창고는 풍부하기 짝이 없었다. 고대 역사로부터 오늘날의 정세에 이르기까지, 그는 박학한 인용 사례와 방증을 곁들여 분석하고 결론을 내리면서, 두 사람의 의문점을 시원하게 풀어 주었다.

제경공은 연신 고개를 끄떡여가며 찬탄해 마지 않았다. 그러나 안평중은 공구의 명쾌한 대답을 들을수록 저도 모르게 몸서리가 쳐지는 것을 어쩔 수가 없었다. 마음 한구석에서는 어느덧 악마의 속삭임이 시작되었다.

'아아, 이 노릇을 어쩌면 좋단 말인가? 만약 노나라에서 이런 인물을 중용하는 날이면, 장차 열국의 패업은 우리 군주의 것이 아니라 바로 노나라의 소유가 되고 말겠구나!'

해가 어둑어둑 저물기 시작했다. 공구는 작별 인사를 올렸다. 제경공과 안평중도 일어나서 문밖까지 배웅을 나왔다.

이것으로 제나라 군신(君臣)과의 첫 대면이 끝났다.

공구는 늘 그랬던 것처럼 학업에 열중했다. 그렇다고 제자를 가르치는 데에 소홀하지도 않았다.

세월은 살같이 빠르게 흘러 어느덧 세밑이 되었다. 제자들은 설을 쇠러 하나둘 집으로 돌아갔다.

북적대던 집안이 조용해지자, 공구는 적막감을 느끼고 깊은 사색에 빠져들었다.

참으로 다사다난한 해였다. 그 해 3월, 초나라 평왕(平王)은 태부(太傅) 오사(伍奢)와 그 맏아들 오상(伍尙)을 잡아 죽였다. 둘째 아들 오원(伍員)은 구사 일생으로 겨우 목숨만 건져, 오(吳)나라로 망명했다.

10월에는 송(宋)나라의 권신 화해(華亥), 상녕(尙寧), 화정(華定) 일당 셋이 모반을 일으켜 군주를 살해하려다가 일이 사전에 탄로나는 바람에, 화해와 상녕은 진(陳)나라로, 화정은 오나라로 달아났다.

11월, 채(蔡)나라 영후(靈侯)의 손자였던 동국(東國)이 현 임금 채평후(蔡平侯)를 죽이고 스스로 군주의 자리에 올랐다. 이가 곧 채도후(蔡悼侯)였다.

생각이 여기에 미치자, 공구의 입에서는 저절로 탄식이 흘러나왔다.

'아아, 난세도 이런 난세가 어디 또 있으랴!'

그는 또 자산을 생각했다. 이 한 해 동안, 열국 정세 중에서 가장 큰 손실이 있었다면, 그것은 바로 자산의 죽음이라고 할 수 있었다. 공구는 심지가 굳센 남자였으나, 자산의 죽음을 생각할 때면 늘 가슴이 쓰라리고 눈물이 흐르는 것을 참을 수가 없었다.

노소공 21년, 공구는 만 30세가 되었다. 고향에서의 학문 연구와 제자들을 가르치는 일은 계속되었다.

여름이 되자, 국외로 망명했던 화해와 상녕, 화정이 다시 송나라로 돌아가서 남리(南里) 일대를 점령하고 오나라 측에 구원병을 요청하였다. 오나라는 응원군을 크게 일으켜 남리의 반란 세력을 도와 송나라의 토벌군을 대파하였다. 11월, 진(晉)과 제(齊), 위(衛) 삼국이 동맹하여 위기에 빠진 송나라를 구원하기 위해 대군을 출동시켰다. 그 결과, 기세 등등하던 화해, 상녕, 화정 일당은 대참패를 당하고 초나라로 도망쳤다.

노소공 22년 4월, 주경왕이 세상을 떠나고 주도왕(周悼王)이 즉위했다. 왕자 희조는 주도왕을 시해하고 스스로 왕위에 올랐다. 이에 진경공(晉頃公)이 토벌군을 출동시켜 희조를 축출하고, 또 다른 왕자 희개를 옹립했다. 그 후의 일이지만, 이가 곧 춘추시대에 종말을 고하고 전국시대를 맞이한 주경왕(周敬王)이다.

노소공 23년 6월에는 왕위에서 쫓겨난 희조가 군사를 일으켜 왕성을 공격했다. 주경왕 희개는 도성을 탈출하여 유읍(劉邑)으로 달아났다가, 후에 적천(狄泉)으로 피난처를 옮겼다.

이런 끔찍한 소식들을 전해 들을 때마다, 공구의 가슴 속에는 근심 걱정이 가득찼다. 종주국의 왕이나 제후국 군주들이 권력 다툼을 벌이는 동안 백성들에게 얼마나 깊고 무거운 재앙을 안겨다 주는지 그 누가 헤아리겠는가?

그는 예치(禮治)가 날로 쇠퇴하고 패락(敗落)하는 대신에, 차츰 가혹한 법치(法治)가 고개를 쳐드는 것을 보았다.

노소공 24년, '삼환(三桓)' 가운데 하나인 맹희자가 병으로 쓰러졌다. 그는 병상에 누운 채 이리저리 곰곰이 생각해 보았으나, 그저 뼈에 사무치도록 깊은 회한만 쌓일 따름이었다. 그는 불학 무식한 자신이 미웠다. 오죽했으면 노소공의 수행 사신으로 정나라에 갔을 때 외교 관례를 전혀 몰라, 뭇 사람들 보는 앞에서 망신을 당했을까? 국내에서도 마찬가지로 계평자, 숙손성자와 더불어 이권을 놓고 아귀다툼을 벌일 때, 그는 정당한 주장이 있으면서도 고금의 역사적인 근거를 내세우지 못해, 번번히 상대방에게 한 수 뒤지는 일이 다반사였다.

병상에서 그는 이를 갈았다.

'적어도 내 아들 녀석에게만은 이렇게 어리석은 삶을 겪지 않게 하리라! ……'

이런 다짐을 하면서, 그는 버둥버둥 안간힘을 써서 침상에 일어나 앉았다. 그리고 두 아들 맹손하기(孟孫何忌)와 남궁경숙(南宮敬叔)을 고함쳐 불러다 세워놓고 신신 당부를 했다.

"보아하니, 이 애비는 오래 살지 못하겠구나. 내가 죽거든, 너희 형제는 공부자 어른을 모셔다가 스승으로 섬기도록 해라. 그분의 인물 됨됨이는 내가 익히 알고 있다. 육예(六藝)에 정통할 뿐만 아니라, 무슨 일이든지 모르는 것이 없는 분이다. 지금 공부자는 벌써 몇 해 전부터 제자들을 거두어 가르치고 계신다. 그분께 허심탄회하게 마음을 열어놓고 힘써 배운다면, 너희들은 반드시 큰 재목감이 될 수 있을 것이다."

"아버님 말씀대로 따르겠습니다. 반드시 공부자 어른을 저희 형제의 스승님으로 섬기오리다."

두 형제는 공손히 대답하였다.

맹희자가 죽은 후, 그 두 아들은 아버지의 유언에 따라 공구를 스승으로 모시고자 학문을 배우러 찾아갔다.

따뜻한 봄날, 온갖 꽃이 만발한 좋은 계절이라, 공구는 제자들을 모아놓고 한창 흥겹게 《예경》을 풀이해 주고 있었다.

대문에 들어선 맹손하기와 남궁경숙 형제는 공구를 보기가 무섭게 그 자리에 꿇어 엎드려 큰절부터 올렸다.

공구는 미안스런 마음에 이들을 급히 부축해 일으켰다.

"두 분 공자(公子)께서 어인 대례를 베푸시오?"

맹손하기가 먼저 조심스럽게 입을 열었다.

"우리는 공부자님을 스승으로 모시고 학문을 배우러 왔습니다."

춘추시대 관제 규정을 보면, 종주국이나 제후국의 상경들은 모두 계승권을 가지고 있었다. 맹희자가 죽고 나서, 그 맏아들인 맹손하기가 합법적인 계승자가 되어 노나라 상경의 지위를 세습했다. 그 젊은 대감이 공구에게 학문을 배우겠다고 찾아온 것이었다.

공구는 지금까지 이런 세습 귀족들을 가장 혐오해 왔다. 머리에 든 것은 아무 것도 없는 불학 무식꾼이면서 권위로 남을 깔아뭉개는 무리들이 바로 '삼환'의 자제들이 아닌가 말이다.

그런데 이제 맹손하기와 남궁경숙 두 귀공자들이 권문 세가의 체면 따위를 헌신짝같이 내던져 버리고 자신의 발치 아래 꿇어 엎드려 큰절을 올리다니, 이야말로 세상이 거꾸로 뒤집힌 격이나 다를 바 없는 것이었다. 그는 세상의 도리가 바뀌고 있음을 어렴풋이 느꼈다. 그렇다면 이 노나라에는 아직 가망성이 있다고 보아도 좋을 것이었다.

공구는 기쁨을 이기지 못하면서 그들을 제자로 받아들일 것을 쾌히 승락했다. 그날부터 공씨 문하에는 제자 두 명이 더 늘어났다.

맹손하기는 상중이라, 먼저 효도에 대해서 물었다.

"스승님, 효도란 무엇입니까?"

공구는 이렇게 대답했다.

"아버님이 살아 계시는 동안에는 그 분의 지향하는 뜻을 유심히 살펴 받들어야 하고, 돌아가신 후에는 그분이 평생토록 행하신 바를 살펴, 오래오래 아버님 생존시의 생활 법도를 고치지 않고 따라야만 효도라고 할 수 있다."

"그렇다면 일상 생활에서 어떻게 해야만 효도를 할 수 있습니까?"

"예의 범절에 어긋나지 않으면 효도할 수 있다."

"불초 제자, 반드시 스승님의 가르침대로 따르겠습니다."

이들 형제를 제자로 받아들인 후부터, 공구는 자신의 일에 대해서 더욱 자신감이 충만해졌다. 학생들을 잘 가르치기 위해서, 그는 여전히 학문에 지칠 줄 모르는 열정을 불태웠다.

어느 날, 그는 노자(老子)를 찾아 뵙고 예학(禮學)의 본뜻에 대해 가르침을 받아야겠다는 생각을 했다. 그는 이 생각을 새로 맞아들인 두 제자에게 털어놓았다. 두 형제는 궁궐로 들어가서 노소공에게 스승의 뜻을 아뢰고 출국 허락을 받아냈다. 그 자리에서 남궁경숙은 스승을 모시고 주나라까지 가서 노자를 뵙겠다는 뜻을 아뢰었다. 노소공은 흔연히 승락하고, 이들 사도에게 수레 한 대, 말 두 필에 몰이꾼 한 명을 따로 붙여 주었다.

군주에게서 출국 허락뿐만 아니라 후한 은사(恩賜)까지 받고 나자, 공구는 매우 흥분되었다. 그는 집안과 학당 일을 적절히 안배해 놓고 홀가분한 마음으로 남궁경숙을 데리고 여행길에 올랐다.

남궁경숙은 몸집도 훤칠하게 크고, 둥글둥글 펑퍼짐한 얼굴에 영준하고 소탈한 모습을 지니고 있었다. 천품이 워낙 총명한 데다 허심탄회하게 학문을 배우려는 열성도 대단했으며, 또 성품이 겸손하고 붙임성이 있어 가는 길 내내 스승 곁에 따라 붙어 이것 저것 묻고 '사부님, 사부님' 불러가며 깍듯이 섬겼다.

공구의 얼굴에는 미소가 떠나질 않았다. 이제는 귀공자를 학생으로 맞아들였다는 껄끄러움도 사라졌고 그저 자신이 배운 학문을 이 제자에게 몽땅 쏟아부어 주지 못하는 것이 한스러울 뿐이었다.

황혼 무렵, 공구 일행은 어느 높은 산밑에 이르러 새잡이꾼 몇 사람과 마주쳤다. 공구는 사람들이 그물을 펼치는 광경을 보고 마차꾼에게 분부를 내렸다.

"수레를 멈추어라!"

남궁경숙과 함께 수레에서 내려 구경하던 그는 이상한 느낌이 들었다. 그물에 잡힌 참새들이 큰놈은 하나도 없고 하나같이 샛노란 주둥이에 솜털도 가시지 않은 새끼였던 것이다. 공구는 새잡이꾼을 손짓해 불렀다.

"여보 당신네들, 큰놈은 왜 안 잡고 새끼들만 잡는 거요?"

새잡이꾼 중에서 나이 지긋한 사내가 대답을 했다.

"큰놈은 눈치가 여간 빠르지 않아서 좀처럼 잡히지 않습니다요. 새끼들이야 먹이를 탐내느라 쉽사리 그물에 걸려들어 잡기가 좋습죠."

또 한 사람이 거들고 나섰다.

"새끼들조차 어미에게 단단히 따라 붙어서 눈치만 배운다면, 우리가 무슨 수로 새잡이 노릇을 하겠소이까? 제발 덕분에 큰놈도 새끼들처럼 먹이만 탐내준다면 오죽이나 좋으련만…… 사람이나 짐승이나, 모두 먹이를 위해서 목숨조차 돌보지 않는 법이 아닌가요?"

그 말에서, 공구는 퍼뜩 느껴지는 바가 있었다. 그는 제자를 돌아보고 이렇게 말했다.

"미물인 참새도 눈치 빠르게 재앙을 피하고 먹이를 탐내면 목숨을 잃는다는 도리를 알다니, 자연의 조화란 것이 실로 오묘하구나! 날짐승조차 길흉 화복을 스스로 결정하는 것을 보아라. 우리 인간들도 한때의 작은 이익을 탐하느라 원대한 의를 잊고 저버려서야 어디 되겠느냐? 옛말에도 '먹물을 가까이하는 자는 검어진다'라고 했다. 그렇기 때문에 수양을 갖춘 사람은 반드시 도덕 있는 사람을 가려 스승으로 삼고, 그 스승에게 허심 탄회한 마음으로 배우고 익혀야 하는 것이다. 사람이 군자를 멀리하고 소인배를 가까이 사귀어, 작은 이익에 눈이 어두워져서 의를 잊는다면, 저 먹이를 탐낸 새끼 참새들처럼 살신지화(殺身之禍)를 초래하게 될 것이다."

남궁경숙은 아무 말이 없이 스승의 즉흥적인 가르침에 정신을 모아 들었다.

공구는 감회 깊게 결론을 내렸다.

"사람에게 멀리 내다보는 생각이 없으면, 반드시 가까운 데서 근심이 찾아오는 법이다. 너는 이 도리를 단단히 기억해 두어라."

남궁경숙이 머리를 조아렸다.

"제자, 명심하겠습니다."

두 사람은 좋은 경험을 얻고 다시 수레에 올랐다.

며칠이 지나서, 일행은 마침내 낙읍(洛邑)에 거의 다다랐다.

주나라는 건국한 직후, 호경(鎬京)에 도읍을 세웠다. 그러다가 동주(東周) 초년에 융족(戎族)의 침입을 피하여 낙읍으로 수도를 옮겼다. 낙읍은 호경 동쪽에 자리잡고 있기 때문에 동도(東都)라고도 불리웠다.

해저물녘이라, 석양에 비친 낙읍의 참모습은 똑똑히 보이지 않았다. 공구와 남궁경숙은 눈을 비비고 다시 바라보았다.

"저기가 주나라 천자님이 계신 곳입니까? 성곽 모습만 보아 역사 깊고 웅대하게 보입니다. 아마 성안에 들어가 보면 장관을 이루겠지요?"

"그렇겠구나, 어서 가보자!"

짐승에게도 그 말이 통했는지, 그들의 다급한 심사를 알아차린 것처

럼 마부의 채찍질이 떨어지기도 전에 네 발굽을 모아 힘차게 달리기 시
작했다.

노자는 공구 일행이 낙읍으로 오고 있다는 소식을 전해 듣고, 성 밖
교외까지 영접을 나왔다. 그리고 종자들에게 길을 깨끗이 닦아 놓으라
는 자상한 분부까지 내려 두었다.

공구 또한 노자가 성 밖까지 마중을 나온다는 전갈을 받고, 놀랍고도
매우 기뻤다. 성문 앞에 늘어선 노자 일행이 눈에 들어오자 그는 황급
히 수레에서 내려 의관을 정제하고 첫 대면의 예를 올렸다. 두 손으로
커다란 기러기를 떠받들어 노자에게 상견 예물을 바치는 예식은 정중
하면서도 공경의 뜻이 담뿍 담긴 것이었다.

노자는 주나라 왕실의 서고를 관리하는 사관(史官)으로서, 지식도
해박하거니와 덕망이 높은 선비였다. 공구와 처음 만났을 때 그는 이미
칠십여 세의 고령이어서, 머리털과 수염이 하얗게 세고 거동 역시 굼뜬
노인이었다.

노자와 공구는 피차 문안 인사를 나눈 다음, 함께 한 수레에 올라 성
안으로 들어갔다.

꿈에 그리던 주나라 도성에 첫 발을 들여 놓은 공구는 번화한 장관에
놀라다 못해 어리둥절해졌다. 노자는 친히 공구 일행을 객관으로 안내
하여 쉬게 한 다음, 자신도 일단 집으로 돌아갔다.

이튿날 아침 일찍이, 공구는 수레를 노자의 부중으로 몰아갔다. 예를
갖추어 정식으로 방문하려는 것이었다.

노자의 저택에 다다른 공구는 손수 대문 고리를 두드렸다.

얼마 후, 노자의 흔쾌한 음성이 대문 밖까지 들렸다.

"어서 모셔 들여라! 어서!"

공구는 남궁경숙과 함께 대청으로 들어갔다.

"불초 후배 공구, 선배님의 고금 역사에 박통하시고 예악과 도덕에 깊은 학식을 우러러 흠모하와, 제자 경숙을 데리고 이렇게 찾아 뵈었사오니, 부디 가르침을 내려 주십시오."

노자가 대답한다.

"두 분께서 천리 길을 멀다 않고 찾아 주셨으니, 이 늙은이도 아는 바를 남김없이 전수해 드리리다. 그러나 이 늙은이는 그저 예법과 도덕 면에서 약간 알 뿐, 악(樂)에 대해서는 전문적으로 연구해 본 적이 없소이다. 그 문제는 다음 날 기회를 보아서 내 친구 장흥을 소개해 드릴 터이니, 그 분에게 묻도록 하시오. 장흥은 조부 때부터 삼대에 이어 주나라 왕실의 악관(樂官)을 지내고 있는 만큼, 두 분의 요구를 만족시킬 정도로 음악에 대한 조예가 자못 깊소이다."

"그렇게 주선해 주신다니, 정말 고맙습니다. 선배님께 어쭙겠습니다. 세상 사람들이 말하기를, '오늘날의 예법이 고례(古禮)와 다르다' 하는데, 우선 그 고례가 어떤 것인지 말씀해 주시겠습니까?"

"오늘과 옛날의 예법이 다르게 된 연유는, 모두 주나라 왕실이 쇠약해져서 제후들이 패권을 다툰 결과이외다. 고례는 본디 주공께서 무왕과 성왕을 보좌하실 때 만든 법제였습니다. 주나라 왕조가 전성기를 이루었을 때는 여러 가지 예법 제도가 온전히 갖추어져서 상하 군신 백성들이 모두 그 예법을 준수하고 한 번도 여겨 본 적이 없소이다. 그러나 왕실이 동쪽으로 천도한 이래, 왕도는 날로 쇠약해지고 그 대신 제후들의 패권 다툼이 날이 갈수록 치열해져서, 고례는 거의 민멸(泯滅)되어 이제 남은 것이 별로 없습니다. 다행히도 교외의 천단(天壇), 사직(社稷), 명당(明堂), 종묘(宗廟) 등 몇 군데에 고례의 법제가 아직 많이 남아 있소이다."

"실로 천행이라 하겠습니다."

"속담에 '백문이 불여일견(百聞而不如一見)'이라 했으니, 두 분께서도 고례를 배우기로 한 이상, 귀로 듣는 것보다 직접 그 실제를 눈으로 보는 것이 좋을 듯싶소. 이 늙은이가 두 분을 모시고 교외로 나가서 천단, 사직과 명당, 종묘를 두루 보여 드릴 터이니, 현장에 가서 보시면 곧 이해할 수 있을 것이외다."

성격이 활달한 노자는 그 즉시 일어나, 공구와 남궁경숙을 데리고 밖으로 나갔다.

제일 먼저 찾아간 곳은 명당(明堂)이었다. 명당이라면 주나라 천자(天子)가 정교(政教)를 베풀던 곳으로 배치도 근엄하고 단청 빛깔 역시 우아한 건축물이 질서 정연하게 자리잡고 있었다.

공구는 명당 한가운데 서서 이루 형언하기 어려운 감회를 받았다. 그것은 자신이 수백 년 역사를 겪으면서 살아 온 듯한 벅찬 감동, 아니 수천 년에 걸친 역사 속의 인물들이 생생하게 걸어 나와서 자신과 함께 나란히 서 있는 듯한 착각마저 드는 감동이었다.

그는 눈을 들어 천천히 실내 곳곳을 둘러보았다. 담벽에는 인물상이 무수하게 그려져 있었다. 정면 벽, 바른쪽에서 왼쪽으로 차례차례 그려진 초상화는 역대 제왕(帝王)의 입상들이 순서에 따라 늘어섰다.

이들은 모두 채색으로 그려졌는데, 손에는 천지 사물의 표준 척도가 되는 규(規)와 구(矩)를 쥐었거나, 아니면 가래와 같은 농기구, 창극(槍戟) 따위의 병기를 잡고 있었다. 표정과 자태는 구구 각색으로 다르지만, 하나같이 살아 움직이는 듯한 생동감이 있었다. 또 몇몇 제왕은 사람의 얼굴, 사람의 몸뚱이를 지녔는데, 복희씨, 여와씨만은 형상이 기괴하여 사람의 머리, 몸뚱이에 용의 꼬리가 길게 달려 있었다.

남궁경숙도 이상한 생각이 들었는지, 두 남녀의 초상화를 가리키면서 공구에게 물었다.

"사부님, 복희씨 여와씨는 어째서 용의 꼬리가 달렸습니까?"

공구는 노자 쪽을 흘긋 바라보았다. 노자는 보일 듯 말 듯 고개를 끄덕여 보였다. 그더러 설명해 주라는 암시였다. 선배에게 양해를 얻자, 공구는 목청을 가다듬었다.

"전설에 따르면 옛날 이 화하(華夏 : 중국 천하) 대지에는 인류가 없었다고 한다. 후에 하느님이 복희씨 여와씨를 하계(下界)에 내려보냈는데, 그들은 신선이라, 생김새도 유별나서 사람의 머리, 몸뚱이에 용의 꼬리가 달렸다고 했다. 복희와 여와씨는 결혼해서 인류를 낳았는데, 그것이 바로 우리네 조상이 되었고, 또 그래서 우리 한족(漢族)은 용의 자손이라고 일컫게 된 것이다. 복희씨는 인류에게 그물 만드는 법을 가르쳐주고 고기잡이, 사냥, 목축업에 종사하게 만들었다. 그리고 팔괘(八卦)를 처음 제작했다."

"그렇다면 우리는 모두 복희씨의 후손이란 말씀입니까?"

"또 다른 전설도 있다. 여와씨가 황토 진흙으로 사람을 빚었는데, 그것이 곧 인류의 조상이 되었다고 한다. 후에 가서 하늘에 큰 구멍이 뚫려 홍수가 나고 온 세상이 범람하여 물바다가 되었는데, 여와씨가 오색 바위돌로 하늘에 뚫린 구멍을 메꾸고, 다시 큰 거북의 다리를 꺾어 하늘 네 귀퉁이에 기둥삼아 버텨 놓고서야 하늘이 무너져 내리지 않고 대홍수도 그쳤다고 한다. 그러니까 여와씨는 홍수를 다스려 인류가 평안히 생업을 누릴 수 있게 해 준 은인이라고 하겠다."

남궁경숙은 생전 처음 듣는 아름다운 전설에 흠뻑 젖어, 줄곧 숨을 멈추고 두 눈길을 복희씨와 여와씨의 초상화에 못박은 채 멍하니 서 있었다.

공구는 제자의 소맷자락을 당기면서 발걸음을 옮겼다. 남쪽 벽면에도 초상화가 두 폭 그려졌는데, 눈썹을 곤두세우고 포악스런 얼굴 표정으로 서 있는 모습이 누추하기 짝이 없었다. 가까이 다가가니, 문자 표시가 또렷하게 눈에 들어왔다. 동쪽 화상(畵像)은 하(夏)나라의 폭군 걸왕(桀王)이요, 서쪽은 은(殷)나라의 폭군 주왕(紂王)이었다. 공통적으로 두 폭군 모두 여인들의 나체를 방석 삼아 깔고 앉아 있었다. 폭군들의 사나운 몰골을 바라보는 동안 남궁경숙은 분노에 못 이겨 눈에 핏발을 세운 채, 연신 코웃음을 치고는 그 다음 벽쪽으로 눈길을 돌렸다.

동쪽 벽면에는 주공이 조카 성왕을 보필하고 있는 그림이 있었다. 주공 희단은 우람한 체구에 자상한 미소를 띠고 성왕에게 신하로서의 예를 공경스럽게 올리고 있었다. 성왕은 몸집도 작고 매우 어리게 그려져 있었다. 어린 임금은 용상에 기대어 앉아서, 주공이 아뢰는 국사를 조용히 듣는 모습이었다.

"아아, 저 분은······!"

공구의 입에서 탄성이 흘러나왔다. 마침내 꿈에도 사무치게 그리던 사람을 본 것이다. 비록 초상화이긴 하지만, 주공의 모습은 꿈 속에서와 마찬가지로 공구에게 친근하고도 실감 있게 비쳐 왔다. 공구는 경외심이 우러나 숙연해졌다. 단정한 자세로 주공의 초상화를 한참이나 바라보는 동안, 기이하게도 공구의 눈에는 그 초상화의 인물이 차츰 꿈 속에서 본 주공의 형상으로 바뀌어 갔다.

처음에는 뿌옇게 흐리던 두 가지 형상이 어느덧 하나로 겹쳐져서 웃음 띤 자애로운 얼굴 표정, 준엄하게 타이르던 모습까지 닮아 보이는 것이 아닌가! 공구는 비몽사몽간에 이 위대한 정신적 스승에게서 이루 말 못할 위안을 얻고, 가슴 속까지 후련한 느낌을 받았다. 그것은 정신적으로 더할 나위 없는 만족감을 가져다 주었다.

돌바닥에 달라붙은 것처럼 도무지 발길이 떨어지지를 않았다. 돌아갈 생각조차 잊은 채 넋을 잃고 서 있던 공구는 노자의 재촉을 받고 나서야 겨우 꿈 속에서 깨어났다. 고개를 숙이고 굽어보니, 눈앞에는 온갖 청동제 목제 기물(器物)이 널려 있었다. 천자가 하늘과 땅, 그리고 조상의 신령에게 제사를 올릴 때 썼던 제기(祭器)들이 수백 년 역사를 간직한 채 젊은 공구와 마주하고 있는 것이다.

명당을 나온 일행은 곧바로 태묘(太廟)로 들어섰다. 태묘는 주나라의 시조인 후직(后稷)을 모신 사당이었다.

전설에 따르면, 후직의 어머니는 유태씨(有邰氏)의 딸 강원(姜源)이라고 했다. 그녀는 어느 날 들판에 나갔다가 거대한 사람의 발자국을 보고 호기심에 못 이겨 그 발자국대로 밟은 끝에 임신을 했다고 한다. 그래서 아들을 낳았는데, 부모가 상서롭지 못한 자식이라 하여 외딴 길거리에 내다버렸으나, 소와 말이 모두 비켜 지나가고 밟아 죽이지 않았다고 한다. 그래서 이번에는 숲속에 내다 버렸더니 들짐승들이 아기를 보호하고, 얼어붙은 연못에 버렸더니 새 떼가 몰려들어 날개로 따뜻하게 감싸 주었다고 한다. 강원은 이상하게 여겨 그 아기를 다시 집으로 데리고 와 기르기 시작했다.

아기는 무럭무럭 자라났다. 그런데 이상한 노릇은, 이 소년이 장난삼아 콩을 심거나 삼을 심으면 심는 것마다 모두 남다르게 자라서 열매를 맺고, 성년이 된 후 농사일을 하는 데도 해마다 풍성한 수확을 거둬들이곤 했다. 요(堯) 임금이 소문을 듣고 그에게 '농사(農師)'의 직분을 맡겼다.

이리하여, 전국 농민들은 그가 시키는 방법대로 씨를 뿌리고 밭을 갈았다. 그 결과 온나라에는 해마다 대풍이 들고 백성들이 걱정없이 살게 되었다. 그 방법이란, 일년 사시 사철 때를 맞추어 오곡을 심고 거두는 방법이었다고 한다. 그의 첫 이름은 '기(棄)'였다. 어머니에게 버림을 받았다고 그런 이름이 붙여진 것이다. 요 임금의 뒤를 이른 순(舜) 임금은 기의 큰 공로를 잊지 않고 우태(于邰) 땅을 영지로 봉해 준 다음, 후직(后稷)이란 이름을 내렸다. 그리고 희씨(姬氏)성을 붙여주었다.

공구는 후직의 신상 앞에 꿇어 엎드려 공손히 예를 올렸다. 그리고도 미련이 남은 듯, 떨어지지 않는 발길을 돌려 대전 바깥으로 물러나왔다.

고개를 돌려보니, 오른편 섬돌 앞에 커다란 동상(銅像)이 하나 우뚝 서 있다. 입술에는 흰 비단으로 꼬아 만든 밧줄 세 가닥이 물려 있었다. 공구는 호기심이 생겨 부리나케 그리로 가 보았다. 동상 뒤편으로 돌아가 보니, 등줄기에 개미처럼 작은 글씨가 촘촘하게 새겨져 있었다. 공구는 그 글자를 찬찬히 읽어 내려갔다.

예로부터 사람은 말을 삼갔으니, 경계하고 경계할지어다.
말을 많이 하지 말아야 할지니, 말이 많으면 실패도 많은 법.
일이 많지 않아야 할지니, 일이 많으면 환란도 많아지는 법.
평안과 즐거움 속에서도 경계할지니, 후회할 행실은 하지 말라.
진실로 삼갈 줄 모른다면, 그것이 재앙의 근본이요.
진실로 해칠 줄 모른다면, 그것이 행복의 문이라.
하늘의 도리에는 사사로운 친분이 없으매,
늘 착한 사람과 더불어 있으니, 경계하고 또 경계할지니라!

공구는 그 명문(銘文)을 음미하면서 깊은 감동이 서린 어조로 남궁경숙에게 말했다.

"내 오늘 이 동상에 새겨진 글을 보고서야, 사람이 한평생을 살아가는 동안 말을 많이 해선 안된다는 사실, 일을 많이 벌여 놓으면 안된다는 사실을 깨달았다. 자 너도 보려무나, 말이 많으면 실패도 많아지고, 일을 많이 벌여 놓으면 시비를 초래하는 경우도 많아진다 하지 않았더냐?《시경》의 말씀이 참말 옳구나. '두려워하고 삼갈지니, 깊은 연못을 건너가듯, 살얼음을 밟듯 하였노라'. 이 옛 사람의 시구를 명심해야 한다. 모든 재앙은 입에서 나오는 것이니, 무슨 말을 하든 반드시 삼가 신중을 기하고, 행동에 옮길 때도 신중해야 한다 알겠느냐?"

명당과 태묘를 다 돌아보고 나자 중천에 떠 있던 해도 천천히 서쪽으로 기울고, 노자는 시장기를 느꼈는지 공구 일행을 집으로 데려다가 때늦은 점심 대접을 했다.

점심이 끝나고 한담을 나누는 자리에서, 공구는 주인에게 부탁을 했다.

"명당과 태묘를 돌아보았습니다만, 후배는 그 여러 가지 예법 제도에 대해서 겨우 절반밖에 이해를 할 수 없었습니다. 선배님께서 명쾌하게 가르쳐 주셨으면 고맙겠습니다."

노자가 대답했다.

"예법 제도란 국가를 잘 다스리느냐 혼란시키느냐, 흥성하게 만드느냐 쇠약하게 만드느냐의 관건이 되는 것이외다. 하나라 우왕과 성탕, 주나라 문왕과 무왕은 물론이요, 성왕, 주공에 이르기까지 모든 통치자들은 예법에 따라 다스렸기 때문에 국태 민안(國泰民安)을 이룩하고, 민심을 모두 귀복(歸服)시킬 수 있었소이다. 그러나 폭군 걸왕과 주왕은 그 도리에 반하여 나라를 다스리고 예법 제도를 폐지시켰으며 어진 정치를 무너뜨림으로써, 국가의 안녕을 뒤흔들어 놓고 백성들이 마음 놓고 살아갈 수 없게 만든 끝에, 마침내는 전국 백성들이 들고 일어나 공격하게 되었고, 그들은 패가 망신하는 최후를 맞이하게 된 것이외다. 그것만 보더라도, 옛날 명철하신 제왕들은 누구나 하늘을 대신하여 도를 실천에 옮긴다는 마음가짐으로 나라를 다스리고 백성들을 고난에서 구해 주었던 것이외다."

"교사(郊社)의 본뜻은 무엇이오니까?"

"'교(郊)'란 하늘에 올리는 제사요, '사(社)'란 땅에 드리는 제사이외다. 동짓날 제천(祭天)행사를 '교'라 일컫고, 하짓날 땅에 올리는 제사를 '사'라고 일컫지요."

"그렇다면, 천자께서 교제를 올리는 의례(儀禮)에 그런 내용들이 다 포함되어 있는가요?"

"먼저 선조의 사당에 고축(告祝)을 드려 교제를 지낼 날짜를 가려서 정합니다. 이것을 행복교례(行卜郊禮)라고 부르지요. 그 다음에는 다시 거북 껍질과 풀을 써서 복무(卜巫) 고축을 행합니다. 점을 칠 때 거북 껍질과 시초(蓍草)를 많이 쓰는데, 거북 껍질을 쓸 경우에는 '복(卜)'이라 부르고, 시초를 쓸 경우에는 '무(巫)'라고 부릅니다."

"그 둘을 합쳐서 '복무'라 일컫는 것이로군요."

"복무를 행하는 날, 천자께서 친히 택궁(澤宮)에 납시어 복관(卜官)으로부터 제천 서명(祭天誓命)을 받습니다. 택궁이란 천자께서 직접 유능한 장병을 선발하는 활터입니다. 복례가 끝나면, 그 서명장을 궁궐 밖 제일 멀리 떨어진 창고 문에 붙여 놓습니다. 그리고 문무 백관들에게 목욕 재계(沐浴齋戒)를 하라는 분부를 내려 둡니다. 교제를 올리는 날, 흉악한 범죄자들은 모두 숨겨두고, 친상을 당한 사람들도 곡(哭)을 할 수 없습니다. 거리에는 계엄이 선포되고 행인들의 출입이 금지됩니다. 천자께서는 갑옷을 걸치시고 장식 없는 수레에 올라, 용호 일월(龍虎日月)을 수놓은 깃발 열두 폭이 인도하는 대로 제단까지 나아가십니다. 거기서 다시 제주(祭主)만이 착용하는 곤룡포로 갈아입으시고, 머리에는 십이류 평천관(十二旒平天冠)을 쓰십니다. 그 다음에는 헌작(獻爵), 분향(焚香), 번시(燔柴), 독축(讀祝) 등의 행사를 차례로 거행하게 되지요."

"후배도 일찍이 섬나라 군후에게서 들은 바 있습니다. 만약 '가정에서 모든 일을 예법대로 행하고, 어른과 젊은이 사이에 질서가 바로잡히며(長幼有序), 여인들이 모든 일을 예법에 따라 행하면, 온 집안이 화목해진다. 또 천자께서 모든 국사를 예법에 따라 실행하면, 백관들은 당연히 존경할 것이며, 백관들이 조정에서 모든 일을 예법대로 처리하면 전쟁이 일어나도 이길 수 있다' 하였습니다. 만약 이런 조건들이 예법 제도에 따라 시행되지 않으면, 장차 어떤 사태가 일어나겠습니까?"

"예법대로 지켜지지 않으면, 그것은 마치 장님이 눈먼 말을 타고 깊은 연못 앞에 이르러서도 깨닫지 못하는 격이나 다를 바 없을 것이외다. 어른과 젊은이 사이에 위계질서가 바로잡히지 않으면, 그 가문 일족은 불화를 일으키게 됩니다. 일국의 군주에게 덕이 없으면 백관들이 예절을 잃고, 그 군대는 싸우기도 전에 스스로 패망할 터인즉, 그 양화는 필경 끝없이 퍼져나갈 것이외다."

"좋은 말씀입니다."

이때, 노자의 친구 장홍이 연통도 않고 불쑥 찾아왔다. 노자는 마침 잘되었다 싶어 공구와 남궁경숙을 친구에게 소개를 시킨 다음, 공구가 음악을 배우고 싶어 한다는 뜻을 대신 전해 주었다.

장홍은 40세 남짓, 얼굴이 펑퍼짐하게 모나고 부리부리한 눈을 지녔으나, 활기차고도 다부진 체구에 소탈한 맛을 풍기는 장년이었다. 초면에 뜻밖의 요청을 받자, 그는 사뭇 겸연쩍은 웃음을 띠었다.

"하하! 속담에 '한 손님은 두 주인에게 폐를 끼치지 않는다' 했는데, 노자에게는 예법과 도덕을 배우시고 또 내게 음악을 가르쳐 달라시다니, 공부자님은 욕심이 많은 분이시구료. 나처럼 학문도 얕고 재능이 보잘것없는 사람에게 그런 부탁을 하시다니 이걸 어쩐다? 질문을 받고도 대답할 밑천이 없을 텐데, 참으로 난감한 일이로군."

공구는 그 앞에 나아가 정중히 예를 갖추고 간청했다.

"후배의 당돌한 청을 용서하시고 부디 사양치 마십시오. 불초 공구는 무악(武樂)에 깊은 뜻이 있음을 아오나, 이해 못하는 부분이 너무도 많습니다."

"무악이라……?"

"예, 그렇습니다. '무(武)의 경계하심이 이미 오래다(武之戒之已

久)' 라는 말이 있는데, 그것이 무슨 뜻이오니까?"

장홍이 선뜻 대답한다.

"주무왕께서 신민들이 오래오래 그분을 경모하고 복종하지 않을까 근심하신 끝에, 특별히 노래를 지어서 경계한 것이외다."

"그럼 '도려를 발양한 지 이미 오래다(發揚蹈勵之已早)' 하신 말씀은 무슨 뜻이오니까?"

"그것은 무슨 일을 하든지 때를 가려야만 적절하게 이룰 수 있다는 뜻이외다."

공구는 잠시 생각해 본 다음 또 물었다.

"또 '지의이우, 구립우철(遲矣而又, 久立于綴)' 은 무슨 뜻입니까?"

"무악은 온전히 무왕께서 폭군 주(紂)를 정벌하시고 주나라를 흥성하게 만드신 공적을 찬양한 것이외다. '지의이우' 란, 무왕이 폭군을 토벌하실 당시 숱한 우여곡절을 겪으셨던 그 어려움과 지지부진한 상황을 나타낸 구절이고, '구립우철' 은 무왕이 오래도록 서서 각 방면의 제후들이 군사를 이끌고 목야(牧野) 벌판에 집결할 때까지 기다리시던 정경을 묘사한 것이외다."

여기서 장홍은 말을 끊고 탁자 곁에 세워 둔 현금(弦琴)을 집어 들더니, 손수 줄을 고르고《대무(大武)》악곡을 탄주하기 시작했다. 공구는 눈을 지긋이 감고 노랫가락에 귀를 기울였다. 현금의 울림은 음역(音域)도 너르거니와 그 기복이 물결치듯 변화 무쌍했다. 느리게 울릴 때는 작은 시냇물처럼 졸졸 흐르다가도, 은은하게 울릴 때는 바람결에 꽃나비가 춤추며 흩날리듯 가뿐하기 짝이 없었다.

억양이 높아질 때는 흡사 천군 만마가 싸움터를 치달리듯 웅장하게 울리고, 분방한 가락으로 바뀔 때는 마치 천길 높은 계곡에 홍수가 쏟아져 내리듯 엄청난 굉음으로 울려퍼졌다.

공구는 탄주 가락에 흠뻑 빠져 정신을 차리지 못했다. 자신이 마치

목야 싸움터에 들어선 듯한 느낌, 폭풍우가 쏟아지는 벌판의 수레 위에 높게 서서 제후들이 집결하는 광경을 지켜보는 주무왕의 장엄한 모습이 나타나고, 그 발 앞에 경배를 드리는 장병들의 모습이 나타나고 있는 것이다.

현금의 가락은 흐느끼듯 선율을 길게 끌더니, 마침내 고요한 정적으로 끝막음을 했다. 공구는 아련한 꿈 속에서 갓 깨어난 사람처럼 탄식을 이기지 못하고 아직도 귀에 쟁쟁하게 남은 여운을 아쉬워했다.

장홍이 악기를 내려놓고 방금 연주한 곡을 해설했다.

"이 곡은 모두 여섯 절로 나뉘어 있소. 첫째 절은 북을 울리며 출동하는 광경을 묘사한 것이오. 둘째 절은 목야 결전에서 상나라를 멸망시키는 과정을 그렸소. 셋째 절은 군사를 돌려 남정(南征) 길에 오르는 정경을, 넷째 절은 개척한 강토를 굳히는 과정을, 다섯째 절은 문무 백관에게 직분을 분담시켜 나라를 다스리는 과정이오. 여섯째 절은 주무왕의 성대한 위엄을 칭송하는 내용으로 구성되었소."

해설은 공구에게 진한 실감을 더해 주었다. 음악을 연주하는 사람이 제일 두려워하는 것은 그 음악을 알아주는 지음(知音)을 만나지 못하는 것, 일단 지음을 얻었을 때는 그 어떤 때보다 흥분되고 기쁘기 마련이다. 대화를 나눌수록 공구와 장홍 두 사람의 마음과 뜻은 하나로 단단하게 뭉쳐짐을 느꼈다.

공구는 불쑥 화제를 바꾸었다.

"《무악(武樂)》과 《소악(韶樂)》 중에서 어느 곡이 더 좋습니까?"

"《소악》은 순(舜) 임금의 음악이고, 《무악》은 방금 말씀드렸다시피 주무왕의 음악이오. 두 분의 공적으로 따진다면, 순 임금은 요(堯) 임금의 뒤를 이어 덕업으로 나라를 다스렸고, 주무왕은 폭군을 멸망시켜 백성들을 도탄에서 건져 내었으니까, 피차 어느 쪽이 높고 어느 쪽이 낮다고 말씀드릴 형편은 아니외다. 그러나 내 천박한 견해로 두 음악을 비교한다면, 《소악》은 청중의 마음을 평화롭고 즐겁게 만들어, 소리와 뜻이 모두 아름다운 만큼 진선 진미한 곡이라고 할 수 있소. 반대로 《무악》은 소리와 가락이 비록 아름답기는 하나, 내포된 뜻이 어둡고 난삽해서 알아듣기가 매우 어려운 곡이오. 따라서 《무악》은 아름다움의 극치를 이루었다고는 말할 수 있지만, 참된 선(善)의 경지에 이르렀다고는 보기 어렵소이다."

공구의 질문은 지칠 줄 모르고 계속되었으나, 장홍은 참을성 있게 대답해 주었다. 음과 뜻을 비교하되, 간단 명료하면서도 깊이 있게 요점만을 짚어 설명했다.

어느덧 어둑어둑 땅거미가 깔리기 시작했다. 장홍이 돌아간 직후, 공구와 남궁경숙도 노자에게 작별을 고하고 숙소로 돌아갔다.

이튿날 공구는 남궁경숙과 함께 수레를 타고 낙읍의 거리를 두루 구경한 다음, 낙수(洛水) 강변까지 유람을 나갔다.

모처럼 흐뭇한 마음이 되어서 숙소로 돌아오는 길에, 두 사람은 살풍경한 군상(群像)과 마주쳤다. 길거리를 가득 메운 떠돌이 유민과 거지떼, 이 모두가 천재 지변과 전란에 집을 잃고 떠돌아다니는 신세가 되었다고 생각하니 공구는 서글픈 마음을 금할 길이 없었다.

"아아, 왕실의 힘이 쇠퇴하니, 백성들도 배 채울 음식을 얻지 못하고 한몸뚱이 가리울 옷조차 없게 되었구나. 이 어찌 슬픈 일이 아니랴 ……!"

공구는 계속 노자를 찾아가서 가르침을 받았다. 불과 며칠 동안이었으나, 배운 것은 광범위했다. 확실히 노자의 학문 세계는 너르고도 깊었다. 공구가 어떤 분야를 놓고 묻든, 그는 질문자가 매번 고개를 끄떡이도록 조리 정연하게 설명해 주었다.

공구가 작별을 고하던 날, 노자는 차마 헤어지기 섭섭한 듯 아쉬운 기색으로 배웅을 나왔다. 그리고 애정어린 목소리로 이렇게 당부했다.

"옛날 사람들은 친구를 떠나보낼 때 두 가지 선물을 주었다고 들었소. 돈이 많은 사람은 돈을 주고, 도덕과 학식을 지닌 사람은 가장 귀한 말씀으로 선물을 대신했다 하오. 이 늙은이는 돈이 없으니, 그대에게 몇 마디 말을 선사하겠소."

"떠나는 자리에서까지 좋은 가르침을 주신다니, 정말 고맙습니다."

공구는 새삼 옷자락을 가다듬고 나서 공손히 귀를 기울였다.

"첫째, 그대가 연구하는 학문은 대부분 옛날 사람들이 남겨놓은 것들이오. 그대는 이런 학문을 시종 변치 않는 금과 옥조로 삼지 말아야 하오. 둘째, 신분 있는 사람이 바깥 출입을 할 때에는 반드시 수레를 타고 다녀야 하겠으나, 여건이 갖춰지지 않을 경우에는 형편에 따라서 임시 변통을 해도 무방하다고 생각하오. 다시 말해서, 융통성 없이 무리하게 옛 예법만을 준수하려고 애쓰지 말라는 것이오."

"명심하겠습니다."

"셋째로, 학문과 도덕을 갖춘 사람은 언제나 생각이 깊고 행동은 온중하게 하여 좀처럼 자신을 드러내지 않소. 어떤 때는 아무 것도 모르는 양, 학문 지식을 깊게 감추고 남의 눈에 띄지 않는 법이오. 그것은 마치 장사꾼의 수완과 같아서, 좋은 물건을 바깥 좌판에 내놓지 않고 꼭 필요한 사람만 찾아 볼 수 있도록 안에 감춰 두는 경우와 같은 거요."

노자의 그 말은 바로 상대방의 약점을 찌른 것이었다. 잠시 동안 공구는 아무 말 없이 새겨듣고 있다가, 감동한 듯한 말씨로 거듭 사례했다.

"이번 상경 길에서, 불초 공구는 선배님께 적지 않은 지도를 받자와, 유익한 것을 많이 얻었습니다. 방금 깨우쳐 주신 말씀, 제 평생토록 가슴 깊이 새겨두고 자신을 반성하는 데 금옥(金玉)으로 삼으리다."

고국에 돌아오자, 그는 곧바로 입궐하여 노소공에게 복명했다.

노소공은 낙읍 도성의 정경을 일일이 묻고 나서, 흥분된 목소리로 찬탄해 마지 않았다.

"공부자, 수고 많으셨소! 그 숱한 고생을 마다하지 않고 상경하더니, 과연 학문과 지식을 한 수레 가득 싣고 돌아오셨구려. 그대는 과인의 기대를 저버리지 않았소. 이야말로 우리 노나라와 과인에게 크나큰 행운이 아니고 무엇이겠소?"

"주공(主公)의 우악하신 말씀에 몸 둘 바를 모르겠나이다."

사은례를 마치고 퇴궐한 공구는 집으로 달려가서 그 동안 보고 싶었던 가족과 제자들을 만났다.

염경이 스승에게 먼저 물었다.

"사부님, 노자는 어떤 분이셨습니까?"

"한 마디로 설명하기 힘들구나. 하지만 그분에 대한 내 느낌은 이렇다. 새란 놈은 두 날개가 있음으로 해서 허공을 날 수 있다. 어떤 때는 구름 끝까지 솟구쳐 오르기도 한다. 하지만 제 아무리 높게 날아도 사람이 쏜 화살에 맞아 떨어질 수 있다. 또 물고기는 헤엄을 잘 쳐서 강 밑까지 닿을 수 있다. 그러나 그것 또한 사람의 그물에 붙잡힐 수도 있는 것이다. 이에 반해 용이란 영물(靈物)은 사람들이 제어할 방법이 없다고 한다. 용은 사해를 운유(雲遊)할 수도 있거니와, 구름과 안개를 타고 날기도 한다. 용은 자유 자재로 어디든지 거침없이 갈 수 있다. 나는 노자가 어떤 사람인지 꿰뚫어 보려고 애를 썼지만 아직도 알 수가 없구나. 어쩌면 그분은 한 마리 용인지도 모르겠구나."

그 날부터 며칠 동안 계속해서, 공구는 제자들에게 예법 제도를 가르쳤다. 노자에게서 배워 온 것을 송두리째 전수하고 싶었던 것이다. 아울러서 그는 이 예법을 현재 노나라의 정황과 결부시켜 응용하도록 가르쳤다. 그는 물론 《주례》가 매우 복잡하고 터득하기 어렵다는 점을 알고 있었으나, 그 완벽한 예법을 일단 장악하여 원리대로 실천에 옮길 수만 있다면, 반드시 백성들의 마음을 사로잡아 나라를 잘 다스리게 된다는 확신이 있었다. 공구의 청사진은 《주례》를 바탕으로 화려하게 그려졌다. 그리고 언젠가 기회만 오면 노소공을 설득하여 그 청사진대로 실천에 옮길 날이 있으리라 믿어 의심치 않았다.

어느 날, 공구가 이른 아침부터 제자들을 가르치고 있는데, 자로가 찾아왔다.

공구는 반갑게 맞았다.

"중유야, 마침 잘 왔구나. 지금 한창 주례를 강의하고 있는데, 너도 함께 들으려무나."

그러나 자로의 반응은 신통치 않았다.

"사부님, 오늘날 예법이 무너지고 악도 못쓰게 된 세상인데, 누가 주례를 실천할 수 있겠습니까?"

자로의 말투는 듣기에 너무도 거칠었다.

공구는 정색을 하고 꾸짖었다.

"중유야, 너는 이미 장년이 된 몸이다. 무슨 일에든 경솔하게 단정을 내려서 어디 쓰겠느냐!"

"사부님, 제 말씀을 좀 들어보십쇼. 지금 상국 계평자가 팔일무(八佾舞)를 써서 자기네 조상에게 제사를 드리는 형편입니다. 사부님께서도 말씀하시지 않았습니까? 팔일무는 주나라 천자만이 쓰는 무악(舞樂)이라, 제후들도 겨우 육일무(六佾舞)밖에 쓰지 못한다고 말입니다. 예법에 따르면, 계평자와 같은 경대부는 사일무(四佾舞)를 써야 옳은데 공공연히 팔일무를 쓰다니, 이것이 주례를 어기는 행위가 아니고 무엇입니까?"

"무엇이……!"

공구는 성이 나다 못해 얼굴빛이 창백하게 질리고 머리털이 곤두섰다. 그러나 자로는 계속해 투덜거렸다.

"어디 그뿐인가요? 지금 그 사람은 새문(塞門)까지 세우고 있습니다."

공구의 입에서 불벼락이 터져 나왔다.

"닥쳐라! 이럴 수가 있나? ……참을래야 더 참을 수 없구나!"

학생들은 스승이 이토록 역정내는 것을 난생 처음 보았기 때문에 하나같이 눈을 휘둥그레 뜬 채 벌어진 입을 다물 줄 몰랐다.

8
투 계

계평자가 팔일무를 써서 제사를 지냈다는 것은 이미 들어 알고 있는 사실이었다. 그러나 그보다 더 놀라운 일은 계평자가 새문을 세웠다는 사실이었다.

당시 주나라 국법에 다르면, 경대부의 저택은 대다수 5중문이나 3중문을 세우되 수직 축선상(垂直軸線上)에 놓도록 규정되어 있었다. 그러니까, 대문을 전부 열어 놓으면 집앞에 서서 뒤뜰 화원까지 곧바로 들여다볼 수 있어야 했다.

궁정은 군주가 거처하는 최고의 건축물이기 때문에, 통로가 세 방면으로 뚫렸고, 중문 아홉 겹을 거쳐서야 들어갈 수 있었다. 또 중문의 배치 역시 외부 사람이 궁정 내부를 곧바로 들여다보지 못하도록 두 겹문 사이에 담장과 같은 벽문(壁門)을 세워서 앞뜰과 뒤뜰을 단절시켜 놓았다. 이런 벽문을 가리켜 새문이라고 하는 것이다. 이 새문은 평소 열리지 않고 나라에 중대한 의전행사가 있을 때에만 개방했다. 그래서 일명 의문(儀門)이라고도 불렸다.

팔일무와 새문은 모두 주나라 천자만 전용하는 법제인데, 계평자가 천하의 법도를 공공연히 어기고 팔일무를 쓰더니, 이번에는 새문까지 세웠다는 데야 공구로서는 당연히 놀랍고 분노하지 않을 수 없었던 것이었다.

공구는 그 길로 곧장 궁궐로 달려가 노소공에게 뵙기를 요청했다. 계평자의 범법 사실을 아뢰고 탄핵할 생각에서였다.

노소공 역시 그 일을 전해 듣고 있었다. 공구가 꿇어 엎드려 아뢰었을 때, 노소공도 격한 분노를 이기지 못해 목소리마저 떨렸다.

"계평자가 상국의 지위에 올라 정권을 독단하고 제 하고 싶은 짓을 마구 저지르니, 과인도 벌써 오래 전부터 계상국을 심복지환(心腹之患)으로 여겨왔소. 그 요사스런 자를 제거하고 싶은 생각이야 난들 어찌 없겠소만, 그 자가 이 노나라 강토의 절반을 차지하고 3천이나 되는 병력을 가지고 있으니, 과인이 무슨 수로 상대할 수 있겠소? 공부자, 의견이 있으면 말씀해 보시오. 내가 어떻게 그자를 처치할 수 있겠소?"

공구는 마음을 가라앉히고 잠시 생각해 보았다. 법은 법이요, 힘은 힘이었다. 그는 이러한 현실을 직시(直視)하지 않으면 안 되었다.

그는 좌우를 둘러보고 주변에 듣는 사람이 없는지 살펴보았다. 공구는 목소리를 한껏 낮추어 조심스럽게 입을 열었다.

"작은 일에 분노를 참지 못하면 큰일을 그르치게 되옵니다. 주공께서는 아무래도 지금은 참고 계셔야 할 듯싶습니다. 그리고 전반적인 형세를 가늠하시면서 때를 기다리도록 하소서."

노소공은 우울한 심사로 얼굴빛이 어두워졌다. 공구의 간언을 듣자, 그는 깊은 한숨을 토해내면서 이렇게 말했다.

"계평자는 상국의 신분으로 노나라의 대권을 독차지하고 제 마음대로 권력을 휘둘러 왔소. 과인이 하루 종일토록 여기 앉아 있어도, 그는 한 번도 정사를 아뢴 적이 없었소. 그렇다고 나라를 위해 무슨 일을 하는 것도 아니오. 계평자는 날마다 부중에서 먹고 마시고 즐길 줄만 아는 사람이오. 지금 조정의 형편은 이루 말할 수 없는 지경이오. 경대부들은 서로 반목하고 이권 다툼에만 열을 올리고 있소. 게다가 올해에는 큰 한발(旱魃)이 들어 수확조차 썩 좋지 못해, 백성들이 추위와 굶주림에 시달리고 있음을 과인도 모르는 바 아니오. 이렇듯 나라의 형편이 날로 쇠약해져서 민심이 흩어진다면, 장차 무슨 일이 날지 걱정스럽기만 하구료!"

"주공, 세 척 두께의 얼음은 하루아침의 추위에 언 것이 아니오며, 고황에 든 병도 오랜 시일에 걸쳐서 그렇게 깊어진 것입니다. 사세가 이 지경에 이른 바에야 장기적인 계책으로 대응하는 길밖에 없사옵니다."

"옳은 말씀이오!"

군신 두 사람의 의논은 오랜 시간이 걸렸다. 공구가 물러나왔을 때는 아침 반 나절을 훨씬 넘긴 때였다.

공구의 너른 식견과 대국적인 태도는 노소공으로 하여금 탄복과 존경심이 우러나게 만들었다. 이로부터 노소공은 틈만 있으면 공구를 불러들여 무릎을 맞대고 허심 탄회하게 대화를 나누었다.

공구의 명성이 커질수록 제자들도 점점 더 늘어났다. 그는 국가의 흥망 성쇠에 깊은 관심을 지니고 있었다. 그렇기 때문에 학문을 익힌 이상 노소공도 조만간에 자신을 중용하여 그 웅대한 재능을 펼칠 수 있게 해주리라 믿어 의심치 않았다.

그러나 어찌 된 셈인지 노소공은 고담 준론에 귀를 기울이기만 할 뿐, 그를 관직에 기용할 눈치는 전혀 보이지 않았다.

공구는 하는 수 없이 학문 연구에 박차를 가하면서 제자들을 가르치는 일에 열성을 쏟았다.

그는 학생들에게 이런 말로 독려했다.

"배우고 그것을 때때로 익힌다면, 즐겁지 않겠는가(學而時習之 不亦樂乎)!"

당시 수양 있고 도덕을 갖춘 사람이라면, 피차간에 서로 왕래하면서 교분을 쌓고 학습한 바를 교환하는 일을 매우 중요시했다. 공구 역시 현금 탄주법을 사양자(師襄子)에게 배우고, 노자에게 예법과 도덕률을 물었으며, 장홍에게서는 음악에 관한 가르침을 받았다. 이후 공구는 그 학문 분야에 내포된 도리를 체험적으로 깊이 터득할 수 있었고, 나중에는 뜻을 같이하는 사람들끼리의 학문 교류에 대해서 이렇게 찬탄해 마지 않았다.

"뜻을 같이하는 벗이 먼 곳으로부터 찾아와서 학문과 지식을 나눈다면, 기꺼운 일이 아니겠는가(有朋自遠訪來 不亦悅乎)!"

그는 자기 자신을 남이 알아주지 않는다고 해서 상심하거나 괴로워하지 않았다. 그는 또 학생들에게 이런 말을 했다.

"지위가 없다고 해서 근심할 것이 아니라, 자신에게 진정한 학문이 없음을 근심하여라. 남이 나를 알아주지 않는다고 서운해 하지 말아라. 자신이 진정한 학문을 갖추기만 하면, 다른 사람도 자연 나를 알아주게 될 것이다."

그는 언젠가는 군주가 자신을 무겁게 등용할 날이 오리라고 자신했다.

노소공 26년·가을, 노나라의 또 다른 경대부 후소백이 싸움 잘하는 투계(鬪鷄) 세 마리를 골라 계평자에게 도전장을 내었다. 닭싸움은 당시 제후 귀족들 사이에 인기 있는 도박 중의 하나였다.

계평자 역시 준비를 단단히 해 두었던 터라 그 도전을 선뜻 받아들였다. 또 지금까지 투계 시합이 벌어질 때마다 계평자 측이 대부분 이겼기 때문에, 이번에도 그는 자신 만만했다.

후소백은 그 승리에 줄곧 의혹을 품고 있었다. 주인의 권세가 높다고 해서 그 집의 짐승조차 힘이 세어질 수 있단 말인가? 후소백은 머리를 쥐어짜면서 그 비결을 알아내려고 무진 애를 썼다. 그러던 어느 날 머리 속에 퍼뜩 떠오르는 것이 하나 있었다.

'옳거니, 그랬었구나! 병법에 '싸움에는 기만술책도 마다 하지 않는다(兵不厭詐)'라고 했으렷다! 좋다. 이번만큼 내 눈으로 똑똑히 살펴보아 그 능구렁이의 사기극을 폭로해 놓고야 말겠다!'

원인을 깨닫고 나니, 그는 가슴 속까지 후련해졌다. 쌍방의 합의 아래 시합 날짜는 9월 보름날, 장소는 노나라 군사들이 훈련하는 연무장으로 결정되었다.

이 날 투계장에는 꼭두새벽부터 구경꾼들이 몰려들어 대성황을 이루었다. 돈 있는 사람들은 저마다 이 한판 승부에 거액을 걸고 기세를 올렸다. 울타리를 둘러친 싸움터 외곽에는 구경꾼들이 안팎으로 겹겹이 에워싼 채 술렁거렸다. 당사자가 아닌 숙손씨마저 관람하기 위해 나왔으니 백성들도 장사판을 걷어치우고 몰려든 것은 두말 할 나위가 없었다.

구경꾼들이 시합 시간을 기다리느라 목을 길게 늘이고 조바심을 내는데, 후소백 일행이 먼저 도착했다. 후소백은 몸집은 우람했지만 등이 좀 꾸부정한 것이 흠이었다.

그는 필승의 자신감이 담긴 눈초리로 구경꾼들을 한바탕 쓸어본 다음, 지정석으로 가서 앉았다. 뒤따르던 가신들과 하인들이 닭장 몇 개를 떠받쳐 들고 주인의 등 뒤 좌우에 갈라섰다. 허리에는 저마다 장검이나 단도를 한 자루씩 차고 뭇 사람을 위압하는 자세로 늠름하게 버텨섰다.

후소백이 막 자리잡고 앉았을 때, 계평자 일행도 나타났다. 그는 거만한 걸음걸이로 의젓하게 싸움터 안에 들어서더니, 의자에 앉으면서 곁눈질로 후소백 쪽을 흘겨보았다. 뒤이어 경호병들과 가신들이 기세 등등하게 주인을 전후 좌우로 에워쌌다.

이윽고 계평자의 입에서 조롱 섞인 첫 인사가 흘러나왔다.

"하하! 후 대감께서 먼저 나오신 걸 보니, 아무래도 자신있나 보구려!"

후소백도 기다렸다는 듯이 가시 돋힌 대꾸를 했다.

"계 상국 대감께서는 워낙 투계를 잘 기르시니, 싸움판을 매번 휩쓸지 않으셨소이까? 소직(小職)이야 겨뤄 보았자 질 것은 뻔한 노릇입지요."

시합 규정은 양 편에서 각각 세 마리를 출전시켜 일 대 일로 세 판을 겨루되, 한 판이 끝날 때마다 진쪽이 승리자에게 백은(白銀) 닷냥씩 내게 되어 있었다.

첫번째 조롱(鳥籠) 문을 열자, 두 마리 수탉은 처음부터 상대를 압도해 버릴 것처럼 기세 등등하게 푸드득거리면서 투계장 한가운데로 나오더니, 3척 간격을 두고 마주 섰다. 꼬리깃을 하늘 높이 치켜 들고 머리를 아래로 숙여 움츠린 채 목털을 곤두세운 자세로, 눈동자 한 번 깜박이지 않고 상대를 노려보았다.

공교롭게도 계평자의 투계 세 마리는 하나같이 붉은 빛깔이었고, 후소백의 투계는 세 마리 모두 얼룩털이었다.

첫 판에 나선 놈들은 잔뜩 싸울 태세만 갖춘 채, 좀처럼 맞붙으려 하지 않았다. 구경꾼들은 숨을 죽이고 참을성 있게 기다렸다. 이윽고 붉은 놈이 경쟁심이 솟았는지 먼저 공격을 시작했다.

"푸드득!"

붉은 놈은 땅바닥을 박차고 뛰어 오르기가 무섭게 양 발톱과 부리를 한꺼번에 내밀어 얼룩 수탉을 향해 덮쳐갔다. 얼룩 수탉은 두려운 빛

하나 없이 침착하게 앞으로 두세 걸음 내딛더니, 적수의 발톱 아래로 보기 좋게 빠져 나갔다.

공격이 빗나가자, 붉은 놈은 재빨리 돌아서서 몸뚱이를 상대에게 바짝 갖다붙이더니, 얼룩놈이 도약 자세를 취하는 찰나 그 머리 위로 훌쩍 날아 넘어갔다. 이렇듯 대여섯 차례를 오락가락 드잡이질을 벌인 후, 붉은 놈도 예기가 꺾였는지 새로운 전술이라도 궁리하듯 한 자리에 서 있기만 했다.

얼룩 수탉이 그 틈을 놓치지 않고 덤벼들었다. 날카로운 부리가 목덜미를 쪼는 동시에, 두 발톱은 그 아랫배를 기세 사납게 할퀴어 들어갔다.

"꼬꼬댁……!"

붉은 놈이 아픔을 참지 못하고 비명을 질러댔다. 상대방의 예리한 발톱이 할퀴어 드는 기세에 떠밀려, 붉은 놈은 두 다리가 맥없이 번쩍 들리더니, 최후의 발악이라도 하듯 날갯죽지로 얼룩 수탉의 머리통을 후려쳤다.

그런데 뜻밖의 일이 벌어졌다. 붉은 놈의 동작으로 본다면, 그 날개 후림질은 어쩔 수 없이 막다른 상황에 몰려 본능적으로 취한 자위조치라고 해야 옳았다. 하지만 붉은 수탉의 일격이 가해지는 순간, 얼룩 놈은 처절한 비명을 지르면서 쪼던 부리를 딱 벌리더니, 그 자리에 털썩 고꾸라지는 것이 아닌가! 그야말로 생각지 못한 돌발적인 상황이었다.

"앗, 저런……!"

구경꾼들의 입에서도 놀라운 탄성이 터져나왔다.

얼룩 수탉이 버둥버둥 몸을 일으켜 세웠다. 그러나 고통에 못 이기는 듯 전신을 벌벌 떨면서 동서 남북 방향을 가리지 못한 채, 날갯죽지로 제 눈을 마구 후벼대기만 했다. 붉은 놈이 냉큼 들이닥치더니 부리로 쪼고, 발톱으로 할퀴기 시작했다. 인정사정 없는 무차별 공격에, 얼룩 수탉은 머리통을 땅바닥에 쑤셔박고 양 날개를 오그라뜨렸다. 철저하게 패배한 것이었다.

관전자들은 어리둥절하고 말았다. 도대체 이게 어떻게 된 셈인가? 방금까지 다 이겨 놓은 판이 이토록 허망하게 뒤집힐 줄이야 누가 생각이나 해 보았는가 말이다. 사람들은 속으로 의아심이 부쩍 들었다.

계평자가 의기 양양한 눈초리로 후소백을 쏘아보았다.

후소백은 기가 죽어 아무 소리도 않고 가신에게 손짓만 보냈다. 가신은 말없이 백은 닷냥을 꺼내더니, 계평자 측의 대표인 양호에게 건네주었다.

"두번째 판 시작이오!"

첫번째와 마찬가지로 이번에도 얼룩 수탉의 참패였다.

세번째 조롱을 받아든 후소백은 아무 소리도 않고 문을 따더니 또 한 마리 얼룩 수탉을 꺼내 안았다. 그리고는 손바닥으로 닭털을 서너 차례 쓰다듬어 준 다음, 도로 가신에게 넘겨 주었다.

쌍방은 동시에 투계를 땅바닥에 내려놓았다. 마지막 대결이 시작된 것이다.

붉은 놈은 성격이 제 주인을 닮아서 그런지 몹시 조급하고 호승심이 강했다. 덤벼드는 기세도 이루 말할 수 없이 흉악스러워서 그 날카로운 주둥이로 다짜고짜 상대방의 볏부터 쪼으려고 대들었다. 하지만 얼룩 녀석도 눈치가 빨라 황급히 몸을 돌리면서 길다랗게 뻗친 꼬리 깃털로 붉은 놈의 머리통을 후려 막았다.

첫 공격이 실패하고서도 붉은 놈은 상대를 약골이라고 얕잡아 보았는지, 그 뒤를 바짝 따라붙으면서 또 한 차례 푸드득 날아 덮쳤다. 노리는 목표도 마찬가지, 얼룩 녀석의 볏이었다.

얼룩 수탉은 참을성이 대단했다. 붉은 놈이 덮쳐 내릴 때마다 머리를 아래로 처박은 채 꼬리 깃털로 상대방의 주둥이를 후려 막기만 했다.

붉은 놈은 십여 차례나 연속 공격을 퍼붓고서도 아무런 소득이 없자 맥이 풀리는지 그 자리에 가만히 서서 상대방의 동태를 살펴보기 시작했다.

이 때였다. 얼룩 수탉이 빙그르르 돌아서더니 목털을 곤두세우고 허공으로 힘차게 도약했다. 껑충 뛰어오른 두 다리에 활개짓으로 비상(飛翔)하는 힘까지 보태져, 무시무시한 기세로 곤두박질하듯 뛰어들었다. 붉은 놈은 미처 방어할 태세도 갖추지 못한 채 멍청하니 서 있다가 꼼짝없이 당하고 말았다. 그야말로 기습적인 반격이었다.

붉은 놈은 공격에만 능숙했을 뿐, 방어할 만한 뒷심이 모자란 것이 치명적인 약점이었다. 엉겁결에 맞아 싸우기는 했으나, 상대방의 날카로운 주둥이에 이미 두툼한 볏을 물어뜯기고 난 뒤였다.

얼룩 수탉은 볏을 물어뜯으며 주둥이를 번쩍 치켜들면서 양 발톱으로 적수의 뱃대기를 사정없이 할퀴어 버렸다.

"끼약!"

붉은 놈은 가련하게도 선혈이 낭자해진 볏에서 핏방울을 뚝뚝 떨어뜨렸다. 그보다 더 심한 것은 길게 찢겨진 아랫배 상처였다.

그놈은 자신이 적수가 못된다고 느꼈는지, 두 날개를 있는 힘껏 펼치고 울타리 바깥 구경꾼들의 머리 위로 훌쩍 날아 도망치기 시작했다. 그러나 모처럼 공격에 맛들인 얼룩 수탉은 놓칠세라 허공으로 힘차게 뛰어 오르더니, 꼬리를 물어뜯을 듯 바짝 따라 붙었다. 투계 두 마리는 쫓고 쫓기면서 싸움터 바깥 멀찌감치 내뛰었다.

구경꾼들이 벌 떼처럼 뒤따랐다. 연무장 변두리 돌담 아래까지 쫓겨간 붉은 수탉은 그 높은 담장을 뛰어넘을 자신이 없는지, 그저 머리통을 돌벽 틈서리에 처박고 버둥거리기만 할 뿐, 얼룩 수탉이 쪼고 할퀴는대로 몸을 내맡긴 채 애처로운 비명만 질렀다.

이번 얼룩 수탉은 확실히 무서운 발톱을 지닌 놈이었다. 한 번씩 할퀴어 낼 때마다, 패배자의 몸뚱이에서 깃털이 대여섯 개씩이나 뽑혀나와 흩어지곤 했다. 패자의 처지는 비참한 것, 그 잔혹스러운 광경을 보면서 구경꾼들은 놀라움과 곤혹스런 느낌이 들었다.

양호가 헐레벌떡 달려왔다. 계평자와 후소백도 체면이고 뭐고 가릴 것없이 냅다 뛰어왔다.

후소백은 가쁜 숨을 몰아쉬면서 말했다.

"상국 대감, 이번에는 대감께서 지셨소이다!"

계평자는 숨이 턱에까지 차서 대꾸도 못하고 얼굴만 시뻘겋게 달아올랐다. 뭐라고 멋지게 응수해야겠는데 도대체 좋은 대꾸가 떠오르지 않았다. 그는 눈알이 빙글빙글 돌 정도로 넋을 잃은 채 참담한 꼬락서니로 돌벽 아래 처박혀 있는 자기 수탉만 바라볼 따름이었다.

얼룩 수탉은 참말 사납기 짝이 없어, 패배자의 몸뚱이에서 깃털을 거의 다 뽑아내고서도 성이 차지 않았는지, 여전히 쪼아대고 할퀴어 대고 있었다.

양호가 냉큼 달려가서 얼룩 수탉의 목을 바짝 움켜가지고 번쩍 쳐들었다. 그리고 샅샅이 훑어보니, 그놈의 양 발톱에는 예리하게 날을 세운 구리 쇳조각이 감겨 있었다.

뒤따라 계평자도 그것을 발견했다.

"아니, 이게 뭐냐?"

남한테 시비를 걸기로는 둘째가라면 서러워 할 계평자였다. 그는 불같이 노해서 버럭 고함을 질렀다.

"후대감, 이런 식으로 닭싸움을 붙이기요?"

그러나 후소백도 속셈이 있는 터라, 비록 자기 수탉에 부린 꼼수가 발각되어 좀 켕기기는 했어도 그런 힐문에 겁먹을 위인은 아니었다. 그는 뒤따라 온 가신에게 명령을 내렸다.

"얘들아, 저놈의 닭을 이리 가져오너라!"

가신이 피투성이가 된 붉은 수탉을 가져다가 주인에게 바쳤다. 붉은 수탉의 몇 개 안 남은 날갯죽지 깃털에는 아직도 지독한 겨자 가루 냄새가 풍기고 있었다. 후소백은 목청을 높여 반문했다.

　"상국 대감, 이것 좀 맡아 보시오. 대감네 싸움닭은 늘 겨자만 쪼아 먹여서 기른답디까?"

　"뭣이……!"

　계평자의 기억으로는 이제까지 자신에게 감히 공개적으로 힐문을 던지는 사람을 본 적이 없었다. 그런데 수많은 관중들이 둘러보는 앞에서 후소백이 배짱 좋게 큰소리로 따지고 드는 것이 아닌가! 그는 자신의 존엄성에 상처가 났음을 느꼈다. 얼굴을 들지 못할 정도로 체통이 구겨진 것은 더 말할 나위도 없었다.

　그는 여느 때 버릇처럼 관중들의 눈치를 흘끔흘끔 살펴 보았다. 사람들은 비록 입을 다물고는 있으나, 그 입술 언저리에는 저마다 비웃음이 맺혀 있었다. 그것을 본 계평자는 얼굴이 화끈 달아오름을 느꼈다.

　'세상에, 이런 창피 막심한 봉변을 내 언제 당해 보았단 말인가!'

　계평자는 몸둘 바를 몰랐다. '똥 뀐 놈이 먼저 성낸다'는 격으로, 계평자의 수치심은 이내 노염으로 바뀌고 말았다.

　"에잇, 죽여라!"

　그는 양호의 손에서 얼룩 수탉을 나꿔채더니, 있는 힘껏 땅바닥에 태질을 쳤다. 제 아무리 싸움 잘하는 수탉이기로소니, 무지막지한 사람의 힘을 무슨 수로 당해내랴? 얼룩 수탉은 활갯짓만 두어 번 푸드득거리다가, 이내 두 다리를 쭉 뻗고 늘어지고 말았다. 가신 양호는 그래도 성이 안 풀리는지 허리춤의 보검을 뽑아쥐고는 죽은 짐승을 단칼에 두 토막으로 만들어 버렸다.

　후소백도 질세라 손에 들고 있던 붉은 수탉의 모가지를 바짝 비틀어 땅바닥에 내동댕이쳤다.

그것을 신호로 쌍방의 가신들이 일제히 병기를 빼어 잡았다. 분위기는 삽시간에 일촉즉발(一觸卽發)의 위기가 감돌아 어느 편이든지 움쭉달싹만 하면 피투성이의 혈전이 벌어질 정도로 독살스러운 기운이 가득 찼다.

그 광경을 본 숙손씨는 이것 큰일 나겠구나 싶어 황급히 앞으로 나서더니 양측 중간에 가로막고 서서 두 손을 홰홰 내저었다.

"왜들 그러나? 그 병장기를 거두시오!"

그리고는 얼굴에 녹을 듯한 웃음을 띠고 계평자와 후소백에게 말했다.

"두 분 대감, 고정들 하십시오. 이까짓 일로 화목을 해쳐서야 되겠소이까? 닭싸움이란 원래 심심풀이로 장난삼아 하는 놀음인데, 이런 하잘 것 없는 일로 어엿하신 대감님들이 노염을 타시다니 볼썽 사납소이다. 이러지 말고 각자 댁으로 돌아가셔서 푹 쉬도록 하시지요."

그래도 후소백은 할 말은 해야겠다는 듯, 씨근벌떡거리며 투덜댔다.

"오늘 시합에서 내가 두 판을 진 값으로 상국 대감께 열 냥을 바쳤고, 막판은 내가 이겼으니까 상국 대감께 닷냥을 받아내야겠소!"

계평자는 후소백을 노려보다가 흥! 소리가 나도록 코웃음을 쳤다.

후소백도 지지 않고 마주 노려보면서 똑같이 코방귀로 응수했다.

이런 경우는 계평자에게 있어서 꿈에도 생각지 못했던 일이었다. 임금도 자기 앞에서는 숨소리 한 번 제대로 내지 못하는 판국인데, 후소백 따위가 감히 자기와 맞먹으려 드는 것이 몹시 패씸했다.

계평자는 이루 말할 수 없는 모멸감에 절로 흥분이 되었다. 계평자는 자기 신분과 존엄성 따위는 까마득히 잊어버리고, 이제는 수치심과 분노에 미친 사람이 되어 버렸다.

그는 제 가슴을 쾅쾅 두드려가며 후소백에게 호통을 질렀다.

"네깐 놈이 뭔데, 내 앞에서 그 따위 소리를 지껄이는 게냐?"

양호 역시 칼을 휘두르며 후소백에게 바짝 다가들었다. 주인의 위세를 등지고 사냥개 노릇을 한 번 톡톡히 해 볼 참이었다.

후소백은 좌우를 둘러보았다. 가신과 하인들이 손에손에 병기를 잡고 엄한 태세로 호위하고 있다. 그는 마음을 푹 놓고 그 자리에 선 채 옴쭉달싹도 하지 않았다. 어디 해 볼 테면 해 보자는 것이었다.

숙손씨가 두 손을 내저으며 간곡히 만류했다.

"대감들, 제발 고정하시구려! 어서 부하들을 물리치시오."

이런 판국에서는 양보하는 쪽이 얕잡혀 보이는 법이었다. 약세를 보이면 체면이 서지 않게 된다. 쌍방 어느 쪽이나 한 발짝도 물러나지 않고 팽팽히 맞선 채, 줄곧 상대방을 잡아 먹을 듯이 노려보기만 했다.

숙손씨는 이들의 속마음을 꿰뚫어 보았다. 상대가 보는 앞에서 차마 제 입으로 부하들에게 물러나라는 명령을 내리기가 쑥스러웠던 것이다. 그래서 숙손씨가 그들 대신 양쪽을 돌아보면서 호통을 쳤다.

"뭣들 하는 거냐? 병기를 거두고 썩 물러나지 못할까!"

주인들의 묵인 아래, 쌍방 가신들은 속속 병기를 거두고 물러섰다.

숙손씨는 다시 계평자를 돌아보았다.

"상국 대감께서 먼저 돌아가시지요."

"흥……!"

계평자는 헐렁한 소맷자락을 위세 있게 내두르더니, 코방귀를 뀌고는 돌아섰다. 위엄을 한껏 떨치느라 그런지, 하늘을 향해 부릅뜬 눈길에 가뜩이나 불룩 나온 배를 더욱 내밀고 뒤뚱거리는 모습이, 영락없는 거위의 몰골이었다.

"후 대감도 댁으로 돌아가시지요."

숙손씨의 권유를 받으면서, 후소백은 마음이 착잡했다. 화해꾼에게 감사를 드려야 좋을런지, 아니면 욕설이나 한바탕 퍼부어야 좋을지 갈피를 잡을 수 없는 것이다. 아무러나 그는 말없이 돌아섰다.

계평자의 못된 심보는 천하가 다 아는 사실이었다. 조만간에 그 위인이 앙갚음을 하려 들 것이 불 보듯 뻔했다. 집으로 돌아간 후소백은 곰곰이 생각한 끝에 그날 저녁 가장 믿을 만한 심복 가신들과 더불어 계평자의 보복에 미리 대처할 방도를 놓고 상의했다.

등잔불 아래 주인과 가신들은 핼쑥한 낯빛으로 둘러앉은 채 한참 동안 꿀 먹은 벙어리가 되었다. 얼굴에는 피곤한 기색이 가득 서리고 두 눈망울에도 불안감이 서려 있었다. 후소백은 어떻게 해야 좋을지 알 수 없었다. 생각이 꽉 막히고 그저 후회스럽기만 했다.

'내가 괜한 객기를 부렸구나! 맞서지 말아야 할 것을 흥분한 김에 선불리 건드렸어……!'

그는 비로소 달걀로 바위를 쳐선 안 된다는 도리를 새삼 깨달았다. 그러나 일은 이미 엎질러진 물, 화근이 싹트고 재앙은 무르익은 상태가 되어 있었다.

후소백은 무슨 좋은 방도가 나오지 않을까 해서 넋빠진 눈길로 가신들의 입술만 쳐다보았다. 하지만 심복 부하들은 꾸어다 놓은 보릿자루처럼 앉아 그저 한숨만 내쉬고 있을 뿐, 꼭 다물어진 입에선 한 마디 의견도 나오지 않았다.

심복들의 낭패스런 꼬락서니를 보면서, 그는 재앙이 이제 머리 위에 떨어지게 되었다는 현실을 뼈저리게 느꼈다. 그는 미치광이처럼 으르렁댔다.

"뭣들 하는 거냐? 병법에도 '군사를 삼 년 동안 기르는 것은 하루아침에 쓰기 위해서(養兵千日, 用兵一時)'라고 그러지 않았는가! 네놈들은 평소 되어먹지 못한 소리만 늘어놓고, 지금 와서 쓸 만한 의견을 내는 놈은 하나도 없구나. 이래가지고야 네놈들 모두 밥이나 축내는 등신 밥통들이 아니고 뭐란 말이냐!"

펄펄 뛰며 한바탕 불벼락을 내리다 그는 이내 후회했다. 계평자의 귀에 자기 약점이 누설될까봐 겁이 나기도 하려니와, 가신들 중에 배반자가 나와서 계평자 측에 밀고라도 하는 날이면 그야말로 끝장 나는 것이었다.

그는 가신들을 대청에 남겨 둔 채 정원 뜨락으로 걸어나왔다. 그 입에서는 한숨이 절로 나왔다. 여느 때 같았으면 집안 식구들을 모아 놓고 술잔을 기울이며 달구경이나 즐길 텐데, 지금은 그런 흥취를 내고 있을 때가 아니었다. 그렇게 생각하니, 구름장 사이로 숨바꼭질을 하는 명월이 흡사 처량한 자기 신세를 조롱이라도 하는 듯해 도무지 견딜 수가 없었다.

그는 주변 기척에 귀를 기울였다. 사방은 적막에 싸여 있었다. 그 숨막힐 듯한 정적 속으로 동네 개 짖는 소리가 컹컹 들려왔다. 숨통을 죄는 적막감에 그는 더 이상 참을 수 없어 다시 대청으로 발길을 옮겼다. 대청 문턱을 넘어서는 순간, 그는 마침내 결단을 내렸다.

'좋다, 이래도 죽고 저래도 죽을 판이라면 건곤 일척! 내쪽에서 밑천을 다 쏟아 기습으로 선제 공격을 시도하자. 그 다음에는 네가 죽든 내가 죽든 알 바 아니지……!'

후소백은 대청에 기다리고 있던 가신들에게 꾸짖듯 명령을 내렸다.

"속히 나가서 병정들을 집결시켜라! 모두 날 따라서 그놈의 소굴을 엎어버리러 가자!"

분부는 기세 당당했으나, 가신들의 반응은 영 시원치 못했다.

"대감, 고정하십시오. 우리가 죽기를 두려워해서 그런 게 아닙니다. 계손씨의 세력이 워낙 강대해서 정면으로 충돌했다가는 우리측에 해로울까 걱정스러워 이러는 겁니다."

"백 번 옳은 말입니다, 대감! 계손씨와 맞서기보다는 잠시 인내하시면서 때를 기다리는 것이 낫겠습니다."

들고 보니 일리가 있었다. 후소백은 고개를 툭 떨군 채 깊은 생각에 잠겼다.

그 모습을 보고 가신들은 용기를 얻었다.

"대감, 만약 계손씨를 상대하시려거든 몇몇 다른 가문들과 힘을 합쳐서야 합니다."

"으음, 다른 가문과 동맹을 맺는다? 그럴 듯한 의견이로군. 모두들 돌아가서 쉬도록 하게."

결국 이날 밤 후소백은 가신들을 조용하게 돌려보냈다.

일이 터진 것은 그 다음 날 이른 아침 나절이었다. 후소백이 밤새껏 잠도 제대로 이루지 못하고 겨우 일어나 세수를 하고 있는데 하인 한 명이 헐레벌떡 뛰어왔다.

"큰일 났습니다, 대감님! 계 상국의 심복 양호가 밤새 군사들을 이끌고 출동하여 우리 토지와 성곽들을 모조리 점령해 버렸습니다."

"아니, 뭐라구……?"

청천 하늘의 날벼락 같은 소식에 후소백은 그만 눈앞이 캄캄해졌다. 맥풀린 두 다리가 후들후들 떨리는 것을 가까스로 버티고 의자에 앉으면서 그는 혼잣말로 중얼거렸다.

"아아, 끝장났구나! 마침내 그놈의 꼼수에 넘어가다니……."

한참이 지나서야 후소백은 겨우 정상을 회복했다. 그는 외출복으로 갈아입고 즉시 입궁하여 노소공을 만났다.

노소공 역시 오래 전부터 심복 지환이 된 계평자의 세력을 뿌리뽑으려 하던 참이었다. 후소백의 하소연을 다 듣고나자 그는 즉석에서 결단을 내렸다.

"경은 군명을 받으라. 이제 돌아가서 즉시 병력을 모아 이끌고 계평자의 세력을 토벌하시오!"

"예에, 군명을 받드오리다!"

후소백은 부중으로 돌아간 그 길로 심복 가신들과 은밀히 모의하는 한편 수하의 전병력을 집결시켰다. 그리고 날이 저물기만을 기다렸다.

이날 밤은 먹구름이 밝은 보름달을 가려, 그믐날보다 더 어두웠다. 후소백이 이끄는 대부대 병력은 야음을 틈타 상국의 부중을 물샐 틈 없이 포위했다. 공격 배치가 끝나자, 후소백의 입에서 무거운 명령 한 마디가 떨어졌다.

"공격하라!"

"와아아!"

횃불이 삽시간에 어두운 하늘을 대낮처럼 밝히는 가운데, 군사들의 함성이 천지를 진동시켰다.

불빛이 상국 저택 상공을 환히 비추는가 하면 고막을 울리는 살기 찬 함성이 부중 안의 뭇 사람들을 귀머거리로 만들었다. 문지기나 하인들이 연통할 사이도 없이, 꿈나라를 헤매던 계평자는 소스라치게 놀라 깨어났다.

평소 자기 힘만 믿고 제멋대로 날뛰는 사람은 좀처럼 남의 말에 귀를 기울이거나 손가락질하더라도 보려 들지 않는다. 계평자 역시 마찬가지였다. 그의 조상 제사에 팔일무를 썼을 때만 하더라도 조정 여론이 물끓듯하고 의분에 몸을 떠는 선비들이 그토록 많았건만, 그는 꼼짝하지 않았다. 이중 겹문에 의문(儀門)을 세웠을 때, 공구와 같이 마음이 너그럽고 온화한 사람조차 노소공에게 달려가서 탄핵할 정도였으나, 그는 이 얘기를 전해 듣고서도 끝내 무시해 버릴 정도로 안하무인 격이었다.

아닌 밤중에 살기 찬 함성, 대낮처럼 밝은 횃불을 보고 듣는 순간, 그는 자신의 눈과 귀를 믿지 못하고 한참 동안이나 멍청하게 서 있었다. 아마도 자신이 아직 꿈을 꾸고 있는 것으로 착각할 정도였다. 그가 정신을 가다듬고 현실로 돌아왔을 때, 후소백의 군사들은 벌써 대문을 부수고 안채에 뛰어들어 이제 막 후원 쪽으로 밀어닥치고 있었다.

계평자의 영지(領地) 비읍(費邑) 일대에는 가신 양호가 기르고 훈련시킨 정예병이 3천 명이나 있었지만, 상국 부중에는 신변 경호병이 겨우 5, 60명밖에 없었다. 그들 경호병은 하나같이 뚝심 세고 무예가 뛰어나긴 했으나 수백 명이 넘는 후소백의 군사들을 당해내기에는 전혀 불가능했다. 이들은 개미 떼처럼 달려드는 공격군 앞에서 차례로 피바다를 이루고 쓰러져갔다.

상황이 급박해진 계평자는 양호를 맹손씨와 숙손씨 부중으로 달려보내 긴급 구원병을 요청하게 했다.

양호를 막 뒷문으로 내보내고 났을 때, 후소백이 보검을 번쩍거리면서 군사들을 앞세우고 살기 등등하게 침실로 들이닥쳤다. 이 무렵, 계평자의 측근 호위병은 고작 대여섯 명뿐이었다. 후소백은 경호병 따위는 무시해 버린 채 곧바로 계평자 앞으로 다가왔다.

"상국 대감, 당신도 상황이 어떻다는 것쯤 잘 아실 테니, 공연히 당신 하나 때문에 애꿎은 목숨을 버리게 하지 말고 어서 측근들을 물리시오!"

"후 대감, 당신…… 당신…… 지금 무슨 짓을 하려는 거요!"

계평자는 혓바닥이 굳어져서 더듬더듬 물었다.

그러나 후소백은 사나운 기세로 목청을 높여 꾸짖었다.

"쓸데없는 소리 작작하고, 빨리 측근들이나 물리시오! 말을 듣지 않으면 내 이 칼로 당장……."

"무엄하다! 상국 대감께…… 에잇!"

계평자를 호위하고 있던 병사들이 호통을 치면서 앞으로 달려나왔다. 그러나 후소백의 손짓 한 번에 군사들이 우르르 몰려 나왔다. 그들의 칼날 아래 두 명의 목숨이 끊겨 거꾸러지자 동료 경호병들도 기세가 주춤해졌다.

계평자는 발치 밑에 나뒹구는 부하들의 머리통을 보고서 그만 소름이 쫙 끼쳤다. 궁지에 몰린 계평자는 고집스레 항거했다가는 죽음을 면치 못하겠다는 것을 직감할 수 있었다. 공연히 위엄을 내세우고 뻗대는 미련한 짓을 걷어치우기로 한 것이다.

그는 비계 덩어리의 몸뚱이를 쉴 새 없이 굽신거려가며 후소백에게 애걸 복걸 간청했다.

"후 대감, 제발 이 한 목숨만은 살려 주시구려! 우리는 똑같은 노나라의 대부요, 사이좋게 주군을 섬겨 온 신하가 아니오? 제발…… 부처님의 낯을 보아서가 아니라 주군의 체면을 생각해서라도 날 좀 용서해 주시구려!"

그러나 후소백의 응답은 얼음장같이 차디찼다.

"상국 대감, 당신이 모르는 것이 하나 있어! 나는 바로 주군의 명령을 받들고 당신네를 멸문시키러 왔단 말이야!"

"뭣이, 주군이 그런 명령을? 아이구 맙소사……!"

계평자에게는 실로 날벼락 같은 소리가 아닐 수 없었다. 그는 두 다리의 맥이 풀려 그 자리에 더는 서 있지 못하고, 털썩 무릎 꿇고 엎어졌다. 그리고 절구질하듯 이마로 방바닥을 짓찧어가며 애걸했다.

"후 대감……! 후 대감, 제발 소인 좀 도망치게 놓아 주시오!"

이 때였다.

"네놈은 아무 데도 못 간다!"

호통을 친 목소리는 노소공이었다.

계평자가 흠칫 고개를 돌리고 바라보니 노소공이 궁중 무사 한 떼를 거느리고 살기 등등하게 달려오고 있었다. 계평자는 다급한 김에 그쪽으로 엉금엉금 기어 나가면서 애처롭게 빌었다.

"주군, 소신이 저지른 죄 골백 번 죽어 마땅하옵니다! 하오나 저희 계손씨 가문은 주군의 조상님과 한 뿌리가 아니오니까? 부디 선조님들의 체면을 보셔서라도 목숨만은 살려 줍시오!"

노소공이 물었다.

"이런 지경에서도 계속 노나라에 머물러 살고 싶으냐?"

"아니, 아니올시다! 딴 나라로 옮겨 가겠습니다!"

계평자는 배불뚝이 개구리처럼 네 활개를 펼치고 그 자리에 넙죽 엎드렸다.

같은 시각, 양호는 숙손씨의 부중에서 주인을 설득시키느라 한창 열을 올리고 있었다.

"숙손 대감, 사세가 급박합니다! 제발 군사 좀 출동시켜 주십시오. 우리 계손씨와 숙손씨, 맹손씨 세 가문은 한 줄기에 매달린 열매나 다를 바 없지 않습니까? 더구나 주군과 같은 조상을 섬기는 후손들인데, 어찌 동근 동족(同根同族)의 위기를 모른 척하신단 말입니까?"

그러나 숙손씨의 반응은 냉담했다.

"으음, 상국 대감이 그토록 위급하단 말인가? 우리한테는 아무런 기미도 보이지 않는데……."

"지금 후소백의 군사들이 상국 부중을 에워싼 채 성화같이 들이치고 있습니다. 두고 보십쇼! 그자들이 저택을 점령하고 계 상국을 죽여 없앤 다음에는 누구 차례인 줄 아십니까? 바로 숙손씨, 맹손씨 양 가문이 목표가 되고 말 것입니다. 계손씨가 멸망하면 두 가문 역시 하루아침에 위태로워질 것은 불 보듯 뻔한 일입니다."

"그래서 어쩌자는 건가?"

"소인의 생각으로는, 한시 바삐 병력을 출동시켜서 상국 대감부터 구원해 주시고, 일단 후소백의 난동을 평정한다면 우리 노나라 강산도 보전될 수 있을 테고, 백성들을 도탄에 빠뜨리지 않게 될 것입니다."

"허어, 그대가 이 나라와 백성들을 걱정하다니 갸륵한 노릇이로군!"

숙손성자의 비웃음을 들으면서도 양호는 필사적으로 매달렸다.

"만약 그렇지 않았다가는 백성들만 환란에 빠질 뿐 아니라, 그 재앙은 숙손씨와 맹손씨 가문에게 차례로 돌아갑니다! 우리 세 가문이 멸망을 당하고 나면, 주군도 군주의 지위를 보전하지 못하게 될 터이고, 어쩌면 이 노나라 강산도 모조리 후씨 가문의 차지가 되고 말 것입니다."

숙손씨는 의혹과 우려가 절반씩 섞인 목소리로 대꾸했다.

"이제 말이네만, 후씨는 주군의 명령에 따라서 일을 벌인 걸세. 정탐꾼이 방금 그렇게 보고해 왔네. 아마 지금쯤 주군께서도 병마를 이끌고 계 상국을 토벌하러 떠나셨을 걸세."

"아니올시다! 설령 그렇다 하더라도, 주군께서는 한때 후씨의 참소를 잘못 들으시고 그런 명령을 내리셨을 것입니다. 그 동안에 후소백은 우리 세 가문을 이간시켜 서로 싸우게 만들어 놓고, 중간에 가만 앉아서 어부지리를 취해 오지 않았습니까?"

숙손씨는 아무 대꾸가 없었다. 방금 그 말뜻을 음미해 보고 있는 것이다.

시간은 자꾸 흘러갔다. 양호는 애가 타서 피를 토할 지경이었다.

"대감 거듭 생각해 보십쇼! 후소백은 도량이 좁아서 남을 포용하지 못하는 성격입니다. 어제 낮 투계 시합에서도 보셨다시피, 그까짓 닭싸움 하나만 가지고도 상국 대감과 낯을 바꿀 만큼 소동을 벌이지 않았습니까? 일단 그가 득세하는 날이면, 숙손씨 맹손씨 두 가문을 그냥 내버려 둘 리 있겠습니까? 대감도 어디 발붙일 땅조차 없게 될 것입니다."

어제 숙손씨도 투계 시합을 두 눈으로 직접 본 터였다. 계평자가 비록 승부에 집착한 나머지 사기를 쳤고 후소백에게 모욕을 안겨준 것은 사실이다. 그러나 후소백 역시 제 분수를 모르고 계평자와 같은 세도가와 정면으로 첨예하게 맞선 것은 포용력이 눈꼽만큼도 없다는 증거가 아니고 무엇이겠는가? 그렇다면 양호의 말처럼 후씨가 권력을 잡는 날, 숙손씨 맹손씨의 가문도 그냥 내버려 둘 리 만무할 것이다.

이리하여 그는 마침내 결단을 내렸다.

"좋소, 내 구원병을 출동시키리다!"

가까스로 숙손씨의 동의를 받아내자, 양호는 그 길로 맹손씨 부중을 찾아갔다. 그리고 같은 말로 맹의자(孟懿子)를 설득시켜 구원병을 얻어내는 데 성공했다. 그는 두 가문의 병력을 모조리 이끌고 부랴부랴 상국 저택으로 치달렸다.

한편, 계평자는 양호의 수완을 익히 아는 터라, 반드시 두 가문에서 머지않아 구원병이 오리라는 것을 믿어 의심치 않았다. 그 때까지는 시간이 필요할 터, 무슨 수를 써서라도 시간을 끌기만 하면 승리는 이쪽으로 돌아설 것이 틀림없었다. 그는 줄곧 땅바닥에 꿇어 엎드린 채, 잠시도 쉬지 않고 이마를 조아려 가며 애걸 복걸 빌었다. 목숨을 번다고는 하지만, 그것은 실상 후소백과 노소공의 발목을 잡아놓고 시간을 벌기 위한 수단에 지나지 않았다.

후소백은 벌써부터 계평자의 애원에 진절머리가 나 있던 참이라 노소공의 결단을 재촉했다.

"주군, 무엇을 망설이십니까? 계 상국의 눈에는 왕법도 없고 주공도 보이지 않습니다. 그 죄악이 하늘에 사무칠 지경인데, 이제 죽음을 내리시지 않고 무슨 좋은 때를 더 기다리시는 겁니까?"

노소공을 재촉하면서, 그는 보검을 높이 치켜들었다. 임금의 입에서 '죽여라!' 는 한 마디만 떨어지면, 그 즉시 계평자의 목을 쳐 날려보낼 기세였다.

정수리 꼭대기에 서슬 퍼런 칼날이 번뜩번뜩 춤을 추는 것을 본 계평자는 까무라치다 못해 혼백조차 몸뚱이에 붙어 있지 못할 지경이었다. 그는 안간힘을 다 써가며 돼지 멱 따는 소리로 울부짖었다.

"아이구 나 죽는다! 주군, 제 한 목숨 좀 살려 줍시오!"

후소백은 칼을 높이 쳐든 채 안타까운 눈초리로 임금을 바라보았다. 시간은 자꾸만 흘러가고 가까스로 잡아 놓은 절호의 기회도 함께 사라져 가고 있었다. 방 안의 분위기는 극도로 긴장되어 폭발하기 직전에 다다랐다.

드디어 노소공의 무거운 입이 열렸다.

"죽여라!"

"분부대로 하오리다. 에잇……!"

후소백이 보검을 내리찍으려 할 때였다. 갑자기 대문 바깥쪽 하늘에서 살기 찬 함성이 울려왔다. 그 소리에 내리치던 칼끝이 중도에서 움칫했다.

"안 돼……!"

계평자의 등 뒤에서 줄곧 사태를 지켜보던 경호병 한 사람이 눈치 빠르게 칼부림을 날려 보냈다. 뜻하지 않은 기습, 단 한 번의 일격이었으나 그 칼날은 후소백의 칼자루 쥔 팔뚝을 후려쳐 뎅겅 끊어 버리고 말았다.

"으와앗!"

"땡그렁!"

외마디 비명 소리와 더불어 보검이 계평자의 몸뚱이 곁에 떨어지면서 날카로운 금속성을 울렸다. 계평자는 늘 하던 버릇대로 후소백 쪽을 곁눈질해 보았다. 후소백은 성한 한쪽 손으로 피범벅이 된 팔목을 움켜쥐고 펄펄 뛰고 있었다. 그 몰골을 보니, 어디서 솟구쳤는지 전신에 힘이 부쩍 솟았다. 계평자는 용수철이 튀기듯 벌떡 일어서기가 무섭게 방 안 귀퉁이로 물러났다.

후소백은 아픔을 참지 못하고 비명을 질러댔다. 뜻밖의 사태 변화에 노소공은 얼굴이 흙빛으로 변해 와들와들 떨고만 있었다. 경호를 맡은 병사들이 재빨리 에워싸고 호위하자 그는 후소백을 내버려 둔 채 허겁지겁 뒷문으로 도망쳐 달아났다.

그야말로 극적인 상황이었다. 양호가 다시 주인 앞에 나타났을 때,

계평자는 여전히 방 한구석에 몰려 선 채 떨고 있었고, 후소백 역시 미처 달아날 생각을 못하고 상처만 움켜잡은 채로 펄펄 뛰고만 있었다. 양호는 말할 것도 없이 단칼에 후소백의 허리를 베어 두 토막으로 만들어 버렸다. 그리고 주인 앞에 다가가서 깊숙이 예를 올렸다.

"불초 양호가 한 발 늦어, 주인 어르신께 놀라움을 끼쳐 드렸습니다."

계평자의 입에서 비로소 안도의 한숨이 흘러나왔다.

"아니다. 그대가 구해 주지 않았던들, 나는 벌써 이 후가 놈의 칼날 아래 원통한 귀신이 되었을 것이다."

"혼군(昏君)은 어디로 도망쳤사옵니까?"

"뒷문으로 달아났네."

양호는 더 이상 말을 않고 즉시 병정들을 거느리고 뒷문으로 쫓아 나갔다.

뒤에서 추격대가 따라붙는 기척이 들려오자 노소공은 경호병에게 소리쳤다.

"횃불을 꺼라! 아니 내버려라!"

신하에게 쫓긴 임금은 어둠 속을 더듬어가며 허둥지둥 달아났다. 양호도 임금을 놓칠세라 바짝 따라붙었다. 패잔병이 된 노소공의 군사들도 필사적으로 싸우면서 퇴각했다. 쫓고 쫓기는 가운데 시체들이 즐비하게 늘어났다.

양호는 노소공을 거의 따라잡게 되자, 목소리를 드높여 고함을 쳤다.

"혼군, 도망칠 생각은 버리고 어서 죽음을 받으라!"

추격대의 살기 찬 함성이 노나라 도성 전역을 뒤흔들어 놓고, 성 밖 황량한 교외 벌판까지 진동시켰다.

노소공은 체면 불구하고 그저 앞길만 바라보면서 죽기 살기로 달아났다. 울퉁불퉁 고르지 못한 길바닥을 내딛을 때마다, 웅덩이에 움푹 빠져 비틀거리거나 얕은 바닥에 미끌어지면서 달음박질을 하는 동안, 그는 자신이 어떤 운명에 놓이게 될지 상상할 겨를조차 없었다.

양호는 본디 용맹하고 체력이 남다르게 뛰어난 데다 일신을 무예로 단련한 위인이라, 얼마든지 노소공을 따라잡아 단칼에 무쪼개듯 베어 죽일 수도 있었다. 하지만 그는 서두르지 않았다. 쥐새끼 놀리는 고양이처럼 느긋하게 즐기다가 싫증이 났을 때 요절을 내버릴 참이었다.

그는 앞길 쪽에 장애가 있으리라곤 꿈에도 생각지 못했다. 지금 이 한밤중에 세 가문의 전체 병력을 자신이 틀어쥐고 있는 판국인데, 어떤 미친 녀석이 얼씬거리겠는가 말이다.

노소공은 자기 부하 병사들이 점점 줄어드는 것을 보고 절망감에 싸였다. 이제는 다 틀렸구나 생각하니, 맥이 탁 풀리고 냅다 뛰던 발걸음도 휘청거리기 시작했다. 정신없이 달리던 그는 자칫 잘못해서 앞길에 가로질러 흐르는 개천을 보지 못하고 물 속에 곤두박질쳐 빠지고 말았다.

"어이쿠……!"

"으하하핫!"

뒤미처 달려온 양호가 통쾌한 웃음을 터뜨렸다.

"혼군, 이제는 겨드랑이에 날개가 달렸다 해도 도망치지 못해! 이리 썩 기어나와서 죽음을 받으시지!"

그는 제 임금을 한껏 비웃어가며 손에 들고 있던 칼을 개천에 던져주었다.

노소공은 벌벌 떨리는 손으로 그 칼을 집어들었다.

양호의 꾸지람이 머리 위에 떨어졌다.

"어서 그 칼로 자결하라구! 안 그러면 내 부하들을 시켜서 고기떡을 만들어 버릴 테니까."

목청도 크거니와 엄포의 효과도 대단했다. 그 고함 소리를 듣는 순간, 노소공은 고막이 울리다 못해 현기증마저 일었다.

바로 그 때였다. 어디선가 홀연히 지축을 울리는 말발굽 소리와 더불어 한 떼의 인마가 달려오는 기척이 들려왔다.

"이게 웬 소리냐?"

정체불명의 인마가 나타나자, 양호는 재빨리 곁에 있던 병사의 손에서 장창 한 자루를 빼앗아 들고 맞아 싸울 태세를 갖추었다.

어둠 속에 접근해 오는 선두 기사는 사뭇 낯익은 모습의 사람이었다. 마상의 기수가 좀 더 다가왔을 때, 그는 비로소 상대방을 알아볼 수 있었다.

"앗 너는 자로(子路)가 아니냐! 네놈이 무슨 일로 왔느냐?"

과연 그는 공구의 제자 자로였다.

"네놈들, 난신 적자(亂臣賊子)를 죽여 없애고 주공을 구하러 왔다!"

"괘씸한 것! 얘들아, 쳐라!"

이윽고 쌍방간에 일대 혈전이 벌어졌다. 자로의 일행은 그리 많지 않았으나 양호가 이끌고 온 추격대 병력도 소수였다. 막상 막하의 대결이 거듭되는 동안 피차 사상자가 속출했다. 승부는 어느 한편으로 기울지 않았다.

자로는 스승의 분부에 따라 노소공을 구출하는 일이 급한 만큼, 싸움에 미련을 두지 않았다. 그는 개천에 빠진 노소공을 부축해내어 말에 올려 태운 다음, 곧바로 후퇴 명령을 내렸다.

"됐다, 철수하자!"

자로를 선두로 일행은 동쪽을 향해 냅다 뛰기 시작했다.

"저놈 잡아라!"

양호가 고함을 지르면서 뒤쫓기 시작했다. 이야말로 다 쑤어 놓은 죽에 코 빠뜨린 격이 아니고 뭐란 말인가? 양호가 미친듯이 뒤쫓았으나, 상대방은 벌써 가물가물 어둠 속에 사라지고 있었다. 한바탕 추격하고

서도 따라잡을 수가 없게 되자, 그는 할 수 없이 추격을 포기하고 말머리를 돌렸다. 이제 상국 부중으로 돌아가 복명하고 나면 분명히 주인으로부터 엄한 꾸지람을 듣게 될 것이다.

양호의 추격을 뿌리친 자로 일행은 노소공을 조심스럽게 보호하면서 제(齊)나라로 통하는 대로상을 치달렸다.

어느 갈랫길에 다다르자, 일행은 또 다른 인마 한 떼와 맞닥뜨렸다. 그것을 본 노소공은 그만 혼비백산, 저도 모르게 비명이 터져나왔다.

"이젠 꼼짝없이 죽었구나! 하늘이 끝내 과인을 멸하시려는가?"

9
안중평의 질투

노소공은 앞길을 가로막는 패거리가 계평자의 매복대인 줄로만 알았다.

자로는 노소공의 푸념을 듣고 조용히 귀띔을 해주었다.

"주공, 두려워 마십시오. 저 앞에 나타난 사람들은 주공을 마중하러 오신 저희 스승 일행이십니다."

"뭣이, 공부자가 왔다고?"

노소공은 놀라움과 반가움이 겹쳐 목소리가 떨려나왔다. 죽음의 문턱에서 팽팽하게 긴장됐던 신경도 차츰 풀어지기 시작했다.

이 때가 되어서야 그는 공구의 인품과 재능이 과연 어떻다는 것을 진정으로 깨달을 수 있었다. 노소공은 후회 막급이었다. 후회 속에 그는 부끄러움과 번민, 비분이 가슴 가득히 한꺼번에 용솟음쳐 올랐다.

극도로 착잡해진 그는 공부자를 무슨 낯으로 볼 것이며 또 무슨 말로 사례해야 좋을지 몰랐다. 여하튼 그는 한 목숨을 보전했다는 사실이 다행스럽고 고마웠다. 그리고 한편으로는 목숨이 붙어 있는 한 언젠가는 반드시 공구에게 이 은혜를 보답할 날이 있으리라고 다짐했다.

이런 생각을 하면서, 그는 공구 앞으로 말을 재촉해 나아갔다.

한밤을 어둠으로 뒤덮었던 먹구름장이 차츰 엷어지면서 이따금씩 밝은 달이 얼굴을 내밀었다.

공구는 노소공이 다가오자 얼른 마상에서 내려 큰절을 올렸다.

"주군, 놀라셨겠습니다. 불초 공구, 여기서 기다린 지 오래이옵니다. 여기 마차를 준비해 두었사오니, 어서 갈아타시고 이곳을 떠나도록 하십시오."

안로가 마상에서 노소공을 부축하여 내렸다.

노소공은 회한(悔恨)이 겹친 목소리로 공구에게 말했다.

"과인이 당초 그대를 등용하지 않은 게 실로 후회스럽기만 하구려. 그렇지만 않았던들, 이런 큰 환란을 당하는 지경에 이르지 않았을 거요."

"듣기 황송한 말씀이옵니다."

"임금이 나라를 가지고도 한 몸 붙일 데가 없고, 집이 있어도 돌아가지 못하는 신세가 되다니, 정말 처량하구려."

"주군, 잠시나마 제나라로 가서서 피신해 계십시오. 고국에 내란이 평정되거든 다시 돌아오셔도 늦지 않을 것이옵니다."

"공부자는 제나라 군주와 상국 안영과 익히 아는 사이가 아니오? 과인을 따라서 제나라로 떠나는 것이 어떻겠소?"

공구는 잠시 깊은 생각에 잠겼다. 그리고 다시 입을 열었다.

"불초 공구는 예나 지금이나 계손씨 측과 나쁜 감정이 없습니다. 그러므로 저에게 해를 끼치지는 않으리라 생각되옵니다. 제나라 군후와 안 상국은 주군과 여러 해 동안 우호를 맺어 왔으니, 이제 주군께서 환란을 입으시고 구원을 요청하시는 줄 알면, 그들도 필경 주군을 받아들여 선처해 주리라 믿습니다. 자, 어서 마차에 오르십시오. 밤이 길면 꿈도 많아지는 법, 또 다른 사태가 벌어지기 전에 속히 떠나도록 하십시오!"

노소공은 할 수 없이 수레에 올랐다. 마부가 채찍질을 퍼붓자, 무심한 말은 제나라 쪽을 향해 힘차게 치닫기 시작했다. 어두운 밤, 갈 길은 아득하기만 하고, 노소공의 마음은 헝크러진 실타래처럼 어지러웠다. 넋을 잃은 채 앞쪽을 바라보노라니, 전도(前途)가 아련한 것이 길흉을 점치기 어려웠다.

노나라에서 제나라로 통하는 길은 까마득히 높은 산악 지대 영마루 길이 아니면 울퉁불퉁한 언덕길이 대부분이요, 그것마저 구불구불 꺾어지고 감돌아 나가는 우여곡절이라, 그 험난한 여로는 노소공의 남은 여생을 암시라도 해주는 듯했다.

공구는 망연 자실한 눈길로 노소공의 수레가 산 언덕길 모퉁이를 돌아 사라지는 모습을 끝까지 지켜본 후, 제자들과 함께 서글픈 마음으로 발길을 돌려 집으로 돌아갔다.

노소공이 제나라로 망명하고 나서, 일국의 정권을 한 손아귀에 틀어쥔 계평자는 독재를 더욱 강화시켰다. 그는 과거 '삼환' 끼리 이권을 다투던 것에서 벗어나, 이제는 비상시에 국론을 통합해야 한다는 명분을 내세워 노골적으로 숙손씨와 맹손씨의 권력을 한 조각 한 조각씩 벗겨냈다. 이래서 두 가문의 세력은 하루가 다르게 약화될 수밖에 없었다.

공구는 임금이 없는 노나라에서 참담하고도 서글픈 심정으로 몇 달을 보냈다. 포부를 지닌 사람에게 자신의 웅대한 뜻을 실현할 기회가 주어지지 않는다는 것은 정신적으로 가장 고통스러운 일이었다.

그는 제나라 경공이 도량이 너그럽고 어진 선비를 예로써 우대한다는 소문을 전해 듣고 있었다. 게다가 망명한 노소공을 사뭇 정중하게 받아들였다는 소식도 들었다. 이리하여 마침내 그는 제나라에 가서 자신의 웅지를 펼칠 기회를 찾아보기로 결심했다.

그는 집안 일을 아들 공리와 제자 남궁경숙에게 맡겨 놓은 다음, 노소공 26년 이른 봄날, 제자들을 데리고 여행길에 올랐다.

철 이른 봄, 아직도 코끝이 매운 찬바람을 맞아 가며 공구 일행은 북상해 나아갔다. 제자들은 스승의 무거운 심사를 아는 터라, 길가는 도중에도 좀처럼 스승에게 말을 걸지도 않았고, 자기네들끼리 수다를 떠는 일도 없었다.

얼마쯤 나갔을까. 일행은 바람결에 아련히 실려오는 울음 소리를 듣고 발걸음을 멈추었다. 그 울음 소리는 한맺힌 여인의 슬픔이 가득 서린 통곡이었다. 공구는 수레를 멈추게 하고 소리나는 곳을 찾아보았다. 그리고 길 곁에서 한참 떨어진 황량한 벌판에 주저앉아 땅을 치며 울고 있는 중년 아낙을 발견했다.

"중유야, 네가 가서 알아보렴. 사람도 살지 않는 이 외따른 들판에 아낙네 혼자서 무슨 한이 저토록 사무쳐 울고 있는지 모르겠구나."

"예, 사부님!"

자로가 시원스럽게 응답하더니, 단걸음에 그 아낙이 있는 곳으로 달려갔다.

"아주머니, 무슨 일이 있길래 여기서 혼자 울고 계시오?"

아낙은 손등으로 눈물을 훔쳐내고 나그네의 모습을 찬찬히 올려다보았다. 그리고 예절바르고 점잖은 태도에 안심했는지, 훌쩍거리는 목소리로 대답했다.

"몇 해 전에 호랑이가 제 시아버님과 남편을 잡아먹었는데, 이번에는 아들놈마저 잡아먹고 말았습니다! 우리집 식구 셋이 모조리 호랑이 밥이 되어 버렸으니, 이 원통한 일을 누가 알아줍니까? 그래서 이 들판에 나와 하늘에 대고 울며 하소연하고 있는 것입니다."

자로는 성격이 불처럼 급하고 우직스러우면서도 마음 씀씀이는 아주 착하고 부드러운 사람이었다. 그는 아낙에게 이루 말할 수 없는 동정을 느끼고 매우 비통해 했다. 그러면서도 이해되지 않는 점이 있어 다시 물었다.

"아주머니, 그 사나운 호랑이가 인명을 여럿 해치는 줄 뻔히 아시면서, 왜 딴 곳으로 이사를 가지 않으셨소?"

그러자 아낙은 이렇게 대답했다.

"이곳 호랑이가 무섭기는 하지요. 그래도 이 고을은 다른 곳처럼 가혹하게 세금을 긁어들이지는 않습니다."

자로가 그 말을 들으니 기가 막힐 따름이었다. 할 말이 없어진 그는 그저 몇 마디 따뜻한 말로 위안해 준 다음 발길을 돌렸다.

공구는 자로에게서 사연을 듣고 나자, 감회 서린 눈길로 푸른 하늘을 우러러보면서 장탄식을 내뱉았다.

"아아, 가혹한 정치가 호랑이보다 더 무섭다니……!"

제자들도 탄식을 금치 못했다. 일행은 무거운 마음으로 다시 길을 재촉했다.

이들은 그날 중으로 청석관(靑石關)에 다다랐다.

"중유야, 수레를 멈추거라."

공구는 수레에서 내려 노나라와 제나라의 경계선인 관문 일대를 둘러보았다.

그는 착잡한 심정으로 돌아서서, 이제 벗어나야 할 고국의 영토를 뚫어지게 바라보았다. 괴로운 일이었다. 자신을 낳아주고 길러준 땅을 저버리고 이국 타향의 벌판을 헤매야 한다는 착잡한 심경이 그를 괴롭게 만들었다.

제나라는 동방에서 으뜸으로 손꼽히는 강대국이었다. 일찍이 제환공

(齊桓公)이 군주로 있던 시절, 제환공은 현명한 대부 관중(管仲)을 등용하여 쇠약해진 나라에 일대 개혁을 단행함으로써 국력을 크게 일으켜 세웠다. 나라의 힘이 강성해지자, 제환공은 '존왕 양이(尊王攘夷)'의 대의 명분을 내세워 우선 북융(北戎)의 오랑캐를 물리치고 위기에 빠진 연(燕)나라를 도와주었으며 이어서 융족(戎族)과 적족(狄族)의 세력이 중원 땅을 침범하지 못하도록 막아, 이들의 침공에 항상 위협을 받던 약소 제후국 형(邢), 위(衛) 두 나라를 구해 주었다.

뿐만 아니라, 중원의 제후들과 연합하여 남방의 야만으로 지목을 받는 강포한 초(楚)나라와 그 부용국인 채(蔡)를 굴복시켜 마침내 소릉(召陵)에서 초나라와 맹약을 체결하였다. 이 맹약을 통해 중원으로 세력을 북상시키려던 초나라의 야심을 꺾어 놓았다. 그리고 동주(東周) 왕실의 내란을 평정한 다음, 제후들과 회담을 여러 차례 열어, 상호 불침 맹약을 체결함으로써 평화로운 시대를 보장해 놓자, 마침내 제환공은 춘추 시대의 첫번째 패자(覇者)로 추앙받기에 이르렀던 것이다.

제경공(齊景公) 저구(杵臼) 때에 와서는 국력이 사뭇 약화되기는 하였으나, 강대국으로서의 지위만큼은 결코 잃어버리지 않았다. 그렇기 때문에 제경공은 군주의 자리에 오른 이래로 기회가 있을 때마다 선친의 패업을 다시 한 번 일으켜 세워보고 싶어 무척이나 안달을 해왔다.

그가 망명객 노소공을 받아들인 것도 강대한 제나라의 도량을 한껏 표현한 것이었고, 또 운읍 땅을 손쉽게 공격 점령한 다음 그것을 노소공에게 넘겨준 것도 패자로서의 긍지를 드러내 보이고 싶어서였다.

공구와 그 제자들은 날마다 이른 새벽이면 길에 오르고, 해저물녘이면 일찌감치 객점을 찾아들기를 몇날, 드디어 제나라 도성을 아련히 바라볼 수 있는 곳까지 닿았다. 성벽은 높고도 길었다. 멀리서나마 한눈에 굽어보이는 궁궐의 규모도 웅장하고 아름다웠다. 공구는 보일 듯 말

듯 고개를 끄덕였다. 제나라는 영토가 너르고 인구도 많을 뿐 아니라, 토질도 기름져서 그 국력만으로 제후들의 패자로 군림하게 된 것이 당연하다는 생각이 들었다.

일행은 성문 앞에 다다랐다. 한데 어디서 무슨 연락을 받았는지, 그곳에는 초면의 사람들 한 무리가 서성거리면서 공구 일행을 기다리고 있었다. 우두머리쯤 되는 이는 키가 후리후리하게 큰 중년 사내였다. 공구 일행의 수레가 성문으로 들어서자, 그는 사뭇 점잖고도 정중한 태도로 몇 발짝 나서더니, 두 주먹을 맞잡아 흔들면서 인사를 건네왔다.

"한 마디 여쭙겠습니다. 혹시 공부자 어른이 아니시오니까?"

공구는 의아한 기색으로 대꾸를 했다.

"바로 그렇소이다. 한데 선생께서는 뉘신지요? 초면에 어떻게 이 공구를 알아보십니까?"

"소인은 고정(高庭)이라고 합니다. 제나라 어진 대부 고소자(高昭子) 어른과 친족되는 사람입지요. 고 대부께서는 공부자 어른이 노나라에서 이리로 오신다는 소식을 전해 들으시고 일부러 소인에게 영접하라 이르셨습니다. 그래서 이렇게 모시러 나온 지 오래 되었습니다."

공구는 비록 만나본 적이 없었지만 고소자에 대한 소문은 오래 전부터 들어왔다. 그런 인물이 사람을 내보내 맞아들이다니 공구로서는 반가움을 금치 못할 일이었다. 그는 황망히 수레에서 내려 옷차림새를 가다듬고 새삼 문안 인사를 나누고 고소자의 저택으로 출발했다.

제나라 도성은 역시 대국다운 패기로 가득차 있었다. 시가지도 너르거니와 인구도 많고 물산도 풍족하고, 백성들의 살림살이도 부유해 보였다. 어느 높다란 문루 앞에 당도하니 고소자로 보이는 인물이 의관을 갖추고 정중한 자세로 문 앞에 나와서 기다리고 있었다.

나이는 오십쯤 들었을까 한데, 시원스레 탁 트인 이마와 움푹 들어간 눈초리, 세 가닥 길다란 수염을 늘어뜨리고 몸에 꼭 맞는 옷을 걸친 모양이 의표(儀表)가 자못 당당하고 재치와 노련미가 넘치며 충직하고 후덕한 맛이 돋보였다.

수레가 대문 앞에 멈춰서자 주인은 얼굴 가득 봄바람을 머금은 채 귀한 손님을 맞이했다.

"공부자께서 왕림하시다니, 이 누추한 집에 빛이 번쩍 납니다그려! 이야말로 고소자의 영광이요, 행운이 아닐 수 없소이다, 하하하!"

공구도 급히 수레에서 뛰어내려 답례를 올렸다.

"노나라에 환란이 있어서 불초 공구가 제자들을 이끌고 제나라까지 왔사온즉, 부디 고 대감 어른께서 많이 보살펴 주시기를 바랍니다."

"공부자님께 어려움이 있으시다면, 저야 의당 도와 드려야지요. 자, 어서 안으로 들어갑시다!"

두 사람은 손을 맞잡고 대문 안으로 들어섰다. 공구가 눈을 들어 집 안을 살펴보니 보통 으리으리한 저택이 아니었다. 정원에는 인공으로 쌓은 가산(假山)이 깜찍스러울 만큼 정교하고 연못은 거울처럼 맑고 고요한데, 그 동편에는 정향목(丁香木)이 심어져 있고, 서편에는 푸른 대나무가 있어 안온한 분위기를 자아내고 있었다.

나그네는 주인의 안내를 받아 정원이 내다보이는 윗채 건물 응접실에 자리잡고 앉았다. 고소자는 하인들에게 환영 잔치를 준비시켜 여독에 찌든 공구 일행을 접대하였다.

환영연을 끝마친 후, 고소자는 손님들을 미리 청소해 둔 객실로 안내했다. 그리고 제나라에 있는 동안 자기 집에 머물도록 은근히 청하였다. 공구는 사양하려 했으나 그 성의를 저버릴 수 없어 주인의 말에 따르기로 하고 재삼 고마운 뜻을 표했다.

두 사람은 그날 저녁 밤이 이슥해지도록 시간 가는 줄도 모르고 도란도란 대화를 나누었다. 얘기를 주고 받는 동안 고소자는 공구의 인품과 재능에 점점 더 깊이 빠져들었다. 그래서 공구를 제나라에 붙잡아 두고 벼슬을 주어 제경공의 패업을 돕게 해야겠다고 속으로 단단히 벼르기 시작했다.

그는 조심스럽게 공구의 의중을 떠보았다.

"노나라는 공부자님의 모국이니 의당 노소공을 보필해야겠지요. 그러나 지금 노나라 군후께서는 망명중이시고, 국난도 아직 평정되지 않았습니다. 조정 대권을 장악한 상국 계손씨는 교만 방자하고 포악스러우며 또 숙손씨, 맹손씨는 그 손아귀에서 정권을 빼앗으려고 개와 고양이처럼 옥신각신 아귀다툼을 벌이는 실정이 아닙니까? 이런 상황에서 공부자님이 웅재 대략(雄才大略)을 어떻게 펼칠 것이며, 방금 말씀하신 그 장대한 뜻을 어떻게 실현할 수 있겠습니까?"

"불초 공구도 그것이 걱정스럽습니다."

"아무리 생각하고 궁리해 보아도, 공부자님이 뜻하신 그 필생의 대업은 오직 이 제나라에서만이 이룩하실 수 있다고 생각합니다. 아시다시피 우리 제나라는 관중이 환공을 보필한 이래 제후들의 패자로 군림하였고 오랑캐를 몰아내어 열국을 안정시켰으며, 그 때부터 국력이 강성해지고 백성들의 생업도 날로 부유해졌습니다. 또 우리 군후 경공(景公)께서도 큰뜻을 품고 계시니 만약 공부자님 같은 인재의 도움을 얻게 된다면 그야말로 사나운 범에게 날개가 돋힌 격이어서 필시 장래 제후들의 패자로 군림하실 수 있을 것입니다."

공구는 신중히 응대했다.

"관중은 어진 분이셨습니다. 그 분은 무력을 쓰지 않고 환공을 보필하여 제후 열국의 패자가 되게 하셨습니다. 그것만 보더라도 범속(凡俗)을 초탈한 관중의 지혜와 재능을 알 만합니다."

"옳게 보셨습니다."

"그러나 만약 관중이 포숙(鮑叔)을 만나지 않았던들, 제 아무리 뛰어난 재능을 지녔다 하더라도 그 지혜와 재능은 땅 속에 깊숙이 파묻혀 찬란한 빛을 발휘하지 못하는 한 덩어리 옥에 지나지 않았을 것입니다. 그렇기 때문에 저는 관중이 어질고 유능한 사람이긴 합니다만, 그를 알아주고 환공에게 천거한 포숙을 더욱 어진 사람이라고 생각합니다."

고소자는 이 말을 진지하게 새겨 들었다. 그리고 자신이 포숙의 역할을 맡아서 조만간에 기회 닿는 대로 제경공에게 공구를 천거하리라 마음 먹었다.

자오(子午)를 알리는 북소리가 들려왔다. 주인과 나그네는 그제서야 피곤을 느끼고 대화를 마무리 지었다.

이튿날 공구는 제자 민손(閔損)을 운읍으로 보내 노소공에게 문안을 드리게 하고 다시 자로를 상국의 부중에 보내어 안영에게 자신이 방문할 뜻을 미리 알렸다.

제나라 상국 안영은 체구가 정상이 아닐 만큼 왜소하였지만 그 재능은 놀랄 만큼 뛰어난 사람이었다.

수레를 타고 제나라 도성 큰길을 달리면서 공구는 안영의 인물 됨됨이를 거듭 되새겨 보았다. 그는 안영의 재능에 대해서 깊이 감복하고 있으나, 자기보다 뛰어난 사람을 용납치 못하는 그 좁은 도량에 생각이 미쳐서는 눈살이 절로 찌푸려졌다.

'그냥 돌아갈까……? 아니, 그럴 수는 없다!'

망설이는 동안 그는 자기 자신에게 묻고는 이내 도리질을 했다. 그는 안영을 잘 알고 있었다. 또 예법대로 하자면 일단 방문할 뜻을 밝힌 이상 하늘이 두 쪽 나는 한이 있더라도 찾아가야 한다고 생각했다.

공구는 자꾸만 돌아서지는 마음을 굳게 다져먹고 두 눈을 딱 감았다. 말은 아무 생각도 없이 자로가 끄는 대로 안영의 저택을 향해 한 걸음 한 걸음 다가가고 있었다. 눈을 감으니 안영의 모습이 다시 비쳤다. 예민하게 돌아가는 두뇌 회전, 잠깐 사이에도 수십 차례나 바뀌는 눈빛,

입만 열었다 하면 폭포수처럼 쏟아져 나오는 능수능란한 말솜씨……

공구의 뇌리 속에는 안영이 초나라 사신으로 갔을 때의 일이 새삼 떠올랐다.

안영이 사신의 임무를 띠고 초나라를 방문했을 때의 일이었다. 초평왕은 제나라와 그 사신을 곯려줄 속셈으로 궁궐 대문 한 곁에 작은 문을 하나 뚫어 놓고 키작은 안영도 허리를 굽혀야만 들어갈 수 있게 만들어 놓았다.

옹색한 문 앞에 인도를 받자 안영은 안내 관원을 보고 이렇게 말했다.

"초나라에는 개만 사는 모양이구료. 하는 수 없군. 개나라에 왔으니 개구멍으로 들어갈 밖에!"

초평왕은 그 말을 전해 듣고 부랴부랴 대문을 활짝 열게 하여 안영을 받아들였다. 공연히 창피를 사서 당한 꼴이었다.

안영이 문안 인사를 올리자, 초평왕은 사뭇 얕잡아 보는 투로 물었다.

"제나라에는 그리도 사람이 없소?"

"왜 없겠사옵니까. 인물이야 많습지요."

"하면 어째서 그대 같은 사람을 우리 초나라에 보냈을꼬?"

"저희 제나라에는 규정이 하나 있습니다."

"무슨 규정이오?"

"방문할 나라의 군주가 어떤 분이신지 미리 가늠해서 거기에 걸맞는 인물을 사신으로 뽑아 보냅니다. 그러니까 현명한 군주가 계신 나라에는 어질고 똑똑한 인재를 사신으로 보내고, 불초한 군주가 있는 나라에는 어리석고 못난 자를 사신으로 보냅니다. 불초 안영은 저희 나라에서도 가장 어리석고 못난 위인이라 부득불 초나라에 사신으로 파견된 것입니다."

그 말을 듣고 초평왕은 입만 딱 벌린 채 아무 대꾸도 하지 못했다. 그는 이대로 질 수 없어 또 한 가지 계략을 꾸몄다.

그날 저녁 사신을 환영하는 잔치가 열렸는데 초평왕은 그 자리에 참석하여 손수 술잔을 권해 가면서 안영을 곰살궂게 대접했다.

술자리가 한창 무르익었을 때였다. 초나라 금위병들이 웬 남자를 하나 결박지워 그 자리로 끌고 나왔다.

초평왕은 짐짓 놀란 기색을 보이면서 금위병에게 물었다.

"그게 웬 놈이냐?"

금위병이 대답했다.

"제나라 출신의 죄인이옵니다."

"무슨 죄를 지었는고?"

"도둑질을 했습니다."

초평왕은 고개를 돌리더니 안영에게 물었다.

"제나라 사람은 도둑질을 잘 하는 모양이구려."

그러자 안영은 당황하는 기색도 없이 천연스레 대꾸했다.

"불초 외신(外臣)이 듣자옵건대, 귤나무는 강남 땅에서 자라야 맛있는 열매를 맺고, 북방에 옮겨다 심으면 먹지 못할 탱자가 열린다고 합니다. 그 까닭은 남북 지방의 수질과 토질이 다르기 때문입니다. 마찬가지로 저 사람은 제나라에서는 도둑이 아니었는데, 이 초나라에 흘러들어와서 도둑이 되었습니다. 그것은 초나라의 풍토가 도둑질 잘하는 사람으로 만들었기 때문이 아니겠습니까?"

공구는 저도 모르게 미소를 띠었다. 초평왕을 상대로 얄밉도록 절묘하게 대거리를 하는 안영의 모습이 뇌리에 그림처럼 생생하게 떠오른 것이었다.

"워어……!"

자로가 고삐를 당겨 멈춰서는 바람에 공구의 상념도 깨어졌다. 눈을 뜨고 바라보니 어느덧 안 상국 대감의 문전이었다.

안영은 벌써 대문 앞에 나와 서서 기다리고 있었다.

"어서 오시오, 공부자님!"

안영은 수레에서 내리는 공구를 반갑게 맞아들였다.

집안으로 들어서니 절약과 검소하기로 평판이 자자한 안영의 살림살이는 과연 헛소문이 아니었다. 귀빈을 맞이하는 대청 규모도 보잘 것 없거니와 실내에 늘어놓은 탁자와 걸상도 하나같이 투박하고 낡아빠진 고물이었다.

안영은 공구의 제자들을 바라보면서 자못 감개서린 어투로 중얼거렸다.

"헤어진 지 몇 해 안 되었는데, 공부자님께서 문하에 쟁쟁한 인재를 이토록 많이 모으셨을 줄은 정말 뜻밖이외다."

공구는 겸손하게 대답했다.

"불초 후배가 한때 제 자신을 위안하느라 학당을 열고 제자들을 받아들였으나, 실상은 헛된 명성에 불과할 따름이지요."

"하하! 이렇게 몇 년 더 지내다가는 천하의 영재들이 모조리 공부자님 댁에 몰려가서 문전 성시를 이루지 않을까 걱정스럽소이다. 어쩌면 그 때 가서 이 늙은이조차도 제자로 받아 달라고 떼를 쓸지 누가 알겠소?"

공구는 쓴쓰레한 미소로 얼버무렸다. 안영의 투기심이 얼마나 강한지 뻔히 아는 터에 방금 그 말뜻이 비위를 맞추는 것인지, 아니면 질투심에서 나온 말인지 알 수 없었기 때문이었다.

"상국 어른의 크나크신 명성은 구주 사해(九州四海)에 널리 떨치어 있는데 불초한 제가 그 발 아래 엎드려 절할 자격이나 있겠습니까?"

객적은 인사말이 끝나자 안영은 단도 직입으로 물었다.

"공부자님은 이 제나라에 잠시 머물 예정이신가요, 아니면 오래 계실 작정으로 오신 건가요?"

"저는 우리 군주께 문안을 드릴 겸 해서 옛 친구분을 만나 보고 싶어 이렇게 찾아 온 것입니다."

공구의 대답을 듣고 난 안영은 오래 머물지 않겠다는 말을 듣고서야 마음이 홀가분해졌다. 몇 해 전에 그는 공구의 학문과 재능을 탐색해 본 적이 있는 만큼, 혹시라도 이 나라에 정착하면서 제경공에게 중히 쓰이지 않을까 은근히 걱정스러웠던 것이다. 만약 공구가 등용되는 날이면 자신의 상국 지위도 온전히 보장될 수 없으리라고 생각했다.

공구의 대답을 듣고 난 안영의 얼굴에는 겨우 웃음꽃이 피어나고, 손님에게 건네는 말투 역시 당당한 기색을 되찾아 사뭇 차분한 맛이 깃들었다.

"제와 노 양국은 이웃 사촌의 나라요, 왕년에 두 나라가 서로 화목하고 번영을 함께 도모하여 똑같이 부강을 누렸으니, 이 얼마나 영광스럽고 융화된 사이였소? 그런데 뜻밖에도 계손씨가 정권을 잡아 흔들고 군후를 내쫓았으니, 이 늙은이로서도 적잖이 난감했소이다. 천만 다행히도 우리 군후께서 망명하신 노소공을 흔쾌히 받아들이시고, 또 운읍까지 빼앗아 거처로 정해 주셨으니 그분은 역시 고국 땅에 계신 것이나 다를 바 없지 않소이까?"

공구는 사실 안영을 예의상 어쩔 수 없이 찾아 왔던 것이었다. 그런데 속이 뻔히 들여다보이는 소리를 듣게 되자 그는 더 이상 그 자리에 앉아 있을 수 없었다.

"제나라 군후의 고마우신 은덕, 우리 노나라 신민(臣民)들이 반드시 보답할 날이 있을 것입니다."

그는 주인의 후대에 안사말을 덧붙인 다음, 총총히 작별을 고했다.

고소자의 집에 돌아온 후 얼마 되지 않아 주인 고소자가 일찌감치 조회를 마치고 돌아왔다. 그는 공구를 보자 사뭇 흥분에 들뜬 기색으로 말했다.

　"오늘 조회 때 우리 경공께서 공부자님이 제나라에 오셨다는 말씀을 들으시고 만나뵙겠다 하시니, 어서 입궁합시다!"

　공구는 몹시 반가워 그 길로 고소자를 따라 궁궐로 들어갔다.

　제나라 궁궐은 또 다른 면모를 지니고 있었다. 정원이 시원스럽게 탁 트이고 건축물은 산악처럼 웅장했다. 땅바닥에는 네모난 포석을 깔았는가 하면 담장도 화강암을 쪼개 가지런히 쌓은 것이었다. 전각 처마는 하늘로 날아오를 듯 치솟았고, 둥근 기둥은 온갖 단청을 칠하고 정교한 조각을 아로새겨, 어느 건물을 보아도 한결같이 천부적인 장인(匠人)의 솜씨로 마치 한 폭 한 폭의 수채화를 그려놓은 듯 조화롭고 아름다운 색채와 격조 높은 우아함이 깃들어 있었다.

　궁궐 전체가 그윽한 회랑과 구부러지고 감돌아 나가는 오솔길로 이어졌으나, 동서 남북 사면 팔방으로 길이 통하고 있었다.

　화려한 궁궐을 기웃거리면서, 공구는 이해할 수 없는 점이 하나 있었다. 정원 어디에도 그 흔한 나무 한 그루 보이지 않는 것이었다. 공구가 그 연유를 고소자에게 물었다.

　"고 대감님, 제나라 궁궐에는 어째서 나무를 심지 않았습니까?"

　고소자는 남이 듣지 못하게 귓속말로 일러주었다.

　"정원에 나무가 있으면 사람이 숨기 쉽지 않소? 우리 주공은 신변 안전을 위해 이 정원에 나무를 심지 못하도록 하신 거요."

　그 말을 듣고 공구는 어이가 없었다. 일국의 임금이 그것도 천하 제후의 패자를 꿈꾼다는 사람이 어째서 이토록 겁이 많은지 모를 일이었다.

　후궁에 들어서자 공구는 제경공을 뵙고 신하의 예를 올렸다. 제경공은 그에게 자리를 내어주고 앉기가 무섭게 질문을 던졌다.

"사람과 사람의 관계는 어떻게 해야 원만해질 수 있소?"

"군주는 군주다워야 하고, 신하는 신하다워야 하며, 어버이는 어버이답게, 자식은 자식답게 처신하면 됩니다."

듣고 보니 일리가 있는지라 제경공은 저절로 미소가 흘러나왔다.

"옳은 말씀이오!"

제경공은 다시 물었다.

"과인이 이 자리에 오른 지도 여러 해 되고, 그 동안에 백성을 사랑하고 좋은 인재를 가려뽑아, 사방에 과인에 대한 칭송이 자자하고 조야(朝野)가 모두 내 정치를 옹호하는데, 어째서 과인이 선군 환공의 패업을 이어받을 수 없는지 그 까닭을 말씀해 주시겠소?"

"백성을 부유하게 만들고 나라를 강성하게 만들려고 할 때 가장 중요한 점은 바로 지나친 꾸밈새를 배격하고 근검 절약하는 일입니다."

그 말을 듣자, 제경공의 얼굴에 기쁜빛이 돌았다.

"우리 안 상국도 늘 그 점을 들어 말했는데, 공부자 역시 그것을 강조하다니, 참으로 영웅들의 견해는 어쩌면 그리도 똑같소! 그럼 나라를 부강하게 만들려면 낭비와 허례 허식을 해선 안 되겠구려."

주거니 받거니, 일문 일답이 모두가 나라를 다스리는 방법에 관한 것이라 두 사람은 자못 의기가 투합했다.

이로부터 제경공은 여러 차례 공구를 불러 정치에 대한 견해를 듣고, 나중에는 니계(尼溪) 땅을 영지로 주겠다는 제안을 하기에 이르렀다.

그러나 공구는 정중히 사양했다.

"옛 사람이 말씀하시기를, '공로가 없으면 녹봉을 받지 않는다(無功不受祿)' 하였습니다. 신 또한 제나라에 아무런 공을 세우지 못하였으니, 어찌 영지를 받을 수 있겠습니까?"

"그대는 박학 다식하여 과인이 정치에 관한 일을 물을 때마다 훌륭한 계책을 내어주지 않았소? 그러니 땅을 받아도 부끄러울 바가 없을 거요."

공구는 굳이 사양했다. 제경공도 억지로 권하기가 쑥스러워 그 제의를 거두고 말았다.

공구와 제자들은 고소자의 손님으로 기숙하면서 시를 논하고 예법을 익히는 동안, 정서적으로나마 희망을 얻고 무료함을 달랠 수가 있었다.

어느 날 운읍에 갔던 민손이 돌아와 스승에게 복명했다.

"주공께서는 심기만 조금 언짢으실 뿐 신체는 아주 건강하십니다."

공구는 마음이 놓였다. 모든 것이 정상이라는 느낌을 받으니 오랜 만에 한가로이 성내 구경을 나서고 싶은 생각이 들었다. 그는 제자들을 데리고 이국 도성 안을 두루 다니며 유람하기 시작했다. 역사 깊은 제나라의 고성(古城)은 크고 작은 두 개의 성으로 나뉘어 있었다. 큰 성은 주로 관리와 평민, 상인들이 사는 곳이었고 작은 성은 바로 제나라 군주가 거처하는 궁성이었다.

제나라 도성은 규모 면에서 노나라와 비슷해서, 성문이 열한 개 나 있는 것도 꼭 같았다. 길거리도 깨끗했고 가지런하게 뚫린, 간선 도로 네 줄기는 직각으로 교차점을 이루어 사방 외곽으로 뻗어 나가면서 사통 팔달의 교통 요지를 형성하고 있었다. 그 중심지는 도성 전체를 통틀어 가장 번화한 곳이어서 오가는 행인들로 늘 북적대고 수레와 가축들이 꼬리를 물었다.

성벽 아래에는 정교한 배수로를 설치했는데, 구멍 속에는 돌멩이를 엇갈리게 배열해서 물은 흘러나와도 사람이 기어 들어가지 못하게 만들었다. 가로 세로 뚫린 도랑은 하수를 쏟아 버리거나 한 곳에 모아 놓았다가 다시 흘러갈 수 있도록 교묘하게 짜여 있었다. 그것만 보더라도 몇백 년 전 이 도성을 세운 기술자들이 얼마나 치밀하게 설계했는지, 보면 볼수록 찬탄을 금할 수 없었다.

공구가 일행을 데리고 고씨 부중으로 돌아왔을 때는 벌써 황혼이 지는 저녁이었다. 그런데 어찌 된 일인지 6월 장마철은 아직도 멀었는데 공기가 후텁지근하고 답답해서 견딜 수가 없었다. 물독 겉면에도 축축한 습기가 배어 나오는가 하면, 참새 떼는 지붕에서 호들갑스레 푸드득거리고 지저귀기만 할 뿐 둥지로 들어갈 기미를 보이지 않았다.

"아무래도 큰 비가 퍼붓겠는걸!"

그는 주인을 만나러 안채로 건너갔다.

"고 대감님, 이제 곧 큰 비가 내리겠습니다."

"아니, 그걸 어떻게 아십니까? 하늘은 멀쩡하기만 한데……."

"주변 기미를 보아하니, 폭우가 쏟아질 징조입니다. 각 부서 관원들과 주민들에게 알려서 물꼬를 터놓도록 하십시오. 지금은 날씨가 괜찮아 보이나, 수재(水災)를 예방하는 것이 좋을 듯싶군요."

"알았소이다!"

고소자는 공구를 무척이나 숭배하는 터라, 그의 말이라면 믿어 의심치 않았다. 그는 해가 어둑어둑 저물었는데도 궁궐로 달려가서 제경공에게 아뢰었다.

제경공은 즉시 문무 백관에게 급사를 달려보내, 각급 관서와 주민들을 독려하여 배수로 작업과 수재 예방 조치를 취하게 하였다.

상국 안영이 그 소식을 듣고 달려왔다. 뒤미처 문무 백관들도 크게 놀라 속속 입궐했다.

안영은 한마디로 비상 조치에 반대했다.

"주공, 안 됩니다. 멀쩡한 날씨에 공연히 소동을 일으켜서 백성들을 놀라게 하실 필요가 어디 있습니까?"

"공부자는 오늘 밤에 반드시 큰 비가 내린다고 했소."

"공구의 말을 믿으십니까? 그 사람은 한낱 선비에 지나지 않습니다. 그가 아는 것이라곤, 책 껍데기를 통째로 벗겨 먹는 지식에 불과합니다. 융통성도 없고 케케묵은 옛날 이론을, 그것도 완전히 자기 것으로 새기지도 못한 지식을 어떻게 믿으란 말씀입니까?"

"그래도……."

"공구는 천문 지리에 대해서 아무 것도 모르는 사람입니다. 지금 바야흐로 보리를 거두는 계절인데, 어디 큰 장마비가 내린단 말입니까?"

안영이 고집스레 반대하고 나서니, 제경공도 결단을 내리지 못하고 망설였다. 그는 하릴없어진 문무 백관에게 퇴궐을 명했다.

"돌아가서 편히들 쉬시오."

그러나 얼마 지나지 않아 캄캄한 밤 하늘에 느닷없이 뇌성 벽력이 치더니, 뒤따라 억수 같은 장대비가 쏟아져 내리기 시작했다. 공구의 예보가 적중하자, 제경공은 허겁지겁 문무 백관들에게 또 한 차례 비상 소집령을 내렸다.

대책을 상의하는 자리에서, 안영은 자신이 억지 떼를 쓴 줄 아는 터라 고개만 숙이고 아무 말도 하지 못했다. 그밖의 관원들도 마찬가지로 서로 멀뚱멀뚱 눈치 보기에 바쁠 뿐, 도대체 어떻게 해야 좋을지 몰랐다.

10
높은 산에 올라 멀리 내다보라

조정 군신들이 모두 어쩔 바를 모르고 당황한 판국에 고소자만이 태연스럽게 서 있었다.

공구가 폭우를 예보했을 때, 그는 그날 밤중으로 각 고을 읍재(邑宰)들에게 파발마를 나누어 달려보내, 백성들의 수재 예방을 독려하도록 미리 손을 써둔 다음이라, 장대비가 퍼부어도 놀라거나 당황하지 않고 한시름 덜어놓고 있던 터였다.

뭇 신하들이 꿀먹은 벙어리처럼 서성거리기만 하자, 제경공은 이맛살을 잔뜩 찌푸리며 역정을 냈다.

"경들은 어째 말이 없소? 이런 난리통에 입만 다물고 있으면 되는 거요?"

그제서야 고소자가 반열 앞으로 나서며 차분하게 아뢰었다.

"주공, 심려 마옵소서. 소관(小官)이 이미 각 고을 읍재들에게 유시를 내려 밤을 도와 수재 예방을 독려하도록 조치해 놓았습니다."

"아니, 고 대부가 벌써 손을 써 놓았단 말이오?"

제경공은 깜짝 놀라 되물었다. 순간 가슴을 짓누르던 무거운 바위돌을 내려놓은 듯, 제경공의 얼굴에 환한 미소가 번졌다.

"경이 그토록 마음 써서 대비했을 줄이야 정말 몰랐구료! 그렇지 않았던들 우리 제나라 백성들이 또 한 번 큰 재난을 당할 뻔했소그려."

고소자에게 칭찬의 말을 던지고 나서 그는 문무 백관들을 돌아보았다.

"공부자는 참으로 신인(神人)이라 하겠소. 우리 나라는 해마다 6월 하순이 지나야 장마철에 접어들었는데, 이제 갓 5월 초순이 되어 큰 비가 내릴 줄 누가 알았겠소? 일기 예보를 이토록이나 정확하게 맞추다니, 정말 대단한 식견이 아닐 수 없구려!"

문무 백관들도 마음 속 깊이 감복하고 있던 참이라 군후의 찬탄을 듣고 저마다 공구를 칭찬하는 소리를 했다. 오직 한 사람 안영만큼은 여전히 시무룩한 기색이 바뀔 줄 몰랐다. 공구의 초인적인 재능이 그를 가시 방석에 앉혀 놓은 것이었다.

엄청난 폭우는 꼬박 하루 낮밤을 쏟아져 내렸다. 비는 인근 주변 여러 나라에게마저 참담한 피해를 안겨다 주었다. 제나라만큼은 예방 조치를 해 둔 덕분에 그 피해가 매우 적었다. 이 일을 겪고 나서부터, 제경공은 공구를 다른 눈으로 보게 되었고 틈만 있으면 궁궐에 초빙하여 정사를 의논하고 서로 품은 뜻을 피력하곤 했다.

어느 날 제경공은 공구와 음악 얘기를 나누다가 흥에 겨웠는지 궁정 악사(樂師)를 불러들였다.

공구는 오십쯤 되어보이는 악사의 우아하면서도 장중한 거동을 보고서 단번에 호감을 느꼈다. 제경공의 분부가 내리자 악사는 현금(弦琴)을 타면서 차분한 목청으로 옛날 순(舜) 임금이 지었다는 《소악(韶樂)》을 노래하기 시작했다. 노랫가락을 읊는 목청도 낭랑하거니와 탄주 솜씨도 비범하기 이를 데 없어, 처음부터 끝까지 듣는 사람의 마음을 유쾌하고 명랑하게 만들어 주었다. 정취도 가락 속에 완전히 녹아들었을 뿐만 아니라, 음악 또한 정서를 충분히 표현해 내어 그 음과 뜻의 조화를 하나로 융합시키고도 남음이 있었다.

공구는 술 취한 듯 음악에 흠뻑 빠져들었다. 악사가 마지막 줄을 퉁겨 끝막음을 하자, 그는 벅찬 기쁨을 억누르지 못하고 자리에서 벌떡 일어나 격한 목소리로 이렇게 말했다.

"좋았습니다! 너무도 훌륭한 연주였습니다! 주나라 천자의 악관 장홍이 이《소악》을 어째서 그토록 높이 평가했는지 이제 깨달았습니다. 이 곡이야말로 음과 뜻이 절묘하게 결합되어 실로 아름다움의 극치를 이루었다고 말할 수 있습니다."

"그가 뭐라고 평가를 내렸소이까?"

제경공이 물었다.

"그분은《무악》과《소악》을 비교해서 평가했습니다.《무악》은 비록 아름답기는 하나, 예스럽고 난삽해서 이해하기가 힘들다고 말했습니다. 그 당시 저는《무악》만 듣고 이 곡을 듣지 못했는데, 지금 와서 비교해 보니, 과연 장홍의 말씀 그대로이군요."

말을 마치자 공구는 현금이 놓인 탁자 곁에 가서 앉더니 조심스럽게 줄을 퉁기면서 방금 들은《소악》을 연습해 보았다. 그것은 서투른 솜씨였으나 공구는 난생 처음으로 이 세상에서 가장 아름다운 곡을 탄주하고 있었다. 그는 단숨에 이 곡을 손에 익히지 못한 것이 원망스러운 듯, 악사가 싫증을 내도록 끈덕지게 묻고 지도를 구해 가며 한 소절 한 소절씩 연습했다.

제경공은 그가 미친 사람처럼 연주에 몰두하는 것을 보고 우스꽝스러웠는지 익살맞게 한 마디 던졌다.

"내일도 많은데, 뭘 그리 성급하게 구시오?"

그제서야 공구는 꿈에서 깨어난 듯, 퍼뜩 놀라 손을 멈추었다.

"추태를 용서해 주십시오. 너무도 아름다운 곡이라서, 제가……."

"하하! 이해하고 말고요. 과인도 공부자께서 이토록 《소악》에 심취하실 줄은 몰랐소이다."

공구는 악사를 돌아보고 사례의 뜻을 표했다.

"불초 공구, 오늘 좋은 가르침을 받아서 얼마나 기쁜지 모르겠습니다."

악사는 임금 앞이라 대꾸도 못한 채 몸둘 바를 몰랐다.

고씨 댁에 돌아와서도 그는 귓가에 남아 있는 여운을 떨쳐버릴 수가 없었다. 이토록 아름다운 곡을 듣게 된 행운을 기뻐하면서도 마음 한 구석에는 그것을 단숨에 익히지 못한 것이 안타깝기만 했다.

이로부터 그는 날이면 날마다 《소악》의 가락을 익히고 병창하는 법을 연습했다. 어떤 때는 잠자는 것조차 귀찮았고, 하루 세 끼 밥먹는 것도 달가운 생각이 들지 않았다. 하루하루 연습에 몰두 하다보니, 끼니 때 입으로 들어간 것이 채소인지 고기인지 구별도 못할 지경이었다. 음악에 깊이 빠져 고기 맛조차 잊어버린 것이다. 본인도 나중에 그것을 깨닫고 탄식해 마지 않았다.

"아아, 음악에 이토록이나 큰 매력이 담겼을 줄이야! 음악을 들으면 고기 맛조차 잊어버리는 경지에 다다를 수도 있구나."

세월은 덧없이 흘러, 계절이 바뀌어 가을철이 되었다.

어느 날, 제경공이 공구를 교외 사냥터에 초청했다.

오랜만의 나들이에 공구는 가슴이 탁 트이고 정신이 맑아짐을 느꼈다. 사냥터로 가는 도중 그는 여름 내내 익힌 《소악》의 가락을 흥겹게 읊조리면서 주변의 아름다운 경치를 마음껏 즐겼다.

수레가 산 아래에 다다르고 사냥 준비가 끝나자, 제경공은 활 잡은 손을 높이 흔들어 산택(山澤)을 관리하는 경험이 많고 능숙한 사냥꾼을 불렀다. 그런데 그 사냥꾼은 임금이 자기를 부르는 줄도 모르고 멍하니 먼 산만 바라보고 있었다.

제경공은 그 관리가 일부러 능장을 부리는 줄만 알고 노발대발하며 즉시 좌우에 호통을 쳐서 그를 잡아다 끌어오게 했다.

"네 이놈! 과인이 방금 불렀는데 어째서 모른 척하고 딴전을 부렸느냐?"

그러자, 그는 두려운 기색 하나 보이지 않고 이렇게 대답했다.

"선군(先君 : 제환공)께서 정해 놓으신 사냥 규칙을 보오면, 대부를 부르실 때는 손잡이가 구부러진 붉은 기〔曲柄旗〕를 흔드셨습니다. 또 군사를 부르실 때는 활 잡는 손을 흔들어 보이셨으며, 소신(小臣) 같은 사냥꾼을 부르실 때는 가죽 모자를 흔드셨습니다. 방금 신은 가죽 모자를 보지 못하고 활만 보았기 때문에 주공께서 군사들에게 신호를 보내시는 줄 알았지 소신을 부르시는 줄은 전혀 몰랐습니다. 그러하오니 주공께서도 너그러이 보아주소서!"

그 말을 듣고 난 제경공은 느껴지는 것이 있어 좌우 측근을 돌아보며 말했다.

"경들도 잘 보았는가? 선군께서 정하신 규칙을 임금이라고 해서 함부로 고칠 수 없는 법이다."

그리고 사냥꾼에게 한 마디 던졌다.

"너는 죄가 없다!"

곁에서 줄곧 지켜보던 공구는 이제 막 군후에게 사례하고 돌아가는 사냥꾼의 뒷모습이 멀리 사라질 때까지 바라보면서 감탄을 금치 못했다.

"이 세상에 안 계신 선군의 규정을 그대로 지켜 일을 처리하다니, 누가 저 사람더러 예를 모른다고 꾸짖겠습니까? 저 사람이야말로 국례

(國禮)의 모범이라 하겠습니다."

제경공도 같은 생각인 듯 고개를 끄덕였다.

이윽고 사냥이 시작되었다. 몰이꾼의 함성과 북소리가 요란하게 울리자, 온산 벌판에는 들짐승이 치닫고 하늘에는 날짐승이 푸드득 날아올랐다.

"어서 그물을 펼치고 화살을 먹여라!"

제경공의 명령이 떨어졌다. 보병과 기마대가 우렁찬 함성을 지르며 한꺼번에 달려나갔다. 벌판과 산자락은 삽시간에 먼지 구름으로 뒤덮였다.

저녁 무렵, 사냥꾼들은 날짐승과 들짐승을 수레 가득 싣고 귀로에 올랐다. 이튿날 조회가 열리자, 제경공은 문무 백관들이 운집한 가운데 공구의 박학 다식한 지식, 다재 다능하면서도 예법에까지 통달한 인품을 칭찬하면서 그에게 벼슬을 내리겠다고 선언했다.

"과인이 평소 유능한 인재를 아껴왔다는 것은 경들도 이미 잘 알고 있으리라 믿소. 그러나 공부자처럼 학문에 박대 정심(博大精深)한 인물은 별로 만나본 적이 없었소. 이제 과인은 이 사람에게 벼슬을 내리고자 하는데 경들의 생각으로는 어떤 관직을 맡기는 것이 좋겠소?"

안영이 그 작은 몸집에 풍신한 관복을 떨쳐가며 앞으로 나아가 아뢰었다.

"주군, 아니되옵니다. 공구와 같은 신출내기 선비는 아무런 경륜도 쌓지 못하고 겉만 번지르르할 뿐 실속이 없습니다. 그런 부류들은 공연히 저 잘난 척 우쭐대기만 하고, 눈에 보이는 것 없이 자기 주장만 옳게 여길 뿐, 자고로 남한테 머리를 숙이려 들지 않는 사람들입니다."

"그러나 공부자는 상국처럼 근검 절약을 내세웁디다."

"물론 입으로야 무슨 좋은 말인들 못하겠습니까? 하오나 실상은 그렇지 않습니다. 그네들은 허례 허식을 주장하고 근검 절약을 배척합니다."

"설마 행동과 말이 다를까……?"

"장례 치를 때 보십시오. 초상이 나면 그자들은 예를 갖춘답시고 재산을 물쓰듯 낭비하고 시신을 매장할 때쯤이면 집안 기둥이 기울어져도 아까워하는 법이 없을 정도로 가산을 탕진합니다. 이런 풍조가 만약 우리 제나라에 퍼진다면 얼마나 무섭겠습니까? 그런 부류들은 오직 날카로운 혓바닥 하나만 믿고 천하 구석구석 돌아다니면서 유세나 하고 남의 집 식객이 되어 밥을 축내며 흥청망청 세월만 보낼 따름인데, 나라를 다스리는 마당에 그런 자들을 어떻게 쓴단 말씀입니까?"

"나라를 다스리는 데 예법이 필요하지 않소?"

"주나라 초창기에 주공(周公)이 의례를 제정하여 어느 정도 역할을 했습니다만, 지금은 이미 세상 사람들에게 깡그리 잊혀져 남아 있는 것이 없습니다. 이제 만약 공구가 옛날 주공의 의례만 전적으로 내세운다면, 누가 그것을 알아주고 실천에 옮기려 하겠습니까? 주공의 의례 예절은 번거롭기만 할 뿐더러 융통성이라곤 눈꼽만큼도 없어 배우기는커녕 흉내내기조차 힘든 데다, 현실적인 문제를 해결해 주지도 못합니다. 공구가 이런 예법을 우리 제나라에 적용하겠다니 그야말로 오늘날 이 부강한 제나라를 5,6백년 전의 주 왕조 초창기로 되돌려 놓겠다는 발상이 아니고 무엇이겠습니까? 신은 생각만 해도 끔찍스럽습니다."

또 다른 대부 여서도 앵무새처럼 안영의 말을 받아 뇌까렸다.

"공구가 참으로 재능을 지녔다면 왜 고국인 노나라에서 뜻을 펼치지 않았겠습니까? 또 그런 재주를 가지고 어째서 노소공이 우리 나라에 망명해 오도록 내버려 두었단 말씀입니까?"

안영이 한 말은 공구의 약점을 예리하게 찌른 것이었다. 또 방금 여서가 한 항변도 그 나름대로 일리가 있는 말이었다. 이래서 제경공은 공구에게 관직을 맡기겠다는 뜻을 두 번 다시 제기하지 않았다.

안영에게서 한바탕 설교를 듣고 나서부터, 제경공은 공구에 대한 인식이 바뀌고 행동면에서도 차츰 소원해지기 시작했다. 처음에는 그래도 체면 때문에 공구를 대하는 태도가 예의 바르고 은근해 보였으나, 차츰 싫어하는 기색을 노골적으로 보이기에 이르렀다.

제경공은 공구를 불러 놓고 적당히 얼버무렸다.

"과인도 공부자와 정사를 함께 하고 싶은 마음이 어찌 없겠소? 그러나 노소공이 계손씨를 대우하듯 공부자님을 우리 조정에 모실 수가 없구료. 상경(上卿)으로 삼자니 대부들의 여론이 무섭고, 하경(下卿)으로 삼자니 차마 그럴 수도 없겠고……그래서 그 중간 자리나 만들어 드리기로 생각했소."

그 말을 듣는 순간 공구는 제경공의 태도가 달라졌음을 느낄 수 있었다.

궁궐을 나서면서 그는 제경공의 통보를 곰곰이 되새겨 보았다. 상경 자리도 아니고 하경도 차마 안 되겠다면 중대부(中大夫)로 삼겠다는 뜻이 분명했다. 그러나 그 말투에 냉담과 소원한 느낌이 가득 배어 있는 것을 보건대, 공구 자신에게 벼슬 자리를 줄 수 없다는 완곡한 표현임을 알 수 있었다. 그는 한숨이 절로 나왔다.

'아아, 다 틀렸구나! 제나라에서도 내 포부를 펼쳐보일 기회가 없다니……'

울적한 심사로 고씨 댁 문턱을 넘어선 그는 곧장 주인을 만나보고, 제나라를 떠나 귀국하겠다는 뜻을 밝혔다.

고소자는 펄쩍 뛰어가며 극구 만류했다. 공구는 마지못해 그대로 주저앉아 있기로 약속했다. 하기야 노나라에 돌아가 보았자 당장 무슨 수가 있는 것도 아니었다.

얼마쯤 시일이 더 지나서 공구는 다시 제경공을 만나보았다. 혹시나 마음이 바뀌지 않았을까 하는 일말의 기대를 걸고 찾아간 것이다. 그러나 제경공은 면전에다 대고 딱 부러지게 거절하였다.

"내 이미 늙은 몸이라, 기력도 달리고 정력도 고르지 못하오. 그래서 공부자와 더불어 개혁을 도모할 수가 없소이다."

공구는 조용히 물러나왔다. 조만간에 이런 날이 오리라는 것을 예상하고 있었기 때문에 뜻밖은 아니었어도, 절망과 비통한 감정만큼은 도저히 억누를 길이 없었다.

고씨 댁에 돌아와서 그는 주인이 눈치 못채게 제자들을 모아놓고 조용히 귀국할 차비를 차리게 했다.

노소공 27년에 오나라의 침공군이 초나라 영토 깊숙이 공격해 들어 갔다. 초나라 방어군은 궁(窮), 잠(潛) 양 지역에서 침공군을 저지하여 진퇴 양난에 빠뜨렸다.

그 소식을 전해 듣고서 공구의 근심 걱정이 늘어난 것은 말할 나위도 없었다. 이제 그가 예치(禮治)로 난세를 평정하려던 청사진은 노나라에서도 제나라에서도 통하지 않게 되었다. 그는 어쩔 수 없이 귀국하기로 결단을 내려야 했다.

그러던 어느 아침, 그는 주인 고소자가 입궐한 틈을 타서 제자들을 데리고 조용히 고씨 댁을 떠났다.

고국으로 통하는 큰길을 밟으면서 공구의 심정은 착잡하기 이를 데 없었다. 제나라에 올 때는 어렴풋이나마 기대하는 바가 있었지만 이제 돌아가는 길은 그저 아득하기만 할 뿐, 희망도 기대도 없었다. 그는 이 넓은 천하에 자신을 알아주는 이가 너무도 적다는 생각이 들었다. 그는 세상이 야속하기만 했다.

'이제 또 어디로 가서 지음(知音)을 찾아 본단 말인가!'

부지런히 길재촉을 하는데, 우연히 마주 오는 수레 한 대와 엇갈리게 되었다. 지나치는 눈길로 살펴보니, 수레 위에는 중년 남자 한 사람이 단정한 자세로 앉아 있었다. 얼핏 보아 체구는 보통이었으나, 선비의 옷차림에 미목(眉目)이 청수(淸秀)하고 몸가짐 또한 듬직하면서도 사뭇 점잖았다.

공구는 첫눈에 그가 교양을 상당히 갖춘 선비임을 알아보고 즉시 자로를 불렀다.

"중유야, 내가 보니 저 수레에 타고 계신 분은 도덕 있고 수양을 쌓은 군자가 분명하다. 냉큼 가서 뵙고 존함을 여쭈어 보려무나."

자로는 곧장 수레 앞으로 가더니, 두 손 모아 인사를 올리고 물었다.

"선생님, 어느 나라 선비이시오니까? 존함은 어찌 되시는지요?"

수레 위의 남자도 앉은 채 답례를 했다.

"저는 오나라의 계찰(季札)이외다."

계찰……? 공구는 속으로 거듭 새겨보다 하마터면 고함을 지를 뻔했다. 학문 지식이 연박(淵博)할 뿐 아니라 덕망 높은 군자로 사해 천하에 널리 명성을 떨치고 있는 사람이었다.

공구는 계찰에 대한 일화를 숱하게 듣고 있었다.

계찰이 사신의 직분을 띠고 중원 북방 여러 나라를 순방하는 도중 서(徐)나라를 지나게 된 때의 일이다. 서나라 군주는 사신을 맞아 환영 잔치를 베풀었는데, 그 자리에서 계찰이 차고 있던 패검을 보고 몹시 탐을 냈다. 그러나 체면상 달라고는 하지 못하고 그저 눈치만 살피고 있었다.

당시 예법에 따르자면, 일국의 사신은 항상 보검을 차고 다니게 되어 있었다. 그렇기 때문에 아무리 너그러운 사람이라도 남이 칼을 달라고 해서 함부로 풀어 줄 수 없는 형편이었다. 계찰은 그 무언의 요구를 눈치 채고 마음 속에 단단히 새겨두었다. 사명을 완수하고 오나라로 돌아가는 길에 보검을 서나라 군주에게 선사하기로 결심한 것이다. 그런데 뜻밖에도 일을 마치고 귀국 길에 들렀을 때, 서나라 군주는 이미 병으로 세상을 떠나고 없었다. 계찰은 후회스런 마음을 이기지 못하여 그 무덤에 가서 제사를 올린 다음, 보검을 풀어 무덤 곁 나뭇가지에 걸어 놓고 내려왔다.

어떤 사람이 그것을 보고 물었다.

"사람은 이미 죽고 없는데, 그 값비싼 보검을 나뭇가지에 걸어놓아 봤자 무슨 소용이 있겠습니까?"

계찰은 이렇게 대답했다.

"보검을 군후께 드리기로 결심한 이상, 그분이 돌아가셨다 해서 그 뜻을 바꿀 수는 없습니다."

이 소문이 퍼지자, 서나라 백성들은 계찰의 덕을 칭송하는 노래를 지어 방방 곡곡에 널리 전했다.

연릉(延陵)의 계자(季子)여,
그는 참된 벗이로다!
보검의 값이 천금이라는데,
남의 무덤에 선뜻 걸어놓았네.

계찰의 일화가 한 토막 한 토막 뇌리에 스쳐 지나가는 사이에, 공구는 이미 수레에서 뛰어 내려 그 앞으로 다가가고 있었다.

공구는 깊숙이 허리 굽혀 예를 베풀었다.

"노나라 공구, 대부님의 크신 이름을 우러러 흠모한 지 오래였사온데 오늘 뜻하지 않게 이렇듯 만나뵙게 되다니 불초 공구의 행운이요 실로 영광스러움을 이기지 못하겠습니다."

공구의 이름을 듣자 계찰도 황망히 수레에서 내려와 정중하게 답례했다.

"공부자님의 쟁쟁하신 명성을 진작에 듣고 이 계찰도 상면하지 못함을 한스럽게 여겼는데 오늘 천행으로 뵙게 되다니 참으로 하늘이 계찰에게 조화를 부린 듯하오이다."

그는 자기 등 뒤에 서 있는 영준한 청년을 가리키면서 말을 이었다.

"이 아이는 제 맏아들 계의(季毅)라고 합니다. 아비를 따라다니면서 스승을 구하던 중인데, 오늘 이렇게 공부자님을 만났으니 이야말로 하늘이 내리신 인연이라 하겠습니다. 저 역시 이 아이를 공부자님께 보내어 가르침을 받게 할 생각이었으니 부디 사양치 마시고 거두어 주시지요."

아들 계의(季毅)도 어지간히 눈치 빠르고 영리한 청년이었다.

"불초 제자 계의가 사부님을 뵙겠습니다!"

생각지도 않던 제자를 얻게 되자 공구는 계찰을 바라보며 빙그레 미소를 지었다.

"제 이름만큼 실덕(實德)이 따르지 못할까 두렵습니다. 공연히 남의 귀한 자제분을 그르칠까 걱정스럽기도 합니다."

"무슨 그런 말씀을! 제가 보건대, 지금 공부자님 본인은 둘째 치고 문하 제자분들의 명성만으로도 일세를 뒤덮으리라 생각됩니다."

공구는 계찰에게서 여러 가지 예의 범절과 오나라 풍속에 대해서도 가르침을 구했다. 계찰은 자신이 아는 한 낱낱이 대답해 주었다. 그리고 두 사람은 아쉬운 마음으로 작별을 나누었다.

계찰은 계의를 데리고 제나라로 떠났다. 노나라를 거쳐 귀국할 때 아들을 공씨 문하에 들이기로 한 것이다.

공구도 제자들을 데리고 길에 올랐다. 사흘이 지나 노나라 도성 곡부 근처에 다다랐을 때였다. 갑자기 뒤에서 쾌마 한 필이 공구 일행을 쫓아왔다.

허겁지겁 뒤쫓아 달려온 기수는 뜻밖에도 계찰을 수행해 갔던 오나라 병사 중의 하나였다.

"공부자 어른께 아뢰오! 계찰 대감의 아드님이 영박 땅에 이르러 급환으로 세상을 떠나셨습니다. 대감께서 소인을 보내 공부자님께 상(喪)을 알려드리라 하셨습니다."

뜻하지 않은 흉보에 공구는 아연 실색하고 말았다. 모처럼 훌륭한 제자를 한 사람 얻었는가 했더니 가르쳐 보기도 전에 잃어버린 것이 아닌가! 그는 즉석에서 자로와 민손 등 몇몇 제자만 수행원으로 남겨두고 나머지 학생들은 모두 예정대로 귀국시킨 다음, 온 길을 되돌아 영박으로 달려갔다. 짧은 시간이나마 사제지간의 인연으로 맺어진 계의에게 영별을 고하기 위해서였다.

여행 길이라 장례식은 간단하게 치러졌다. 아버지 계찰은 저고리를 풀어 왼팔뚝을 드러낸 채 사랑하는 아들의 무덤을 쓸어주면서 슬픔에 겨운 목소리로 흐느꼈다.

"얘야, 이날 이 때껏 감기 한 번 앓지 않고 튼튼하던 네가 어떻게 하루 아침에 죽는단 말이냐? …… 미안하구나. 고향 땅에 묻어 주지 못하고 이국 타향 낯선 곳에 잠들게 하다니…….

"고정하십시오, 계 대부님. 이것도 운명인가 봅니다."

공구는 비통한 기색으로 계찰을 위로했다.

"훌륭한 스승을 섬기게 되었다고 그토록이나 좋아하더니……녀석의 얼굴이 눈에 선합니다그려…….

아버지는 잔뜩 쉬어 갈라진 목소리로 허탈하게 중얼거렸다.

장례를 마친 후, 계찰은 공구를 비롯한 조객들에게 일일이 감사의 뜻을 표한 다음 다시 여로에 올랐다.

공구 역시 온 길을 되밟아 곧바로 고국 도성까지 수레를 치달렸다. 집에 돌아와 보니 또 다른 비보가 그를 기다리고 있었다. 위(衛)나라 처가댁에 살던 이복형 맹피(孟皮)가 세상을 떠났다는 소식이었다.

공구는 신체 장애를 극복하고 정상인으로 떳떳이 살아 온 맹피를 존경했다. 남다른 환경에서 공씨 형제의 우애는 누구보다 깊고 두터웠다. 이제 그 형을 잃었으니, 공구는 새삼 고아가 된 것같았다.

그러나 공구는 가장이었고 마냥 비통에 잠겨 있을 수만은 없었다. 그는 위나라에 있는 조카를 데려왔다.

공구는 옛날처럼 다시 학당을 열고 제자들을 가르치기 시작했다. 여느 때처럼 제자들과 이야기를 나누고 있었는데 느닷없이 안로가 헐레벌떡 찾아왔다.

"사부님, 소식 들으셨습니까? 길에서 사람들이 수군대는데, 오나라 공자 광(光)이 자객을 시켜 오왕 요(僚)를 죽이고 자신이 왕위에 올랐답니다."

"아아, 말세로구나!"

공구의 입에서 한숨이 흘러나왔다.

"대부 계찰은 그토록이나 겸양을 했는데 공자들은 어쩌자고 그리도 탐욕스럽단 말이냐? 피붙이끼리 죽이고 죽다니, 정말 인간의 속마음은 헤아리기 어렵구나. 계 대부는 제나라에 사신으로 가 계시니 그 일도 모르시겠지? 불쌍한 양반……."

"제가 보건대 머지 않아 곧 아시게 될 겁니다."

안로의 말을 들으면서 공구는 또 깊은 상념에 빠졌다.

오나라의 왕 수몽(壽夢)에게는 네 아들이 있어 맏이는 제번(諸樊), 둘째는 여제(餘祭), 셋째는 여매(餘昧), 그리고 막내가 계찰이었다. 수몽은 당초 막내 계찰을 후계자로 세우려다 거절당하고 부득이 맏아들 제번에게 왕위를 물려주었다. 제번은 둘째 아우 여제에게 양위하고, 여제는 또 셋째인 여매에게 왕위를 전했다. 계찰이 왕위를 받지 않으려고 은둔하자 여매의 아들 공자 요가 그 기회를 틈타 왕위를 차지했다.

그런데 맏이 제번의 아들 공자 광은 서열로 따져서 자기가 당연한데,

사촌 아우에게 빼앗긴 후 깊은 원한을 품었다. 그래서 기회를 엿본 끝에 자객 전제(專諸)를 솜씨 좋은 요리사로 분장시켜 궁중에 들여보냈다.

어느 날 궁중에서 잔치가 열리게 되자 전제는 먹음직스럽게 구운 생선 뱃속에 날카로운 비수를 감춰두고 왕의 요리상에 갖다 바치고 나서, 순간적인 기회를 틈타 생선 뱃속의 비수를 꺼내 오왕 요를 찔러 죽였다. 이리하여 공자 광이 왕위를 탈취했는데 그가 바로 오왕 합려(闔閭)인 것이다.

너댓새가 지난 후 제나라에 사신으로 갔던 계찰이 아무런 연락도 없이 불쑥 노나라로 공구를 찾아왔다.

"이번에 사신 임무를 중단하고 서둘러 돌아온 것은 공부자님을 만나뵙고 싶어서였소."

"무슨 어려운 일이라도 생기셨습니까?"

공구는 조심스레 묻자 계찰은 탄식 섞인 목소리로 대답했다.

"공부자님도 아시겠으나, 지금 우리 나라에서는 내 조카가 제 사촌을 죽이고 왕위를 빼앗았습니다. 이제 저는 귀국하는 길로 죽은 임금에게 제사를 지낸 다음, 곧바로 제 영지인 연릉(延陵) 땅에 은둔하여 다시는 세상에 나오지 않을 작정입니다. 그래서 마지막으로 공부자님을 뵙고 떠나려 이렇게 찾아온 것입니다."

"대부님처럼 재능이 출중하신 분께서 나라를 위해 힘쓰지 않으시고 은거하시다니, 너무 안타까운 일입니다."

계찰은 망연 자실한 눈빛으로 하늘을 바라보면서 한숨을 지었다.

"조카 광이 올바르지 못한 수단으로 임금의 자리를 빼앗은 이상, 앞으로 얼마나 많은 재앙을 끼칠지 두렵습니다. 이런 판국에 또 제가 그놈을 위해서 힘을 쓴다면 결과적으로 폭군의 학정을 도와주는 꼴밖에

되지 않겠습니까?"

"옳은 말씀입니다…… 부디 몸조심하십시오."

공구의 목소리가 격해졌다.

"공부자님도 건강하시기를……!"

계찰은 귀국 직후 오왕 요의 무덤에 제사를 지낸 후 공구에게 다짐한 대로 연릉 땅에 은둔했다. 새로 왕위에 오른 합려가 아무리 사람을 보내 간청해도 그의 마음은 움직이지 않았다. 한편 어수선한 나라 꼴이 한심하기도 하고 걱정이 된 공구는 큰 마음 먹고 계평자를 찾아가 운읍에 망명중인 노소공을 모셔오도록 간청했다. 그러나 계평자는 펄쩍 뛰면서 절대 허락하지를 않았다.

그러던 어느 날, 공구는 울적한 기분을 달랠 겸 제자들과 집을 나섰다. 도성 곡부에서 남쪽 60여리 떨어진 곳에서 노나라의 부용국 주나라가 있는데, 이 나라는 그리 크지 않았으나 지형상 기막힌 곳에 자리잡고 있었다. 남쪽으로는 험준한 산맥이 병풍처럼 둘러 있고, 배후에도 역산을 등지고 있을 뿐 아니라 동서 양편에도 성벽을 산맥과 잇대어 쌓아 천연 장애와 인공을 교묘하게 배합시킨 이상적인 분지(盆地)를 이루고 있었다.

공구 일행이 국경을 넘어서니 주나라 임금 장공(莊公)이 미리 알고 영접차 내보낸 관원들이 기다리고 있었다.

뜻밖의 환대를 받게 되자, 공구는 다급하게 해명을 했다.

"저는 그저 학생들을 데리고 역산 구경이나 하려고 왔을 뿐입니다. 그런데 귀군(貴君)께 이런 번거로움을 끼쳐드리게 되다니, 송구스럽기만 합니다."

관원이 주장공에게 돌아가서 공구의 뜻을 아뢰자, 임금은 공구 일행에게 길잡이를 한사람 딸려 주었다.

공구는 역산 아래 이르러 수레에서 내렸다.

역산 정면 비탈에는 등산객이 많은 탓인지 오르는 길도 세 갈래였다. 동쪽 길은 산 밑따라 동봉(東峰)을 감돌아 오른 다음, 다시 그 서편 주봉(主峰)으로 꺾여 오르는데, 산길도 구비구비 심한 데다 해묵은 고목 숲과 거대한 암석에 가리워서, 길이 끊겼나 싶어 다가가 보면 다시 이어지곤 했다.

서쪽 길은 산등성이를 곧바로 타고 오르는 길인데 화강암을 쪼아 만든 돌계단이 가냘프게 놓여 마치 구름 사다리를 딛고 하늘에 오르는 기분이었다. 가운데 길은 산 밑에서 계곡을 따라 곧바로 주봉까지 올라가는데 울창한 숲에 가리워져서 하늘도 보이지 않고 반들반들 매끄러운 바위를 쪼아 발딛는 곳을 숱하게 많이 만들어 놓았다.

공구는 이리저리 둘러본 끝에 동쪽 길을 택했다. 산을 오르는 동안, 일행은 엄청난 장관에 압도되어 연신 탄성을 질렀다. 절벽은 오색 영롱한 보석처럼 반짝이고, 바위 틈서리에 샘물이 졸졸 흘러나오는 소리, 숲 너머 깊은 골짜기에는 시냇물이 말발굽 치달리듯, 종과 북을 한꺼번에 두드리듯 우렁찬 소리로 메아리치고 있었다.

산허리 절반쯤 올랐을까, 공구는 집채만한 동굴에서 찬바람이 서늘하게 쏟아져 나오는 것을 보고 발걸음을 멈추었다.

"얘들아, 어떠냐? 이 동굴을 학당으로 삼는 것이."

길 안내를 하던 주나라 사자가 빙긋 미소를 띠었다.

"저쯤은 별 것 아니지요. 이 역산에는 동굴이 말도 못하게 많습니다. 제일 큰 것은 수백 명이 들어앉아도 바깥에서는 전혀 알아볼 수 없답니다."

공구는 그의 말에 이끌려, 재빠르게 산을 오르기 시작했다.

동쪽 봉우리에 거의 다 올라서 그는 온갖 형태로 생긴 먹돌이 무더기로 쌓인 것을 보고 다시 걸음을 멈추었다.

"그것 참 이상하군. 여기 바윗돌은 어째서 하나같이 먹물을 끼얹은 것처럼 새까맣게 생겼소?"

안내자가 고개를 내둘렀다.

"왜 이렇게 묘하게 생겼는지 아는 사람은 하나도 없습니다."

"이것 보게. 바윗돌이 저절로 자라난 모양일세!"

공구는 기암 괴석들이 크든 작든 하나같이 외따로 선 것을 보고 혼잣말처럼 중얼거렸다.

안내자가 또 빙그레 웃었다.

"돌이 대나무도 아닌데, 어떻게 저절로 싹트고 자라겠습니까? 전설에 따르자면, 왕년에 여와씨가 오색 바위 덩어리로 하늘을 메꾸었을 때 쓰고 남은 돌이랍니다. 보시다시피 바윗돌이 모두 둥글둥글하게 생겨서, 비바람이 불 때마다 인간 세상에 굴러 내려가 큰 피해를 입히곤 해서, 서왕모(西王母)님이 하늘 나라 장병들을 보내 둥글 바위를 여기다 옮겨 모아놓게 했는데, 그것이 쌓이고 쌓여서 지금 이 역산이 되었답니다."

아름다운 전설이었다. 얘기에 흠뻑 빠진 공구는 입술 언저리에 흐뭇한 웃음으로 주름살이 잡혔다.

"공부자님, 저것 좀 보십시오!"

안내자의 손길이 기둥처럼 하늘로 곧게 솟구친 검정 바윗돌을 가리켰다.

"저것이 서왕모님의 흑옥(黑玉) 비녀랍니다."

"하하하!"

근엄하던 공구의 얼굴이 허물어지면서 통쾌한 웃음이 터져나왔다.

산골짜기에는 야생화가 한창이었다.

동쪽 봉우리 정상에 올라 뒷산 비탈을 굽어보니, 짙푸른 소나무 숲이 산 아래까지 시원스럽게 내리 뻗었다. 싹 터 나온 이파리에 소나무 특유의 송진 냄새가 짙게 풍겨 나왔다. 북편 하늘을 바라보니 노나라 도성이 밥짓는 연기에 자욱하게 덮여 있었다.

맑고 차가운 공기를 몇 모금 깊숙이 들여마신 후, 공구는 감개 무량한 표정으로 중얼거렸다.

"옛날 사람들이 '높은 산에 올라 멀리 내다보라(登高望遠)' 하셨는데, 그 말이 과연 옳구나. 여기 올라서 내려다보니, 저 큰 노나라조차도 작아 보이는구나!"

높은 산봉우리는 그의 안목을 활짝 열어 주었다. 또 그의 머리 속에는 전혀 새롭고도 원대한 이상을 불어넣어 주었다. 퍼뜩 떠오른 영감(靈感), 그것은 공구에게 또 하나의 새로운 관념을 탄생시켰다..

11
태산에 오르다

역산 정상에서 탁 트인 안목, 자신감, 풍부한 상상력을 얻게 된 공구
는 이번에는 태산(泰山)에 오르기로 결심했다. 그는 집에 돌아오자 본
격적인 여행 준비를 갖춘 다음 태산으로 출발했다.

봄철의 태산은 온통 생기가 넘쳐흘렀다. 한겨울을 보낸 나무들은 여
린 떡잎을 피어내는가 하면, 촉촉히 젖은 풀밭에는 어린 새싹들이 움터
나오고 있었다. 하늘에는 온갖 새 떼가 날고, 땅 위에는 뭇 짐승들이 거
침없이 뛰놀고 있었다.

공구는 태산 밑에 다다르자, 수레를 버리고 걷기 시작했다. 교묘하게
생긴 바윗돌, 괴수처럼 웅크린 고목, 향그러운 풀섶, 오색 영롱한 꽃나
비 떼의 날개는 반대편이 내다보이도록 얇고 가냘팠다.

산허리쯤 올랐을 때는 너나 할 것 없이 이마에 땀방울이 송글송글 맺
혔다. 공구는 가쁜 숨을 가라앉히면서 바람결에 파도치는 솔잎 소리에

귀 기울이고, 멀리 계곡 아래로 쏟아져 내리는 폭포수를 바라보았다.

태산은 모든 것이 정말 너무 아름답고 조화롭게 꾸며진 자연의 세계를 그대로 보여주고 있었다.

'주나라 천자의 예치가 만약 이 봄바람처럼 아무 근심 걱정없이 불어와 만물을 재촉하여 꽃을 피우고 나무를 자라게 만들 수만 있다면 얼마나 좋으랴? 그럼 내 이상은 저 폭포수처럼 거침없이 쏟아져, 대지의 자양분이 되고 만물을 살찌우련만! ……'

그는 이것이 현실과 동떨어진 공상에 지나지 않는다는 것을 잘 알고 있었다. 사회에서 필생의 사업을 이룩하려 할 때 고통스러운 노동과 무거운 대가를 지불하지 않고서는 절대로 목표에 도달할 수가 없다. 정상을 향해 한 걸음씩 오를 때마다 일정한 힘을 소비하지 않으면 안 되는 것과 같은 이치이다.

자로와 안로가 줄곧 스승의 호위를 맡았다. 이따금씩 손을 내밀어 부축해 줄 때도 있었다. 또 그럴 때마다 공구는 부축하려는 제자들의 손을 밀어내곤 했다.

"이러지들 말아라. 제각기 힘써서 올라가면 되지 않느냐?"

정상에 오르니 산둘레는 온통 구름이었다. 공구는 산허리 중턱을 휘감고 흐르는 구름 바다를 내려다 보았다. 자신이 하늘에 가까워진 듯한 느낌마저 들었다. 손을 내밀면 잡힐 듯하면서도 잡히지 않는 쪽빛 하늘이 원망스럽기까지 했다. 그는 펑퍼짐한 바위에 올라서서 천공을 훨훨 날아다니는 신선이라도 된 듯 몇 바퀴 맴을 돌아보았다. 그러다가 문득 발을 멈추고 한숨을 내쉬었다.

"먼젓번 역산에 올랐을 때는 노나라 천지가 작게 보이더니, 이제 태산에 올라오니 온 천하가 작아 보이는구나. 정말 '등고망원(登高望遠)'이구나!"

공구는 정상에서 학생들과 더불어 동서 남북을 두루 돌아보면서 뭇 경치를 두 눈에 가득 담았다. 해가 서편으로 기울 무렵, 일행은 온 길을 되밟아 내려왔다.

돌아오는 길에 이들은 괴상한 사람과 맞닥뜨렸다. 백발이 성성한 노인이 가죽 저고리를 걸치고 흰 띠를 두른 채 오현금을 뜯으면서 목청 높여 노래를 부르는데, 얼른 보아서는 미친 사람 같기도 하고 바보 멍청이 같으면서도 그게 아니었다. 노랫가락은 폐부 깊숙한 데서 뿜어 나오고 얼굴에는 무엇이 그리도 좋은지 의기 양양한 기색이 넘쳐 흘렀다.

공구는 하도 이상해서 수레에서 내려 물었다.

"선생님, 어디 사시는 뉘십니까? 무슨 일로 길 한복판에 서서 그처럼 기분좋게 노래를 부르고 계십니까?"

노인장이 대답했다.

"나는 영계기(榮啓期)라 하오. 기분 좋은 일이 너무 많아서 가장 마음에 드는 일을 꼽으라고 한다면 세 가지씩이나 된다오."

"그 첫째가 무엇입니까?"

"하늘이 만물을 내었으되, 그 중 사람을 가장 귀하게 만들었소. 내가 짐승이 아니라 다행히 사람으로 태어났으니, 이게 가장 마음에 드는 일이외다."

"두번째는 무엇입니까?"

"사람이 한평생 살아 있는 동안 남녀 구별이 있으되, 남자는 존귀하고 여자는 비천하지 않소? 그런데 나는 다행히도 남자로 태어났으니, 이것이 내게 두번째로 마음에 드는 일이오."

"세번째는 어떤 것입니까?"

"인간의 수명이란 자기 마음대로 되는 것이 아니오. 어떤 사람은 해와 달처럼 오래 살면서 죽는 법이 없으되, 어떤 사람은 강보에서 떠나기도 전에 죽어 버리기도 하오. 나는 아흔 다섯 해나 살았으면서도 여전히 건재하고 이렇게 현금도 뜯어가며 우렁찬 노래도 부르지 않소?

이것이 내게 세번째로 기분 좋은 일이외다. 가난은 유식한 선비나 시골 무지렁이에게나 보편적으로 존재하는 현상이오. 죽음이란 누구에게나 수명의 종말을 의미하는 거요. 나는 보통 사람들처럼 이 세상에 살아갈 수도 있고 또 보통 사람들처럼 죽을 수도 있으니, 여기에 근심 걱정할 일이 더 어디 있겠소?"

말을 마치자, 노인은 더욱 기분이 들뜨는지 목청을 한껏 돋우어가며 현금 가락에 맞추어 노래를 부른다.

공구는 학생들을 돌아보며 이렇게 말했다.

"너무도 좋구나! 이 노인장이야말로 자신을 안위(安慰)할 줄 아는 분이 아니신가!"

집에 돌아와서 공구는 영계기 노인의 말을 곰곰이 되새겨 보다가 퍼뜩 깨닫는 바가 있었다. 어쩌면 그 말은 자기더러 들으라고 한 충고일 수도 있었다.

'그분은 날더러 학문 추구에 집착하지 말고 주어진 분수에 만족하여 그 즐거움이나 길이 누리라고 계시한 것은 아닐까……?'

혼잣말로 중얼거리던 그는 주먹을 불끈 쥐면서 도리질을 했다.

'그럴 수는 없는 일, 무슨 일이 있더라도 반드시 내가 세운 저 웅대한 목표를 향해서 걸어 나가고 말 것이다!'

웅대한 목표, 그것은 공구에게 있어서 평생의 사업이었다. 혼신의 힘을 다 기울여 열국 제후들로 하여금 주나라 천자에게 충성을 바치도록 권면하고 '천하위공(天下爲公)'의 이상을 실제로 구현하는 일이었다.

무슨 방법으로든지 사다리를 하나하나 엮어가고 계단을 한 층 한 층씩 쌓아가면서 끝내는 보탑의 정상에 오르고야 말리라! 단단히 결심했다. 하지만 그 작업은 매우 어렵고 힘든 작업이었다. 손바닥 하나만으로는 소리가 나지 않는 것처럼, 그는 자신의 힘이 너무 외롭고 미약하다는 것을 뼈저리게 느꼈다.

그런 중에서나마 재능이 출중한 학생들이 많이 모여 들어 자기 뜻과 포부를 전할 수 있다는 것이 다행이었다. 제자들이 장차 자기와 더불어 마음과 힘을 합쳐 높고 튼튼한 계단을 쌓아 갈 수 있으리라 믿어 의심치 않은 공구는 자신의 교육 사업을 발전시키기로 결심했다. 그러기 위해서는 학생들을 더 많이 받아들여야 했다.

다음날, 공구는 거실로 쓰던 서쪽 채를 허물어 교실을 몇 칸 더 늘렸다.

이때부터 그는 초당에 늘 기거하면서 날마다 학생들을 가르치기 시작했다. 그가 주로 쓰는 교수법은 계발식(啓發式)이었다. 그것은 학생들 스스로 문제를 제기하도록 계발하고, 다시 학생들이 자신의 문제에서 해답을 끌어낼 수 있도록 계발해 주는 방법이었다.

어느날 정원을 서성거리며 어떻게 하면 학생들을 재목감으로 길러낼 수 있을까 골몰하는데, 아들 공리가 다가왔다.

공구가 아들에게 물었다.

"너는 《시전》을 배웠느냐?"

공리는 걸음을 멈추고 낮은 목소리로 대답했다.

"아직 안 배웠습니다."

"《시전》을 배우지 않았다면 대화를 할 수 없다."

그날부터 공리는 열심히 《시전》을 배우기 시작했다. 그는 배울수록 흥미가 붙어 제법 여러 수를 줄줄 외우고 그 뜻을 헤아렸다.

얼마쯤 시간이 지나서 공구가 또 홀로 정원에 서성거리고 있는데, 아들이 조심스럽게 다가왔다.

공구는 물었다.

"얘야, 너 《예전》을 배웠느냐?"

"아직 안 배웠습니다."

"《예전》을 배우지 않았으면 사람된 도리를 알지 못하고 사회에 발붙일 수 없게 된다."

이후, 공리는 열심히 《예전》을 배우기 시작했다.

아들이 학문에 몰두하는 모습을 눈여겨보면서, 공구는 진정으로 기쁨을 이기지 못했다. 그래서 피곤한 줄도 지치는 줄도 모르게 더욱 힘써 제자들을 가르쳤다.

노소공 28년, 진(晉)나라 위서(魏舒)가 당시 정권을 휘어잡고 제멋대로 횡포를 부리던 경대부 기씨(祁氏)와 양설씨(羊舌氏)의 세력을 차례로 멸문시키고, 기씨의 영지를 7개 현(縣)으로 양설씨의 영지를 3개현으로 나눈 다음 현명하고 유능한 선비를 가려뽑아 현관(縣官)으로 임명해 보냈다.

공구는 그 소식을 듣고 찬탄했다.

"위서가 한 방법은 아주 훌륭하구나! 가까이 하면서도 친함을 잃지 않고 멀리 하면서도 민심을 잃지 않았으니, 이야말로 의리에 합치되는 처사라 할 것이다(近不失親, 遠不失衆, 是合乎義矣)."

그는 평소에도 인의와 예치를 실행하는 사람이라면 누구나 뜻을 같이하는 동지로 보아왔다. 이제 위서가 의리에 맞는 정책을 결행하였다는 소식을 듣고 그는 이상할 정도로 흥분하여, 며칠동안 줄곧 사람을 만날 때마다 입에 침이 마르도록 칭찬을 아끼지 않았다.

이날도 공구는 학생들에게 《예전》을 가르치면서 입버릇처럼 위서에 대한 칭찬을 늘어놓았다.

성미 급한 자로가 도대체 이해할 수 없는지, 스승에게 물었다.

"사부님, 요 며칠 동안 줄곧 위서를 칭찬해 오셨는데, 도대체 그 분이 얼마나 큰 공적을 세웠습니까?"

공구는 흥분을 누르지 못하고 빙그레 웃었다.

"기씨와 양설씨 두 가문은 어질지 못하고 의롭지 못한 무리들이었다. 그런데 위서가 이들을 멸망시켰으니, 이는 바로 '하늘을 대신하여 의를 행했다(替天行道)'고 보아야 할 것이다. 더구나 지금 그분은 두 가문의 토지를 열개 현(縣)으로 나누어 어질고 유능한 선비를 가려뽑아 임명하고 다스리게 했다. 그 안에는 자기 아들도 포함시켰는데, 이는 '인재를 잘 알아보고 적절히 쓸 줄 안다(知人善任)'는 것이다. 천하에 위서와 같은 현명한 사람이 있으니, 내 어찌 기쁘지 않겠느냐?"

자로가 스승의 속마음을 더듬어 보려는 듯 다시 물었다.

"그렇다면, 진(晉)나라에 큰 희망이 있단 말씀입니까?"

"진나라에는 현인이 많이 있었다. 만약 백화(伯華)가 지금까지 살아 있다면, 천하는 벌써 오래 전에 잘 다스려졌을 것이다."

자로는 갈수록 요령 부득이라, 또 질문을 던졌다.

"백화는 어떤 사람입니까? 불초 중유도 그 분을 알고 싶으니 스승님께서 가르쳐 주십시오."

"그분은 어릴 때부터 총명을 드러내고 또 학문을 좋아했으며 장년이 되어서는 용맹성이 뛰어났으며, 노후에는 수양이 있으면서도 어진 이를 예로써 대하고 선비에게 자신을 낮추어 보였다. 이 세 가지 덕을 가지고 천하를 다스린다면 무슨 어려움이 또 있겠는가?"

"어려서 학문을 좋아하고 장년이 되어서 용맹을 갖춘다는 것은 누구나 쉽사리 할 수 있는 일입니다만, 도덕을 지닌 분이 오히려 남에게 자신을 낮추어 보인다니, 누가 그런 일을 할 수 있겠습니까?"

자로가 끈질기게 묻자, 스승은 차근차근 일러 주었다.

"중유야, 네가 모르는구나! 남이 말하기를 '다수로 소수를 공격하면 쳐서 이기지 못할 것이 없다(以衆攻寡, 攻無不克)'라고 했다. 마찬가지로, 존귀한 신분을 지니고도 어진 이를 예로써 대하고 선비에게 자신을 낮춘다는 것은 천하의 현인(賢人)이라면 누구나 다 할 수 있는 일이다. 옛날 주공께서 성왕을 보필하실 때, 그분은 벼슬이 최고의 품계에 오르고 천하의 모든 정사를 도맡아 행하셨다. 그처럼 높은 지위, 그처럼 막강한 권력을 지니시고도, 그분은 미천한 출신의 어진 이와 선비를 매우 중하게 여기시고 하루에도 1백 70여 명을 만나 보기까지 하셨다. 그분이 어째서 그렇게 하셨을까? 바로 좋은 재목감을 가려 뽑아 중히 쓰기 위해서였다. 사실 덕을 갖춘 사람이라면 누구나 어진 이를 예로써 대하고 선비에게 자신을 낮출 수가 있다."

공구의 가르침이 막 끝날 무렵, 안로가 뛰어와서 급한 일을 알렸다.

"스승님, 방금 소문을 들었는데 운읍에 계시던 소공(昭公)께서 진(晉)나라 건후(乾侯) 땅으로 옮겨 가셨다 합니다."

공구의 입에서는 장탄식이 흘러나왔다.

"옛 말씀에 '나라에는 하루도 임금이 없으면 안 된다' 하였는데, 이제 주군께서 고향을 등지고 타향에 떠도는 신세가 되셨구나! 계손씨가 정권을 독차지하고 제 마음대로 휘두르니, 백성들은 단 하루도 마음 놓고 살아가지 못하는데, 이런 국면이 언제 끝이 날까?"

스승의 탄식을 듣고 자로가 어깨를 부르르 떨더니 이렇게 말했다.

"사부님, 잠깐만 기다려 보십쇼! 제가 상국 부중으로 뛰어들어가서 계평자란 놈을 단주먹에 때려 죽이고 말겠습니다. 그 다음에 주공을 모셔 온다면 우리 노나라도 무사 태평할 게 아닙니까?"

공구는 당황하여 좌우를 둘러본 다음, 발끈 호통 쳐서 꾸짖었다.

"중유야, 허튼 소리 지껄이지 마라! '호랑이가 제 아무리 사나울지언정 이리 떼를 당해내지 못한다'는 말도 못 들어봤느냐? 네가 팔 다리가 여섯 개 달리고 머리가 세 개 달렸다 하기로소니, 상국의 정예병 수천 명을 무슨 수로 당해내겠단 말이냐? 하물며 토끼란 놈도 굴을 세 개나 파놓고 산다는데, 계손씨도 자기 부중에 겹겹으로 방어선을 쳐놓고 있을 것이다. 그걸 무슨 재주로 뚫고 들어간단 말이냐! 또 한 가지, 일단 싸움이 벌어지면 해를 당할 사람은 누구보다 먼저 죄없는 병사들과 백성들이 될 것이다."

호된 꾸지람을 들은 자로는 억울한 심사를 못 이기겠는지 들릴락말락한 소리로 투덜거렸다.

"설마하니 그자를 제멋대로 굴게 그냥 내버려둘 생각은 아니시겠습죠?"

공구는 마음을 가라앉히고 차분히 대답했다.

"기다려 봐라. 내 상국 부중에 들어가서 권유해 보마. 계손씨더러 진나라에 사절을 보내 주공을 모셔 오도록 말이다."

"그자가 말을 안 들으면 어쩌실랍니까?"

"그 사람도 목석이 아닌 바에야 제 고집만 내세우겠느냐? 이해 득실을 따져가며 좋은 말로 설득하면 마음이 움직일 게다."

제자에게 대답하는 동안, 그의 뜻도 결정되었다.

"외출할 차비를 하여라!"

자로는 냉큼 나가서 수레를 대령했다. 그리고 손수 견마잡이를 맡았다.

상국 부중에 당도하니, 문지기가 공구를 알아보고 즉시 안채에 알리러 들어갔다. 잠시 후, 뜻밖에도 계평자가 투실투실 살찐 몸뚱이를 이끌고 친히 마중을 나왔다.

"공부자님께서 오셨는데, 미리 영접을 나오지 못해 실례가 많소이다. 아무쪼록 양해해 주시오."

공구는 속으로 어리둥절했다. 언제 보아도 거만한 태도로 남을 깔보기만 하던 사람이 오늘 따라 얼굴에 함박웃음을 띄고 직접 마중을 나오다니, 이야말로 해가 서쪽에서 뜰 판이 아닌가? 그는 의아한 기색으로 답례를 건넸다.

"미리 연락도 없이 찾아와서 상국 대감께 번거로움을 끼쳐 드렸습니다."

"원 별 말씀을! 자아, 안으로 들어갑시다."

대청에 자리잡고 앉은 다음, 계평자는 실눈을 가늘게 뜨고서 물었다.

"공부자께서 무슨 가르침을 내리시려고 이렇듯 친히 왕림하셨소이까?"

공구는 말을 돌리지 않고 단도 직입으로 용건부터 꺼내놓았다.

"우리 군주께서 나라 밖으로 떠나신 지 벌써 여러 해가 되었습니다. 이제 군주 없는 나라를 이대로 내버려 둔다면, 국세(國勢)는 하루가 다르게 쇠약해 질 것이고, 일단 외부의 적이 쳐들어 오기라도 하는 날이면 그 뒤에 미칠 결과는 상상도 못하게 될 것입니다."

계평자의 얼굴에 웃음기가 싹 가시더니 퉁명스런 어조로 다시 물었다.

"공부자님, 설마 날더러 소공을 다시 모셔오라는 말씀은 아니지요?"

공구는 앉은 그대로 허리를 굽혀 보였다.

"제 뜻은 바로 그것입니다."

그 말을 듣는 순간 계평자의 얼굴빛이 시퍼렇게 변했다.

"소공은 아무 까닭도 없이 군사를 일으켜 우리 계손씨의 가문을 멸망시키려 했었소! 그 결과 자신이 패잔병 신세가 되어 망명하지 않았소? 이것은 완전히 소공의 잘못이오. 그대는 자업자득이란 말도 못 들어보셨소?"

공구는 부드러운 말로 타일렀다.

"원수는 풀어야지 맺을 것이 아니라고 했습니다. 상국 대감, 부디 이 나라와 백성들을 생각하셔서 결단을 내려 주십시오."

그러나 계평자는 털끝만큼도 물러설 기미가 없었다.

"나라 밖으로 도망친 임금은 이제 더 이상 노나라의 군주가 아니외다! 사실 나도 지금 그 아우 되시는 공자 송(宋)을 주군으로 세울까 궁리하던 참이었소."

"안 됩니다, 상국 대감!"

공구는 얼굴빛이 핼쑥하게 질려 황급히 말을 가로막았다.

"상국 대감, 절대로 그래서는 안 됩니다! 옛 말씀에도 '명분이 올바르지 못하면, 그 하는 말에 따르지 않는다(名不正言不順)' 하지 않았습니까? 지금 소공이 건재하신 마당에 공자 송을 군주로 내세우신다면, 그게 바로 명분도 올바르지 못하고 그 말에 따르는 사람도 없게 되는 격입니다. 상국 대감, 부디 재고하십시오!"

공구의 말에 일리가 있다고 느꼈는지, 계평자는 아무 말도 않고 수염을 쓰다듬으면서 한참 동안 생각에 잠겼다.

공구는 결단을 촉구할 생각으로 한 마디 덧붙였다.

"제가 보기에도, 소공을 모셔 오는 길만이 만전지책(萬全之策)이라 생각됩니다……."

계평자는 묵묵 부답이다.

공구는 그가 마음을 돌렸다고 지레 짐작했다. 그래서 명확한 답변이 나오기만을 차분하게 기다렸다.

방 안의 분위기는 답답하기 짝이 없었다. 참기 어려울 만큼 무거운 침묵이 흐르고 나서 드디어 계평자의 반응이 나타났다. 보일 듯 말 듯 두어 번 흔들어 보이는 도리질이 무언의 대답이었다.

담판이 틀어졌으니 더 이상 앉아 있을 필요가 없었다. 공구는 서글픈 심정으로 작별 인사를 건넸다. 계평자는 예절 바르게 대문 앞까지 배웅을 나왔다.

찬바람이 옷섶을 비집고 들어오자, 공구는 한바탕 몸서리를 쳤다. 그의 마음도 겨울바람 못지 않게 차갑고 시렸다.

'자아, 이제는 어떻게 할 것이냐? 계평자의 목숨이 붙어 있는 한, 노 소공은 절대로 귀국하지 못한다.'

그는 말머리 앞에서 고비를 끌고 가는 자로의 뒷모습을 응시했다.

'어쩌면 이 사람의 단순한 생각이 옳을 수도 있지 않을까? ……'

그러나 이내 고개를 가로저었다. 그는 절대로 유혈극이 벌어져서는 안 된다고 생각했다.

집에 돌아와서도, 그는 고독과 적막감, 이루 말할 수 없는 절망감으로 방황하고 번민했다. 시간이 지나면서 그는 냉정하게 다시 한 번 생각했다.

'이제 내 능력으로 할 수 있는 일이 무엇일까?'

그는 혼신의 정열을 제자들에게 모조리 쏟아 붓는 일에 마음을 굳혔다. 마치 농사꾼이 밭에 씨 뿌리고 김을 매듯, 제자들의 마음 속에 내 이상을 뿌리 내리고 작은 것에서부터 큰 것으로, 약한 것을 강한 것으로 차근차근 변화시켜 간다면…….

공구는 이것을 자신이 이제 엮어가는 사다리, 계단의 한 부분으로 인식했다. 그는 평소에 '뜻있는 자에게 성취가 있다'는 철리(哲理)를 굳게 믿어 온 사람이었다. 그렇기 때문에 자신도 언젠가는 인간 세상에 광명을 비추는 보탑, 그 찬란한 정상에 올라설 때가 있으리라 믿어 의심치 않았다. 물론 그 최정상에 오르기까지는 온갖 좌절과 실패와 무한한 고통의 과정을 겪어야 한다는 것은 두말 할 나위도 없으리라.

저녁 무렵, 공구는 학생들에게 《역경》 한 대목을 풀이해 주고 나서,

"내가 이 노나라에서 태어나고 자라는 동안, 하루도 빼놓지 않고 사수(泗水)의 물을 마셔 왔으나, 이날 이때껏 사수의 발원지가 어디며 또 어떻게 흐르는지, 그 내력조차 잘 모르고 있었구나."

자로가 냉큼 스승의 말끝을 가로채며 나섰다.

"사수의 근원이 어디 있는지 모르신다구요? 바로 저희 고향집 동편, 배미산(陪尾山)에 있습니다! 그 서쪽 산록에 가 보면 샘물이 네 군데 솟구쳐 나와서 한 데 모여 흘러가다가 사수 강물을 이룬답니다. 사수란 이름도 그 발원지가 샘물 네 군데라는 뜻에서 나왔습니다."

"그렇다면 우리 내일 그곳에 가 보기로 할까? 사수의 발원지가 어떻게 되어 있는지 보고 싶구나."

스승의 말에 제자들은 좋아라고 대찬성이었다. 자로 역시 모처럼 고향에 간다니 신바람이 나서 배미산 주변 경치를 그림이라도 그리듯 한바탕 떠들썩하게 해설을 늘어놓았다.

다음날 이른 아침, 하늘은 구름 한 점 없이 맑았다. 그런데 공구는 제자들에게,

"오늘 비가 올 모양이니, 모두들 비옷을 준비해 두거라." 라고 당부했다. 제자들은 어리둥절, 사뭇 미심쩍은 눈초리로 스승을 쳐다보았다. 하늘이 저토록 맑은데 비가 내린다니, 알 수 없었으나 그래도 사부님의 말씀인지라, 마지못해 비옷을 챙겨 넣었다.

일행은 도성 동대문을 벗어나자, 방산(防山) 줄기를 따라서 배미산을 향해 발걸음을 옮겼다. 홀가분하게 교외로 소풍간다는 것은, 어른이든 아이든 그저 신나는 일이었다.

들쭉날쭉하면서도 면면히 뻗은 방산 줄기를 따라 사수의 흐름도 구비쳐 감돌고 있으며, 물결이 몹시 거칠게 흐르고 있었다. 노나라 도성에서 배미산까지 가는 길은 모두 비탈이라, 강물의 흐름 역시 배미산에서 발원하여 방산 북쪽 기슭을 꺾어 돈 다음, 곧장 서쪽 방향으로 세차게 흘렀다.

가파른 언덕길을 오르며, 줄곧 시끄럽게 떠드는 학생들의 목소리가 맑은 창공에 쩌렁쩌렁 울렸다.

그때, 갑자기 광풍이 한바탕 어지럽게 휘몰아치더니 동북편 하늘가에 먹구름 한 조각이 밀려오고 있었다. 그것도 잠깐, 뒤이어 시커먼 구름장이 뭉게뭉게 일더니 한낮 오후 쨍쨍하던 태양을 가리고 푸른 창공을 삽시간에 뒤덮어 버렸다. 광풍이 잦아들자, 이내 소나기가 퍼붓기 시작했다.

"애들아, 어디 묵을 데를 찾아봐라!"

공구는 비옷을 걸치느라 법석 떠는 제자들을 보고 외치면서 빙긋 웃었다.

다행히도 그리 멀지 않은 곳에 객점이 하나 있었다. 방을 잡고 들어앉아 하룻밤 묵을 차비를 끝내자 민손이 물었다.

"스승님, 비가 내릴 것을 어떻게 아셨습니까?"

"너도 《시전》을 읽어 보았겠지? 소아(小雅) 점점지석(漸漸之石) 편에, '달이 필숙에 걸렸으니, 또 큰 비가 오려나보다'라고 했다. 이는 달이 필성(畢星)에 접근하면 큰 비가 내린다는 말이다. 어젯밤에 천문을 보니까, 달이 남쪽 하늘 황소자리에 가깝더구나. 또 새벽 날씨가 맑으면서도 후텁지근하게 끈적거리길래, 비록 가을철이기는 하나 비를 몰고 올 것이라고 짐작했다."

민손이 눈을 두어 번 껌벅거리더니, 다시 물었다.

"원문을 보면 '월리우필(月離于畢)'이라 했습니다. 그 뜻은 '달이 필성을 떠난다'는 말이 아닙니까? 그런데 어째서 '가깝다, 접근한다'는 뜻으로 풀이됩니까?"

공구는 빙그레 미소를 떠었다.

"옳아, 네가 '리(離)'자의 뜻을 한 가지로밖에 알지 못하는구나, 여기서 그것은 '려(麗)', 즉 '가깝다, 달라붙다'는 뜻으로 쓰인단 말이다."

스승과 제자의 이야기가 무르익는 가운데 점원이 단촐한 저녁 밥상을 차려 내왔다.

생강을 즐겨 먹는 공구의 식성을 잘 아는 자로가 밥상에 생강이 없는 것을 보고 냉큼 일어나 부엌으로 나가더니, 손수 잘게 썰어가지고 접시에 담아 내왔다.

이튿날은 화창했다. 일행은 새벽 일찌감치 길을 떠났다.

배미산은 산이라고 부르기에는 그 규모가 너무 작았다. 높이도 불과 수십 척, 둘레 역시 1리도 채 못되기 때문이었다. 그런데 자로는 멀찌감치서부터 앞쪽을 가리키며 사뭇 격한 목소리로 외쳤다.

"보십쇼, 저게 바로 배미산올시다!"

공구는 가르키는 곳을 아무리 두리번거려 보아도 펑퍼짐한 언덕만이 하나 솟아 있을 따름이었다.

"저것 말입니다!"

자로가 가리키는 것은 그 펑퍼짐한 언덕이었다. 공구는 실망한 듯 고개를 절레절레 내둘렀다. 애당초 그것을 산으로 보지 않았던 것이다.

수레는 배미산 앞에 당도했다. 오랜 비탈길에도 지칠 줄 모르는지 말 두 필이 발굽으로 땅바닥을 박차면서 멈춰섰다. 수레 위에서, 공구는 배미산을 한눈에 바라보았다.

자로의 말마따나 서쪽 산록에는 과연 샘물이 네 군데에서 분수처럼 뿜어 나오고 있었다. 뿜어내는 기세도 제법 힘차게 물줄기는 지면으로 부터 한 키가 넘게 높이 용솟음치고 있었다.

그는 빠른 걸음으로 샘물 곁에 다가갔다. 걷기에 지친 제자들도 피로를 잊은 채 샘 주변으로 몰려들어 빙 둘러쌌다.

"히야, 기막힌 샘물이로군!"

"이처럼 솟구쳐 나오다니, 정말 조화일세!"

지하에서 용솟음쳐 나온 샘물은 허공에 흩뿌려지면서 진주알처럼 영롱한 물보라를 일으켰다. 웅덩이도 네 군데, 하지만 물은 고일 틈없이 잠시도 쉬지 않고 좔좔좔 소리를 내며 흘러 내려간다. 네 갈래 시냇물이 합쳐지면 보다 큰 개천을 이루고 얼마 안 가서는 거대한 사수의 본류를 형성하게 될 것이다. 그 다음에는 대지를 적셔 만물의 자양분이 되고, 논밭을 기름지게 만드는 원천이 되는 것이다.

제자들은 너도나도 두 손으로 샘물을 떠서 맛을 보느라 바빴다. 성미

급한 사람은 연거푸 들이켜 배가 불룩 나오도록 마음껏 마셔댔다.

스승도 한 움큼 떠서 물맛을 즐겼다. 차갑고도 단 샘물이 목구멍으로 넘어가자, 폐부 깊숙이 찌르르 닿으면서 정신까지 상큼하게 맑아졌다.

"이거, 너무 좋구나! 참으로 맛있는 샘물이야! 천하에 이토록 절묘한 샘이 다 있다니, 아마 신선들이 마시는 샘인가보다."

스승의 탄성을 듣자 자로는 더욱 신바람이 나서 덩실덩실 춤을 출 판이다.

"사부님, 저쪽으로 가 보십쇼!"

공구는 그 뒤를 따라 산모퉁이를 돌아가 보았다.

"아니, 웬 샘이 이렇게 많으냐!"

눈앞에 가득 펼쳐진 것은 온통 샘 천지, 배미산 일대는 온갖 종류의 샘이 다 모여 있는 것이었다. 수정같이 투명한 물방울을 쿨럭쿨럭 토해내는 샘이 있는가 하면, 옥구슬처럼 알알아 쏟아져 나오는 놈, 밀가루처럼 고운 모래가 섞여 나오는 놈, 곡식 낱알만큼이나 굵은 모래를 뿜어내는 샘들이 있었다.

"저것은 선녀가 쌀을 씻어 밥짓는 도미천(淘米泉), 또 저기 쌍쌍으로 뿜어 나오는 것은 딸 시집을 보내고 섭섭해 우는 지모(地母)의 쌍정천(雙睛泉)……."

자로가 신바람이 나다 못해 철부지 장난꾸러기처럼 샘물 사이로 이리 뛰고 저리 뛰어가면서 샘물 이름을 주절주절 읊어대느라 바빴다. 황금 실을 뽑아낸다고 해서 금사천(金絲泉), 저것은 은사천, 여기는 거미줄같이 퍼져 나오니까 주망천(蛛網泉), 저기는 황소가 누운 것처럼 쏟아지니까 와우천(臥牛泉)……

"도대체 모두 몇 개나 되느냐?"

"일흔 두 개라고 하지만, 누가 일일이 세어보기나 했겠습니까? 저길 보십쇼. 크고 작은 걸 합치면 일흔 개가 아니라 수백 개도 훨씬 넘을 겁니다."

눈길이 손가락 끝을 따라가 보니, 동남편에 아담한 호수가 하나 있는데 그 둘레에 가느다란 샘물 줄기가 마치 땅 속에서 거꾸로 소나기 퍼붓듯, 이루 헤아릴 수 없이 용솟음쳐 오르고 있었다.

제자들은 앞을 다투어 호숫가로 달려갔다. 몇몇은 샘물 생김새를 보고 제멋대로 이름을 붙여가며 바쁘게 뛰어다녔다. 공구와 학생들은 시간 가는 줄도 잊은 채 절묘한 자연의 조화 앞에서 너나 할 것 없이 흠뻑 취해 무아지경에 빠져 들었다.

바로 그때 어디선가 몇 사람이 나타나서 이들의 즐거워하는 정경을 흥미롭게 구경하기 시작했다. 낯선 외지인을 바라보는 눈빛에 호기심이 잔뜩 서려 있으나, 얼굴은 고생에 찌들어 초췌하기 그지없고 누더기를 걸친 몸집도 하나같이 장작개비 같았다.

그들과 눈길이 마주치는 순간, 공구는 퍼뜩 가슴이 움츠러들었다.

'이게 웬일이냐? 올해는 대풍이 들었는데도 숱한 백성들이 이토록 굶주림과 추위에 떨고 있다니, 만약 천재 지변에 흉년이라도 든다면 어찌 될까?'

온몸에 소름이 쭉 돋았다.

공구는 호수 한 곁으로 물러나서 하늘을 우러러보았다. 눈앞에는 맑고 푸른 하늘 대신 어떤 사람의 얼굴 모습이 떠올랐다. 그는 그것이 노나라의 시조 백금(伯禽)이라고 생각했다. 백금은 예법 제도를 추진하는 한편, 영토를 확장시킨 다음 인화로 주민들을 다스려 마침내는 노나라를 부강하게 만들었다.

그런데 그 부유하던 백금의 나라가 오늘날에 와서 군주가 쫓겨나고 이 지경으로 몰락할 줄이야 누가 알았겠는가! 공구의 가슴에는 또 다시 울분이 솟구쳤다. 백금의 모습은 어느덧 계평자의 얼굴로 바뀌었다. 대문 앞까지 나와서 빙글빙글 웃어가며 배웅하던 그 밉살맞은 얼굴, 사람을 아래로 깔보는 거만한 눈초리, 그 모습을 떠올리는 순간 공구는 또다시 절망했다.

배미산에서 돌아왔을 때는 날도 이미 저물었을 때였다. 아내 기관씨가 차려 내온 저녁 밥상을 받고 앉으려니, 친딸과 조카딸이 나란히 들어왔다. 어려서부터 영리하였던 조카딸 무가는 공구의 얼굴에 수심이 잔뜩 낀 것을 보자 눈치 빠르게 등 뒤로 돌아가서 어깨를 주무르면서 곰살궂게 이것저것 묻기 시작했다.

"숙부님, 오늘 구경 어떠셨어요? 재미있었죠? 고생은 안 하셨고요?"

공구는 주름살을 펴고 입가에 웃음기를 띠고 말했다.

그러나 그 날도 낮에 보았던 사람들이 눈앞에 얼씬거려 그는 동틀 무렵에야 어렴풋이 잠들었다.

꿈 속에서, 공구는 주나라의 도읍지 호경을 보았다. 그것은 궁성 한가운데 높고 휘황 찬란한 전각 앞이었다. 이제 막 조회에 참석하러 들어가는 문무 백관들의 대열이 보였다. 궁성 금위 장병들이 우렁차게 만세를 외치며 하례를 올리고 있다.

대신들의 행렬이 사라진 후, 공구는 호기심에 못 이겨 앞으로 다가가서 궁궐 처마 끝 기둥 뒤에 몸을 숨기고 그 안쪽을 들여다보기 시작했다.

용상에는 나이 한 열두어 살쯤 됨직한 소년이 옷자락을 늘어뜨리고 단정한 자세로 앉아 있었다. 그 곁에 시립한 사람은 주공, 꿈 속에서나 벽화에서나 언제 보아도 부드럽고 온화한 모습, 누구든지 가까이 하고 싶을 만큼 따뜻한 얼굴 모습이 공구의 두 눈에 가득 들어왔다.

이 때 용상에 앉은 소년이 입을 열었다.

"경들은 아뢸 일이 있거든 순서대로 아뢰시오!"

분부는 엄하나, 아직껏 목청도 트이지 않은 소년이었다.

천자의 말씀이 떨어지자, 주공이 풍신한 옷소매를 떨치고 앞으로 나서더니 그 우람한 체구를 깊숙이 구부리고 또박또박 끊어 아뢰었다.

"천자께 아뢰오. 신이 듣자옵건대, 노나라 군주가 상국 계손씨에게 쫓겨난 지 이미 여러 해, 지금은 망명객 신세로 진나라 건후 땅에서 남의 군주 울타리 밑에 의지하여 살고 있다 하옵니다. 일국의 군주가 몰락하여 몸 하나 붙일 데 없이 유리 걸식하게 되었으니, 당당한 제후로서 이것이 무슨 체통이며, 또 이렇듯 세월이 오래 가면 노나라 신민들도 장유 유서(長幼有序)의 위계가 무너질 것이요, 존비귀천(尊卑貴賤)의 구별도 없어질 터인즉, 바라옵건대 신에게 전차 1천승(乘)을 내려 주시오면 노나라를 정벌하여 계평자를 멸하고 그 군주를 귀국시키오리다. 그리하면 천자의 거룩하신 위엄을 드러낼 수 있으며, 군신(君臣)간의 위계를 바로잡을 수 있으며, 예악을 널리 선양할 수 있사옵니다. 천자께서는 부디 결단을 내려 주소서!"

어린 천자는 한참 동안 입을 열지 않고 막연한 눈빛으로 문무 백관을 돌아보았다. 백관들이 일제히 전상(殿上)을 향해 돌아서서 한 목소리로 아뢴다.

"계손씨의 행패가 막심하온즉, 그 해악이 온나라 백성에게 두루 미치고 있나이다. 바라옵건대, 천자께옵서 재량하여 주소서!"

대신들의 여론을 듣고, 천자 성왕이 벌떡 일어나더니 주공을 돌아보았다.

"경의 아뢴 바를 허락하겠소. 즉시 토벌군으로 정예 1천승을 가려뽑아 이끌고 동쪽 노나라를 정벌하여 역신을 멸하고 그 군주를 구해 주시오!"

"황공하옵니다!"

주공이 목청도 높게 하례를 올렸다.

여기까지 엿듣던 공구는 너무도 기쁜 나머지 주먹으로 기둥을 치면서 하마터면 고함을 지를 뻔했다.

그 기척에 놀란 금위병 두 사람이 장창을 뽑아들고 달려오더니 호통을 쳤다.

"웬 놈이냐! 여기 숨어서 무엇을 엿듣고 있는 게냐?"

공구는 두 손 모으고 허리 굽혀 예를 올렸다.

"소인은 노나라 공구이온즉, 저희 군주께서 여러 해 동안 망명 생활을 하시므로 천자님께 하소연하고자 이렇듯 찾아왔습니다. 그런데 이제 천자께옵서 토벌군을 일으켜 주신다는 윤허를 내리기에 너무나 기쁜 나머지 소란을 부렸사오니 두 분께서는 고정하시기 바랍니다."

이 때 주공 희단도 기척을 듣고 쫓아왔다. 주공은 공구임을 알아보더니 얼굴 가득 봄바람을 띤 채 이렇게 말했다.

"공구야, 너는 속히 노나라로 돌아가거라. 이제 얼마 안 있으면 너희 군주도 귀국할 터이니, 그를 성심껏 보필하여 나라를 잘 다스리도록 준비해라."

"불초 제자 공구, 분부 말씀대로 따르겠나이다!"

공구는 깊숙이 예를 올리면서 힘차게 응답했다. 그리고 돌아서서 문턱을 막 넘어서려는데 발끝이 자칫 잘못하여 기둥 뿌리를 걷어차고 말았다.

"아이쿠……!"

아픔을 참지 못하고 비명이 절로 나왔다. 제 소리에 놀라 깨어 보니 모두가 한바탕 아름다운 꿈이 아닌가!

노소공 29년 겨울, 진(晉)나라에서 거대한 세발솥[鼎]을 주조하더니, 그 겉면에 형법 조문을 새겨 놓았다. 그 소식이 전해지자, 공구는 학생들이 듣는 앞에서 깊은 탄식을 하였다.

"진나라가 귀천(貴賤)의 위계 질서를 무시하다니, 인간의 올바른 관계를 깨뜨려 버리고 말 것이다. 보아하니, 진나라도 멸망할 모양이로구나!"

일개 제후국인 진나라가 천자의 권위를 무시하고 마음대로 형정(刑鼎)을 만들어 세웠다면, 그것은 질서를 위협하고 무너뜨리는 행위가 아닐 수 없었다. 그렇기 때문에 공구는 초조하고 번뇌하는 것이었다. 현재 그에게는 이상적인 질서를 완벽하게 지킬 만한 방법이 없었다. 그저 고통스러운 번민 속에 골똘히 명상하는 길밖에 다른 도리가 없었다.

노소공 31년, 진나라 군주 정공(定公)이 노나라에 사신을 보내왔다. 그 소식을 들은 직후, 공구는 영빈관으로 달려가서 사신을 만나보았다. 진나라 사신은 공구에게 생각지도 못하던 뜻밖의 일을 귀띔해 주었다.

영빈관을 나서면서, 공구의 얼굴에는 웃음꽃이 활짝 피어 있었다.

12
유좌(宥坐)에 숨겨진 뜻

"노나라 군후께서 건후 땅에 오래 거처하시는 동안 우리 군주께서도 여러 모로 보살펴 주시기는 했습니다만, 그 분이 고국 땅에 계실 때와 비교해 본다면 역시 불편하실 것은 말할 나위도 없소이다. 그래서 우리 군후도 그 점을 생각하시고 노소공을 귀국시켜, 군신간에 다시 화목하기를 바라는 마음으로 본관을 사신으로 보낸 것이오."

노소공이 귀국할 수 있다……! 이 얼마나 꿈 같은 일인가. 공구는 기쁨을 이기지 못하고 영빈관을 나오는 그 길로 상국 부중으로 계평자를 찾아갔다.

계평자도 진나라 사신을 접견한 뒤라, 공구가 말하지 않아도 이미 알고 있었다. 그래서 그 역시 집에 돌아와 이해 득실을 저울질해 보고 있는 참이었다. 노소공을 받아들이는 것이 유리한가, 그냥 모른 척 거절해 버리는 것이 유리한가? 또 귀국시킨다 하더라도 자기가 먼저 받아들이겠노라고 앞에 나선다면 체통이 떨어지지는 않을까……? 이래서 선뜻 결정을 내리지 못하고 망설이는 중인데, 공구가 찾아왔다는 통보를 받아 머리에 퍼뜩 떠오르는 것이 있었다.

'옳거니, 공구를 사다리 삼아 간접적으로 응낙하기로 하자꾸나!'

능구렁이 계평자는 속셈을 다 세워 놓고도 시침을 뚝 뗀 채, 공구가 하는 말을 참을성 있게 끝까지 들어주었다. 그리고 마지못한 듯 이렇게 대답했다.

"지난 번에 공부자께 권유를 받은 이후, 나도 줄곧 그 생각을 해 왔소. 그 때 '명분이 올바르지 못하면 아무도 그 말에 따르지 않는다' 하신 말씀은 실로 지당하다 아니할 수 없소이다. 그래서 나도 주군을 모셔 오는 것이 마땅하다는 결론을 내렸소."

"하오면, 어떻게 모셔올 생각이십니까?"

"내가 직접 진나라에 가서 주군을 모시고 돌아올 작정이오."

"고맙습니다, 상국 대감. 나라와 백성들을 중히 여기시어 묵은 원한을 염두에 두지 않으시다니, 훌륭하십니다."

마지못한 일이라도 계평자는 일단 결심을 내렸다 하면 그 행동만큼은 과단성 있고 신속하게 밀어붙이는 위인이었다. 그는 즉석에서 가신 양호를 불러 명령을 내렸다.

"내가 직접 주군을 모시러 떠날 테니, 오늘 저녁 안으로 군사 2백 명을 정예로 엄선하여 호송 부대를 편성해 놓고, 내일 아침 진나라로 출발할 차비를 완벽하게 갖추어 놓으라!"

이튿날 아침, 공구는 학생 10여명을 데리고 일찌감치 상국 부중에 갔다. 그리고 진나라로 떠나는 계평자 일행을 성문 밖까지 전송한 다음, 흥겨운 마음으로 집에 돌아왔다.

계평자는 정예병 2백 명을 전차 50승에 나누어 태우고 밤낮없이 치달려 진나라 건후 땅에 도착했다. 그리고 가신 양호를 한 발 앞서 보내,

노소공에게 모시러 왔다는 뜻을 미리 알려 주었다.

기쁜 소식을 전해 듣고서도, 노소공은 계평자의 진의를 알 수 없어 좀처럼 대답을 하지 않고 망설였다. 이 역신 놈이 진정으로 모시러 왔는지 아니면 따로 불측한 속셈을 품고 자기를 망명지에서 끌어내기 위해서 이러는지, 도대체 짐작할 수 없는 것이었다. 그는 양호를 대문 밖에 세워 둔 채, 방 안을 오락가락 서성대다가 도로 의자에 주저앉았다.

노소공은 감회가 새로웠다. 일국의 군주가 되어서 요 몇 해 동안 유리 걸식하다시피 제나라, 진나라를 떠돌아다니면서 온갖 신산 고초를 다 맛보았다. 그러니 날이면 날마다 아침 저녁으로 고국에 돌아가고 싶은 마음이야 오죽했겠는가! 그런데 기다리던 날이 막상 닥쳐오자, 그는 반갑기보다 자꾸 망설여지는 것은 무슨 심사인지 자기 자신도 알 수가 없었다.

그는 계평자가 악의를 품고 엉뚱한 짓을 저지를까 두려웠다.

문 밖에서 기다리던 양호가 더 참지 못하고 방 안에 들이닥쳤다. 그는 호랑이 눈을 부릅뜨고 노소공을 잡아먹을 듯이 노려보았다. 어서 빨리 대답을 하라는 무언의 협박이었다.

그 눈초리 앞에서 노소공은 춥지도 않은데 오들오들 떨리고 온몸에 소름이 돋아날 지경이었다.

드디어 계평자 일행이 도착했다. 그는 양호에게서 전후 내막을 듣고 난 다음 거구를 뒤뚱거리면서 노소공 앞에 쿵! 소리가 나도록 무릎 꿇고 엎드렸다.

"죄 많은 소신이 주군께 문안 드리오!"

노소공의 몸이 흠칫 떨렸다. 이 세상에 태어난 이래 계평자가 잘못을 인정하는 꼴을 처음 보았기 때문이었다. 생각하면 할수록 이 자의 거동에 속임수가 있다고 느껴지니 노소공은 그저 눈앞이 캄캄해지면서 귀에도 위잉! 하니 귀울음만 가득 찰 따름이었다. 자, 이 노릇을 어쩌면 좋단 말이냐? 마음은 뒤헝클어져 혼란스럽기만 하고 온갖 감회들이 엇갈려 도무지 정신을 차릴 수가 없었다. 한참 동안 넋을 잃고 서 있기만 하던 그는 마지못해 다 기어 들어가는 목소리로 한 마디 건넸다.

"경은 일어나시오!"

"황공하오이다!"

계평자는 사례를 올리려고 일어나려 했다. 그러나 배불뚝이 오뚝이처럼 생긴 체구가 엎드리기는 쉬웠어도 막상 일어나려 하니 그게 마음대로 되지 않았다. 겨우 한쪽 다리를 뽑아 버티자, 그 비대한 몸뚱이가 중심을 잃고 뒤로 벌렁 나가떨어지려 했다. 이 때, 눈치 빠른 양호가 잽싸게 다가와 오른 팔뚝을 붙잡고 힘껏 앞으로 당겨 주었다. 계평자의 몸뚱이는 땅바닥에 뿌리 박힌 듯 요지부동이었다. 그러나 양호는 워낙 크고 힘도 센 위인이라, 계평자의 허리띠마저 잡아 당겨가면서 용을 쓴 끝에 겨우 주인의 몸뚱이를 똑바로 일으켜 세울 수가 있었다. 계평자가 가까스로 일어섰을 때는 숨이 턱에까지 차올라 소처럼 씨근벌떡거리고 있었다.

노소공은 그 광경을 보는 동안 오히려 침착해졌다.

"그리 앉으시오!"

"황공하옵니다!"

계평자는 꾸벅 절하고 의자에 앉으려다가 다시 일어섰다.

"주군, 우리 노나라에서 벌어진 불쾌한 일은 다 잊어버리십시오. 신도 해묵은 원한을 물에 다 흘려 보내기로 했사오니, 주군께서는 노나라 사직 강산과 서민 백성들을 생각하셔서 귀국하시기를 바랍니다. 군신간에 좋은 말로 화해를 하고 둘이서 힘을 합쳐 나라를 다스림이 어떠하오리까?"

노소공은 고개를 떨어뜨린 채 선뜻 대답하지 않는다. 그는 묵묵히 계평자의 말뜻을 되새겨 보았다. 기군 망상(欺君罔上)의 대죄를 범하고도 외눈 하나 깜짝 않는 역신, 한나라의 권력과 세도를 한꺼번에 움켜쥐고 흔들어대는 이 무시무시한 인물이 웃음 속에 칼을 품고 너그러운 가면 뒤에 비밀을 감추고 있다고 생각하니, 방금 들은 그 제안도 능구렁이의 교활한 속임수라는 느낌만 들었다.

"주군, 어찌하오리까?"

계평자의 독촉이 떨어졌다. 노소공은 다 기어들어가는 목소리로 대답했다.

"과인은 벌써 여러 해 동안 조정을 다스리지 않았소. 이제 여생도 얼마 남지 않았으니 귀국한들 아무 짝에도 쓸모가 없을 거요. 차라리 여기 남아서 구차한 목숨이나 연명하다 죽는 것이 나을 것 같소."

"주군, 거듭 생각하소서! 사람은 머리가 없으면 걷지 못하고, 새는 머리가 없으면 날지 못하는 법이오이다. 우리 노나라에 임금이 안 계신지 오래인데, 이대로 세월을 오래 끈다면 장차 무슨 변란이 일어나게 될지 모르십니까?"

노소공도 귀가 솔깃해졌다. 그래서 슬그머니 고개를 들고 계평자를 쳐다보았다. 하나, 상대방의 얼굴 표정을 보는 순간, 그는 또 다시 소름이 끼쳤다. 마침내 노소공은 이 타향 땅에 남아 살기로 최후의 결단을 내렸다. 마음을 굳히고 나자 목소리도 굵어졌다.

"경이 옛 원한을 잊고 과인을 데리러 머나먼 천리 길을 달려온 성의는, 과인도 마음 속 깊이 고맙게 여기는 바요. 그러나 과인은 이미 늙고 병든 몸이라, 귀국한다 하더라도 나라의 큰일을 맡아 처리할 수 없을 것 같소. 그러니 여기 남아서 여생이나 조용히 보내기로 하겠소."

그 대답은 계평자의 자존심에 상채기를 긋고도 남음이 있었다. 계평자는 속에서 울화통이 터져나오는 것을 가까스로 눌러 참았다. 아무리 자기 손에 쫓겨난 군주라고는 하지만, 노소공이 너무 인정머리 없이 자기 성의를 알아주지 않는 것이 야속했다. 보통 때 같았으면 진작에 분통을 터뜨리고 눈물이 나도록 뼈아프게 면박을 주었을 테지만, 그 역시 노소공과 똑같이 나이 들고 늙어가는 처지라 불같은 성미도 적지 않게 사그러 들어 있었다. 더구나 이 자리는 임금을 꼭 모셔가야 한다는 것보다도, 자신의 너그러운 성의를 돋보이도록 마련된 것이 아닌가? 이런 모든 것이 계평자로 하여금 목구멍까지 치밀어오른 울화통을 도로 꿀꺽 삼키게 만들었던 것이다.

"뜻이 정녕 그러시다면, 신도 억지로 권하지 않을 터이니 주군 좋으실대로 하십시오. 신은 이만 물러가겠습니다."

노소공이 벌떡 일어났다. 무슨 말인가 하려는 듯 입술이 두세 차례 딱 벌어졌다가 도로 닫혔다.

'잠깐만, 나도 경을 따라 귀국하겠소!'

그러나 가슴 속에 가득찬 두려움 때문에, 차마 본심을 털어놓지 못하고 딴 소리만 나왔다.

"경과 나는 피차 입장이 다르니, 서로 좋을 대로 살아갑시다!"

계평자는 분연히 자리를 박차고 나왔다. 대문을 벗어났을 때, 그의 얼굴은 낙담 끝에 일그러질 대로 일그러지고 풀이 죽어 있었다. 그는 진나라 군후를 예방하고 싶은 생각조차 없어져 그 길로 귀국하고 말았다.

수백 명의 인마가 맥풀린 기색으로 지친 몸을 이끌고 며칠을 걸어서 돌아오고 있었다.

선두 양호가 앞을 바라보니, 북문 밖 근처에 수레 한 대와 수십 명의 인파가 기다리고 서 있었다. 양호가 급히 주인에게 되돌아가서 보고를 올렸다.

계평자는 보나마나 알 만하다는 듯, 한숨을 내쉬었다.

"그 패거리는 공구와 그 학생들일 걸세. 아마 벌써 며칠 전부터 저렇게 나와서 기다리고 있었을 거야. 아아, 주군에 대한 공부자의 충성심은 정말 보기 드물군!"

가까이 다가가서 보니, 아니나 다를까 마중 나온 무리는 공구 일행이었다.

황토 먼지를 일으키며 돌아오는 전차대, 그 앞에서 공구는 목을 길게 늘이고 이리 기웃 저리 기웃, 먼지 구름 속을 헤맸다. 다섯번째 수레에서도 노소공의 모습이 보이지 않자, 그는 얼굴빛이 싹 변했다. 종잇장처럼 하얗게 질린 얼굴빛으로 그는 그 자리에 말뚝처럼 우두커니 서 있었다. 기대감에 화끈 달아 올랐던 가슴도 삽시간에 차디찬 얼음장으로 변해 버렸다.

계평자가 다가와서 노소공을 모셔오지 못하게 된 경위를 설명했지만, 공구의 귀에는 아무 소리도 들리지 않았다. 그저 멍하니 고개를 쳐든 채 서북방 하늘만 바라볼 따름이었다. 눈물이 왈칵 쏟아져 두 뺨을 타고 흘러내리는 것도 느끼지 못하였다. 그 눈물은 마치 공구의 마음속에 이제 막 타오르기 시작한 불씨, 노나라를 재건하려는 불씨를 무참하게 꺼버린 한 바가지 냉수와 다를 바 없었다.

노소공 32년 겨울, 마침내 노소공은 진나라 건후 땅에서 병들어 세상을 떠났다. 계평자는 그 소식을 전해 듣고 즉시 소공의 아우 공자 송을 노나라 군주로 내세웠다. 이가 바로 노정공(魯定公)이다.

노정공은 궁중에서 태어나고 자란 탓으로, 사치스럽고 방탕한 생활 습관에 푹 젖어버린 사람이었다. 군주의 자리에 오른 뒤에도 정치에는 관심이 없고, 하루 온종일 후궁에서 비빈(妃嬪)들과 술잔치나 벌여놓고 춤과 노래를 즐기는 일이 전부였다. 그러다 보니 눈 깜짝할 사이에 반 년의 세월을 보내고 말았다.

노정공 즉위 2년 5월 곡부 도성 안에 설치된 성첩 문루와 궁궐 대문 밖 누대(樓臺) 두 군데에 큰 불이 나서 무너졌다.

불행한 사건은 여기서 그치지 않고 꼬리를 물고 잇따라 엄습했다. 공구는 애가 타도록 근심하던 끝에, 자신이 군주에게 직접 대책을 아뢰고 그 곁에서 정치를 보좌하기로 결심했다. 결단을 내린 그는 곧바로 노정공을 만나기 위해 궁궐로 들어갔다.

후궁에 다다르고 보니, 노정공은 누운 채 궁녀들의 춤추는 모습을 구경하느라 정신이 없었다. 흥에 겨워 박자를 맞추느라 손바닥으로 자기 넙적다리를 철썩철썩 두드리고 있었다.

환관이 임금 곁으로 조용히 나아가 공구가 와 있음을 알렸다.

"주군, 공부자님이 뵐올 일이 있다 하옵니다."

그러나 노정공은 무녀(舞女)들의 요염한 몟거리에 흠뻑 빠져 있는 터라, 환관이 무슨 말을 하는지 듣지 못했다.

내시는 어쩔 수 없이 목청을 돋우었다.

"주군, 공부자님이 뵙고자 왔나이다!"

노정공은 벌컥 화를 내면서 고개를 돌렸다. 그리고 사나운 눈초리로 환관을 흘겨보더니, 다시 춤판으로 눈길을 돌렸다.

문 밖에서, 공구는 그 광경을 똑똑히 보았다. 온나라에 재앙이 그칠 줄 모르는데, 임금이란 사람이 온종일 술잔치에, 가무 여색이나 즐기고 종묘 사직을 염두에도 두지 않는 모습이 너무도 기가 막혔다. 이렇게 되면 역대 조상을 뵐 면목도 없으려니와 백성들에게 해를 끼쳐 나라를 잘 다스려 나갈 수 없는 처지가 된다. 그는 한심하다는 생각이 들기보다 가슴 속에서 뜨거운 불덩어리가 치밀어 올랐다. 당장에라도 뛰쳐 들어가서 단단히 따지고 싶었다. 그러나 공구는 자기 얼굴이 불덩어리처럼 달아올라 뜨거워진 것을 느끼자, 흥분을 가라앉혔다. 좋은 말로 충고하고 타일러 종묘 사직과 백성들을 생각하도록 만들어야겠다는 결정을 했다.

음악 소리가 뚝 그쳤다. 노정공 곁에 줄곧 서 있던 환관이 송구스런 기색으로 한 걸음 나서서 재차 아뢰었다.

"주군, 공부자님이 뵙고자 입궐하였습니다. 궁문 밖에서 기다린 지 오래 되옵니다."

노정공은 그제서야 꿈을 깬 듯, 황급히 자세를 가다듬고 앉아서 만면에 미소를 띠어가며 공구를 맞이하였다.

"오오, 그래! 어서 드시라고 이르라!"

공구는 숨을 딱 멎은 채, 조심스런 걸음걸이로 노정공 앞으로 나아갔다.

"공구, 주군께 문안 올리오!"

"자, 그리 앉으시오. 그래, 무슨 일로 입궁하셨소?"

"주군, 이 몇 년 동안 천재 지변이 그치지 않아, 나라의 힘이 날로 쇠약해져 가고 있습니다. 빨리 국가 기강을 바로잡아 힘써 다스리지 않으면, 그 상황은 더욱 악화될 것입니다. 이대로 계속 나갔다가 장차 무슨 일이 더 벌어질지 모르는 일이옵니다."

그야말로 정문 일침, 노정공은 공구에게서 따끔한 말을 듣고 멍청해졌다. 입이 열린 것은 그로부터 한참이 지나서였다.

"과인도 그 일 때문에······ 노심초사 애간장을 태우고 있더랬소. 그래, 공부자께서······ 무슨 묘책이라도 있으시오?"

"세 척 두께 얼음은 하루아침 추위에 얼지 않는 법입니다."

공구는 목청을 가다듬고 나서, 엄숙하고도 간곡한 어조로 말을 이었다.

"이 나라에는 해를 거듭하여 내우 외환이 눈발처럼 닥쳐와서, 백성들이 안심하고 살아가지 못하며 민심이 크게 동요하고 있습니다. 불초 공구의 견해로는, 나라를 평안히 다스리려면 첫째 민심을 안정시키는 일이 급선무라고 생각합니다. 민심이 안정되면 백 가지 생업이 흥성하게 되고 민심이 흔들리면 백 가지 생업이 황폐하게 됩니다."

"민심을 안정시키려면 어떻게 해야 하오?"

"무엇보다 중요한 것은 백성들이 따뜻하고 배부른 나날을 보낼 수 있게 해야 합니다. 지금 온나라 길거리에는 굶어 죽은 시체가 즐비하고, 애통하는 울음 소리가 온 들판에 울리고 있습니다. 뿐만 아니라 고국을 버리고 떠나는 자가 많습니다. 그러하오니, 가능한 한 조속히 곡창을 열어 굶주린 백성부터 구휼하시어, 그들로 하여금 주군을 자기 어버이보다 더욱 사랑하게 하십시오."

"좋은 말씀이오. 그 다음은 어떻게 해야 하오?"

"두번째로, 탐관 오리를 징치하는 일입니다. 그들은 백성이 죽거나 살거나, 종묘 사직이 기울거나 평안하건, 일체 돌보지 않고 온갖 수단 방법으로 나라의 재물을 횡령 착복하고, 백성들의 재산을 긁어들여 자기네 주머니만 채우는 데 급급합니다. 그러하오니, 국가 명령을 밝혀 이런 간교한 소인배들을 징벌하시되, 죄상이 가벼운 자는 돈이나 곡식으로 보속(補贖)하게 하고 그렇지 못한 자는 관직에서 파면시켜야 합니다. 죄질이 무거운 자는 가산을 몰수한 다음 죄질을 물어 밝히고 감옥에 가두어야 합니다."

"세번째는 무엇이오?"

"어질고 능력 있는 인재를 가려뽑아 각급 관직에 임용하시는 일입니다. 그리하면 현자들이 청하지 않아도 스스로 올 것이며, 반대로 군자를 버리고 소인배를 기용하신다면, 현자들은 필경 자취를 감추고 은둔하거나 타국으로 떠나버릴 것입니다."

"그 다음에 또 있소?"

"네번째는 농사꾼의 경작을 고무 격려하고 수공업을 크게 장려하시어, 나라 사람들이 힘써 일하도록 해야 합니다. 마지막으로 다섯번째 일은, 학당을 증설하고 교육을 강화하여, 존비 귀천의 신분을 가리지 말고 모두 좋은 교육을 받도록 하셔야 합니다."

말끝이 막 떨어졌을 때, 노정공은 이맛살을 활짝 펴고 사뭇 들뜬 목소리로 외쳐댔다.

"좋소, 좋아! 정말 너무나 좋은 말씀이오. 공부자님의 탁월하신 재능은 과연 명불 허전이구료! 내 마음 같아서는……."

그 말이 끝나기도 전에, 환관이 다가와서 급히 아뢰었다.

"주군, 상국 대감께서 납시었습니다.!"

"들라 일러라!"

노정공은 환관을 보내 놓고 공구에게 이어 말했다.

"과인이 그대에게 적당한 관직을 맡길 생각인데, 공부자님의 의향은 어떤지 모르겠구료?"

공구는 깊이 생각한 다음 자기 뜻을 밝혔다.

"나라를 위해 힘써 일한다는 것은, 신민(臣民)된 자라면 누구나 천직으로 삼아야 하는 줄 아옵니다. 불초 공구도 주군의 부르심에 따르오리다."

이 때, 상국 계평자가 뚱뚱한 몸을 흔들면서 뒤뚝뒤뚝 걸어 들어왔다. 그리고 임금께 대례를 마친 다음, 노정공 곁에 자리잡고 앉았다.

공구는 상국에게 예를 올리고, 조용히 물러나왔다.

군신이 단 둘이 있게 되자, 노정공은 상국을 돌아보고 물었다.

"경은 무슨 일로 입궐하셨소?"

단도 직입으로 질문을 받으니, 계평자는 말문이 막히고 말았다. 실상 그가 서둘러 입궁한 것은, 공구가 단독으로 궁에 들어갔다는 소식을 전해 듣고, 도대체 노정공이 불러서였는지 아니면 공구 스스로 충언을 하러 들어갔는지 알 수 없어, 부랴부랴 뒤쫓아왔던 것이었다. 그런데 자리를 잡고 앉기가 무섭게 공구는 곧바로 물러나고, 어찌된 영문인지 생각해 볼 겨를도 없이 정면에서 임금의 질문을 받았으니, 이걸 무슨 재주로 금방 둘러댄단 말인가? 계평자는 어쩔 바를 모르고, 떠듬떠듬 반

벙어리 대꾸나 할 수밖에 없었다.

"소인은…… 저어, 소신이 입궁한 것은……."

"그래 뭐요, 과인하고 가무를 즐겨보고 싶어 오셨소?"

"옳습니다! 신은 주군을 모시고 가무를 즐겨볼까 해서……."

부자연스런 얼굴에 대답이 거짓말이라는 것이 역력하게 쓰여 있었다. 게다가 더듬는 말투를 듣고 보니, 노정공은 사뭇 기분이 언짢아 얼굴 표정을 딱딱하게 굳히고 물었다.

"경이 보기엔 어떻소? 공부자는 재능과 학식을 겸비하여 보기 드문 인재라 과인도 그 사람에게 관직을 하나 맡길까 하는데, 어떻게 생각하시오?"

"예엣? 공부자한테 벼슬을 내리신다구요……?"

계평자는 펄쩍 뛰며 놀랐다. 공구의 재능을 그리고 어찌 모를 리 있겠는가! 하지만 그는 시기심이 너무 강했다. 또 그는 공구를 두려워했다. 첫째, 당시 공구는 노나라의 역사책을 쓰고 있었다. 이제 자기가 노소공을 쫓아낸 사실이 사책(史冊)에 올려지기라도 하는 날이면, 그는 만대를 두고두고 후세 사람들에게 원망을 듣는 죄인이 되고 말 것이다. 둘째, 노나라 조정의 내분과 국력이 날로 쇠약해져가는 책임이 모두 자기 한몸에 쏠리고 있었다. 공구는 그 점을 뻔히 아는 만큼 사서민(士庶民)의 여론을 조성하여 탄핵할 가능성이 많다. 셋째로 두려운 것은, 공구가 자기 지위를 대신 차지하고 들어앉을 가능성도 없지 않다는 점이다. 노정공이 공구를 어떤 무거운 벼슬에 등용하든, 공구는 그 직책을 모두 해내고도 남을 만한 인물인 것을 너무도 잘 알고 있었다.

당년에 공구가 상국 부중으로 찾아왔을 때 재빨리 가신으로 받아들여 자기 손발처럼 부려먹을 노예로 만들지 못한 것이 후회스러웠다. 그는 하늘은 공평치 못하게 총명과 영특함을 공구에게만 내린 것에 질투심을 느꼈다.

265

생각하면 할수록 공구가 밉고 화가 났다. 그러나 그 또한 늙은 몸이라 현실을 곧바로 내다보지 않을 수 없었다.

바로 이 순간, 자신이 해야 할 일, 그 무엇보다 중요한 일이 퍼뜩 머리에 떠올랐다. 평생 아끼고 사랑하고 부족한 것없이 길러낸 자기 아들 계손사(季孫斯)를 상국 자리에 단단히 앉혀 놓아야 한다는 생각이었다. 그러기 위해서는 온갖 수단 방법을 다 써서라도 노정공이 공구를 등용하지 못하도록 막아 놓을 필요가 있는 것이다.

계평자는 이 나라 최상류 계층 사회를 대표하는 주인공이요, 무슨 일이든지 넉넉히 대처할 만한 능력도 가지고 있는 사람이었다. 당혹스러움과 혼란을 한바탕 겪고 나서, 그는 마침내 안정을 되찾았다.

"주군 말씀은 지당하옵니다……."

그는 갈등이 얼굴에 드러나지 않도록 안간힘을 써가며 말문을 열었다.

"공부자님의 재능과 기백으로 말씀드리자면, 천하 사해에 명성을 떨친다 하겠습니다. 천문 지리에 정통하고, 고금의 사서를 두루 섭렵하여 모르는 바가 없은즉, 신의 입장에서도 가장 숭배하는 분이기도 합니다. 그러하오나 이 사람은 결국 일개 백면서생에 지나지 않습니까? 그런 부류들은 강물에 비친 달이요 거울 속의 꽃이라, 보기만 좋을 뿐 쓸모는 없습니다. 학당을 열고 제자들을 가르치는 일이야 괜찮습니다만, 중책을 맡겼다가는 자칫 큰일을 그르칠까 우려되옵니다."

조심스럽고도 용의 주도하게 얽어넣는 말솜씨로 은연중에 반대 의사를 밝히자, 노정공은 갈피를 잡지 못하고 망설였다. 그는 고개를 숙인 채 한동안 깊은 생각에 빠졌다. 생각이 깊어지니 공연히 머리가 복잡해지고 짜증만 날 뿐, 아무런 결론도 나지 않았다. 상국이 힐끔 눈치를 살피니, 노정공은 만사가 귀찮아져서 자리를 박차고 일어섰다.

"이 일은 나중에 다시 의논합시다!"

마침내 계평자의 가슴을 짓누르던 천근짜리 바윗돌이 뚝 떨어졌다. 군주가 발길을 돌리자마자, 그는 부리나케 집으로 돌아갔다. 그리고 집 안이 떠나가라 고함을 쳐 아들을 불러 앉혀 놓고 잔소리를 늘어놓기 시작했다.

"나는 이제 곧 관 속에 들어갈 몸, 아무 짝에도 쓸모가 없는 사람이다. 우리 집안에서 이 막중한 상국 자리를 계속 지키려면, 네가 재능을 좀 더 많이 발휘하고 특히 교제술을 잘 익혀야 할 것이다. 수백 년 이래로 얼마나 많은 사람들이 우리네 상국 감투를 호시탐탐 노리고 군침을 질질 흘리면서 눈독을 들여 왔는지, 너도 잘 알고 있을 것이다. 숙손씨, 맹손씨 양 가문은 두말 할 나위도 없이 우리 가문의 숙적이다. 그런데 이제 또 공구라는 강적이 불쑥 나타났다."

"공부자 말씀입니까? 그런 딸깍발이 샌님이 무슨 재주로……."

"공구는 그렇게 허투로 얕잡아 볼 위인이 아니다. 그 사람은 늘 신중한 태도를 잃지 않는 성실한 인물이라, 주군의 신임을 깊이 얻고 있다. 그 사람을 생각할 때마다 이 아비의 가슴 속에서는 질투심과 두려움이 불끈 솟구쳐 살이 떨리고 진땀이 돋을 지경이다. 어쩌면 그 사람은 벌써 오래 전부터 이 아비의 지위를 위협하고 또 너까지 위협하는 존재가 되었을지도 모른다. 그러니까 너도 무슨 방법을 쓰든지 그 사람을 견제하고 배척하여 우리네 고귀한 벼슬아치의 반열에 끼어들지 못하게 막아야 한다."

계손사는 눈매와 생김새가 아비를 쪽 빼어 닮았지만 몸집이나 키는 정반대였다.

아들 계손사는 태어나서부터 줄곧 상국 대감의 저택에서 자랐기 때문에, 아비가 하는 일거수 일투족, 말 한 마디 손가락 한 개 까딱하는 것이나, 심지어는 곁눈질하는 습관조차 모르는 것이 없을 정도로 눈여겨보아 왔다. 그런 만큼, 자신도 상국 대감 노릇을 할 만한 자격이 갖춰져 있다고 생각하고, 벌써부터 그 날이 하루 빨리 오기만 기다리고 있던 차였다. 생각이 이러니, 아버지의 잔소리가 귀에 들어올 리 만무했다. 그저 한 귀로 듣고 한 귀로 흘려 보내는 것이 고작이었다. 지금 그의 머리 속에 가득 찬 것은, 어떻게 하면 하루라도 빨리 상국 대감의 보좌에 올라 앉아서 반평생 남은 향락을 마음껏 질탕하게 누려볼까 하는 궁리 뿐이었다.

아들의 시큰둥한 꼬락서니를 보자, 계평자는 슬그머니 부아가 나서 갑자기 목청을 돋우어 호되게 꾸짖었다.

"이놈, 내 말 똑똑히 들었느냐! 전혀 귀담아 듣는 기색이 없으니, 조상님 뵙기에 부끄럽지도 않단 말이냐?"

"아……아버님, 소자는 똑똑히 듣고 있습니다요!"

"우리 계손씨 가문의 빛나는 업적이 절대로 네놈 대에서 무너져선 안돼! 내 나이 벌써 고희(古稀)에 가까웠고, 게다가 몸도 약하고 잔병도 많아지니, 하고 싶은 일이 많아도 힘이 달려서 안 되겠구나! 이제 우리 가문을 지탱할 사람은 너밖에 없는데, 내 말을 허술하게 들어 넘겨서야 되겠느냐? 이리 좀 더 가까이 와라!"

아들은 마지못해 곁으로 바짝 다가앉았다.

계평자는 두근거리는 가슴을 누르면서 목소리를 낮추어 속삭였다.

"또 한 가지 문제는 양호다. 그자는 우리 집에서 수십 년 동안 가신으로 일해 왔다. 하기야 공로도 많이 세웠지. 그러나 이 자는 여우처럼 교활하고 계략이 백출하여 무슨 일이든 못해 내는 것이 없다. 더구나 속에 무슨 꿍꿍이 생각을 품고 있는지 헤아릴 길이 없을 뿐더러, 좋은 무예를 지녀서 싸움도 잘하는 무서운 인물이다. 전쟁터에서 군사를 부리는 재주가 비상한 데다, 지금은 우리 가문의 무장병력 수천 명을 직접 훈련시켜 거느리고 있다."

"그야, 아버님이 맡겨서 하는 일 아닙니까?"

"문제는 그게 아니다. 요 근래에 소문을 듣자니까, 양호는 숙손씨, 맹손씨 양 가문의 가신들과 밀접한 관계를 맺고 왕래가 빈번하다고 한다. 만약 이들 세 집안의 가신들이 한꺼번에 일을 터뜨리면, 그 결과는 상상조차 못할 지경이 될 것이다."

의심과 우려는 공포감을 동반하는 법, 더구나 계평자는 나이 많고 병도 많은 늙은이였다. 그런 만큼 얼마 남지 않은 여생을 손꼽아 보면 안타까운 마음에 스스로 비감을 금치 못했다. 계평자의 입에서는 탄식이 절로 나왔다.

"아아, 나도 얼마 더 버티지 못하겠구나! 이 무거운 짐을 네 어깨에 지워 주어야 하다니……."

"아니, 아버님! 무슨 걱정이 그리도 많으십니까? 별것도 아닌데……."

계손사는 이 벼슬아치 사회가 바로 용담 호혈이라는 사실을 전혀 몰랐다. 게다가 그 용담 호혈이 얼마나 깊은지 모르고 있었다. 그가 생각하는 상국 지위란 위세 등등하고 권력이 무한대요 따라서 무엇이든 하고 싶은 짓을 마음대로 하고 온갖 부귀 영화와 향락을 질탕하게 누릴 수 있는 자리라는 것이었다. 지금 아비가 탄식을 내뱉는 이 때, 그는 자신의 미래를 꿈꾸고 있을 따름이었다. 외출할 때면 가신과 호위병들이 앞뒤 좌우에서 경호를 해주고, 집안에 들어서면 어여쁜 처첩들이 구름처럼 몰려와 온갖 아양과 교태를 부려가며 반겨 맞는다. 조정 신하들이나 항간의 백성들이나 자기 앞에서 굽신거리고, 온집안 식구들은 무슨 분부를 내리든지 척척 따라준다. 이것이 환상도 꿈도 아니요 이제 곧 닥쳐올 현실이라는 생각이 들자, 그는 얼굴이 시뻘겋게 상기되고 빙그레하니 미소가 감돌았다.

계평자는 아들이 자기 말을 들은 체 만 체하는 것을 보자 울화통이 불끈 치솟았다.

"네 이놈! 내 말을 듣는 게냐 마는 게냐?"

"에엣, 뭐라굽쇼……?"

아들은 펄떡 꿈에서 깨어났다.

"들었습니다…… 듣고 말구요!"

계평자는 손가락 끝으로 아들의 코쭝배기를 쿡쿡 쥐어박았다.

"그럼 말해 봐라! 방금 내가 뭐라고 했지?"

계손사는 눈만 멀뚱멀뚱 뜬 채 벙어리가 되고 말았다.

계평자는 노염을 이기지 못하고 펄펄 뛰었다.

"우리 집안이 불행해서…… 조상님이 불행하셔서, 너같은 불초 자식이…… 우리 가문에 생겨났구나…… 우리 집안에…….."

목소리가 차츰 모호해지더니, 갈수록 잦아든다.

그제서야 아들이 정신을 차리고 바라보니, 계평자는 입가에 흰 거품을 토해내면서 입술이 일그러지고 있었다. 털썩! 의자 등받이에 기대었을 때, 한쪽 뺨 근육과 눈동자마저 돌아가고 있었다.

"아이구, 아버님…… 여봐라, 게 누구 없느냐!"

고함 소리에 놀란 하인 하녀들이 와르르 달려왔다. 상국 대감 부중은 삽시간에 난장판이 되었다. 뭇사람들이 허둥지둥 손을 합쳐 계평자를 침상에 눕히고, 의원을 부르랴 구급약을 꺼내오랴 정신이 하나도 없었다.

이날부터 계평자는 병상에 누은 신세가 되고 말았다. 그가 줄곧 참견해 오던 살림살이는 큰일부터 자잘구레한 것까지 모두 다 남의 손에 맡겨 처리해야만 되었다. 계손사는 아비의 구속을 받지 않게 되자, 목을 바짝 죄던 칼을 벗어버린 듯 홀가분한 심정이 되어 날이면 날마다 주색잡기에 흠뻑 빠져들었다.

궁궐에서 물러나온 공구는 노정공에게 각별한 인정을 받고 또 면전에서 그를 요직에 등용하겠다는 내락까지 받아낸 터라, 마음이 이루 말할 수 없이 뿌듯해졌다. 이제부터는 모든 일이 바쁘게 돌아가게 될 것이다. 임금을 보필하여 나라를 훌륭히 다스릴 방안을 하나하나씩 설계해 두었다가, 일단 기회가 무르익었을 때 군주에게 아뢰고 차근차근 실천해 나가야 하겠다고 생각했다. 그는 자신이 퇴궐한 직후 무슨 일이 벌어졌는지 까맣게 몰랐다. 계평자가 자신의 등용을 극력 저지했다는 사실, 그래서 노정공도 그 일을 일찌감치 뒷전에 제쳐놓고 깡그리 잊어버렸다는 사실을 모르고 있었다.

공구는 집에서 좋은 소식이 오기만 눈이 빠지게 기다렸다. 그러나 하루가 가고 이틀, 사흘이 지나도록 궁궐에서는 아무런 기별도 오지 않았다. 열흘 보름이 지나고 달이 바뀔 때가 되어서도 종무소식이었다. 그제서야 공구의 한껏 들뜬 마음은 의기 소침해지고 말았다. 그는 어쩔 수 없는 현실에 배신감을 느끼면서 다시 제자들의 교육에 힘을 쏟아부었다.

노정공 4년 가을, 공구는 아들 공리와 조카 공충, 그리고 제자들을 모두 데리고 노환공(魯桓公)의 사당을 찾아갔다. 사당 안뜰에는 황련목이 붉은 잎을 너울거리는가 하면, 흙바닥에는 온통 들국화가 뒹굴고 있었다.

공구와 학생들은 먼저 노환공의 소상(塑像) 앞에 나아가 예를 올렸다. 그리고 나서 제단 앞에 진열된 제기들을 구경하기 시작했다. 청동으로 만든 이 제기들은 모난 것도 있고 둥근 것도 있고 크기도 여러 가지였다. 하지만 솜씨는 정교하기 이를 데 없었다.

진열대를 따라서 발길을 옮기던 공구는 어느 괴이한 생김새의 청동기구 앞에 이르러 우뚝 멈춰섰다. 그리고 자못 흥미롭게 한참 동안이나 살펴보았다. 그 기구는 위쪽 아가리 부분이 장방형으로 생긴 반면, 밑바닥은 둥그스레하니 원형으로 빚어지고, 중간 허리 부분에는 양 쪽으로 구리 자루가 길게 뻗어나와 고정틀에 걸려 있었다. 아마도 그릇을 떠받치고 좌우로 돌리는 축대(軸臺) 역할을 맡은 듯싶었다. 하지만 아무리 들여다보아도 그 용도를 알 수 없었다.

"이것이 무슨 제기인가요?"

공구가 사당지기를 보고 물었다.

"그건 유좌(宥坐)로 쓰이는 기구올시다."

'‘유좌’라! 그렇다면 사람이 항상 곁에 놓고 자신을 반성하는 데 쓰이는 기구란 말인가?'

공구는 불현듯 큰 깨달음을 얻었다. 그는 학생들을 돌아보고 이렇게 말했다.

"제자들아, 나는 이 유좌에 아주 깊은 의미가 담겨 있다고 들었다. 이것은 사람들에게 더 이상 한계를 넘어서는 안 된다는 도리를 깨우쳐 주고 있다. 텅비었을 때는 저렇게 비스듬히 기울어져 있으나, 물이 적당히 담겼을 때는 똑바른 형태로 당당히 세워진다. 또 물을 가득 채웠을 때는 곧바로 뒤집혀서 담긴 물을 모조리 쏟아내 버린다. 자, 어디 너희들 손으로 직접 시험해 보지 않을 테냐?"

"제가 해보겠습니다!"

자로가 팔뚝을 걷어붙이고 먼저 나섰다. 동작도 민첩하거니와 힘도 장사여서, 큼지막한 나무 물통을 번쩍 집어들기가 무섭게 바깥으로 나가더니, 잠깐 사이에 물 한 통을 철철 넘치도록 길어온다.

"너희들 잘 보아라. 거기다 물을 부으려무나!"

자로는 물통을 번쩍 들고 유좌 아가리에 반 통 남짓 물을 좌르르 쏟아 부었다. 유좌는 서너 차례 기우뚱거리더니, 수직에 가까운 안정된 형태를 보였다.

"그만, 됐다!"

자로가 분부를 듣기가 무섭게 우뚝 멈추더니, 두 손으로 물통을 높직이 떠받친 채 유좌 한 곁으로 물러났다.

"내가 너희들한테 보여주고 싶은 것은 이 유좌에 담긴 뜻이다. 다시 말해서, 더 이상 한계를 넘으면 안 된다는 도리를 너희들의 눈으로 직접 보고 깨달으라는 것이다. 그럼 물을 천천히 붓도록 해라."

자로가 쏟아붓는 물이 점점 많아지자, 유좌는 비스듬하게 기울던 형태에서 완전히 똑바른 수직 형태를 이루었다.

공구는 흐뭇한 표정으로 유좌를 바라보았다.

"여기서 더 물을 부었다가는 엎어지고 말 것이다."

"계속 부을까요?"

"부어라!"

물 한 통을 다 쏟아붓지 않았는데도, 유좌는 이미 한쪽으로 기울기 시작했다. 자로가 통에 남은 물을 모조리 쏟아붓자, 유좌는 홀러덩 뒤집히더니 뱃속에 가득 찬 물을 땅바닥에 좌르르 쏟아내고 말았다.

공구는 의미심장한 눈빛으로 제자들을 둘러보았다.

"이제 알겠느냐? 이것이 바로 지만지도(持滿之道)라는 것이다. 세상에 어떤 물건이든, 가득 차고도 엎어지지 않는 것은 없다. 사람도 마찬가지, 분수가 넘치면 엎어지게 마련이다. 그러므로 한평생을 온전히 살아가려면 겸양(謙讓)을 무엇보다 귀하게 여겨야 하는 것이다. 총명이 절정에 달한 사람일지라도 자기 자신에게 어리석은 점이 있을 수 있다는 것을 시시각각으로 염두에 두어야 하며, 공로가 천하를 뒤덮는 사람일지라도 항상 자기 자신의 부족한 점을 생각해야 한다. 이 유좌에 숨겨진 도리를 모두 이해하겠느냐?"

제자들이 모두 고개를 끄덕이는 것을 보고, 스승은 흐뭇한 미소를 지으면서 문쪽으로 발길을 돌렸다. 아무 말 없이 흘린 미소에는 여러 가지 의미가 담겨 있었다.

제자들은 스승의 웃는 뜻을 모른 채, 그 뒤를 따라서 바깥으로 나갔다. 이제 학당에 돌아가 오늘 보고 느낀 점을 되새겨 볼 참이었다.

노정공 5년 6월, 계평자가 죽었다. 그 아들 계손사는 마침내 소원대로 상국의 지위를 이어받았다.

계손사가 상국의 권력을 단단히 장악하지 못한 기회를 틈타, 가신 양호는 사촌아우 양월(陽越)과, 또 다른 가신으로 비읍 읍재의 직분을 맡고 있던 공산불유와 작당하여, 새로운 주인 계손사를 얽어넣을 그물을 치기 시작했다.

13
양호의 반란

막중한 상국의 자리를 차지한 계손사는 그날 밤새도록 기쁨에 겨워 거의 한숨도 잠을 이루지 못하였다.

이른 아침, 그는 조반을 들고나서 입궐할 차비를 갖추기 시작했다. 오래 전부터 마련해 둔 관복을 잘 차려입고 나서, 가벼운 걸음걸이로 방문턱을 넘는 계손사는 곧장 대문이 있는 안채 정원으로 나갔다.

"여봐라, 입궐할 터이니 수레를 대령하라!"

위세 당당하게 호통을 지르면서 뜰에 내려서니, 정원 안팎에 군사들이 네댓 걸음에 한 명씩 삼엄한 자세로 늘어서 있는 광경이 눈에 들어왔다. 그는 아무 생각 없이 다가갔다. 군사들이 뽑아 들고 있는 칼날에는 살기가 번뜩번뜩 비쳐 나왔다.

"이잇……?"

계손사는 저도 모르게 서슬 퍼런 칼날을 보는 순간, 뭔가 일이 심상치 않다는 것을 직감했다. 그는 숨 한 번을 깊숙이 내쉬고 용기를 내어 목청껏 호통을 쳤다.

"여봐라, 게 누구 없느냐? 가서 총관 양호더러 내가 보잔다고 냉큼 일러라!"

여느 때 같으면 그 위세와 존귀한 신분만으로도 기침 소리 한 마디에 온 집안 하인들과 가신들이 에서제서 응답을 하고 부리나케 달려왔어야 마땅할 터인데, 지금은 온 부중이 쥐죽은 듯 잠잠할 뿐, 누구 하나 대꾸하는 기척이 없다. 그는 가슴이 터질 정도로 울화가 치밀어 눈앞에 서 있는 군사들을 향해 으르렁거렸다.

"네 놈들은 뭘 하고 있는 거냐? 도대체 무슨 일이 있느냐?"

병사들은 목석같이 서 있기만 할 뿐, 말씀에 대꾸조차 하지 않았다. 계손사는 연신 호통을 쳐가며 대문 앞까지 걸어 나갔다.

"못 나가시오!"

문지기 병사 둘이 창대를 엇갈려 앞을 가로막고 그의 발길을 제지했다.

"세상에, 이럴 수가 있나!"

계손사는 소맷자락을 떨치고 호통을 쳤다. 뒤이어, 상국의 웅장한 저택은 무거운 정적에 잠겼다. 꼭두새벽부터 시끄럽게 기승을 부리는 매미들의 울음소리만이 그의 심사를 더욱 어지럽히고 있었다.

'도대체 이게 어찌 된 일인가? 식구들은 다 어디로 가고 빌어먹을 놈의 하인 하녀들조차 보이지 않는가. 이게 무슨 천지개벽을 할 노릇이란 말인가!'

그는 도무지 정신을 차릴 수가 없었다. 뒤엉켜 버린 의식 속에서, 그는 퍼뜩 아버지가 남긴 말씀 한 마디가 떠올랐다.

'양호를 조심해야 하느니라……!'

계손사는 가슴이 덜컥 내려앉았다. 그렇다면 참말 그 놈이 반역을 도모했단 말인가? 다음 순간, 그는 가슴 속에 복받쳐 오르는 분노를 억누를 길이 없어 입에서 나오는 대로 마구 욕설을 퍼부었다.

"양호, 어디 있느냐! 이 의리도 모르는 늑대 같은 놈, 어서 썩 나와라!"

그는 발광을 하듯 이글이글 불타는 눈초리로 새삼스레 병사들을 노려보았다. 순간 계손사는 아찔했다. 병사들 가운데 낯익은 얼굴은 하나도 없고 처음 보는 녀석들만 있지 않는가!

'늦었구나, 다 끝장났어……! 나는 이제 그놈의 발치 아래 꿇린 죄수, 조롱 속에 갇힌 새가 되고 말았어……!'

그는 속으로 비명을 질러댔다.

그 짐작은 들어맞았다. 양호는 비읍성에 은밀히 길러둔 자기 사병(私兵)들을 그 전날 밤 이동시켜 상국의 저택을 물샐틈없이 포위해 놓고 계손사를 꼼짝 못하게 감금시켜 놓았던 것이다.

그날부터 노나라 도성 전역은 양호 군의 수중에 장악되었다. 물론 그 명분은 부중에 가두어 놓은 상국 계손사의 이름을 빙자한 것이었다. 경호 부대를 이끌고 성내 길거리를 거리낌없이 치달리면서, 양호의 가슴은 전보다 더욱 앞으로 내밀어졌고 뭇사람들에게 호통치는 목소리도 한결 사납고 거칠어졌다.

그는 풋내기 상국 계손씨의 권력을 빼앗아 노나라 조정을 자기 마음대로 주물러 볼 생각이었다. 그는 난폭하면서도 두뇌 회전 하나만큼은 조리 정연하게 돌아가는 교활한 인물이었다. 수십 년 동안 관가 물을 마셔온 경험으로 미루어, 이 필생의 도박을 완벽하게 성사시키려면 무력만 가지고 안 된다는 사실을 깊이 깨우치고 있었다.

반드시 문비(文備)를 곁들여야 한다는 것을 알고 있었다. 문무(文武)를 겸비하여 서로 조화있게 배합해야만 그야말로 사나운 호랑이에게 날개를 덧붙인 격이 된다. 그렇다면 문재(文才)를 갖춘 인물이 어디 있는가? 조정 안의 문관들은 하나같이 아첨꾼일 뿐, 써먹을 만한 재목감은 없었다. 양호는 며칠 동안 거듭 궁리하고 저울질을 반복한 끝에, 자신의 모사(謀士)로 공구를 점찍기에 이르렀다.

그는 부하를 시켜 예물로 먹음직스런 애돼지 찜요리를 가지고 손수 공구의 집을 방문하였다.

공구는 양호가 찾아온다는 기별을 받고 급히 자리를 피하려 했다. 그러나 외출복을 갈아입고 막 앞뜰로 내려서려는 찰나에, 공교롭게도 양호의 수레가 문전에 당도하고 있었다.

공구는 어쩔 수 없이 안채로 피해 들어갔다. 그리고 아들 공리더러 방문객을 맞이하라 일러두었다.

공리가 대문을 열자 양호는 능글맞은 미소를 띠고 뜨락에 들어서서 남의 집에 찾아온 손님답게 정중히 인사를 했다.

"불초 양호가 영존의 크신 이름을 흠모한지 오래였소이다. 그래서 오늘 이렇게 찾아뵈러 왔소."

공리도 답례를 올리고 응답했다.

"가친께선 아침 일찍이 외출하셔서 아직 안 돌아오셨습니다."

"호오, 그래요……?"

양호는 뜻밖이라는 듯 일부러 눈동자를 두어 차례 굴렸다. 미리 기별은 하지 않았으나, 오늘 공구가 외출했다는 보고는 듣지 못했다. 그렇다면 주인이 마음 먹고 자기를 만나지 않으려 피했을 것이 분명했다. 문전 축객을 당했다는 생각이 들자, 그는 속이 부글부글 뒤틀리면서 불덩어리가 불끈 치솟았다. 하지만 울화통을 터뜨려 봤자 아무 소용도 없을 뻔 했다. 자기가 필요해서 찾아왔으니 최소한의 성의는 베풀어야 하지 않는가? 이래서 양호는 노염을 억누르고 냉정을 되찾았다.

"안 계시다니 섭섭하구료. 여기 약소하나마 예물을 가져왔으니, 가친께서 들어오시거든 맛이나 보시라고 말씀드려 주시오."

양호가 손짓을 보내자, 수행원이 애돼지 찜을 쟁반째 떠받들어 공리에게 건네주었다.

"이러실 것 없습니다. 주시는 성의만큼은 마음으로 받겠습니다."

공리는 딱 부러지게 거절했으나, 양호의 고집도 만만치 않았다.

"그럼, 실례하겠소!"

안 받겠다는 예물을 억지로 떠맡긴 후, 양호 일행은 발길을 돌렸다.

당시 예의 범절에 따르자면, 남이 보내온 예물을 받으면 이쪽에서도 반드시 답례차 방문하게 되어 있었다. 이런 관례가 공구를 난처한 입장에 몰아 넣었다. 그는 옛 관습이나 예절을 누구보다 숭상하는 사람이었다. 그러나 두 눈 딱 감고 무시해 버리자니, 말꼬투리를 잡혀 세상 사람들에게 비웃음이나 당하기 십상이요, 그렇다고 답례차 양호를 찾아가자니, 군주를 배반한 더러운 무리와 어울렸다는 누명을 뒤집어쓰기 십상이었다.

공구는 곰곰이 생각한 끝에 묘책을 하나 짜냈다. 그는 제자 가운데 눈치 빠른 칠조개를 양호의 집 근처에 내보내, 양호가 집을 비우면 재빨리 기별해 오라고 지시했다. 주인이 외출한 틈에 찾아가서 아무한테나 간접적으로 답례를 하고 돌아오면, 실례도 되지 않거니와 양호를 피할 수도 있는 것이었다. 칠조개는 날마다 양호의 집 주변을 빙빙 돌면서 염탐했다. 그리고 사흘째가 되어서야 주인이 외출하는 것을 발견하고 황급히 스승에게 알려왔다.

공구는 지체없이 자로만 데리고 수레에 올라 양호의 집으로 달려갔다. 답방(答訪)은 의례적인 몇 마디로 쉽게 끝났다. 이것으로 예우는 다 갖춘 셈이라, 공구는 홀가분한 심사로 귀가 길에 올랐다.

그런데 골목 어구를 막 돌아서기 무섭게 공구 일행 앞에 웬 수레 한 대가 마주 달려왔다. 공구가 찔끔 놀라 바라보니, 수레에 양호가 점잔을 빼고 앉아 있었다. 공구는 당혹스러운 나머지 어쩔 바를 몰랐다. 공구는 입만 딱 벌린 채 아무 말도 하지 못했다.

양호는 수레에서 훌쩍 뛰어내리더니, 두어 발짝 다가와서 인사를 겸해 수작을 건넸다.

"공부자님은 하루 온종일 경륜을 닦고 정치를 논하신다던데, 어째서 직접 정사에 참여하지는 않으시오?"

상대가 예의 바르게 나오니, 공구도 마지 못해 수레에서 내렸다. 그리고 사뭇 내키지 않는 동작으로 답례를 건넸다.

"이 공구는 어려서부터 학문을 좋아하여 책 몇 권 읽은 탓으로 세사(世事)를 좀 깨우쳤을 뿐, 정치 일에 대해선 별로 아는 바가 없소이다."

답변은 물론 상대방에게 만족스럽지 못했다. 양호는 얼굴빛을 싹 굳히면서 비아냥거렸다.

"당신더러 처마 끝에 매달린 조롱박이라던데, 정말 보기만 그럴 듯하고 쓸모는 없단 말이오? 내가 보건대 그 조롱박을 쪼개서 표주박을 만들면 쓸 만한 물건이 될 듯 싶은데, 어떻게 생각하시오?"

그 말은 공구의 마음을 흔들어 놓고도 남음이 있었다. 나라를 위해 헌신하려는 생각이 밤낮으로 뇌리에서 떠나지 않는 사람에게, 참정 기회를 준다는 제의에 귀가 솔깃해지지 않을 수 없었던 것이다. 공구는 더 이상 가식적인 태도를 보이지 않고 솔직하게 속마음을 털어놓았다.

"그렇다면 저더러 표주박이 되란 말씀입니까? 아니, 아니외다. 저는 벼슬아치가 되려고 마음 먹고 있던 참이었소이다."

입밖에 말을 내고 나서, 그는 또 후회했다. 벼슬아치가 되고 싶기는 하지만 양호 같은 위인의 손을 거쳐 벼슬에 나아가서는 절대로 안 된다는 생각이 들었다. 실언을 했다는 생각이 들자, 상대방의 반응이 어떻게 나올지 몰라 공구의 얼굴 근육이 팽팽하게 긴장되었다.

양호는 그 말을 음미해 보면서, 교활한 눈빛으로 상대방의 얼굴 표정을 살폈다. 그리고 공구의 기색이 불안정하게 흔들리는 것을 발견하고, 방금 한 말이 충정에서 우러난 것이 아니라고 단정을 내렸다. 양호는 불쾌한 표정을 감추지 않은 채 무뚝뚝하게 한 마디 던졌다.

"시무(時務)를 아는 자라야 준걸이 되는 법이외다. 공부자님도 시세가 어떻게 돌아가는지 뻔히 아실 터이니, 될 수 있는 대로 빨리 마음을 정하시는 게 이로울 거요!"

피차 생각이 틀리다는 것을 확인한 두 사람은 몇 마디 인사치레로 작별을 고했다.

집에 돌아온 공구가 막 수레에서 내릴 때였다. 견마잡이로 따라갔던 자로가 냉랭한 표정을 짓고 스승에게 따져 물었다.

"사부님, 정말 그자한테 벼슬을 구하실 생각입니까?"

자로의 추궁에 공구는 탄식을 뱉아냈다.

"길이 다르면 동반자가 될 수 없듯, 선과 악이 판이하게 다른 사람은 서로 도모할 수 없는 법이다. 내가 어찌 양호 같은 부류에게 가서 벼슬아치 노릇을 하겠느냐?"

그제서야 얼음장 같던 자로의 얼굴에 웃음기가 감돌았다.

"아하, 스승님께선 그저 응구첩대(應口輒對)로 하신 말씀이었군요!"

공구는 다시 말했다.

"부귀는 사람마다 모두 얻고 싶어하는 대상이나, 올바른 수단으로 얻는 것이 아니라면 한낱 허공에 뜬 구름처럼 아무 짝에도 쓸 데 없는 것, 나는 결코 받지 않을 것이다."

자로는 고개를 끄덕이면서 우직한 미소를 띠었다.

이 때, 안로가 젊은이를 한 명 데리고 찾아왔다.

"스승님, 이 녀석은 제 아들 안회(顔回)인데, 올해 나이 열일곱 살이 되었습니다. 하지만 스승께 상견 예물로 드릴 건육 열 묶음을 마련할 수가 없어서 이때껏 입학시키지 못했습니다. 그 동안 제가 미숙하게나마 좀 가르치기는 했습니다만, 이제부터는 스승님 문하에 거두어 주십시오!"

그는 아버지의 부탁 말씀이 끝나기가 무섭게 공구를 향해 그 자리에 털썩 꿇어 엎드렸다.

"제자 스승님께 인사 올리나이다!"

공구는 대견스러운 듯 빙그레하니 미소를 띠었다.

"오냐, 잘 왔다. 내가 건육 열 묶음을 상견 예물로 바치는 사람은 존비 귀천을 막론하고 누구나 내 제자가 될 수 있다고 말하기는 했다만, 반드시 예물을 바쳐야만 제자가 될 수 있노라고 말한 적은 없었다. 자, 안회야, 어서 일어나거라!"

양호는 계손사를 감금시켜 놓은 이후부터 궁정을 제 집 드나들 듯 거들먹거리면서 무상으로 출입했다. 그러나 조정 백관들은 수중에 병권이 없는 터라, 양호를 미워하면서도 저마다 노여운 기색만 나타낼 뿐 섣불리 입을 열어 탄핵하지는 못하고, 그저 울분을 참아가면서 때가 오기를 기다릴 수밖에 없었다.

비록 거리낄 것이 없었으나, 서릿발같이 차가운 문무 백관들의 얼굴을 대할 때마다, 양호 역시 속으로 은근히 두려운 생각을 금치 못했다. 그는 제 아무리 강자라도 분노한 군중을 건드리기 어렵다는 도리를 알고 있었다. 그래서 집에 틀어박혀 종일토록 곰곰이 궁리한 끝에, 그는 마침내 제법 만족스런 계책을 하나 생각해 냈다. 그 계략이란 한 마디로 다수를 자기 편에 끌어들이고 소수를 고립시킨다는 술책이었다.

그는 우선 계손사를 감금하고 있던 군사들을 모두 철수시킨 다음, 궁궐에 들어가서 노정공과 중신들을 윽박질러 상호 불가침의 서약을 맺기로 했다. 맹세의 제단으로 선정한 곳은 주사(周社)였다.

노정공 6년, 양호는 노정공과 상국 계손사, 맹손기, 숙손씨를 윽박질러 주사 제단에 끌어다놓고 회맹(會盟)하는 의식을 거행하였다. 그리고도 모자랐는지 다시 은사(殷社)에서 온 나라 사람들과 회맹하는 의식을 치르고, 마지막으로 오부지구(五父之衢) 땅에서 신령에게 고축(告祝)의 제사를 올렸다. 이리하여 그는 서약을 어긴 사람이면 누구를 막론하고 처치할 명분을 마련해 두었다.

양호의 꿈은 너무나 야무졌다. 그는 계손사를 없애버리고 자기가 명실공히 상국 대감 노릇을 하기로 작정했다.

노정공 7년 2월, 제나라 경공이 앞서 점령했던 운읍, 양관(陽關) 두 지역을 노나라에게 돌려주었다. 양호는 기회를 놓치지 않고 그 두 지역을 자기 소유로 만들어 버렸다. 그래도 조정 대신들 가운데 공공연히 반대하는 이가 없는 것을 보고, 양호는 '삼환'을 제거해도 좋을 때가 온 것으로 생각했다. 이 무렵, 숙손성자는 이미 병으로 세상을 떠나고, 그 아들 숙손주구(叔孫州仇)가 경(卿)의 지위를 세습하였다. 당시 '삼환'은 모두가 다음 세대인 계손사, 맹손하기, 숙손주구의 세력으로 형성되어 있었다.

이듬해 겨울 하늘에는 음산한 구름이 가득 덮이고 엄청난 눈보라가 퍼붓는데, 세상 천지는 온통 무거운 정적에 쌓여 있었다.

양호의 저택 밀실에는 희뿌연 등잔불 아래 주인과 손님 둘이 자줏빛 사방 탁자를 가운데 두고 살기 찬 기색으로 마주 앉아 있었다. 두 손님이란, 사촌 아우 양월과 비읍을 다스리는 공산불유였다.

곁에는 술과 요리상이 갖추어져 있었으나, 셋 중 어느 누구도 젓가락을 대지 않았다.

좀처럼 입을 여는 사람도 없었다. 무거운 침묵이 흐른 끝에, 주인 양호가 돌연 탁자를 주먹으로 내리치면서 벌떡 일어났다.

"우리가 남의 가신 노릇을 한 지 몇십 년이나 되었는 줄 알아? 그 동안에 우리는 바윗돌에 깔린 풀잎처럼 고개도 못 쳐들고 숨 한번 제대로 내쉬지 못한 채 억눌려 살아왔단 말이다!"

"옳은 말씀이오, 형님!"

공산불유가 맞장구를 쳤다.

"이제 우리네 혼군은 무능하고, 삼환이란 작자들도 하릴없이 빈둥빈둥 놀기만 좋아할 뿐, 아무 것도 하는 일이 없지 않는가? 이럴 때 우리들이 맹손씨, 숙손씨네 가신들과 결탁해서 병력을 합친 다음, 계손사와 맹손하기, 숙손주구를 한꺼번에 싹 쓸어 버린다면……."

여기까지 말을 하고 나서, 양호는 두 주먹을 부르르 떨어 보였다.

"쉬잇!"

양월은 두꺼비 눈을 휘둥그레 뜨고 입에 손가락을 갖다댔다. 그리고는 도둑질하다 들킨 녀석처럼 앞뒤 좌우를 둘러보더니, 양호의 귀에 입을 바싹 갖다 붙이고 소근거렸다.

"형님, 우리 셋만 가지고는 어렵지 않겠소? 숙손씨, 맹손씨네 사람들이 선뜻 응할런지도 모르고 말이오. 그러니 좀 더 시간을 두고 차분히 의논해 봅시다. 공산 형님은 어떻게 생각하시오?"

공산불유는 원숭이 턱을 뽀쭉 내밀고 고개만 갸우뚱거릴 뿐, 가타부타 선뜻 대답을 않는다.

"형님도 의견을 내야 할 게 아니오?"

양월이 또 재촉하자, 그는 생쥐 눈알을 굴리면서 수염만 만지작거리더니, 마침내 결심한 듯 어금니를 악물었다.

"지금이 바로 기회일세! 그자들한데 손 쓸 겨를도 주지 말고 들이치세!"

"아우님, 무슨 묘책이라도 있나?"

양호가 그 말을 듣고 급히 물었다. 공산불유는 묘한 웃음을 띤 채 다시 입을 열었다.

"하나하나씩 각개 격파로 때리는 거요! 어떻게 하느냐 하면……."

공산불유가 한바탕 늘어놓는 동안, 양씨 형제는 '옳지, 옳거니!' 소리를 연발하면서 고개를 끄떡여댔다.

이튿날 아침, 먹구름이 흩어지고 날씨는 화창했다. 오랜만에 감금 상태에서 벗어난 상국 계손사는 간편한 옷차림으로 방을 나와 뜨락에 내려섰다. 한밤 내내 퍼부어 쌓였던 눈더미도 하인들이 새벽녘부터 쓸어내어 마당도 깨끗이 치워졌다. 그는 허리띠를 단단히 조여매고 권법 연습을 하기 시작했다.

몇십 차례 주먹질 발길질을 하고 났더니, 뼈마디와 근육이 풀리고 온몸뚱이가 거뜬해졌다. 그는 이마에 돋은 땀방울을 씻어낸 다음, 또 다른 권법을 연습하려고 다시 말타기 자세를 취했다. 이때 문밖에서 말이 투레질하는 소리가 들려왔다. 계손사는 동작을 멈추고 대문쪽을 바라보았다.

대문을 열고 들어온 것은 낯선 젊은 병사, 보나마다 양호의 부하였다.

계손사는 병사를 보자 가슴이 철렁 내려앉았다.

"아니 …… 누구냐?"

병사는 허리를 굽신하더니, 품 속에서 편지 한 통을 꺼내 바쳤다.

'청첩장을 전하러 왔습니다요. 저희 주인께서 내일 포원(蒲園)에서 잔치를 여시는데, 상국 대감도 왕림해 줍시사 하셔서 ……."

계손사는 뜨악한 기색으로 편지를 받아들었다. 겉봉에 큼지막하게 쓰인 '양호' 두 글자를 보는 순간, 그는 몸이 오그라들고 가뜩이나 찌푸린 이마에 주름살이 깊게 패였다. 이게 무슨 꿍꿍이 수작일까? 아닌 밤중에 홍두깨 내미는 격으로 느닷없이 잔치에 초청하다니, 아무래도 수상쩍기만 했다. 그는 말없이 겉봉을 뜯고 알맹이를 꺼내 펼쳤다. 하지만 종잇장에 쓰인 글씨 내용은 눈에 한 자도 들어오지 않았다. 글자 대신 양호에게 감금당했던 날이 그림처럼 떠올라, 저도 모르게 몸서리를 쳤다.

"대감 어르신, 어떻게 복명할깝쇼?"

병사의 재촉에 계손사는 대꾸를 하지 않은 채 손가락 끝으로 종잇장만 툭툭 건드렸다. 아무리 푸짐하게 차린 잔치라도, 가고 싶은 마음이 눈꼽만큼도 없었다. 하지만 만에 하나라도 양호가 호의적으로 초청했다면……? 이런저런 생각을 하면서 그는 반 나절을 망설이던 끝에 마침내 결정을 내렸다.

"돌아가서 주인에게 말씀드려라. 내 꼭 시간 맞춰 가겠노라고 말이다."

시원스런 대답으로 병사를 돌려보내기는 했으나, 그의 심정은 하루 온종일 평정을 잃고 있었다. 밤이 되어서도 잠을 이루지 못하다가 동녘이 훤히 밝아오기가 무섭게 침상에서 일어났다. 밤새껏 잠잠하던 까마귀가 시끄럽게 짖어대어, 가뜩이나 심란한 기분을 건드렸다.

"저 찢어 죽일 놈의 까마귀가……!"

뜨락에 내려서서 권법 연습으로 몸도 풀 겸 기분을 돌리려 했으나, 코끝이 매울 정도로 차가운 바람결에 뼈만 시릴 뿐, 도무지 흥이 나질 않는다. 그래서 얼음장이 다 된 손바닥을 비벼가며 도로 방 안으로 들어갔다.

조반을 막 끝냈을 때, 양호 일행이 탄 수레가 벌써 대문 앞에 도착해 있었다. 계손사는 더욱 수상쩍게 여기면서 내키지 않는 심사로 차비를 서둘렀다.

이윽고 3대의 수레가 포원을 향해 곧바로 치닫기 시작했다.

선두 수레에는 양호가 천연덕스럽게 타고 앉아서 하릴없이 길거리를 두리번거리고 있다. 두번째 수레에 탄 계손사는 가시 방석에라도 앉은 듯, 불안한 눈초리로 앞쪽 양호의 뒷모습을 바라보고 있었다. 마지막 수레를 타고 앉은 것은 양월, 그의 두 눈은 마치 먹이를 노리는 사냥개처럼 계손사의 뒷덜미를 호시탐탐 노려보고 있었다.

평탄한 대로가 끝나면서, 일행은 울퉁불퉁한 언덕 길에 접어들었다.

수레가 부서질 듯 마구 흔들릴 때마다 계손사의 마음은 더욱 긴장되었다. 얼마쯤 달렸을까 한데, 앞자리에서 열심히 채찍질을 하던 마부가 때없이 고개를 돌리면서 주인에게 눈짓을 보냈다. 하는 양을 보니, 뒤쪽을 조심하라는 신호였다. 때마침 차가운 바람이 한바탕 불어와서 온몸에 눈발을 뒤집어 씌웠다. 계손사는 눈을 털어내는 척하면서 흘끗 뒤돌아보았다.

"아뿔사, 이놈들이 ……!"

깜짝 놀란 그는 속으로 비명을 질렀다. 뜀박질로 달리면서 경호하던 병사들이 수레 측후방에 바짝 따라붙고 있는데, 어느 틈에 뽑아 들었는지 날카로운 단도를 번뜩거리며 여차하면 수레 위로 뛰어오를 기세가 분명했다. 그것도 하나같이 사뭇 낯익은 얼굴, 두번째 수레 경호를 맡은 놈들은 양호의 심복 부하들이 변장한 것이었다. 세번째 수레 위의 양월도 손에 보검을 빼어잡은 채 살기 등등하게 쫓아오고 있었다. 선두 쪽 양호가 신호를 보낼 때까지 기다리는 눈치였다.

계손사는 절대 절명의 위기를 직감했다. 그는 상체를 앞으로 숙이고 마부에게 속삭였다.

"재미 없는 일이 벌어지겠다! 저 앞쪽 갈랫길에서 오른쪽으로 꺾어 돌면 맹손 대부 댁에서 그리 멀지 않다. 교차로에 접근하거든 전속력으로 마차를 몰아라! 알겠느냐? 어물거렸다가는 우리 두 목숨은 끝장나고 말 것이다!"

주인의 목소리에는 비탄과 절망감이 가득 배어 있었다. 마부도 알았다는 듯이 고개를 끄덕이더니, 고삐를 가볍게 당겨 끌었다. 짐승들은 마부가 시키는 대로 걸음걸이를 늦추어 선두와의 거리 간격을 뚝 떨어뜨려 놓았다.

이윽고 갈랫길에 당도하자, 마부는 고삐를 몽땅 풀어 주면서 말궁둥이에 두어 차례 힘껏 채찍질을 먹였다.

"이랴! 이랴!"

짐승들은 고삐가 당겨지는 방향으로 휙 돌아가더니, 미친듯이 내뛰기 시작했다. 그쪽은 맹손하기의 저택으로 뚫린 길이었다.

"앗, 도망친다!"

등 뒤에서 고함치는 소리가 들려왔다. 뜻하지 않은 상황에 놀란 양월이 채찍질을 마구 퍼부으면서 따라붙었다. 양월의 수레는 모퉁이를 급히 돌다가 그만 중심을 잃고 기우뚱하니 엎어져 길결 시궁창에 처박히고 말았다. 양월이 뛰어내리면서 경호병들에게 고래고래 소리를 질렀다.

"뭣들 하느냐? 수레를 끌어내라! 어서, 어서!"

병사들이 와르르 달려들어 마차 바퀴를 붙잡고 씨름을 했다. 양월은 마부의 손에서 채찍을 빼앗아 쥐더니, 버둥대는 말 궁둥이에 죽어라고 채찍질을 퍼붓기 시작했다.

양월이 수레를 길 한가운데 끌어 올려다 놓고 재차 뒤쫓기 시작했을 때, 계손사는 벌써 멀찌감치 달아나 보이지 않았다.

느긋하게 선두를 달리던 양호도 중도에서 변고가 터진 것을 알고 급히 말머리를 돌려 뒤늦게 추격을 개시했다.

"빨리 쫓아라, 빨리! 놓치면 안 돼!"

양월의 마부는 솜씨가 뛰어났다. 수레가 쏜살같이 달리는 동안, 양월은 흡사 굶주린 늑대처럼 두 눈에 핏발을 세우고 수레 위에 우뚝 선 자세로 활을 꺼내 잡았다. 그리고 계손사의 뒷모습이 눈에 잡히기가 무섭게, 연속으로 화살을 날려보냈다.

그러나 모두 부질없는 일, 추격대가 맹손씨 집 문 앞에 들이닥쳤을 때는 정문 앞에 빈 수레만 덩그러니 남았을 뿐, 계손사는 이미 맹손 가문의 무사들에 의해 철통같이 보호를 받고 있었다.

두 눈 멀쩡히 뜨고 계손사를 놓쳐 버린 두 형제는 그야말로 닭 쫓던

개 지붕 쳐다보는 격이 되고 말았다.

양호는 화풀이라도 하려는 듯, 남의 대문짝을 향해 고함을 질러댔다.

"맹손 대부, 계손사를 내놓으시오!"

고함 소리가 떨어지자마자, 문루 위에 맹손하기가 나타났다. 양호는 수레 위에 우뚝 선 자세로 두 손 모으고 허리를 굽신해 보였다.

"맹손 대부, 소란을 부려 미안스럽소이다만, 계손사를 좀 내보내 주시오."

그러나 맹손하기의 반응은 차가왔다. 맹손하기는 무사들의 엄중한 호위를 받아 무서울 것이 없는 터라, 고리눈을 부릅뜨고 위풍 당당하게 선 채 목청을 돋우어 이 난폭한 추격자들을 꾸짖었다.

"여기가 어디라고 큰소리냐! 이 발칙한 역신 놈들, 감히 내 집 문전에 와서 소란을 부리다니, 오늘 네놈들한테 내 따끔한 맛을 보여주고야 말겠다. 여봐라, 무사들아!"

"예이!"

병정 수십 명이 우렁차게 응답했다.

"활을 쏘아라!"

맹손하기의 손이 번쩍 쳐들리자 문루와 담장 머리에서 화살이 우박처럼 쏟아져 날아왔다.

"이크, 물러서라! 물러나!"

양호가 목청이 터져라 고함을 질러댔다. 그와 때를 같이해서 문루 위에서도 고함 소리가 울렸다.

"돌격하라!"

대문이 활짝 열리고 창칼을 잡은 병사들이 벌 떼처럼 쏟아져 나왔다. 일단 물러났던 양호 역시 병사들을 휘몰아 맞붙어 싸웠다.

문전은 삽시간에 아수라장으로 변하고 말았다. 한바탕 혼전이 벌어진 끝에 양월이 화살을 10여대나 맞고 수레에서 굴러 떨어졌다.

"으와! ……"

형세가 불리하게 돌아가자 양호는 황급히 말머리를 돌려 세웠다. 그리고 사촌 아우의 시체도 내버린 채 죽을 힘을 다해 도망치기 시작했다. 수레 뒤를 따라 내뛰던 심복 부하 서너 명이 화살을 맞고 거꾸러졌으나, 그는 뒤돌아다 볼 겨를도 없었다.

"저놈들을 쫓아라!"

맹손하기는 무사들을 이끌고 뒤쫓으면서 낙오자를 보는 대로 가차없이 베어 죽였다. 한바탕 추격으로 분풀이를 마친 그는 군사들을 거두어 돌아섰다.

덕분에 구사 일생으로 목숨을 건진 계손사는 맹손하기 앞에 꿇어 엎드려 충심으로 사례를 했다.

"고맙소이다, 맹손 대감! 대감께서 구해 주시지 않았던들, 이 한 목숨을 어떻게 부지했겠소이까? 대감의 은덕은 내 평생토록 잊지 않으리다!"

맹손하기는 황망히 계손사를 부축해 일으켰다.

"아이구, 어서 일어나십쇼! 상국 대감께서 이러시면 정말 난처합니다."

"아니올시다. 대감은 저를 다시 낳아 준 어버이나 다를 바 없으시니, 마땅히 절을 받으셔야 합니다!"

"우리와는 조상도 같을 뿐더러, 또 함께 이 나라를 위해 힘써 온 집안이 아닙니까? 한 배에 탔으면 의당 서로 도와야 옳은 일이지요."

맹손하기는 집안 식구들에게 잔치 자리를 마련하라고 일렀다. 상국 대감의 놀란 가슴을 술잔으로 달래주기 위해서였다.

숙손주구가 그 소식을 전해 듣고 부랴부랴 달려왔다. 이리하여 맹손씨 댁에서 '삼환'이 모처럼 자리를 같이 하게 되었다.

술이 몇 순배 돌고나서 숙손주구가 중요한 문제를 꺼냈다.

"두 분 대감도 짐작은 하셨겠으나, 우리 세 집안의 가신들이 암암리에 결탁하여 큰일을 저지를 모양입니다. 그 목적은 물론 우리 세 사람을 몰아내고 주인 자리를 차지할 속셈이겠지요. 양호가 이번에는 실패했지만 이대로 그냥 넘어가지는 않을 테니, 우리도 각별히 방비해야 되겠습니다."

이 때, 심복 한 사람이 헐레벌떡 숨차게 뛰어들어와서 아뢰었다.

"대감님, 큰일 났습니다! 양호가 주군을 납치하여 군사들을 이끌고 이리로 쳐들어 오고 있답니다."

"아니, 뭣이라구?"

맹손하기는 몹시 노하여 주먹으로 탁자를 내리치면서 소리 쳤다.

"그 역적 놈이 정말 무례하기 짝이 없구나! 냉큼 나가서 병사들더러 각자 예정된 수비 위치를 지키고, 궁노수들은 모두 잠복하라고 일러라!"

"예에!"

심복이 물러나간 후, 얼마 안 있어 온 부중이 떠들썩하게 술렁대더니, 이내 쥐죽은 듯 잠잠해졌다. 방어 배치가 끝난 모양이었다.

안배를 마치자, 맹손하기는 두 손님을 돌아보고 이렇게 말했다.

"제 미약한 힘만 가지고는 그 역신을 당해낼 수 없겠습니다. 두 분 대감께서 힘껏 도와주시기를 바랍니다."

계손사가 팔뚝을 걷어붙였다.

"모든 것이 저 때문에 일어났으니, 제가 당연히 앞장 서 싸우겠소이다!"

숙손주구도 노기 등등하여 외쳤다.

"나도 그 난신적자와 더불어 이 하늘 밑에서 살지 않겠소! 맹손 대감, 속히 타고 갈 마필을 준비해 주십시오."

숙손주구의 부탁으로 하인이 준마 두 필을 대령했다. 계손사와 숙손주구는 주인에게 작별을 고한 다음 마상에 몸을 실었다. 때는 벌써 날이 어둑어둑 저문 뒤라. 두 사람의 그림자는 이내 어둠 속으로 사라졌다.

맹손하기는 조상 대대로 전해 내리는 보검을 차고 문루에 올라 서서, 암흑에 잠긴 바깥 하늘을 멀리 내다보았다.

어두운 하늘가에 불빛이 한 점 보이는가 싶더니, 이내 점점이 늘어나면서 칠흑 같은 밤하늘을 대낮처럼 환히 밝혀 놓았다. 횃불 행렬의 선두가 일렁일렁 물결치듯 움직여 오고 있었다.

이윽고 전차를 끄는 말발굽 소리, 바퀴 구르는 소리가 우르르 들려왔다. 선두 전차에는 양호가 걸터앉아 있었다. 그 곁에 나란히 앉은 노정공의 모습도 눈에 들어왔다. 군주를 강제로 끌고 나왔음이 분명했다.

군주의 모습을 발견하자, 맹손하기는 무의식적으로 문루 뒤에 몸을 숨겼다. 그리고 찬찬히 동정을 살펴가며 공격해 나갈 기회를 기다렸다.

바깥쪽에서 보면, 문루 위에는 등롱 한 개만 높다랗게 매달려 있을 뿐, 부중은 온통 어둠 속에 휩싸여 캄캄 절벽을 이루고 있었다. 양호는 수염을 쓰다듬으면서 껄껄 웃었다.

"맹손 대감, 어디 숨었소? 그대 목숨은 이제 끝장이야! 하하하! 병사들아, 들이쳐라! 누구든지 맹손하기를 죽이는 자에게 무거운 상을 내리겠다!"

"으와아아! 쳐라!"

병사들이 함성을 질러가며 기세 좋게 돌격해 나갔다.

"공수대, 활을 쏴라!"

맹손하기의 입에서 고함 소리가 우렁차게 터져나왔다. 그와 동시에 캄캄한 어둠 속에서 화살이 우박처럼 쏟아져 나왔다. 표적도 겨냥 않고 무차별로 쏘아대는 사격으로, 돌진해 오는 인마를 강타했다. 공격 대형은 삽시간에 뿔뿔이 흩어지고, 화살을 맞아 거꾸러지는 병사들이 속출

했다. 살기 찬 함성, 단말마의 비명, 병기들의 맞부딪는 쇳소리, 신음
소리가 한데 뒤섞여 캄캄한 하늘에 메아리 쳤다.

"아뿔사, 준비를 단단히 해 두었구나!"

양호는 가슴을 치며 통분하며 재빨리 상황을 판단했다. 이런 상태로
무작정 계속 들이쳐 보았자 병력만 허비될 뿐, 승산이라곤 눈꼽만큼도
없을 것이 분명했다. 승산이 없을 때는 삼십육계 줄행랑이 상책이었다.
그는 말머리를 돌리면서 부하들에게 고함 쳤다.

"후퇴하라! 후퇴……!"

양호의 전차대가 말머리를 돌려 물러나기 시작했을 때였다. 어둠 속
에서 갑자기 천지를 뒤흔드는 함성과 더불어 횃불 행렬이 밤하늘을 환
히 밝히면서 밀려오고 있었다. 바로 양호 군이 물러날 퇴로 쪽, 그것도
양쪽에서 양호 군을 향해 횃불 행렬이 몰려오고 있는 것이다. 양호는
대경 실색, 얼굴빛이 하얗게 질리고 말았다.

"앗차, 큰일 났구나! 도망쳐라!"

주장을 태운 전차가 선두로 달아나기 시작하니, 난장판에 뒤처진 병
사들은 목 떨어진 파리 떼처럼 이리 뛰고 저리 뛰고 갈팡질팡하다가 집
중 사격을 받고 무더기로 쓰러졌다.

배후에서는 맹손씨의 추격대, 좌측에는 계손씨, 우측에는 숙손씨의
응원군이 밀려들면서 삼면으로 포위망을 구축한 채 바짝바짝 조여들었
다.

"역적 양호를 잡아라!"

"저기 있다, 활을 쏘아라!"

양호는 자기가 집중 표적이 되자, 거추장스런 짐을 덜기 위해 마부와
노정공을 한꺼번에 수레 바깥으로 밀쳐낸 다음, 손수 말고삐를 잡고 쏜
살같이 내뛰기 시작했다. 양호는 포위망을 헤치고 한 가닥 혈로를 열어
도망치는 데 성공했다.

이튿날, 노정공이 조회를 열었다. 전상으로 오르는 돌계단 양편에는 무장한 시위대(侍衛隊)가 병기를 잡고 삼엄하게 늘어섰다. 노정공은 간밤에 놀란 넋이 아직도 진정되지 못한 듯 불안한 기색으로 용상에 걸터앉았다. 문무 백관들이 천세 삼창을 외쳐 하례를 올렸으나, 그의 귀에는 아무 소리도 들려오지 않았다.

문무 반열이 질서 있게 늘어서자, 그는 무엇에든지 의지하고 싶은 듯, 양 손으로 탁자 모서리를 움켜잡고 입을 열었다.

"경들은 무슨 아뢸 일이 있소?"

물음이 떨어지자, 상국 계손사가 반열 앞에 썩 나서더니 자못 격한 음성으로 아뢰었다.

"역신 양호가 왕법을 무시하고 하극상(下剋上)의 난동을 부렸사온즉 조야의 신민은 물론이요 미물인 가축조차 안녕을 얻지 못하고 있나이다. 주군께 바라옵건대 군사를 출동시켜 이 역신을 토벌하소서!"

"상국이 옳게 아뢰었소!"

노정공 역시 양호에게 치욕을 당한 뒤라 노염을 이기지 못하고 목소리마저 떨려나왔다.

"과인조차 협박하다니 양호는 실로 천하에 용납 못할 대역 죄인이오. 경들 중에 누가 토벌군을 이끌고 나가겠소?"

"소장에게 하명하소서!"

"불초하오나, 소장에게 토벌군을 맡겨 주소서!"

무관 반열에서 두 사람이 거의 동시에 외치며 나섰다. 뭇사람들이 바라보니 노나라의 무장 신구수와 낙기였다. 두 사람 모두 나이 삼십여 세로 씩씩하고 늠름한 영걸의 자태에 기백이 철철 넘쳐 흘렀다.

노정공의 입가에 처음으로 웃음기가 돌았다.

"과인이 두 사람에게 명하노니, 그대들이 각각 전차 1백 승을 거느리고 출동하여 양호를 잡아 죽일 것이니라!"

"성지(聖旨) 받드오리다!"

두 장수는 즉시 퇴궐하여 전차와 병력을 점검한 다음, 토벌군을 거느리고 양호가 도주한 방향으로 추격길에 나섰다.

한편, 양호는 패잔병을 수습하여 이끌고 밤새껏 도망쳐, 다음날 새벽녘 자신의 영지인 환읍에 이르렀다. 참담한 패배에 기가 꺾일대로 꺾인 그는 안타까움과 분노, 번민에 못이겨 제정신이 아니었다. 하지만 그 정도의 실패로 주저앉을 양호가 아니었다. 그는 병사들을 시켜 성문을 단단히 봉쇄하고 허술한 성벽을 수리하는 한편, 비읍 땅으로 기마 전령을 급히 보내 공산불유에게 구원병을 요청하였다. 그야말로 배수진을 쳐 놓고 그물이 찢어지든 고기를 잡든, 양단간에 결판을 낼 작정이었다.

황혼이 깃들 무렵, 신구수와 낙기가 이끄는 토벌군도 환읍까지 뒤쫓아왔다. 외곽을 순찰돌던 기마 정찰병이 재빨리 관군을 발견하고 성 안으로 달려갔다.

급보를 받은 양호는 측근 몇몇을 데리고 황망히 문루에 올라섰다. 성 밖에 들이닥친 토벌군의 규모를 바라보자니, 양호는 기가 막히고 가슴이 철렁 내려앉았다. 신구수와 낙기로 말하자면 노나라에서도 이름난 용장이요, 전차와 군사들도 노나라가 보유한 총 병력 1천 승 가운데 최정예만을 가려뽑은 강병들이 아닌가! 그는 자신의 힘으로는 도저히 적수가 되지 못함을 뼈저리게 느꼈다.

토벌군 지휘 깃폭에는 '신(申)' 자가 큼지막하게 수놓여 있었다. 주장 신구수는 그 깃발 아래 우뚝 서서 노기 등등한 목소리로 양호를 꾸짖었다.

"양호, 네놈은 이 노나라에서 태어나고 자라는 동안 임금의 융성하신 은덕을 누리고 노나라의 녹봉을 먹으며 살았으니, 그 은혜를 갚아야 마땅할 터인데 오히려 배은 망덕하게도 하극상의 반역을 저지르다니,

네놈보다 더 극악 무도한 역적은 다시 없을 것이다! 네 죄를 알겠느냐?"

낙기도 펄럭이는 깃발 아래 서서 우렁차게 호통을 질렀다.

"양호, 이놈! 이리 썩 나와 결박을 받지 못할까! 너 한 놈 때문에 무고한 병사들을 죽음으로 몰아넣을 작정이냐?"

양호는 어금니를 꽉 깨물고 사나운 기색으로 코웃음 쳤다.

"이름 없는 쥐새끼들이 되지 못하게 뉘 앞에서 허풍을 떠는 거냐? 얘들아, 활을 쏘아라! 마구 쏴라, 쏴!"

명령 한 마디가 떨어지자, 화살이 메뚜기 떼처럼 쏟아져 내려갔다. 그러나 워낙 사정거리가 멀어 힘차게 날아간 화살비는 중도에 떨어지거나, 어쩌다가 목표에 도달한 것도 토벌군 병사들이 휘두르는 창대에 맞아 흙바닥에 맥없이 떨어지고 말았다.

그 광경을 보고 양호는 미쳐 날뛰면서 으르렁댔다.

"힘껏 쏴라! 더 힘껏 당겨 쏘라구!"

그리고 양호는 곁에 있던 병사의 활과 화살을 빼앗아 들더니 양 팔뚝에 혼신의 힘을 다 쏟아넣어 시윗줄을 잡아당겼다. 신구수의 머리통을 겨누어 한 발 쏘아 보냈다.

"쌔액!"

허공을 찢는 날카로운 소리, 얼마나 힘 주어 쏘았는지 화살은 일직선으로 날아갔다. 그러나 신구수 또한 눈치도 빠르고 손도 빨랐다. 화살이 닥치는 찰나에 그는 휙! 하니 한쪽으로 몸을 틀더니 오른손을 불쑥 내밀어 화살을 거뜬히 받아냈다.

"으와아!"

병사들이 터뜨리는 갈채 소리에, 양호는 분통이 터지다 못해 목덜미에 시퍼런 힘줄이 불끈 돋았다. 그는 시위에 화살을 또 한 대 먹여 들고 힘껏 당기기 시작했다. 만월처럼 굽은 활시위, 이번에 겨눈 목표는 낙기의 가슴팍이었다.

시위를 벗어난 화살이 예리한 바람 소리를 내면서 곧바로 낙기의 앞 가슴을 향해 날아갔다. 하지만 낙기는 아무 것도 아니라는 듯, 그 자리에 움쭉 달싹도 않고 천연덕스레 서 있었다. 전군 병사들이 손에 땀을 쥐고 지켜보는 동안, 화살은 여전히 힘찬 속도로 날아갔다. 누군가 놀라 비명을 질렀으나 낙기는 그대로 요지부동이었다. 살촉이 가슴팍에 들어박히려는 찰나, 그는 손에 들고 있던 칼날을 가슴 앞에 올려 붙였다.

"쟁!"

실로 한 치 틈도 어긋나지 않은 정확한 가늠, 살촉은 반 뼘 남짓한 칼날을 정통으로 맞추고 되튀겨 나오더니, 멀찌감치 날아가서야 땅바닥에 떨어졌다.

일순, 정적이 감돌았다. 모든 사람들은 입만 딱 벌린 채 멍하니 서 있다. 그것도 잠시뿐, 우레 같은 박수 갈채가 저녁 하늘을 한바탕 뒤흔들었다.

양호는 기가 완전히 꺾이고 말았다.

그는 맥없이 활을 던져버리고 절망에 찬 눈빛으로 동남쪽 하늘만 하염없이 바라보았다.

이제 그가 한 가닥 희망을 거는 것이 있다면 비읍의 공산불유가 응원군을 이끌고 달려오는 것뿐이었다.

어둠이 찾아왔다. 뼈를 에일 듯 매서운 북풍이 몰아치면서 이제 갓 녹기 시작한 눈은 재빨리 얼음으로 변했다.

양호는 한참을 문루 위에 그대로 서 있었다. 추위와 공포심으로 온몸이 춥고 떨리고, 입이 마르고 혓바닥이 갈라졌다. 그 말라붙은 입에서 중얼중얼 욕설이 흘러나오기 시작했다.

"공산불유, 네놈이 의리 없게 배신을 하는구나……! 내가 죽어가는

데도 못본 척하다니 …… 괘씸한 녀석 ……."

그러나 양호의 입장에선 그 유일한 희망을 쉽사리 내던질 수 없었다. 그래서 생각을 바꾸어 곰곰이 거리를 계산해 보았다.

'옳거니, 내가 조급한 나머지 공연히 안달을 했어! 비읍에서 이곳까지 한 번 왕복하려면 적어도 하루 밤낮의 시간이 꼬박 걸린다. 전령이 아무리 빠르게 달려도 지금에야 겨우 비읍에 당도했을 터, 그리고 공산불유가 구원병을 이끌고 강행군으로 온다 쳐도 내일 아침 늦게야 도착할 수 있을 것이다. 오냐, 참을성 있게 기다리자꾸나!'

그러나 양호는 두렵기만 했다. 토벌군이 야간 공격을 퍼부었을 때, 이 성을 지켜낼 자신감도 방법도 없었다. 아니 그보다 더 두려운 것은 공산불유가 반드시 구원병을 보내 주리라는 확신이 서지 않는다는 점이었다.

양호의 추측은 틀림없었다. 공산불유는 애당초 양호가 '삼환'을 모조리 죽여 없애자고 했을 때 힘을 보태주기로 단단히 약속했고, 또 포원에 잔치를 베풀어 놓고 상국 계손사를 유인해 살해하려던 음모도 공산불유 자신이 꾸민 계획이었다. 그러나 그 본심은 전혀 딴 데 있었다. 공산불유는 양호 형제와 '삼환'이라는 두 마리 범끼리 싸움을 붙여놓고 가만 앉아서 구경하다가 양쪽의 세력이 크게 약화되었을 때 온전하게 길러 둔 자기 병력을 모조리 출동시켜 양대 세력을 한꺼번에 처치해 버릴 속셈이었다. 그래서 양호가 보낸 전령이 비읍에 도착하자마자, 그는 심복 부하를 시켜 전령을 암살해 버리고 자신은 움쭉 달싹도 않았던 것이었다.

성마루 위에 서서, 양호는 발치 아래를 굽어보자니 속만 끓고 비읍이 있는 하늘쪽을 바라보자니 눈이 짓무르다 못해 눈동자가 빠져나올 지경이었다.

어두운 밤중에도 관군은 공격 준비를 착착 진행시켜 나가고 있었다.

주장 신구수와 낙기의 지휘를 받아가며, 토벌군 병사들은 성벽 여기저기에 공격용 사다리를 걸쳐 세우고 개미 떼처럼 올라붙기 시작했다.

"활을 쏘아라! 어서 쏴라, 쏴라!"

양호는 목이 터져라 사격 명령을 내렸다. 그러나 허장 성세(虛張聲勢)일뿐 병사들이 활시위를 당기는 동안, 그는 심복 부하 몇명만 데리고 슬그머니 문루를 내려왔다. 그리고 어둠을 틈타 공격이 없는 반대편 성문으로 빠져나갔다.

신구수와 낙기가 본대를 이끌고 돌입했을 때, 성 안에는 반란군의 시체가 즐비하게 널려 있고, 흐르는 핏물이 도랑을 이루고 있었다. 양호가 사라진 것을 알고 두 장수는 군사를 사면 팔방으로 흩어보내 수색을 개시했다. 그러나 성내 구석구석을 이잡듯 샅샅이 뒤졌지만 양호는 그림자조차 보이지 않았다.

두 장수는 상의 끝에, 주장 신구수가 점령지에 머물러 수색을 계속하는 동안, 낙기는 양호를 추적 생포하기로 결정했다.

낙기는 여러 방향으로 갈라진 길 어구를 하나씩 살펴본 다음 양관(陽關)으로 통하는 대로상에서 찍힌 지 얼마 안 되는 말발굽을 발견했다. 그는 즉시 부하들에게 명령을 내렸다.

"말머리를 양관 쪽으로 돌려라! 양호란 놈은 자기 영지가 있는 곳으로 도망쳤다. 자, 날 따라서 추격하라!"

동이 틀 무렵, 추격대는 양관에 도착했다. 낙기의 판단은 정확했다. 성벽 위에 양호가 우뚝 올라서서 그들을 마주 바라보고 있었던 것이다.

양호는 이제 사냥꾼들에게 단단히 포위당한 맹수나 다를 바 없었다. 궁지에 몰리면 쥐도 고양이를 물어뜯는 법, 양호 역시 최후의 발악으로 몸부림을 쳐볼 태세를 가다듬고 있었다. 대책없이 성을 지키면서 시간만 끌 것이 아니라, 행군에 지친 소수의 적을 맞아 속전속결로 싸운다면 승산이 아주 없지는 않으리라고 생각한 것이었다.

이윽고 성문이 열렸다. 양호는 심복 부하 몇몇과 함께 남은 병사들을 모두 거느리고 나와서 다리 앞에 전투 대형을 갖추고 늘어섰다.

양호가 나타나자, 낙기는 두말 않고 전차를 휘몰아 달려 나갔다.

"돌격하라!"

고함 소리 한 마디에, 전차 20대가 시위를 벗어난 화살처럼 일제히 돌격을 개시했다. 뒤따라 1천 5백 명의 보병이 창대를 겨눈 자세로 전진했다.

반란군 측은 모두 기마병, 양호가 장검을 휘두르며 마주쳐 나가자, 부하들도 함성을 지르며 말을 몰아 달려나갔다. 전차가 반란군의 기마대 중심으로 뛰어들면서 대형을 흐뜨려놓자, 보병들의 창끝이 사람과 짐승을 가리지 않고 마구 찔러 거꾸러뜨렸다. 적진을 관통하고 뒤로 빠져 나갔던 전차대가 빙그르르 선회하더니 이번에는 반대편에서부터 재차 돌격해 왔다. 양호 군은 미처 대형을 가다듬어 볼 겨를도 없이 또 한 차례 흐트러졌다. 서릿발 같은 창끝에 찔려 여기저기 털썩털썩 거꾸러지는 말과, 서슬 푸른 칼날 아래 외마디 비명을 지르고 쓰러지는 관군 보병들, 그 와중에서 양호는 적장 낙기를 맞아 이미 30여 합을 겨루고 있었다.

양호도 일신을 무예로 단련한 맹장이었으나, 낙기는 과연 이 세상에 싸움꾼으로 태어난 효장(驍將)이었다. 접전이 40여 합을 넘기면서부터, 양호는 말 뱃대기를 죈 두 다리에 맥이 풀리고 칼자루를 잡은 손목이 뻣뻣하게 저려오는 것을 느꼈다. 다시 5,6합을 더 마주쳤을 때, 그는 팔뚝에 감각이 없어져 더 이상 반격으로 나가지 못하고 차츰 상대방의 공격을 막아내는 데만 급급해졌다. 흘끗 좌우를 돌아다보니, 그 숱한 병사들은 다 어디로 가고 곁에 남은 것은 측근 심복 세 사람뿐이었다. 양호는 슬그머니 겁을 집어먹고, 말고삐를 냅다채어 주춤주춤 뒤로 발을 빼기 시작했다.

상대방이 위축되는 기미를 보이자, 낙기는 숨 돌릴 틈도 주지 않고 바짝 따라 붙어가며 무차별로 공격을 퍼부었다. 이윽고 양호 곁에서 엄호하던 심복 셋마저 거꾸러졌다. 그 틈에 양호는 말머리를 홱 돌려 멀찌감치 물러났다. 이제 더는 버틸 방도가 없는 터라, 그는 말 궁둥이에 채찍질을 퍼부어가며 동쪽을 향해 정신없이 달아났다.

낙기도 전차를 몰아 추격에 나섰다. 그러나 양관의 그 동쪽 지형은 모두 구릉 지대라 산길도 기구한 데다 노면이 울퉁불퉁해서, 말을 탄다면 혹 모를까 수레가 기동하기에는 몹시 불편했다. 양호의 뒷모습이 가물가물 사라지는 것을 보자, 낙기는 즉시 결단을 내렸다.

"수레를 멈춰라!"

함께 타고 있던 갑사(甲士)가 고비를 당겨 멈추는 동시에, 낙기는 지상에 뛰어내렸다. 그리고 바쁜 손길로 전차를 끌던 말의 멍에와 굴레를 풀어낸 다음, 안장도 없는 말잔등에 훌쩍 올라 타더니 그 길로 양호의 뒤를 쫓아 무섭게 치달려 갔다.

양호는 추격을 멀찌감치 따돌려 놓고 이제 막 한숨을 돌리는 순간, 등 뒤에서 급박하게 달려오는 말발굽 소리를 듣고 흠칫 놀랐다. 고개를 돌려보니, 그 악착 같은 낙기가 무시무시한 기세로 뒤쫓아오고 있는 것이었다. 양호는 산 위로 달아나기 시작했다. 등성이에 거의 다 오르자, 화강암의 절벽이 앞길을 가로막아 더 이상은 갈 데가 없었다. 그는 말을 버리고 도보로 샛길을 따라 기어 오르기 시작했다. 암벽에 올라선 그는 등에 메고 있던 활을 벗겨 잡고 마지막 한 대 남은 화살을 조심스럽게 시위줄에 먹였다. 그리고 추격자가 절벽 아래 다다를 때까지 조용히 기다렸다.

이윽고 낙기가 절벽 밑에 나타나더니 눈을 들어 위쪽을 올려다보았다. 바로 그 순간, 마지막 화살이 시위를 떠났다.

"퓽!"

냉전(冷箭)은 예리한 파공음을 길게 끌면서 낙기의 앞머리를 향해 곧바로 날아갔다.

"으앗!"

짧은 외마디 소리, 낙기는 벌렁 몸을 뒤채더니 그대로 맥없이 땅바닥에 굴러 떨어졌다.

14
일파 만파(一波萬波)

양호는 활대를 내던졌다. 활시위 소리와 더불어 낙기의 몸뚱이가 마상에서 굴러 떨어지는 것을 두 눈으로 똑똑히 보니, 이제는 무서울 것이 없었다. 그는 미치광이처럼 웃음을 터뜨리더니, 숨을 깊숙이 들여마신 다음 3장 높이나 되는 절벽에서 훌쩍 몸을 던져 날렵한 동작으로 뛰어내렸다. 그리고 낙기가 혹시 살아 있을지도 몰라, 아예 숨통을 끊어놓을 셈으로 칼을 뽑아들고 단걸음에 덮쳐갔다.

가슴에 칼날을 겨누고 막 내리찌르려 할 때였다. 여태껏 쥐죽은 듯 널브러져 있던 낙기의 상체가 벌떡 뒤채더니, 떨어지는 칼끝 틈서리를 미꾸라지처럼 빠져 피하면서 무섭게 움츠린 두 발로 지면을 박차고 허공 높이 솟구쳐 오르는 것이 아닌가! 그 동작은 무예인이라면 누구나 어렵게 배우는 '리어도용문(鯉魚跳龍門)'의 도약 자세였다.

"으앗!"

양호는 저도 모르게 실성을 터뜨리면서 단숨에 뒷걸음질쳤다. 죽었다고 여겨 방심한 판국에 시체가 벌떡 일어났으니 기절초풍할 노릇이었다. 멀찌감치 피해 나가서야 그는 겨우 놀란 가슴을 가라앉히고, 이제 막 지면에 내려서는 낙기를 노려보았다.

낙기는 화살에 맞은 것이 아니었다. 그는 숲 속을 뚫고 들어간 양호가 암벽 위에 기어 올라가는 모습을 멀리서 발견할 수 있었다. 하지만 그는 그대로 속력을 늦추지 않고 말을 타고 달리면서 속으로 궁리했다.

'바위더미 사이에 숨은 적을 뒤쫓는다는 것은 무모한 짓, 더구나 놈은 활을 지니고 있지 않는가? 무작정 쫓기보다 속임수로 유인해 내는 것이 좋으리라.'

이렇게 판단을 내린 그는 절벽 아래 다다르자, 일부러 전신을 노출한 상태로 그 자리에 서성거렸다. 과연 양호는 바위틈에 숨었다가 활을 쏘았다. 화살이 날아들자, 낙기는 상대방에게 보이지 않도록 몸을 뒤채면서 그것은 냉큼 받아 투구 장식 틈에 꽂아넣고 땅바닥에 굴러 떨어진 것처럼 보였다. 그 결과 양호를 끌어내는 데 성공한 것이었다.

낙기는 허리춤의 칼을 뽑아 겨누고 소리쳤다.

"비겁한 녀석, 그것도 재주라고 피운 거냐? 어서 죽음을 받아라!"

양호는 확실히 겁을 집어먹었다. 낙기가 그토록 초인적인 무예를 지녔을 줄은 꿈에도 몰랐던 것이다. 하지만 이미 때가 지난 일, 이제 남은 것은 전력으로 상대하는 길밖에 없었다. 그는 양 다리를 벌려 굳히고 맞서 싸울 자세를 취했다. 그러나 속으로는 낙기의 손아귀에서 벗어날 길을 찾느라 머리통을 쥐어 짜내고 있었다.

"흐흥, 큰소리 칠 것 없어. 누가 누구의 손에 죽을런지 아직 모르니까."

낙기가 나뭇가지 위로 솟구쳐 오를 때의 몸놀림은 마치 새가 날듯 거뜬했고, 양호가 나뭇가지의 탄력을 빌려 맞은편 가지로 내뛸 때의 동작은 하늘에 뜬 구름처럼 표연했다. 두 사람은 날다람쥐 원숭이나 된 듯 날렵하고도 민첩하게 움직여가며, 서로 찌르고 베고 피해 달아나곤 했다.

시간이 지날수록 양호는 조바심에 애가 탔다.

이제 낙기의 응원병이 언제 몰려들지 전혀 예측할 수 없기 때문이었다.

'안 되겠다, 이렇게 시간만 질질 끌게 아니라 속전 속결로 단판 승부를 내기로 하자꾸나!'

그는 낙기가 지면으로 내려서는 순간을 놓치지 않고 칼끝을 겨눈 채 뒤따라 몸을 내던졌다.

양호는 마치 발정한 숫사자처럼 으르렁대면서 곧바로 찔러 들어갔다. 칼끝이 닥치는 데도, 낙기는 맞받아칠 생각이 없는 듯 그저 두팔을 벌린 채 상체만 비틀어 회피 동작을 취했다. 칼끝은 상대방의 겨드랑이 옷섶을 부욱 찢고 그 뒤편 나무 줄기에 들어박혔다. 그 다음 순간, 들어 올렸던 낙기의 팔꿈치가 덥석 합쳐지더니, 양호의 칼날을 단단히 끼어 안은 채 손아귀를 상대방의 멱살을 잡을 듯 앞으로 쑥 뻗었다. 양호는 깜짝 놀라 칼을 잡아 뽑으려 했다. 하지만 칼날은 쇠집게에라도 물린 듯 꼼짝달싹하지 않았다. 양호는 멱살을 붙잡히지 않으려고 칼자루를 놓으면서 엉겁결에 몸을 솟구쳐 나무 위로 뛰어올라갔다.

"하하, 이젠 꼼짝없이 독 안에 든 쥐다!"

교묘한 솜씨로 상대방의 병기를 빼앗은 낙기, 이제 결정적인 승산을 잡았다고 생각하니 웃음이 나왔다. 그는 양호가 딴 꿍꿍이 속을 차리기 전에 제압해 버릴 욕심으로 뒤따라 나무 위로 솟구쳐 올랐다. 한데, 너무 성급한 것이 탈이었다. 낙기의 발바닥이 곁가지에 닿으려는 찰나, 양호는 힘껏 휘어 잡고 있던 나뭇가지 한 개를 놓아버렸다. 어른 팔뚝만큼이나 굵은 가지가 퉁겨졌으니 그 힘이 무척 셌다. 낙기는 허공에 뜬 채 나뭇가지의 일격을 얻어 맞고 그대로 곤두박질쳐 추락하고 말았다.

"어흑……!"

낙기는 땅바닥에 거꾸로 떨어진 채 일어나지 못했다. 허리에 충격을 받았기 때문에 숨통이 막혀 움직일 수 없었다.

기막힌 요행수를 얻은 양호가 그대로 뛰어내려 요절내려 했다. 그러나 흘낏 눈에 들어온 것이 생각을 바꾸게 만들었다. 절벽 모퉁이가 꺾인 곳을 바라보니 제법 널찍한 풀밭에 자신이 타고 온 애마가 한가롭게 풀을 뜯고 있었던 것이다. 애마를 발견하자, 그는 눈이 번쩍 뜨였다. 아무렴! 원수를 죽이기보다 내 목숨부터 구하는 일이 더 급할 터, 지금은 도망치기에 일각도 아쉬운 판이 아닌가? 그는 휘파람을 내어 두 번 불었다. 철청마(鐵靑馬)는 주인의 신호를 듣자 이내 달려왔다.

양호는 곧바로 뛰어내려 안장에 걸터 앉았다. 그리고는 제나라 국경 쪽으로 줄행랑쳤다.

낙기가 엉금엉금 기어서 일어났을 때, 양호는 벌써 온 데 간 데 없이 사라진 뒤였다. 낙기는 허리를 삐어 제대로 걸을 수도 없었다. 그는 주먹으로 가슴을 쳐가며 통분했으나, 아무 소용도 없는 짓이었다.

병사들이 찾아온 것은 한 시각도 훨씬 지나서였다. 그는 병사들의 부축을 받아 가까스로 마상에 올랐다. 낙기 일행은 오후가 훨씬 지나서야 환읍에 돌아왔다.

주장 신구수는 낙기와 상의한 끝에, 병력을 수습하여 도성 곡부로 귀환했다. 괴수 양호를 놓치기는 했으나 반란은 평정했으므로, 토벌군은 명실공히 개선한 셈이었다.

노정공은 국서 한 통을 써서 제나라 경공에게 달려보냈다. 국경을 넘어간 양호를 잡아 돌려보내 달라는 요청임은 말할 것도 없었다.

한편 비읍에서, 공산불유는 양호가 무참하게 패전하고 제나라로 도망쳤다는 소식을 들었다. 이어서 토벌군이 작전을 끝내고 해산하여 휴식에 들어갔다는 정보도 들어왔다. 공산불유는 관군이 지친 틈을 놓치지 않고 비읍 일대를 거점삼아 공개적으로 반란을 일으켰다.

이야말로 일파 만파(一波萬波)로 양호의 반란을 겨우 진압했는가 싶었더니 또 비읍 땅에서 풍파가 일어난 것이다. 노나라 조야는 벌컥 뒤집혔다. 조정 대신들도 놀라 당황했을 뿐 아니라, 전국 백성들도 공포에 질려 어쩔 바를 몰랐다. 그도 그럴 것이, 비읍 땅으로 말하자면 노나라 대권을 장악한 계손씨의 영지 가운데서도 가장 면적이 넓고 병력과 물자를 많이 비축해 둔 요해지로, 그 읍재 공산불유가 움켜 쥔 세력은 양호의 반란 규모와 비교할 수 없을 정도로 막강한 것이었기 때문이었다.

전국이 뒤숭숭한 가운데, 맹손씨의 부중에서는 남궁경숙이 자기 친형 맹손하기를 붙잡아 앉혀놓고 입이 닳도록 설득을 하고 있었다.

노정공에게 스승 공구를 천거하여 이 위급한 시기에 무겁게 쓰라는 얘기였다.

"형님도 생각 좀 해보십시오. 우리 스승 공부자님께서는 박학 다식하고 품행 단정한 분이요. 이 나라에 깊은 애정을 지니시고 주군께 충성심이 지극하다는 것은 세상 사람이 다 아는 사실 아닙니까? 이런 인재를 발탁하여 쓰지 않는다면 천하 사람들에게 치소(恥笑)를 받을 일이요, 뜻있는 지사와 어진 선비들이 한심스럽게 여길 노릇입니다. 이제 양호가 비록 토벌군에게 패하여 제나라로 달아나기는 했어도, 그 도둑놈의 심보가 여기서 그냥 주저앉을 리 없습니다. 언젠가는 그 불씨가 다시 살아나서 권토중래할지도 모릅니다."

"나도 양호의 세력이 제나라를 등에 업고 재기하지나 않을까 걱정스럽기는 하다만……."

"어디 그뿐입니까? 어제 공산불유마저 비읍 땅에서 공공연히 반란을 일으켰습니다. 이야말로 물결이 잔잔해지기도 전에 또 다른 파도가 밀어닥치는 격인데, 만약 이대로 내버려 두었다가는 필경 상상조차 못할 엄청난 재앙이 빚어질 것입니다."

"하면, 공부자께서 이 풍파를 잠잠하게 만드실 수 있단 말이냐?"

"바로 보셨습니다, 형님! 그러니까 우리 노나라 사직과 여민 백성을 생각하셔서 죽음을 무릅쓰고라도 주군께 공부자님을 등용하시도록 천거해 주십시오. 주군이 노하시더라도 직간을 하셔야만 합니다. 그래서 주군이 우리 사부님을 중직에 쓰신다면, 그야말로 이 노나라의 행운이 될 것입니다!"

그러나 맹손하기는 한숨만 내쉴 따름이었다.

"난들 공부자의 재능을 어이 모르겠느냐? 하지만 주군은 날이면 날마다 가무 주색에 빠져 헤어나지 못하고, 상국이란 계손씨도 그저 환락만 찾아서 놀아나고…… 임금이나 신하나 모두 정사 따위는 마음에도 두지 않으니, 이 노릇을 어쩐단 말이냐? 이런 난장판이니, 양호나 공산불유 같은 역적들이 틈을 엿보고 반란을 일으킬 수밖에 없단 말이다. 만약 군신이 마음과 힘을 합쳐 나라를 다스렸더라면, 이런 풍파가 어떻게 일어나겠느냐?"

"형님, 설마 이 나라가 파산하고 멸망당할 위기에 봉착하더라도, 그냥 앉아서 보고만 있을 작정은 아니시겠지요?"

아우의 격한 힐문에, 맹손하기는 고개를 툭 떨어뜨렸다.

"아아, 참……! 이 못난 형은 나라를 보필할 문재(文才)도 없고, 나라를 안정시킬 무예도 갖추지 못한, 그저 아무 것도 못하는 바보로구나!"

그러자 남궁경숙이 재빨리 말끝을 물고 늘어졌다.

"그럴수록 어질고 유능한 분을 천거해야 할 게 아닙니까?"

맹손하기는 마음에 찔리는 바가 있는지 음성이 착 가라앉는다.

"모르는 소리 마라. 돈이 궁해 미친 사람은 그 돈을 세상 천지 무엇보다 귀하게 여기는 법, 그래서 일단 돈을 벌면 전보다 더욱 탐욕을 부리고 인색해지는 것이 인지상정이다. 권력에 환장한 사람은 이 세상의 어느 것보다 권력을 더 귀하게 여기는 법, 그 사람이 온갖 수단 방법을 다 써 가지고 손에 넣은 권력을 어떻게 남한테 쉽사리 넘겨 줄 리 있겠느냐?"

남궁경숙은 그 말이 누구를 지목해서 하는 말인지 금방 알아챘다.

"형님, 제가 사부님을 등용하라는 말은 상국 대감의 권력을 그분께 넘겨주라는 뜻이 아닙니다!"

"물론 잘 알고 있다. 또 상국이 권력을 순순히 내어놓을 정도로 어수룩한 사람도 아니고 말이다. 문제는 그게 아냐. 사람에게는 질투심이란 것이 있다. 너도 생각해 보려무나, 다른 사람도 그렇거늘, 계손씨처럼 도량이 좁은 위인이 어찌 투기심이 없겠느냐? 공부자님께서 일단 경사(卿士)의 자리에 오르셔서 훌륭한 정치 업적을 쌓으셨다고 치자. 그럼 계손씨는 별별 짓을 다 써서라도 스승님의 영향력을 떨어뜨리려고 발버둥칠 것이다. 심지어는 수단 방법을 가리지 않고 그분 신상에 위해를 가할지도 모르는 일이야."

"허어, 정말 어렵구나! 사람이 한평생 사는 동안, 남의 심경을 알아주기보다 더 어려운 일은 없을 게야."

남궁경숙은 뒷짐 지고 서서 하늘을 우러르며 탄식했다. 그리고 잠시 후에 형을 돌아보고 윽박질렀다.

"정녕 우리 사부님 같으신 옥돌을 이대로 땅 속에 영영 파묻어 두어야 한단 말입니까?"

"보채지 말고 가만 좀 있거라. 나도 생각해 보는 중이니까……."

맹손하기는 머리를 쥐어짜면서 투덜거렸다.

"내 생각으로는 말이다…… 그분을 우선 읍재 같은 지방 관직에 천

거하면 어떨까? 일단 업적이 두드러지게 나타나면, 주군도 조정으로
끌어올려 중책을 맡길지 모르니까 말이다. 하지만 기회란 것도 중요하
니까, 어디 우리 사부님의 운명이 어떻게 될런지 두고 보기로 하자꾸
나."

형제끼리 상의를 마친 후, 맹손하기는 곧바로 입궐했다.

조정에서는 문무 관원들이 모여 비읍의 반란을 평정할 대책을 마련
하느라 골머리를 앓고 있었다. 노정공도 경대부들과 마주 앉았으나, 달
리 뾰족한 수가 없는지라 그 역시 이맛살을 잔뜩 찌푸린 채 우거지상을
하고 있었다.

그 사이에도 파발마는 꼬리를 물고 달려와서 급보를 전했다.

"아뢰오! 공산불유의 반란군이 지금 도성을 향해 진격중이라 하옵니
다."

"주군께 아뢰오! 공산불유는 열흘 안에 도성을 함락시키겠다는 소문
을 퍼뜨리고 있다 하옵니다!"

"급보를 아뢰오! ……"

긴급 상황이 눈발처럼 날아들 때마다, 맹장 신구수는 두 눈에 불을
켜고 주먹을 쓰다듬었다. 낙기 역시 분개하여 그냥 앉아 있지 못하고
궁둥이를 들썩거리고 있었다.

노정공이 일어나서 무슨 말인가 하려고 입을 열려는데, 신구수가 먼
저 반열 앞에 나와서 제 뜻을 말했다.

"주군, 앞서 양호를 추격 소탕할 때, 신이 힘을 다하지 못하여 그 괴
수를 제나라로 도망치게 만들었사옵니다. 소신을 출정시켜 주신다면
기필코 공산불유의 반란군을 토벌하여 지난번의 실책을 만회하겠나이
다!"

낙기도 일어났다.

"양호를 놓친 죄는 소장에게 있나이다. 그 죄를 갚고자 하오니, 주군

께서는 부디 소장에게 토벌군을 맡겨 주소서!"

노정공이 감동어린 눈빛으로 두 장수를 바라보았다.

"신경, 낙경, 두분은 우리 노나라를 위해 남정 북벌, 죽음의 문턱을 넘나들면서 얼마나 많은 전공을 세웠는데, 무슨 죄가 있다고 자책하시오?"

"하오나, 역적의 토벌은 소신에게……."

"지금 공산불유는 비읍을 소굴로 삼고 그 험준한 지형에 의지하여 반란을 일으켰소. 아마 이 거사가 성공하면 그는 노나라 도성을 차지할 테고, 실패하면 양호처럼 딴 나라로 도망쳐 갈 것이 분명하오. 과인은 이렇게 결정하겠소. 신경을 주장으로 임명하고 낙경은 부장으로 임명하되, 각각 전차 2백 승을 이끌고 출동하여 공산불유를 토벌하시오. 가장 큰 목표는 비읍의 탈환이오. 또 공산불유를 사로잡거나 참살할 수만 있다면 더 바랄 것이 없겠으나, 만약 생포하지 못하거나 죽일 수 없게 되거든 그저 이 노나라 국경 밖으로 쫓아내 버리기만 해도 다행이라 생각하겠소."

신구수와 낙기는 무릎 꿇어 명을 받은 다음, 궁궐을 물러나오는 즉시 인마를 점검하여 곧장 비읍을 향해 달려갔다.

영마루 길목에서 가쁜 숨을 몰아쉬며 사방을 둘러보니, 비읍으로 통하는 길 건너편 능선에도 깃발이 세찬 바람결에 펄럭이고 있었다. 반란군은 이미 통로를 차단하고 방어진을 쳐 놓았음이 분명했다.

주장 신구수는 '공산(公山)'이라고 수놓은 깃발을 손가락으로 가리키면서 이를 갈아붙였다.

"이 발칙스런 역적놈, 내 맹세코 네놈과는 이 하늘 아래 같이 살지 않으리라!"

낙기는 싸울 마음이 다급한지라, 전차 위에서 주먹을 부르르 떨어가

311

며 출전할 것을 요구했다.

"주장, 내가 1백 승을 이끌고 나가서 저놈의 진지를 박살내겠소!"

"낙 장군, 성급하게 굴지 마시오. 이곳은 지형이 복잡하니 좀 더 살펴보고 싸우도록 합시다. 또 아군은 장거리를 강행군으로 달려온 끝이라, 인마가 모두 지쳐 있지 않소? 오늘 밤은 여기에 영채를 세우고 쉬었다가, 내일 아침에 지형을 자세히 파악하고 싸워도 늦지 않을 거요."

"만약 공산불유가 영채를 습격하면 어쩝니까?"

"우리 군사도 금방 도착했으니까, 공산불유 역시 우리 쪽 상황을 모를 거요. 적군 실력도 알지 못하면서 섣불리 기습해 올 리 있겠소? 오늘 밤은 피차 쌍방이 모두 탐색만 할 테니까, 우리 측도 경계 순찰대를 많이 풀어놓고 저쪽 동정을 살펴봅시다."

신구수는 전군에 명령을 내려 그 자리에서 야영 준비를 시켰다. 날이 어두워지자, 서북풍이 더욱 세차게 몰아쳤다. 영내 순찰을 돌던 신구수는 바람이 갈수록 거세지는 것을 보고 퍼뜩 한 가지 생각이 떠올라, 그 길로 낙기의 장막을 찾아갔다.

"주장, 웬일이십니까? 밤도 이슥해졌는데⋯⋯."

신구수가 때늦게 찾아오자, 낙기는 벌떡 일어나서 급히 물었다.

신구수는 그 앞에 바짝 다가서더니, 귓속말로 소근거렸다.

"날도 어둡고 바람도 급하게 분다. 이야말로 야습(夜襲)하기에 안성맞춤이 아니겠소?"

"주장 말씀마따나, 장병들이 지쳐 있습니다. 더구나 이곳 지형도 익숙지 않은데, 야간 공격을 했다가 혹시라도 놈들의 매복에 걸리면⋯⋯."

"낙 장군, 잠깐만⋯⋯!"

신구수는 그의 말을 중간에 딱 끊었다.

"너무 걱정하지 말구료. 야간 공격이라고는 하지만, 강공을 하는 것이 아니라 꾀로 덮쳐보자는 거요. 나는 화공(火功)을 쓰고 싶은데, 어떻겠소?"

"이크, 화공이라……! 그럼 저쪽 죄없는 병사들이 애꿎은 목숨을 잃지 않겠습니까?"

"하하! 우리 낙 장군 같은 맹장이 보살님의 마음씨를 지녔을 줄은 정말 몰랐구료. 자고로 싸움을 할 때는 기만 술책도 마다않는 법이오. 양호나 공산불유나 모두 주군께 반역을 도모한 역적이 아니겠소? 그런 놈들 밑에 부림을 당하면 그 장병들 역시 의롭지 못한 군대요. 제 주인 세력을 믿고 횡포를 부린 놈들은 그 죄값으로 불구덩이에 빠져 죽어도 마땅하지 않겠소? 만약 내일 쌍방이 정면으로 충돌해서 접전할 때, 저쪽은 물론이지만 아군측 사상자가 또 얼마나 나올지 생각해 보지 않으셨소?"

"몇 시각에 출동할 작정이십니까?"

"삼경 야반이 좋을 듯싶소."

"좋습니다, 제가 준비를 시키지요!"

낙기는 즉시 장막을 들추고 나가더니, 비장(神將) 몇몇을 불러 밀명을 전했다. 한 시각이 못 되어, 비장들의 손에 엄선된 정예 1백 명이 주장 신구수의 본영 앞에 집결했다. 이들은 하나같이 경무장 차림으로, 중병기 대신 장작더미와 송진 덩어리를 잔뜩 준비해 등에 지고 있었다.

삼경이 되자, 신구수는 결사대 1백 명을 앞에 세워 놓고 나지막하지만 딱 부러지는 목소리로 일장 훈시를 내렸다.

"지금 반란군 놈들은 저들의 험한 지형을 믿고 마음이 풀린 채, 잠에 곯아떨어져 있을 것이다. 너희들은 아군 중에서도 가장 용맹스러운 병사들로 이 야습 작전에 선발되었다. 이제부터 그 용맹심을 발휘하여 적진에 침투하되, 목표에 도달하거든 아무쪼록 바람을 등지고 장작과 송진에 불을 당겨 적의 영채에 던진 다음, 즉시 본대로 귀환하라. 모두들 알겠느냐?"

"예!"

1백 장병들은 목소리를 억누르며 힘차게 응답했다.

결사대를 떠나 보낸 후, 신구수와 낙기 두 장수는 영문 앞에 나가서서 좋은 소식이 오기만을 기다렸다. 입술이 마르도록 기다린 지 반 시각이 지나서, 맞은편 능선에 불길이 군데군데 솟구쳤다. 잠시 후, 그 불길은 화룡(火龍)이 몸부림치듯 꿈틀대면서 좌우로 번져나가기 시작했다. 그제서야 두 장수는 가슴을 짓누르던 바위 덩어리를 내려놓을 수 있었다.

한밤중의 산불은 세찬 바람결을 타고 걷잡을 수 없이 번졌다.

공산불유 진영은 한 마디로 화염 지옥이 되었고 장병들은 데굴데굴 구르고 엉금엉금 기어가면서 불길을 피해 달아났다. 그 동안에 죽고 다친 목숨은 이루 헤아릴 수 없었다. 관군 결사대 1백 명은 단 한 사람의 낙오자도 없이 무사히 돌아왔다. 이들의 얼굴은 땀과 그을음에 범벅이 되어 있었으나, 자랑스럽게 여기거나 기뻐하는 기색은 전혀 없었다. 오히려 불구덩이에 빠진 채 허우적거리면서 통곡하는 적병들과 불길 속에서 버둥대다 털썩털썩 거꾸러지는 짐승들의 차마 귀를 열고 듣지 못할 울부짖음이 아직까지 관군의 눈과 귀에 선하게 남은 듯, 그들의 표정은 한결같이 일그러져 있었다.

반란군은 싸워보지도 못하고 참패한 결과가 되고 말았다. 불지옥에서 요행 목숨을 건진 공산불유는 패장병들 틈에 섞여 밤을 도와 비읍으로 도망쳤다.

이윽고 날이 밝아오자, 신구수와 낙기는 사기 왕성한 장병들을 이끌고 일로 비읍을 향해 진격했다. 앞을 가로막는 반란군이라곤 하나도 없었다.

신구수는 성문 앞에 나서서 큰 소리로 반란군 병사들을 향해 외쳤다.

"성 안의 장병들은 듣거라! 너희들은 모두 이 나라의 백성 된 몸으로서 국은에 보답할 생각은 않고 오히려 역적을 도와 반란을 일으키다니, 이게 도대체 무슨 망령된 짓인가?"

낙기도 전차를 몰아 앞에 나섰다.

"너희들 집에는 부모와 처자식을 두고 왔을 터, 그들을 먹여 살리고 돌보아 주어야 할 자들이 역적에게 목숨을 팔아서야 어찌 되겠느냐! 너희들이 공산불유만 잡아서 넘겨준다면, 그밖의 사람들은 여전히 노나라의 신민으로 인정받을 것이며, 지원자는 우리 신 장군의 부대에 종군할 수 있거니와, 원치 않은 자는 고향으로 돌아가서 부모를 봉양하고 처자식을 돌보게 해줄 것이다. 이제 토벌 대군이 성 아래에 닥친 이상, 이 비읍성도 함락될 것은 두말 할 나위도 없으려니와, 그 때 가서 너희들의 목숨 또한 보전하기 어려울 것이다. 자아, 결정을 내려라! 죽느냐 사느냐의 갈림길에서 어느 쪽을 택하든지, 속히 결단을 내리도록 하라!"

말끝이 떨어지자 마자, 성벽 문루 위에 한 사람이 불쑥 나타났다. 공산불유였다. 낙기는 잡아먹을 듯이 어금니를 갈면서 마구 욕설을 퍼부었다.

"반적 공산불유! 어서 썩 나와서 죽음을 받으라! 만약 항거하다 내 손에 떨어지는 날이면 네놈의 몸뚱이를 갈갈이 찢어 죽이고야 말 테다."

그러나 공산불유는 못 들은 척, 먼 하늘만 바라보고 있었다.

이윽고 토벌군의 공격이 시작되었다. 반란군 측도 방어 태세를 굳히고 완강하게 저항했다. 팽팽한 대치 상태에서 서로간의 공방전은 계속되었다.

공구를 천거할 생각으로 궁궐에 들어갔던 맹손하기는 조정 회의가 끝날 때까지 기다렸다가, 노정공이 토벌군 출동 명령을 내린 다음에야 겨우 자기 뜻을 말할 틈을 얻어낼 수가 있었다.

"주군, 공부자님은 박학 다재하고 문무를 겸전하였는데, 지금처럼 인재가 절실히 필요할 때에 어째서 그런 분을 등용하지 않으시나이까?"

노정공은 백관들이 보는 앞에서 공개적으로 여론을 물었다.

"경들은 어떻게 생각하시오?"

문무 관원들의 반열이 술렁대기 시작했다. 모두들 머리를 맞대고 쑥덕공론을 하는 것이다.

이 때, 상국 계손사가 냉큼 나서더니 첫 마디로 반대 의사를 밝혔다.

"주군, 공부자는 일개 선비에 지나지 않습니다. 시문이나 역사를 논하고 먹물이나 튀기며 붓방아를 찧는 일이라면야 시켜도 괜찮겠습니다만, 정치에 관해서는 문외한이오니, 실무를 맡겨선 안 된다고 생각되옵니다."

맹손하기도 제 고집을 내세워 반박하고 나섰다.

"상국 대감, 그것은 공부자의 일면만 아시고 하는 말씀입니다. 그분은 청년 시절에 추곡 수납관, 승전리 같은 실무직을 맡았을 때 아주 뛰어난 실적을 올렸습니다. 그 소문을 듣고 하시는 말씀인가요?"

"일개 지방 수납관이나 승전리 같은 미관 말직이 조정에 참여해서 국가 대사를 논할 수 있단 말이오?"

맹손하기는 그만 입을 다물고 말았다. 반응은 짐작했던 대로였다. 계손사가 온갖 방법을 다써서 공구의 정계 진출을 저지하려는 판국에 혓바닥이 닳아빠지도록 다투어 봤자 모두 부질없는 일이었다.

노정공도 재빨리 분위기를 눈치채고 결말을 지었다.

"그 일은 나중에 다시 의논하기로 하고, 이만 조회를 마치겠소!"

궁궐을 물러나온 맹손하기는 아우 남궁경숙에게 조정 여론의 자초지

종을 다 알려주었다. 그리고 마지막으로 이렇게 덧붙였다.

"이 형도 할 만큼은 다 해 보았다만, 워낙 먹혀들지 않는구나. 지금 형편에는 어린애 팔뚝으로 어른 넙적다리를 꺾으려는 셈이나 마찬가지야!"

남궁경숙은 공구를 찾아가서 그 사연을 전하면서 위안의 말을 올렸다.

"스승님, 그렇다고 낙담하시면 안 됩니다. 언젠가는 주공도 마음을 돌리실 때가 올 것입니다."

공구는 참담하게 웃었다.

"말이야 쉽지만, 그게 마음대로 되지는 않을 것이다. 옛날부터 지금껏 담략 있고 식견 너른 선비 중에서 중직에 쓰인 자가 몇이나 있다더냐? 또 지금의 나도 학문을 가르치고 옛 전적을 정리하는 일에 몰두하고 있으니, 천직을 찾은 셈이나 마찬가지다. 이런 마당에 또 무슨 과분한 욕심을 내겠느냐?"

"이 세상이 사부님께 너무 공평치 못합니다!"

"하늘을 원망할 것도 사람을 탓할 것도 없다. 마음 편하게 글이나 가르치고 전적이나 정리하는 것이 좋다."

스승과 제자가 울적한 심사로 대화를 나누고 있는데, 낯선 방문객이 하나 찾아왔다. 연통도 없이 불쑥 찾아온 사람은 나이 40쯤 되었을까, 머리에는 유건(儒巾)을 쓴 대신 수중에는 굵은 말채찍을 든 그는 선비도 아니고 무관도 아닌 사뭇 어정쩡한 차림새를 하고 있었다. 공구와 학생들이 의아한 눈초리로 바라보자니, 불청객은 두 손 모아 공손히 예를 올리고 찾아온 용건을 밝혔다.

"소인은 비읍에서 왔습니다. 공산 대감께서 공부자님을 찾아뵙고 문안 인사를 전해 드리라 해서 이렇게 왔습니다."

"공산 대감……? 그렇다면 비읍의 읍재 공산불유란 말이오?"

"그렇습니다. 공산 대감은 지금 공부자님을 비읍에 모셔다가 함께 큰일을 도모하실 생각입니다. 공부자님도 이번 기회에 포부를 펼치실 수 있을 듯한데 의향이 어떠신지 모르겠습니다."

생각지도 않는 인물에게 뜻밖의 제안을 받고서, 공구는 얼른 대답을 못하고 망설였다. 한참만에야 그는 조심스레 입을 열었다.

"이것은 보통 일이 아니니, 나도 깊이 생각해 보아야겠소이다."

"그러시다면 좋습니다. 소인은 객점에 돌아가서 오늘 내일 새 좋은 소식이 있기만을 기다리지요."

공산불유의 밀사를 돌려보낸 후, 공구는 강의를 중단하고 곰곰이 생각에 잠겼다. 조금 전, 남궁경숙에게 절망적인 소식을 전해 듣고 실의에 빠졌던 마음이 공산불유의 제안에 다시 불붙으면서 동요를 일으키기 시작한 것이다. 그는 마음의 안정을 찾지 못하고 오락가락 서성댔다.

이 때, 자로가 손님을 배웅하고 돌아오면서 두 눈에 핏발을 세운 채 씨근벌떡 거친 목소리로 스승을 몰아세웠다.

"스승님, 이게 뭡니까? 하루 온종일 우리들에게 인의를 강론하시던 분이 오늘 한 때 좌절을 당하셨다고 해서 공산불유와 같은 불의 불인한 역적놈을 도와주실 마음이 생기다니, 도대체 스승님은 천하 사람들에게 비웃음을 받고 천고에 오명을 남길 작정이십니까?"

그 힐문에, 공구의 얼굴빛이 싹 붉어졌다. 귓불까지 화끈거릴 정도로 낮을 붉힌 채, 그는 혓바닥이 굳어져 한동안 말문이 막히고 말았다. 그는 멍한 눈길로 하늘을 우러러보았다. 어느덧 가슴 속에서 후회스러움이 치솟았다.

'그렇구나, 중유의 말이 옳다! 예부터 '교룡(蛟龍)은 벽수(碧水)가 아니면 들지 아니하고, 봉황은 오동나무가 아니면 깃들지 않는다' 했다. 내 어찌 한때의 좌절로 마음이 흔들려 뜻을 바꾼단 말이냐……?'

생각이 여기에 미치자, 그는 자로를 돌아보고 간곡히 말했다.

"중유야, 너는 내 마음에 드는 제자로서 부끄러움이 없구나! 내 장단점에 대해 정문 일침으로 지적해 줄 수 있는 사람은 아마 너밖에 없을 것이다."

자로는 쑥스러운 듯 얼굴을 붉혔다.

"사부님, 노엽게 생각 마십시오. 불초 중유가 한 때 충동에 못 이겨서 각박한 말씀을 드렸습니다."

그 말 한 마디에, 공구는 한결 마음의 평정을 되찾고 미소까지 띠었다.

"누구든지 내 곁에서 항상 결점과 잘못을 지적해 주는 사람이 있다면, 그것은 바로 내 행운인데 어찌 노엽게 생각하겠느냐?"

곁에서 가만 듣고 있던 남궁경숙은 여전히 스승에게 노염의 앙금이 남아 있을까 걱정스러워 위로의 말을 했다.

"스승님, 사형은 원래 성격이 거친 사람입니다. 사형의 말씀일랑 귀담아 두지 마십시오."

"경숙아, 너조차 나를 이해하지 못하느냐? 중유가 비록 성격이 거칠고 우직하기는 해도, 나를 너무나 잘 이해하고 있다. 중유는 내가 자기한테 성을 내지 않으리라는 것을 알기 때문에 직언으로 내 잘못을 지적해 준 것이다. 나는 중유의 솔직 담백한 성격, 백옥처럼 순결 무구한 마음씨를 좋아한다. 내가 중유를 제자로 삼은 이후, 세상 사람 어느 누구도 감히 나를 업신여기거나 속이지 못하고 있다."

남궁경숙은 자기가 쓸데없는 걱정을 한 줄 깨닫고, 겸연쩍게 이마를 문질렀다. 그리고는 잠시 고개를 숙인 채 무슨 생각을 하더니, 공구의 속마음을 떠보려는 듯 슬쩍 물었다.

"사부님, 제가 객점으로 가서 공산불유의 밀사에게 답변을 전할까요? 스승님은 분명히 거절하셨으니 속히 돌아가라고 말입니다."

멀찌감치 떨어져 있던 자로가 귀도 밝은지 그 말을 알아듣고 씨근벌 떡거리면서 다가왔다.

"스승님, 답변하실 것도 없습니다! 제가 달려가서 그놈을 죽여 없애 버릴 테니까요. 그래야 성가신 일도 덜어질 게 아닙니까?"

"중유야, 함부로 날뛰지 마라!"

공구가 정색을 하고 꾸짖었다.

"옛말에 뭐랬더냐? '양국이 교전 상태에 있다 하더라도 왕래 사신은 죽이지 않는다' 했다. 그 사람은 단지 공산불유의 전갈을 가져왔을 뿐, 아무런 죄도 없는데 어째서 죽어야 한단 말이냐?"

공구의 말에 자로는 멋쩍게 목덜미를 쓰다듬으며 고개를 툭 떨구었다.

"경숙아, 이 길로 객점에 가서 그 사람한테 내 답변을 전해라."

"예에, 사부님!"

공산불유의 밀사가 비읍으로 돌아갔을 때, 토벌군은 신구수와 낙기의 지휘를 받아가며 성을 철통같이 포위한 상태로 맹렬한 공격을 퍼붓고 있었다. 밀사는 전투 지역에서 멀리 떨어진 고개 마루에 말을 멈추고 서서 이곳저곳 살펴보았으나, 성 안으로 들어갈 틈은 어디에도 보이지 않았다. 그는 밤이 될 때까지 기다리면서 헝겊 조각에 사연을 적었다. 공구가 초빙을 거절했다는 내용이었다. 날이 어두워지자, 그는 화살 대에 헝겊을 비끌어맨 다음 성벽 가까이 접근하여 있는 힘껏 쏘아 보냈다.

화살은 성내 순찰 돌던 병사의 눈에 띄어 곧바로 공산불유에게 전해졌다.

쪽지 사연을 읽고 나자, 공산불유는 어금니를 악물고 발을 굴렀다. 이제 남은 것은 파부 침선(破釜沈船), 모든 것을 다 내버리고 목숨 걸어 도박하는 길밖에 없는 것이다. 그는 심복 부하들을 불러들여 놓고 탈진한 기색으로 최후의 뜻을 밝혔다.

"우리가 놈들에게 포위당한 지 벌써 며칠인가? 신구수와 낙기군은 막강한 병력을 지녔다. 만약 정면으로 맞선다면, 우리 실력으로는 달걀로 바위 치는 격, 스스로 멸망을 자초하게 될 것이다. 그렇다고 무작정 이 성을 고수한답시고 가만 앉아서 날짜만 허비한다면, 식량을 태산같이 쌓아 놓았다 하더라도 남아나지 못할 터, 그 때에는 싸워보지도 못하고 제풀에 지쳐 와해되고 말 것이다. 그래서 포위망을 돌파하는 것만이 우리가 살아나갈 유일한 길이라고 결론을 지었다."

심복 부하들은 맥풀린 기색으로 건성 대답했다.

"그저 대감님 처분대로만 따르겠습니다."

공산불유는 심복들에게 일일이 임무를 주어 돌려보냈다.

그날 밤 삼경 무렵, 차가운 별빛이 하늘 가득 반짝이고 무심한 반달이 하계(下界)의 인간 세상을 굽어보는 가운데, 신구수와 낙기는 이제 용맹한 병사들을 지휘하여 마지막 공격을 진행하고 있었다. 선봉대로 뽑힌 용사들은 바야흐로 무거운 사다리를 성벽에 걸치고 개미 떼처럼 달라붙어 올라갔다.

선두 제1진을 맡은 몇몇이 성벽 위에 막 올라섰을 때였다. 갑자기 성 남쪽에서 쿵! 하는 소리가 지축을 흔들었다. 남문을 지키던 반란군 병사들이 적교(吊橋)를 내려놓는 소리였다. 그와 때를 같이하여 성문이 활짝 열리더니, 일대의 인마가 함성을 질러가며 살기 등등하게 쏟아져 나왔다.

신구수와 낙기 두 장수는 전차대를 지휘하여 반란군의 진로를 차단하는 한편, 전군에 긴급 명령을 내렸다.

"각 부대는 동서 남북 사대문의 출입구를 단단히 막아라! 놈들이 '조호이산지계(調虎離山之計)'를 써서 이곳에 아군의 이목을 집중시켜 놓고 딴 데로 빠져나갈지 모른다."

명령이 전달되는 동안, 나머지 동문 서문 북문도 한꺼번에 열렸다. 뒤미처 반란군이 벌떼처럼 성밖으로 쏟아져 나왔다. 그야말로 피투성이의 혈전이 전개되기 시작했다. 쌍방의 창과 칼이 맞부딪고 뒤죽박죽 엉킨 속에서 찌르고 베는 아수라장, 궁지에 몰려 악에 받친 반란군 병사들은 한 가닥 돌파구를 열기 위해 흉폭스럽게 날뛰고, 토벌군 장병들은 철벽같이 포위망을 구축해 놓고 적을 인정 사정없이 밀어붙였다. 삽시간에 성벽 근처 이곳저곳에는 시체가 산처럼 쌓이고, 선혈이 흐르다 못해 성벽 주변을 감도는 방어용 참호의 물을 붉게 물들였다.

얼마쯤 지났을까, 동대문 쪽에서 급박한 함성이 바람결을 타고 들려왔다.

"저놈 잡아라!"

"한 놈이다, 놓치지 마라!"

포위군 장병들이 우르르 동대문 쪽으로 몰려가기 시작했다. 눈썰미 좋은 병사 하나가 또 한 차례 목이 터져라고 고함을 질렀다.

"공산불유가 혼자 도망친다!"

과연 사실이었다. 교활한 여우 공산불유는 심복 부하들과 병사들을 나누어 다른 문쪽으로 일제히 포위망을 돌파하도록 보내놓고, 자신은 필마 단창(匹馬單槍)으로 한 가닥 혈로를 찾아서 전혀 엉뚱한 방면으로부터 도망쳐 나온 것이었다.

캄캄한 어둠 속, 쫓고 쫓기는 일대 추격전이 벌어졌다.

"또 제나라야! 에잇, 그놈이 또 제나라로 도망쳐 갔어!"

뒤쫓던 두 사람은 의기 소침한 기색으로 말머리를 돌렸다. 비읍에 돌아온 그들은 싸움터를 정리하고 수비대를 남겨놓은 후 포로들을 이끌고 귀환 길에 올랐다.

도성에서는 미리 승첩을 받은 노정공이 문무 관원을 이끌고 진작부터 궁궐 밖에 나와 개선장병을 기다리고 있었다.

신구수와 낙기는 전차에서 뛰어내려 노정공 앞에 쌍쌍이 무릎을 꿇었다.

"주군, 반역의 괴수를 놓쳤사오니 소신들을 벌하소서!"

노정공은 오랜만에 싱글벙글 웃어가며 도리질을 했다.

"그게 무슨 말이오? 경들은 양호와 공산불유의 반란 세력을 평정하여 백성들을 안정시켰으니 과인도 그 공로를 경축하고자 하는데, 무슨 죄가 있다고 그러시오. 어서들 일어나시오!"

이날 밤, 궁중에서는 축하연이 크게 벌어지고 장병들에게 푸짐한 포상이 내려졌다.

제나라로 도망쳤던 양호가 이번에는 진나라로 도망쳤다는 소식이 전해졌다.

공구는 하늘을 우러러 장탄식을 내뱉았다.

"우리 노나라에 일찍이 경보(慶父) 같은 역적이 생겨나더니, 오늘날 또 양호와 공산불유가 나타나서 국가와 백성에게 재앙을 끼치는구나! 그자가 진나라로 망명했다면, 이제 진나라에도 화근이 박힌 셈이다. 진나라 상국 조간자(趙簡子)가 그를 쫓아낸다면 평안 무사하려니와, 만약 그를 받아들여 무겁게 쓰는 날이면, 대문짝을 열어놓고 도둑을 맞아들이는 격이요, 방 안에 늑대를 끌어들이는 격으로 그 후환이 끝이 없을 것이다."

맹손하기가 고개를 갸우뚱했다.

"조간자는 아주 지혜롭고 사리에 통달한 인물입니다. 그런 안목을 지닌 분이 양호의 사람 됨됨을 몰라보고 그냥 받아들일 리 있겠습니까?"

"송곳니로 물어뜯고 발톱으로 할퀴어대는 승냥이가 무섭다고는 하나, 사람은 그 사나운 모습을 보고 죽이거나 몰아낼 방법을 생각할 수가 있다. 하지만 사람의 탈을 쓴 늑대는 이와 다르다. 인두껍을 쓴 짐승은 사람을 속일 줄도 알고 사람에게 그 사나운 진면목을 똑똑히 보이지도 않는다. 양호가 바로 그런 인두껍을 쓴 늑대라고 할 것이다!"

"제가 입궐해서 주군께 아뢰어, 진나라 측에 국서를 보내어 그런 해충을 제거하는 데 도와달라고 요청하도록 하겠습니다."

그러나 스승은 도리질을 했다.

"어떤 사람을 보는 관점은 이따금씩 피차 다를 수가 있다. 더구나 양호와 같은 인간은 위장술이 뛰어나서 거짓말을 곧잘 꾸며대고 또 얼굴표정과 말솜씨도 아주 실감있게 나타낼 줄 알기 때문에, 상대가 쉽사리 그 술수에 넘어간다. 하기야, 너도 그자의 설득에 빠져 계손씨가 노소공을 제나라로 쫓아낼 때 한몫 거들지 않았더냐?"

스승의 지적에 맹손하기는 부끄러움을 이기지 못해 얼굴이 시뻘개졌다.

"그것은 불초 제자가 한때 어리석어 그놈의 간교한 말을 잘못 믿고 저지른 일입니다. 지금 와서 생각해도 조상님과 노소공, 그리고 나라 사람들에게 부끄러운 감이 아직도 남아 있습니다. 이 제자가 정말 천고에 한이 될 실책을 저질렀습니다."

공구는 부끄러워 몸둘 바를 모르는 제자를 새삼 일깨워 주었다.

"사람이 선지 선각(先知先覺)하는 신령도 아닌 바에야, 어쩌다가 몇 가지 일을 잘못 처리했기로소니 별로 탓할 것은 아니다."

"말씀은 그러하오나, 제가 저지른 실책의 결과는 너무 엄청납니다."

"과거지사는 그대로 흘러가게 내버려 두려무나. 중요한 것은 오늘 이후의 마음가짐이 아니겠느냐?"

스승이 제자를 다독거려 주고 있는데, 남궁경숙이 유난스레 흥분된 기색으로 수선을 떨어가며 뛰어들어왔다.

"사부님, 주군께서 의논할 일이 있노라고 입궐하시랍니다!"

"날더러 입궐하라고? 그래, 무슨 일로 찾으시는지 아느냐?"

"주군께서 사부님께 관직을 맡길 모양입니다."

그 말을 듣자, 공구의 눈이 번뜩 빛났다. 얼굴에도 어느덧 웃음꽃이 활짝 피어나고 있었다.

"오냐, 입궐하자!"

그는 즉시 외출복으로 갈아입은 다음, 남궁경숙을 따라 대문을 나섰다.

15
중도(中都) 읍재가 되다.

생각지도 않았던 그 일이 일사천리로 급격히 성사된 데는 내막이 있었다.

계손사는 노정공을 보필하면서 양호와 공산불유의 반란이 연달아 터지자, 풋내기 상국으로서 이루 말할 수 없는 좌절과 곤욕을 맛보아야 했다. 이런 판국에서 맹손씨네 형제가 날마다 번갈아가며 귀찮을 정도로 끈덕지게 설득하고 권유한 끝에, 그 역시 공구를 자신의 영향력 아래 둔다는 조건을 내걸고 마침내 공구를 중도(中都) 읍재로 천거하기에 이르렀고, 또 상국의 눈치만 살펴오던 노정공 역시 그 추천을 즉석에서 흔쾌히 받아들였던 것이다.

노정공은 후궁에서 기다렸다가 공구를 일어나서 맞아들였다.

노정공의 얼굴빛은 생각보다 더욱 초췌하게 메말랐고, 목소리도 피로가 쌓여 짧게 끊겨 나왔다.

"공부자님은 당금 천하에 명성 높은 성인이시라, 모르는 일도 없고 못하시는 일도 없는 줄 아오. 이제 과인은 그대를 중도 읍재의 직분을 맡길까 하는데, 공부자님의 의향은 어떠하시오?"

공구는 즉시 일어나 재배를 올렸다.

"주군의 융성하신 은혜에 감사할 따름이옵니다."

"어서 앉으시오. 중도 일대는 모두 평원 지대라, 토양이 비옥하고 농사 짓기에 알맞은 곳이라 할 수 있소. 그런데 전임 읍재들이 힘써 다스리지 않아 지금은 가난하고 질서가 혼란에 빠져 민심이 들떠 있는 형편이오. 이제 그대가 부임하거든 그 총명한 지혜와 재능을 충분히 발휘하여 힘써 다스려 주기를 바라오. 만약 중도를 다스리는 실적이 두드러지게 나타날 때는 과인도 의당 그대를 중직에 등용할 것이오."

공구는 거듭 사례하고 다짐을 두었다.

"주군의 격려 말씀과 가르침을 삼가 명심하겠나이다. 불초 공구, 이 나라에서 태어나고 자랐으니, 노나라를 위해 헌신하는 일이라면 마땅히 사양치 않고 힘쓰오리다."

짧으나마 굳센 다짐을 듣고나자, 노정공은 마치 무거운 짐을 벗어놓은 듯, 삽시간에 온몸이 거뜬해지는 느낌을 받았다. 마음빚을 갚았다 생각하니, 얼굴빛도 훨씬 좋아 보이고, 목소리도 한결 맑아졌다.

봄기운이 훈훈하게 감도는 노정공 9년 이른 봄날, 여행 준비를 마친 공구는 아내 기관씨, 자식들과 작별 인사를 나누었다. 수행원으로 몇몇 제자들만 단촐하게 대동하고, 그는 수레에 올라 중도 읍재로서 부임길에 올랐다.

도성 곡부에서 중도까지 거리는 90리 여정이었다. 그러나 첫 벼슬을 받고 부임하는 공구의 심사는 한껏 흥분에 들떠서 시간 가는 줄도, 거리가 먼 줄도 느끼지 못했다. 봄바람도 마음 먹고 수레 끄는 말발굽을 밀어 주는지, 어느 결에 벌써 50리 길을 지나쳐 중도읍 경내에 들어서고 있었다.

공구 일행은 얼마 후 중도읍 관아에 도착했다. 공구는 그날 중으로 아전 서리들의 정리에 손을 대었다. 청렴하고 정직한 서리, 공평 무사하게 법을 지켜 온 아전들은 모두 요직에 임명했다. 우매하여 시비를 못 가리는 용렬한 자, 하릴없이 빈둥거리며 녹봉이나 축내던 자들은 모조리 직분을 갈아치우거나 사퇴시켰다. 공명을 노리고 개처럼 꼬리치고 파리 떼처럼 달라붙는 자, 국법을 내세우고 사리 사욕을 취하는 자, 주민들에게 위엄을 부리고 폐단을 끼치거나 횡포를 떨던 자는 모두 그 죄를 물어 감옥에 가두었다.

한바탕 정리 정돈을 겪고 나자, 중도읍 관서의 면모가 확연히 일신되었다. 공구는 다시 제자들에게 읍리(邑吏) 직을 나누어 맡겼다. 이리하여 중도읍 부호와 향신(鄕紳)들도 그를 괄목 상대하기에 이르렀다.

정신 없는 몇 달이 지나고 녹음이 우거지는 초여름에 접어들었을 때였다. 공구는 자신이 중도읍의 민정과 풍속, 사회 정세에 대해 아무 것도 모른다는 사실을 깨닫고, 마음 속으로 초조한 감이 없지 않았다.

그는 제자들을 시켜 외부 실상을 알아보게 한 다음, 자신도 미복으로 갈아입고 혼자 순시 길에 나섰다. 어느 작은 골목에 접어들고 보니, 눈 앞에는 온통 무너진 담장뿐이었다. 그는 주민들에게 미안스럽고 가슴 쓰라린 느낌을 어쩌지 못했다. 혼자서 속을 태우고 있는데, 어디선가 느닷없이 남자의 거친 욕설이 들려왔다.

그는 발길 닿는 대로 욕설이 들려오는 방향을 더듬어 나갔다. 사나운 욕설은 절반쯤 무너진 토담 안에서 흘러나오고 있었다. 담장 너머 바라보니, 중년 나이쯤 들어보이는 사내가 칼질을 해 가며, 통째로 껍질을 벗긴 양 한 마리를 도마 위에 놓고 쉴새 없이 욕설을 퍼붓고 있는 것이 아닌가? 공구는 하도 이상해서 가볍게 헛기침 소리를 내면서 널판 문짝을 열고 안으로 들어섰다.

"대체 무슨 사연이 있길래 죽어 자빠진 양을 놓고 화풀이를 하시는 거요?"

중년 사내는 느닷없이 불청객이 들어와서 참견을 하자, 손에 들고 있던 칼을 도마에 탁! 꽂아놓더니 홀끗 뒤돌아보았다. 그리고는 두 손을 툭툭 털어가며 일어섰다. 팔뚝도 허리 둘레도 엄청나게 굵다란 데다 몸집이나 동작도 사뭇 우람하고 거칠어 보이는 사내였다.

"그건 왜 물으시오?"

"지나가다 하도 듣기 민망해서 물어보았소이다."

"노형은 뭘 모르시는군. 우리 중도읍은 원래 인심도 후하고 풍속이 아주 좋은 곳이었소. 물건을 사고 팔 때도 공평할 뿐더러 아녀자라고 해서 속여 먹는 장사꾼도 없었소. 한데, 요 몇 년 사이에 인심은 각박해지고 장터 풍기가 이렇게 못되게 바뀔 줄 누가 알았겠소? 내가 무슨 꼴을 당했는지 보시구료. 좌우지간에 그 심유(沈猶)란 성을 가진 놈이 양을 팔기 시작한 뒤부터 얼마나 많은 사람들이 그놈의 속임수에 당했는지 모를 거요!"

"심유씨가 도대체 어떤 사람이오? 어째서 감히 그런 대담한 짓을 함부로 저지른단 말이오?"

그제서야 중년 사내도 불청객의 위 아래를 훑어보았다.

"보아하니 이곳 토박이가 아니구료. 전혀 낯선 양반인 걸!"

공구는 빙그레 미소지으면서 고개를 끄덕였다.

중년 사내는 그 미소에 마음이 풀어졌는지, 하던 말을 계속했다.

"심유란 놈은 본래 이 중도읍에서 논밭 붙여 먹던 소작농이었는데, 삼 년 전 어디서 떼돈을 벌었는지 양을 사다가 팔기 시작했소. 양을 판매하는 거야 아무 잘못도 아니지만, 그놈은 타향에서 헐값에 양 한 떼씩 사들여다가 우리에 가두어 놓고 소금으로 버무린 여물을 한 사날 동안 내리 처먹였소."

"저런······!"

"소태같이 짜디짠 여물을 먹었으니 짐승도 조갈증을 참지 못해 물을 동이째 들이켤 수밖에 더 있습니까? 심유란 놈은 그 물 먹인 양떼를 장터에 내다가 팔아 먹는 겁니다. 손님들이야 첫눈에 그놈의 양이 투실투실 살찐 것으로 보고 아귀다툼을 해 가면서 사들여 갔습니다. 하지만 나는 집이 성내에 있는 탓으로 진작부터 그놈의 흑작질 소문을 들어 알고, 단 한 번도 그놈의 양을 사다 먹지 않았습죠. 그런데 어제 일이 생겨서 잠깐 외출을 한 사이에, 마누라 년이 그놈의 양을 한 마리 덜컥 사왔지 뭡니까? 노형도 좀 보시구려······."

주인은 도마 위의 양을 가리키면서 투덜거렸다.

"이놈의 양고기는 아예 소금물에 푹 절인 거나 마찬가지외다!"

공구도 가까이 가서 들여다본 다음 다시 물었다.

"고을 사람들이 심유씨 같은 못된 사람을 어째서 가만 두었는지 모르겠구려. 관가에 고발해서 진작에 혼찌검을 냈어야 옳은 일 아니오?"

중년 사내는 무엇이 두려운지 주변을 둘러보더니, 목소리를 잔뜩 눌러 겨우 알아듣게 속삭였다.

"실은 말이오. 그 심유란 놈은 지금 한창 콧대가 바짝 서 있는 중이라오. 한마디로 그놈은 우리 장터에서 이름난 왈패라, 제멋대로 못하는 짓거리가 없소. 또 이렇게 속임수로 떼돈을 벌어가지고 관부에 뇌물을 먹여 놓고 연줄을 대었으니, 누가 섣불리 건드리기나 하겠소? 그놈은 이 중도성 안에서 아무도 못 건드리는 악패(惡覇) 중의 하나란 말이외다!"

"호오, 그런 일이 있었구료! 한데 그자가 누구하고 연줄을 댔는지 노형은 알고 계시오?"

중년 사내는 다시 한 차례 주위를 둘러본 다음, 입술을 공구의 귀에 바짝 대고 비밀이라도 누설하는 사람처럼 소근거렸다.

"바로 전임 읍재의 심복 부하 정필(程弼)이란 작자요. 그놈은 아전 노릇을 하면서 심유 녀석의 뒤를 봐주고 또 심유란 놈에게 막대한 뇌물을 받아 챙기고 말이오. 두 놈이 서로 결탁해서 온 고을을 휩쓸고 다니는 데야 누가 언감생심 관가에 고발장을 내려 들겠소?"

그는 숨 한 모금 돌리더니, 목청을 더욱 낮추었다.

"소문을 듣자니, 신임 읍재가 부임했는데 아주 대단한 인물이랍디다! 이름이 뭐라고 하더라……? 옳지, 공구라고 부르더군! 여하튼 그 사또가 부임하자마자, 온 성내가 비좁으라고 설쳐대고 행패 막심하던 서리 아전 녀석들에게 된서리를 내려 따끔한 맛을 보여 줬답니다. 정필이란 놈도 아마 잡혀서 감옥에 갇혔다든가 하는 모양인데, 노형도 생각 좀 해 보구료, 이제 얼마나 속 시원하고 통쾌한 노릇이오?"

"하긴, 그러시겠구료."

"그러나 문제는 다른 데 있소. 심유란 놈은 남을 제 손아귀에 옭아넣는 데 명수라, 도대체 무슨 약을 어디다 썼는지 모르겠으나, 뒷바라지를 해 주던 아전 녀석이 감옥에 갇혔는데도 여전히 장터에 나와서 그 못된 속임수를 쓰고 있단 말이외다. 하기야 옛 말씀에도 '돈이면 귀신도 부려 먹는다' 했으니, 누가 알겠소? 신임 사또 나으리도 벌써 그놈한테 약을 얻어먹고 취해서 모른 척 눈감아 주는지 모르는 일이지요. 사람은 부자를 떠받들어 모시고 똥개는 궁한 쥐새끼를 물어 뜯는다더니, 어제나 오늘이나 다 그렇게 통하는 모양이구려."

그는 한창 푸념을 늘어놓다 말고 손님의 얼굴빛이 시퍼렇게 바뀌는 것을 보았다. 그래서 찔끔한 나머지 엉겁결에 곁에 놓인 걸상을 가리켰다.

"아이쿠, 내 이 정신머리 좀 봤나! 손님한테 앉으시란 말도 못했네그려. 노형, 고깝게 여기지는 마시구려."

공구는 웃음기를 띤 채 도리질을 해 보였다.

"무슨 말씀을! 저야 불청객인데, 주인장께서 친구처럼 대해 주시니 고맙기만 하외다. 그럼 이만 실례하겠소!"

공구가 관아로 돌아오니, 제자들도 때맞춰 속속 들어오고 있었다.

"그래, 너희들이 보고 들은 바를 하나하나씩 얘기해 보아라."

제일 먼저 나선 것은 역시 자로였다.

"사부님, 저는 이 고을에서 생각하는 바가 트였다고 하는 향신(鄕紳) 한 분을 찾아갔습니다. 이름이 양재(梁材)라고 하더군요. 그 분 말에 따르자면, 이 중도성 안에 가장 통분할 일이 세 가지가 있답니다."

"그게 무엇무엇이라더냐?"

"첫째는 양 판매상 심유씨란 자인데, 그자는 소금에 절인 여물로 물 먹은 양을 팔아먹는 자라고 합니다. 둘째는 선비 집안의 자제 공신씨(公愼氏)가 아내를 맞아들인 문제입니다. 그 사람의 아내 칠씨(漆氏)는 외모가 아리따운데 천성이 음탕해서 남편 몰래 바깥 사내와 간통을 저질러 풍속에 해를 끼치고 있다 합니다. 세번째는 이 고을 부호 신궤씨(愼潰氏)가 분수대로 예절을 지키지 않고 처첩을 맞아들이거나 딸을 시집 보낼 때 남들 보라는 듯이 공공연히 분수 넘치는 음악을 연주하고 가무를 즐겨왔다 합니다. 양재란 분의 표현을 빌리자면, 그야말로 주나라 태자님과 하나도 다를 바 없다니, 이런 주제넘는 짓이 어디 있습니까?"

그 다음에는 눈치 빠른 자공이 나섰다.

"저도 많은 사람들에게 심유씨의 행패가 막심하다는 소문을 들었습니다. 그자는 이 고을 전체를 곤경에 빠뜨리고 있답니다. 사형이 말씀하신 다른 일은 워낙 내밀한 사건이라, 항간의 소문으로는 듣지 못했습니다."

공구는 나머지 사람들에게 일일이 물었으나, 대답은 자공의 것과 똑같았다. 그는 대략 짐작이 가는지, 고개를 끄덕거렸다.

이튿날 때 맞추어, 중도 성내에는 큰 장이 섰다. 공구는 자로와 자공 두 사람만 데리고 돼지, 양을 판매하는 장터에 나갔다. 이리저리 기웃거리다 보니, 산양(山羊) 한 떼를 몰아놓은 곁에 누군가 혼자서 와자지껄 떠들고 서 있었다. 키는 작달막한데, 머리통은 대머리에 짱구요 배가 불쑥 튀어나온 것이, 염소 수염을 가닥가닥 늘어뜨린 얼굴에는 개기름이 번지르르하게 흐르고 있었다.

"손님 여러분! 이리들 와서 내 양 좀 구경하소. 이걸 보라구, 하나같이 포동포동 살찌고 연해 보이지 않소? 양고기 중에서도 육질이 최고라니까! 겨울철에 양고기 뜯고 양국을 마시면, 아랫배가 후끈후끈, 마누라 생각이 간절하고, 여름철에 양고기 뜯고 양국을 마시면, 더위가 삼십육계라, 온몸 구석구석이 서늘해진다, 이것도 모르시나? 봄가을에 양고기는 남녀 불문하고 음양에 좋은 보약이라, 체력이 허한 분은 이리 썩 나오시오!"

자공은 상인 출신이라, 사람 됨됨이가 세심하고 눈치 빠른 데다 말주변 좋고 임기 응변에도 능했다. 한 마디로 말해서, 태생이 장사꾼이라고 해도 과언은 아니었다. 그러니, 장사꾼의 눈에는 동업자의 속임수가 훤히 내다보였다. 손님들이 옹기종기 모여들자, 그는 인파를 헤집고 안으로 들어서더니, 한참 목덜미에 심줄 돋우어가며 넉살좋게 늘어놓는 장사꾼에게 한 마디 던졌다.

"여보쇼, 좀 물어봅시다. 그 양들이 포동포동 살이 오른 것처럼 보이지만 모두 비실비실 맥이 풀렸는데, 당신 무슨 재주라도 부려 놓은 것 아니오?"

느닷없는 힐문에, 심유씨는 일순 어리둥절하더니 눈썹을 곤두세우고 험상궂은 기색으로 자공의 위 아래를 훑어보았다.

"당신 뭐야, 눈알도 없어? 보면 뻔하지, 내 양들이 어디가 어때서 시비를 걸고 나서는 게냐?"

성격이 불덩어리 같은 자로가 가만 들어보니, 귀에 거슬리기 짝이 없었다. 그는 화통을 억누르지 못하고 한 발짝 성큼 나서면서 버럭 고함을 질러댔다.

"보면 뻔하다구? 이것 봐, 우리 눈에는 그놈의 양 껍질, 터럭밖에 아무 것도 안 보인단 말이다! 그 털가죽 속에 무엇이 출렁거리는지 누가 알아?"

이 한 마디가 심유씨의 정곡을 찔렀다. 그는 벼락에라도 맞은 사람처럼 펄쩍 뛰어가며 되물었다.

"아니, 그럼 날더러 이 양 뱃속에다 물을 퍼넣었단 말이야?"

"정말 그랬다면, 당신은 양심도 없는 사람이지!"

자공의 대거리에, 자로 역시 사형 된 몸으로 한 마디 거들었다.

"물을 먹였는지 안 먹였는지, 당신이 더 잘 알 것 아닌가!"

밑천이 들통나자, 심유란 작자는 왈패 기질을 그대로 드러내기 시작했다. 험상궂은 안면에 근육이 씰룩씰룩거리고 곤두세운 눈썹에 왕방울 눈알이 툭 불거져 나오더니, 두 사람을 잡아먹기라도 할 듯 사납게 부라렸다.

"양을 사려면 사고, 말려면 썩 꺼지라구! 이 어르신께서는 네 녀석들 따위하고 한가롭게 노닥거릴 시간이 없어!"

"뭣이, 네 녀석이라……?"

성미 급하고 왈살스럽기는 자로도 둘째 가라면 서러워할 판이다. 그는 양 팔뚝을 걷어붙이면서 앞으로 바짝 다가섰다.

"중유야, 그럼 못 쓴다!"

공구가 제자를 꾸짖더니, 심유씨 앞으로 나서며 조용한 말투로 물었다.

"이봐요, 선생. 속담에 '말씨가 부드러워야 재물도 생긴다'는 말도 못 들어보셨구려. 당신은 장사꾼인데 별 것도 아닌 일로 성을 내다니,

꼭 이렇게 화를 내야 할 이유라도 있소?"

심유씨가 바라보니 점잖은 선비 나으리라, 속이 은근히 켕겼다. 그는 직감적으로 자기 앞에 둘러 선 사람들이 모두 평범한 신분이 아님을 깨닫고, 말씨를 부드럽게 바꾸어 항의했다.

"어르신도 들어보셨다시피, 이 사람들이 내 성깔을 얼마나 돋우어 놓았는지 아실 게 아닙니까?"

"당신이 양에게 물을 먹이지 않았다면 그만이지, 어째서 그렇게 펄쩍 뛰느냔 말이외다."

어투는 점잖게 들리나, 그 말 속에는 뼈가 있었다. 심유씨도 그것을 눈치채고 슬그머니 부아가 치밀었다.

"하면, 당신도 날 의심하는 거요?"

그제서야 공구가 목청을 돋우어 호통을 쳤다.

"남이 의심할까 두려워하는 걸 보니, 당신 아무래도 안 되겠소! 우리 이 자리에서 시험해 봅시다. 여기 당신 양이 삼사십 마리나 있는데, 그중 한 마리를 잡아서 물을 먹였는지 안 먹였는지 증명해 보이면 될 것 아니오? 자, 그럼 내가 한 마리 값을 낼테니, 당장 잡아서 배를 갈라 봅시다!"

"흥, 누구 맘대로……!"

분위기가 점점 불리하게 돌아가자, 심유씨는 코방귀를 한 번 뀌고는 투계 시합에서 진 수탉처럼 땅바닥에 쭈그려 앉더니, 목을 움츠리고 가타부타 아무런 대꾸도 않는다.

"중유야, 이분께 백은(白銀) 한 덩어리를 드려라!"

공구는 자로에게 분부를 내린 다음, 군중들을 돌아보고 이렇게 말했다.

"여러분, 제가 소문을 듣자니, 여기 심유 선생께서 이 양들에게 먹인 여물이 모두 소금으로 버무린 것이라고 합니다. 그래서 양 떼가 갈증에 못 견뎌 물을 들이켜게 만들었다는 것입니다. 물을 적게 먹었어도 무게가 대여섯 근은 더 늘어났을 테고, 많으면 열 몇 근이 늘어났을 것입니다. 과연 그게 사실인지 아닌지, 제가 이 자리에서 증명해 보일 테니 모두 똑똑히 보아 주시기 바랍니다. 자, 그럼 어느 분이 나오셔서 절 좀 도와주시지 않겠습니까? 이미 돈을 치렀으니까, 아무 놈이나 한 마리 골라 가지고 이 자리에서 저울에 달아보고 다시 배를 가른 다음 저울질 해 보면 되겠습니다."

심유가 가만 듣자하니, 이것 참말 큰일 날 지경이었다. 그래서 펄쩍 뛰어 일어나면서 고함을 질러댔다.

"여보쇼! 무슨 짓을 하려는 게야? 당신, 나하고 무슨 원수가 졌길래 이러는 거냔 말이오. 안 돼, 절대로 그럴 수 없어!"

"나는 꼭 검증을 해야겠소."

"아니, 뭐라구? 이게……."

심유가 드디어 본색을 드러냈다. 험상맞게 일그러뜨린 얼굴 표정, 두 손으로 질끈 조여매는 허리띠, 팔뚝 걷어붙이고 주먹을 쓰다듬는 꼴이 공구에게 한바탕 폭력을 써볼 참이었다.

그러나 공구는 거들떠보지도 않고, 다시 군중을 향해 외쳐 물었다.

"누가 한 분 나오셔서 도와주시지 않겠습니까?"

"내가 하지요!"

군중들 틈에서 나이 사십여 쯤 되어 보이는 장한이 우렁찬 목소리로 응답하면서 휘적휘적 걸어나왔다.

공구가 가만 보니, 바로 어제 골목집에서 우연히 만난 사내였다.

중년 사내는 길가 푸줏간으로 달려가서 고기 써는 칼 한 자루를 빌려 가지고 돌아오더니, 양떼 한가운데로 헤치고 들어갔다. 그리고 손에 잡히는 대로 한 마리를 번쩍 들어 저울에 매달고 저울대의 균형을 잡았다.

"모두들 보십쇼. 50근에서 조금 빠지오!"

무게가 확인되자, 그는 즉시 양을 도마 위에 자빠뜨려 놓고 멱을 따더니, 솜씨 좋게 가죽을 벗기고 살과 뼈를 발라내기 시작했다. 칼집이 들어갈 때마다, 양의 몸뚱이에서는 불그죽죽한 물이 흥건하게 배어나왔다.

반 시각쯤 지나서, 중년 사내는 양 가죽, 살과 내장, 게다가 뼈다귀까지 저울에 올려놓고 무게를 달았다.

"마흔 네 근이오!"

결국 여섯 근이 모자란 셈이었다.

"아니, 저런……!"

군중들은 술렁대기 시작했다. 잠시 후에는 여기저기서 욕설을 퍼붓는 소리가 들리더니, 흥분한 군중들이 삿대질을 해가며 와르르 몰려들었다.

"이런 죽일 놈! 우리 같은 가난뱅이를 등쳐 먹어?"

"그놈 때려 잡아라!"

장터는 삽시간에 아수라장으로 변하고 말았다.

공구는 이래선 안 되겠다 생각하고, 주변을 에워싼 군중들을 향해 두 손을 흔들어가며 소리쳐 막았다.

"여러분, 잠깐만! 흥분하지 말고 제 말부터 들으십시오!"

살기 등등하게 날뛰려던 군중들이 그 말 한 마디에 잠잠해졌다.

"여기 심유씨는 여러 해 동안 줄곧 양을 팔아 왔습니다. 이 사람이 장사를 하면서 여러분에게 이로움을 주었다면 칭찬 받아 마땅하겠습니다만, 물 먹인 양으로 저울 눈을 속이고 부정한 값을 받았습니다. 또 여러분 가운데 산 양을 기르려고 사실 분도 있겠으나, 물 먹인 짐승은 닷새를 못 넘기고 죽습니다."

"옳소! 그놈도 물 먹여 잡아 죽입시다!"

누군가 끔찍스런 말을 했지만, 공구는 못 들은 척 하던 말을 계속했다.

"심유씨처럼 백성에게 해악을 끼치는 무리를 엄벌로 다스리지 못한다면, 이 중도성 안의 어디에서나 부정한 장사꾼들이 판을 치게 될 것이고 부정한 상거래 풍습도 바로잡을 수 없게 될 것입니다. 하물며 이 사람은 탐관 오리에 빌붙어 그 위세를 믿고 향리에서 온갖 횡포를 다 부려 온 줄 압니다. 그러므로 본관은 이 중도성 읍재로서 판결을 내리겠습니다!"

그제서야 군중들은 눈 앞의 선비가 새로 부임한 사또임을 알아차리고 깜짝 놀라 또 한 차례 술렁대기 시작했다. 공구는 죄인에게 판결을 내렸다.

"심유는 듣거라! 그대에게 벌금형을 내리노니, 은화 5백 냥을 열흘 이내에 바칠 것을 명한다. 만약 기한을 어길 때는 하루에 열 냥씩 무한정으로 벌금을 가산할 것이다! 알겠느냐?"

심유씨는 입이 딱 벌어져서 황소 눈을 멀뚱멀뚱 뜬 채, 넋빠진 기색으로 그 자리에 주저앉아 있었다.

"심유, 그대는 이 처분을 받아들이겠는가 불복하겠는가?"

공구의 벼락 같은 호통이 떨어지자, 심유씨는 정신이 번쩍 들어 공구 앞으로 엉금엉금 기어가더니, 두 무릎 꿇고 엎드려 연신 이마를 조아렸다.

"아이구, 이 천민이 눈알이 삐어서 태산 같으신 분을 알아뵙지 못하다니! 사또 나으리, 여러 모로 무례를 범한 죄를 부디 용서해 줍시오. 소인의 죄상은 구구 절절 옳사온즉, 말씀하신 대로 기꺼이 처벌을 받겠사옵니다!"

"그대가 앞으로도 이 장사를 계속하겠다면 모름지기 백성들의 이익을 중히 여기고 거래를 공정하게 해야 할 것이다. 관아에도 뇌물을 받는 자가 없을 터인즉, 감히 누구 세력을 빙자해서 행패를 부릴 생각도 말아야 할 것이다. 만약 그런 기미가 보일 때에는 가차없이 엄벌로 다스릴 줄 알아라!"

사또 어른과 죄인이 대화를 주고받는 동안, 군중들은 안팎으로 세 겹 네 겹씩 에워싼 채 하나같이 귀를 쫑긋 세우고 귀담아 듣느라 정신이 없었다.

"돌아가서 벌금 바칠 준비를 하거라!"

이윽고 사또 어른의 마지막 말씀이 떨어졌다. 그와 동시에 군중들 속에서도 우레 같은 환호성이 터져 나왔다.

"와아아—!"

열광하는 인파 속에서, 공구는 제자들을 데리고 발길을 돌렸다.

관아로 돌아온 공구는 안회에게 공시문을 써서 내다붙이게 했다. 내용인즉, 심유가 물먹인 양을 판매한 죄, 그 벌금으로 은화 5백 냥을 바치게 되었다는 사실을 밝히고, 앞으로 상인들은 공정한 거래를 할 것과 아녀자들을 속이거나 업신여기는 일이 있어선 안 된다는 경고를 비단폭에 조목조목 나열하여 동서 남북 사대문에 내다 붙이도록 한 것이다.

첫번째 일이 마무리되자, 공구는 나머지 두 사건에 착수했다. 하지만 이번 두 가지 일만큼은 그로서도 처리하기가 사뭇 난처한 문제였다.

이 두 가지 문제는 모두 상륜(常倫)에 벗어나고 예의 범절을 거스르는 행동이었다. 그러나 법조문에 명백히 저촉되지도 않으려니와 그렇다고 관청에서 강권으로 참견할 일도 아니고 또 그래 본 적도 없었다.

공구는 이 문제를 놓고 주야로 골머리를 앓았으나, 뾰족한 대책이 서지 않았다. 그래서 생각다 못해 제자들을 불러놓고 의견을 묻기에 이르렀다.

"너희들도 궁리를 해 보았겠지? 어디 생각나는 대로 말해 보려무나."

제일 먼저 나선 이는 역시 자로였다.

"스승님, 그게 뭐 어려운 일입니까? 제가 이 길로 공신씨를 찾아가서 자초지종 알려주고 그더러 이혼장 하나 써서 칠씨를 내쫓으라고 하면 될 테고, 신궤씨가 예법을 어긴 일은 모두가 돈이 많아서 그런 짓을 저질렀으니까, 벌금을 듬뿍 바치게 해서 군비(軍費)에 충당하면 일석이조가 아닙니까?"

하나 스승은 고개를 절레절레 내흔든다.

"그 방법은 타당치 못하구나. 공신씨 가문에서 고발장을 낸 일이 없는데, 내가 어떻게 남의 집안 일에 직접 끼어들 수 있겠느냐?"

모처럼 낸 의견이 거부당하자, 자로는 화가 나서 씩씩대며 투덜거렸다.

"하면, 그 바람둥이 계집이 앞으로도 계속 미풍 양속을 해치게 내버려 두자는 말씀입니까?"

"좀 더 좋은 방법을 생각해 보자는 것이다. 현재 공신씨는 제 아내가 다른 사내와 간통한다는 사실을 모르고 있다. 설령 안다고 해도, 그런 추문을 남들이 알게 소문을 낼 리 있겠느냐? 신궤씨가 예법을 어긴 일만 해도 그렇다. 이미 지난 일을 들춰내 가지고 벌금을 내는 방법으로 해결하려 든다면, 그 사람은 끝까지 승복하려 들지 않고 조정에 직접 상소할 것이다."

자공이 의견을 말했다.

"하오면, 신궤씨가 다른 딸을 시집 보내거나 첩을 맞아들일 때까지 가만 지켜보다가 간여를 하면 안 되겠습니까?"

"그 방법이 좋기는 하다만, 하고 많은 나날을 무작정으로 기다릴 수는 없는 일, 그래서야 어느 세월에 사치 풍조를 바로잡겠느냐?"

이번에는 안회가 의견을 내었다.

"사부님, 그 신궤씨 댁이 엄청난 부자라고 하니, 벌금 형식이 아니라 군비를 징수한다는 명분으로 재산을 흠뻑 뜯어내면 안 되겠습니까? 그럼 국고도 충실해질 터이고, 또 분수 넘치는 사치 풍조도 자연 바로잡힐 것입니다."

"옳거니, 좋은 말이다!"

공구는 연신 고개를 끄덕이면서 내처 물었다.

"안회야, 그럼 칠씨 문제는 어떻게 처리하면 좋을까?"

"말솜씨 좋은 사람을 청해다가 동요를 한 편 짓게 해서, 길거리 아이들에게 널리 퍼뜨리는 방법이 있습니다. 아마 사흘도 못 가서 공신씨의 귀에 들어갈 테고, 일단 내막을 알게 되면 공신씨도 아내와 이혼을 하지 않고서는 못배길 것입니다."

"흐흠, 그것 괜찮구나. 어디 네가 그 동요를 지어보지 않겠느냐?"

스승의 요구를 받고서, 안회는 잠시 처마 끝을 바라보더니 연실 풀리듯 줄줄 읊어 내리기 시작했다.

"중도읍 풍속이 못 되어서, 공신씨 아내가 절개를 잃었다네! 창피스런 공신씨, 앙갚음을 하려거든 어서어서 인연 끊고 새 장가나 들구려!"

듣고 보니 제법 마음에 드는 노래였다. 공구는 즉시 안회더러 그 동요를 비단 폭에 여러 장 써서 길거리 아이들에게 나눠주고 가르치게 하고, 다시 자공에게는 군비 징수 명령서를 한 통 써서 신궤씨 문중으로 보내도록 했다.

닷새 후, 심유씨가 벌금 5백 냥을 어김없이 바쳤다. 공신씨도 예상한 대로 아내 칠씨와 이혼했다. 신궤씨 문중에서는 군비조로 은화 3천 냥을 납부했다.

어느 날, 공구는 파종기(播種期)에 농민들의 형편을 살펴 볼 겸해서 제자들을 데리고 야외로 나갔다. 그는 자그만 언덕 위에 올라서서 들판을 내려 보았다. 한데, 눈길이 닿는 곳마다 모든 토지가 거북 등처럼 쩍쩍 갈라지고 흙먼지만 뽀얗게 일고 있었다. 수로(水路) 역시 뱀이 기어

341

가듯 구불구불 굽은 것이, 차마 농사 짓는 땅이라고 보아 넘길 수가 없었다. 다른 곳은 어떤가 해서 살펴보았으나, 형편은 어디를 보나 거의 마찬가지였다.

공구는 마음에 짚이는 바가 있어, 산책을 중단하고 급히 관아로 돌아왔다.

그는 아전들을 시켜 고을에서 명망이 있는 농사꾼 다섯 명을 불러들였다.

"여러분에게 물을 것이 있어 오시게 했소이다. 들판에 나가 보니 논밭이 모두 갈라졌는데, 무슨 방법을 쓰면 농사를 지을 수 있겠소?"

"그야, 물만 있으면 됩지요!"

농민 다섯이 입을 모아 대답한다.

"내 말은, 그 물이 어디 있으며 또 어떻게 논밭에 끌어 올 수 있느냐, 그걸 묻는 거요."

"이 중도 일대는 대부분 평지라서 우물을 파기가 별로 어렵지 않습니다. 우물을 많이 파놓기만 하면 물 걱정할 필요도 없고, 논밭인들 저렇게 갈라질 리 있겠습니까?"

"우물 파기가 쉽다면서 왜 파지 않는 거요?"

"해마다 전란이 일어나서 징병을 해 가니, 집집마다 고을마다 장정이 남아나지 않습지요. 게다가 세금을 무겁게 매기니, 백성들은 따뜻하게 입지도 배불리 먹지도 못합니다. 그저 이 가난뱅이 땅을 떠나지 못하는 게 원망스럽기만 할 뿐이랍니다. 이런 마당에 누가 우물을 팔 것이며 논밭에 물을 대려고 나서겠습니까? 하지만 다 쓰러져가는 오막살이에 가난뱅이 세간살림이라도 내버리고 떠날 수가 없어, 하루하루 죽지 못해 살아가고 있습니다."

그 말을 듣고 공구는 정신이 번쩍 들었다.

"이 중도읍에는 큰 강물도, 산등성이도 없는가요?"

"왜 없겠습니까! 성 북쪽으로 30리만 가면 문수(汶水)라는 아주 큰 강이 하나 있습죠. 그 강물은 태산에서 흘러오는데, 물도 깨끗할 뿐더러 물맛도 기막히게 달아서, 논밭에 댈 수만 있다면 그보다 더 좋은 물이 없을 겝니다. 또 산악도 읍성 북쪽 20리 되는 곳에 있는데, 별로 높지는 않으나 봉우리는 제법 많습니다요."

"옳거니! 그 문수가 이리로 흐른단 말이오?"

공구는 무릎을 탁 쳤다. 그는 곡부에 있을 때 문수의 발원지가 태산이란 얘기를 들어 알고 있었다. 하지만 그 강물이 중도 읍성 근처에 흐르고 있을 줄은 전혀 생각지도 못했던 것이다.

"여러분, 어떻소? 내가 당신네더러 우물을 파고 배수로를 내라면 할 수 있겠소? 가뭄이 들면 논밭에 물을 대고, 홍수가 지면 물을 빼낼 배수로 말이오. 여러분은 어떻게 생각하오?"

"사또 나으리, 그것이 좋은 줄이야 누군들 모르겠습니까? 하오나 저희들은 모두 하루 세 끼 먹고 살아갈 일에 코가 석 자나 빠져서, 한가롭게 우물이나 파고 도랑 내는 데 힘쓸 겨를이 없지요."

"좀 기다려 보시오. 내가 주군께 아뢰어서 난민 구제용 식량을 풀도록 해드리리다."

그 말을 듣자, 농민들은 일제히 땅바닥에 꿇어 엎드렸다.

"어이구, 사또 나으리! 그렇게만 해 주신다면 우리를 다시 낳아 준 어버이나 다를 바 없사옵니다. 아아, 창천(蒼天)도 무심하지 않아, 우리 사또 어르신이 중도읍에 희망을 가져다 주셨습니다그려!"

다음 날, 공구는 제자들을 데리고 문수 강변에 나갔다. 때는 비록 갈수기(渴水期)라고는 하나, 강물이 도도하게 흘러가고 강기슭 수양버들에 파릇파릇 연한 잎새가 돋아나는 걸 보면, 유별나게 활기차고 생기가 돋보였다.

공구는 감회가 깊은 듯 혼잣말로 중얼거렸다.

"물, 물만 있으면 논밭도 기름지고 식량도 풍족해지련마는……!"

관아로 돌아오는 길에, 공구는 대로 곁의 논밭이 평탄한 곳은 하나도 없고 무덤처럼 울퉁불퉁하게 돋아난 것을 발견했다. 농토의 대부분을 갈아엎기는 했어도 메마른 까닭에 아무 것도 심을 수가 없었다. 또 써레질을 미처 못한 곳도 전부 갈라져서 보기 흉한 몰골로 방치되어 있었다. 그 참경을 본 공구는 노정공에게 아뢰어 구제용 식량 창고를 열도록 만들리라 단단히 결심했다. 또 심유씨의 벌금과 신궤씨가 납부한 돈을 합쳐서 빈농들에게 농기구와 급수용 장비를 사는 데 보탬을 줄 수가 있었다. 그리고 구제용 식량을 풀어 그 인력으로 문수의 강물을 농토까지 끌어들이는 수로를 굴착시키면 되는 것이었다.

관아에 돌아와서, 그는 제자들에게 자신의 구상을 밝혔다. 제자들도 하나같이 찬동했다. 그는 즉시 상주문을 써서 인편에 곡부성으로 달려보냈다.

빈민 구제용 양곡 창고는 손쉽게 열렸다. 노정공이 흔쾌히 허락을 내린 것이다. 이로부터 중도읍에는 대공사가 벌어졌다. 식량이 현지에 속속 도착하면서, 모든 공정이 순서대로 착착 진행되었다. 농민들은 양식거리도 생기고 농기구와 공사 장비를 손쉽게 얻은 데다, 사또가 직접 현장에 나가서 독려하자, 마음 푹 놓고 앞을 다투어 공사판에 달려가 우물을 파랴 수로를 뚫으랴 쉬지도 않고 일을 했다.

그 해 봄철, 노나라 전역에 큰 한발이 들었다. 그래서 농사를 짓기는 커녕 씨를 뿌리지 못한 지방이 적지 않았으나, 오로지 중도읍만은 제때에 파종하여 곡우(穀雨)가 지날 무렵에는 묵힌 논밭이 한 군데도 없었다.

공구는 한 걸음 더 나아가서 사회 질서를 바로잡기 시작했다. 그리고 이러한 개혁이 진행된 지 석 달이 못 되어 중도 일대의 기풍은 두드러지게 달라졌다. 장터에서는 공평하고도 합리적인 거래가 이루어지고,

품질 좋은 물건에 값도 훨씬 내렸다. 아녀자나 노인이라고 해서 장사꾼에게 속임수를 당하는 일도 없어졌다. 사람들은 모두 예의 염치를 깨닫게 되고, 위로는 어른을 존경하며 아래로는 어린 것을 사랑할 줄 알게 되었다. 남녀가 외출해서도 길을 가려서 따로 다녔다.

자신의 업적을 두 눈으로 보면서, 공구는 기꺼운 마음을 이기지 못했다. 그는 내친 김에 주민들의 생활 방식과 장례 규정을 일일이 명문으로 고시했다.

고시문의 효과는 기막히게 나타났다. 반 년이 지난 후, 중도읍 사람들은 장터에서 속임수가 없어졌으며, 길바닥에 떨어진 물건을 주워가거나 밤에도 대문을 걸어닫는 법이 없었다.

그 해 여름철, 폭우가 엄청나게 쏟아지더니 큰 수재가 발생했다. 공구는 제자들과 아전들을 모조리 동원하여 배수 작업과 수재 예방을 독려시켰다. 이리하여 가을철 수확기가 되자, 오곡이 풍성해져서 관아 창고는 물론이요 농민들의 곳간에도 식량이 넘쳐났다.

농민들은 공구의 은덕에 감사하는 마음이 그지없어 사또 어른을 하늘이 내린 신령님으로 여길 정도였다. 그래서 그가 공표하는 고시문이나 명령이라면, 백성들은 성심껏 따르고 어기는 법이 없었다.

생업을 잃고 떠돌아다니는 유랑민과 하릴없이 빈둥거리는 사람들을 위해서 공구는 다시 부호와 대지주를 설득하여 자본을 내놓게 하고, 그 돈으로 수공업 공장을 여러 군데 세웠다. 그리고 남정네는 손 재간에 따라서 도자기를 굽거나 구리 그릇을 만들게 하고, 아낙들은 물레질을 하거나 비단을 짜게 했다. 여기에서 만들어진 그릇 제품과 직물은 국내뿐 아니라, 가깝게는 제(齊), 위(衛), 진(晉), 정(鄭), 멀리는 오(吳), 초(楚)나라에까지 팔려나갔다. 이야말로 속담에 '물이 깊으면 고기가 절로 모여든다'는 격으로, 중도읍 제품이 최고라는 소문이 퍼지면서부터, 이들 각국에서 상인들의 발길이 끊임없이 드나들기 시작하고, 얼마

안 가서 중도읍은 제후 열국 간에 중요한 국제 통상지의 하나로 인정받기에 이르렀다.

이런 호황에 직면하자, 공구는 더욱 분발했다. 어느 날, 그가 제자들을 모아놓고 중도읍을 더욱 윤택하게 만들 방법을 상의하고 있는데, 아전 한 사람이 급히 들어와서 아뢰었다.

"웬 나그네들이 찾아와서 읍재 어르신을 뵙겠다 하옵니다."

"들어오시라 일러라!"

공구는 아전을 내보낸 다음, 자신도 일어나 문턱 앞에서 손님을 기다렸다.

아전이 모시고 들어온 나그네는 모두 세 사람으로, 무명 옷차림에 나이 젊은 청년들은 저마다 괴나리봇짐을 하나씩 지고 있었다.

"내가 공구인데, 그대들은 뉘시오?"

공구가 신분을 먼저 밝히자, 청년들은 섬돌 아래 이르러 황급히 보따리를 풀어놓더니, 불문 곡직하고 우선 그 자리에 넙죽 꿇어 엎드렸다. 그리고 목청을 돋우어 이렇게 아뢰는 것이 아닌가!

"불초 제자, 스승님을 뵙습니다!"

공구는 찔끔 놀랐다.

"도대체 뉘시오? 어디 출신이며 성씨와 이름은 무엇이오?"

셋 중 키가 훤칠하게 잘 생긴 청년이 먼저 자기 소개를 했다.

"저는 노나라 출신으로, 성이 복(宓)이오며 이름은 불제(不齊), 자는 자천(子賤)이라 합니다."

또 한 사람, 중간 키에 눈빛이 초롱초롱한 젊은이가 뒤를 받았다.

"제자는 복성으로 무마(巫馬)요, 이름은 시(施), 자는 자기(子期), 출신은 진(陳)나라 사람입니다."

마지막 청년은 키가 작달막한 데다, 얼굴도 코도 눈도 모두 작아서 볼품은 없게 생겼다. 그러나 또박또박 끊어 말하는 목청만큼은 구리 방울 울리듯이 낭랑하고 우렁찼다.

"저는 성이 고(高), 이름은 시(柴), 자는 자고(子高)요, 출신은 제나라 사람입니다. 여기 두 분 사형들과는 오는 도중에 우연히 만나서 동반자가 되었는데, 알고 봤더니 똑같이 사부님의 문하에 투신하러 오는 길이었습니다."

"어서들 일어나거라. 우리 안에 들어가서 얘기를 나누기로 하고."

이윽고 제자들끼리 신참과 고참 순서대로 자리잡고 앉았다. 스승은 자로를 비롯하여 먼저 문하에 들어온 제자들을 한 사람씩 소개시켜 주었다. 수인사를 마친 뒤에 복불제 일행의 나이를 물었더니, 공교롭게도 세 사람이 동갑내기로 한창 시절인 스무 살이었다.

영특한 제자를 새로 셋씩이나 받아들인 공구의 마음은 이루 말할 수 없이 흐뭇했다. 중도 읍재로서 다스림도 큰 성취를 보았거니와, 학문을 익히는 제자들도 나날이 다르게 진전을 보이는 데야, 여기서 또 무엇을 바라겠는가?

한데, 이날은 유별난 일만 연속해서 벌어졌다. 스승이 제자를 받아들여 한창 기꺼워하는 판에, 또 아전 녀석이 뛰어오면서 벼락같이 고함을 지른다.

"사또! 도성에서 군명(君命)이 내린 줄 아뢰오!"

"무엇이, 주군의 명이 내려왔단 말이냐?"

공구는 황급히 동헌으로 달려나갔다. 사신을 기다리는 동안, 그의 가슴은 마구 두 방망이질 쳤다. 길한 소식이냐, 아니면 흉보가 닥친 것이냐……?

16
도성으로의 귀환

이윽고 칙명을 받든 사신이 동헌으로 들어섰다.

"공부자는 칙서를 받으시오!"

그는 공경스럽게 두 손을 내밀어 칙사의 수중으로부터 둘둘 말린 황색 비단폭을 건네 받았다. 그리고 매듭끈을 풀어 펼쳐 보았다. 일순, 그는 비단폭에 깔끔한 글자 서너줄이 쓰여졌다는 사실만 느꼈을 뿐 그것이 무슨 내용인지 알아볼 마음의 여유가 없었다. 공구는 그만큼 불안감에 싸여 있었던 것이다.

하지만 그것도 잠시뿐, 문장의 첫머리부터 쫓아내리던 그의 두 눈이 차츰 휘둥그레지기 시작했다.

공경(孔卿), 과연 그대가 중도읍을 다스려온 지 불과 1년 만에 탁월한 업적을 이룩했다고 들었소. 이제 경에게 중책을 맡기고자 하니, 조속히 도성으로 귀환하기 바라오.

뜻밖의 희소식에, 잠시나마 공구의 마음 속에 드리웠던 먹구름이 씻은 듯이 스러졌다. 좀처럼 얼굴에 표정을 나타내지 않는 그였으나, 지금은 기쁜 빛을 얼굴에 가득 띤 채 두 손에 떠받든 황색 비단폭을 멍하니 바라보고 있었다.

그는 자신이 꿈을 꾸고 있는 것이 아닌가 싶었다. 비단폭은 눈앞에서 칠색 무지개로 변하더니, 일곱가지 빛깔이 저마다 황금빛 찬란한 다리를 줄기줄기 엮어내며 이제 까마득히 높은 천궁(天宮)으로 뻗어 올라가고 있었다.

자꾸만 격해지려는 심사를 힘껏 억누르면서, 그는 쉰 듯한 목소리로 제자들에게 분부를 내렸다.

"주군께서 날더러 속히 귀경하라는 명을 내리셨다. 너희들은 지금부터 각자 맡은 공무를 깨끗이 마무리 짓도록 해라. 그리고 행장을 꾸려서 나와 돌아가자꾸나!"

이날 밤, 그는 이리 뒤척 저리 뒤척, 한숨도 잠을 이루지 못하고 뜬 눈으로 지새웠다. 그의 마음을 붙잡고 놓아주지 않는 시름이 너무도 많았기 때문이었다. 중도읍의 변화가 비록 두드러지게 나타났다고는 하지만, 역시 그것은 이제 갓 시작한 것에 지나지 않는 것이었다.

첫술에 배부른 사람이 어디 있겠는가? 공구는 이제 막 손을 댄 사업에서 숟가락을 도로 빼앗긴 셈이나 마찬가지였다. 그가 칙명을 받기 직전에 불안감을 느꼈던 이유도 바로 여기에 있었다. 그 불안감은 뜻밖의 기쁨과 희망으로 바뀌었으나, 대신에 뭐라고 형언하지 못할 아쉬움이 솟구쳐 마음을 괴롭히고 있었다. 이 중도읍을 자신이 상상하는 천당으로 만들 때까지 몇 년을 더 다스릴 수만 있다면 그 얼마나 좋으랴?……

그러나 공구는 번뇌를 떨치려고 무진 애를 썼다. '경에게 중책을 맡기고자 한다.'는 노정공의 말이 그의 마음을 더욱 크게 흔들어 놓았다.

사실 그가 추진하려는 것은 주공이 제정한 주례(周禮)였다. 그에게 있어 최종의 목표는 이 주례로써 '천하위공(天下爲公)'의 이상향을 구현해 내는 일이었다. 그런데 어째서 큰 이상을 버리고 작은 사업에 연연할 것이며, 근본과 말초를 뒤집어 놓을 수 있단 말인가?

날이 밝아오자 관아 대문 밖에는 벌써 배웅하러 나온 향신(鄕紳), 토호(土豪), 상인과 서민 백성들로 붐볐다. 이들은 저마다 손에 석별의 정을 아쉬워하는 예물을 받쳐 들고 있었다. 부호들의 값비싼 물품도 눈에 띄었지만, 대부분은 달걀과 말린 고기, 붉은 대추, 면직물, 청동제 그릇 따위를 들고 뜨거운 눈물을 머금은 채 , 목을 길게 빼고 대문 안쪽을 기웃거렸다. 말 한 마디 하는 사람은 없었으나 흐느끼는 소리는 여기저기서 끊이지 않았다.

이런 정경을 보는 순간, 공구는 가슴이 쓰라리다 못해 급작스레 양 어깨가 부르르 떨리면서 얼굴 근육이 경련을 일으킨 듯 씰룩거렸다. 눈시울이 화끈해지는가 싶은데 어느덧 눈물이 왈칵 솟구쳤다.

남북으로 뻗은 대로상에도 환송나온 인파가 좌우 양편에 늘어서서 담장을 이루고 있었다. 하나같이 웃음띤 얼굴이었으나 두 눈망울은 촉촉하게 젖은 것이 모두들 피를 나눈 친척과 이별하듯 미련의 정이 물결치고 있었다.

그는 정신없이 손을 흔들고 두 주먹 맞잡아 사례의 뜻을 보였으나, 인파는 끝없이 이어졌다. 가까스로 읍성 남문을 벗어나 한숨 돌리려는데 남문 밖에도 숱한 사람들이 앞길을 가로막은 채 북적거리며 기다리고 있다. 갈길이 막혔으니 어쩌겠는가. 공구는 수레에서 뛰어내렸다.

"불초 공구, 이 중도읍에 두드러진 공덕을 쌓지 못하였는데, 여러분의 깊고 두터운 정리에 그저 부끄러워 몸 둘 바를 모르겠습니다. 저를 그나마 생각해 주는 마음이 있으시다면 부디 성내로 돌아가 주십시오."

세 번 네 번 거듭 절하고 손을 흔들고 나서야 가까스로 앞길이 트이기 시작했다. 공구는 다시 수레에 올랐다. 그리고 중도성 남문 밖 인파가 눈에서 가물가물 사라질 때까지 뒤돌아보며 손을 흔들었다.

곡부성에 돌아온 공구는 그 길로 입궐하여 노정공에게 사은례를 올렸다.

노정공은 만면에 봄바람을 일으키며 충심으로 그를 맞아들였다.

"경은 과연 초범 입성(超凡入聖)의 재능을 지녔구료! 미처 1년도 못되는 사이에 그 혼란스러운 중도읍을 질서 정연하게 다스리고 기한(飢寒)에 시달리던 백성들이 입에 침이 마르게 칭송하도록 따뜻이 입히고 배불리 먹였다니, 도대체 무슨 비결을 쓰셨길래 그토록이나 커다란 성과를 보인 것이요?"

공구는 차분하게 대답했다.

"비결은 없습니다. 저는 오로지 주나라의 천자와 주군의 거룩하신 위엄과 덕망에 힘입어, 주공의 예치를 민심에 부합되게 추진하되, 민의에 순응하여 실천했을 따름이옵니다."

노정공이 의론하는 말투로 다시 물었다.

"이 나라를 다스리는데 그대가 쓴 방법을 적용하면 어떻게 되겠소?"

공구의 대답에는 이제 확고한 신념이 담기기 시작했다.

"마음을 다하여 주공께서 제정하신 전장제도를 추진하고, 예법으로써 서민 백성들을 귀복(歸服)시키며, 힘을 다하여 민심에 부합되게 민의에 따라서 통치한다면, 이 노나라는 별도로 치고라도 곧바로 온 천하도 훌륭히 다스릴 수 있을 것입니다."

"그것 참말 좋은 말씀이구료! 너무나 훌륭한 말씀이야! 과인은 이제 그대에게 사공(司公)의 직분을 맡기고 싶은데 경의 뜻은 어떠하오?"

"사공이란 일국의 건설사업을 장악하는 요직으로 위로는 열성조(列聖祖)의 사당과 궁전, 도성 전체의 계획과 설계, 건축을 관장하며 아래로는 국내 도로와 교량의 수리 건설을 관장하니, 이 모두 나라와 백성들에게 이로운 사업인 줄 아옵니다. 불초 공구, 삼가 그 직분을 맡아 지키되 정성과 힘을 다하여 주군의 은혜에 보답하오리다."

"미더운 말씀이오! 내일 아침 조회 때에 과인이 문무관들에게 이 뜻을 밝히고 정식으로 임명하겠소."

공구는 재배 사은하고 물러나왔다.

집으로 돌아온 공구는 아내 기관씨, 아들 공리, 딸 무위, 그리고 곡부성에 남아 있던 문하생들과 반가운 해후를 즐기고, 헤어져 있던 동안 밀렸던 정담을 나누었다.

공구는 안회와 자공 두 제자를 받아들이고 나서부터, 이들의 특성이 다른 문하생들과 사뭇 유별나다는 것을 느꼈다. 안회는 성품이 침착할 뿐더러 외관으로 판별할 수 없는 총기를 내면에 갈무리하여 설사 동료 학우들이라도 남이 보는 앞에서 자신의 견해를 아무렇게나 함부로 드러내 본 적이 없었다. 자공은 임기응변에 능하고 남의 말을 받아넘기는 재주가 비상할 뿐더러 자신의 예기(銳氣)와 재능을 스스럼없이 드러내 보이는 성격이었다.

이 날도 공구가 문하생들에게 《시경》 국풍(國風) 가운데 위(魏) 지방의 민요 석서(碩鼠)편을 풀이해 주고 나자, 뭇제자들이 질문을 던졌으나 유독 안회만큼은 말 한마디 않고 무슨 생각을 하는지 그저 멍청한 얼굴로 앉아 있기만 했다. 이런 안회의 태도가 공구에게는 사뭇 기괴한 느낌을 안겨 주었다. 문하 제자로 들어온 이래, 안회는 언제 보아도 침식을 잊어버릴 만큼 학문에 몰두하고 배운 바를 또 익히기에 피곤한 줄도, 지칠 줄도 모르는 듯 싶었다.

그런데 강의를 듣고 났을 때의 안회는 사람이 전혀 달라진 것처럼, 공구에게 질문하는 법도 없으려니와 그 총기가 다 어디로 사라졌는지 꾸어다 놓은 보릿자루처럼 그저 멍청하게 앉아 있기만 하는 것이었다.

하지만 공구가 일단 시험 삼아 질문을 던지면 그는 또 사리에 딱 들어맞게 대답을 하니 정말 신통한 노릇이 아닐 수 없었다.

한번은 공구가 자공을 보고 이런 말을 했다.

"내가 온종일 안회에게 가르쳐도, 그는 그 어떤 의문도 제기해 온 적이 없었다. 어떻게 보면 바보 같은 사람이기도 하다. 그러나 그는 집에 돌아가 마음 써서 생각하여 배운 바를 깨우쳐 이해할 뿐만 아니라, 깨우친 바를 발휘하기도 한다. 이로 미루어 보건대, 안회는 결코 아둔한 바보가 아님을 알 수 있다."

자공이 물었다.

"사부님 보시기에 저는 어떤 사람입니까?"

스승은 잠깐 생각해 본 다음 이렇게 말했다.

"너는 그릇에 비하면 꼭 알맞겠다."

"아니, 그릇이라니요? 무슨 그릇 말씀입니까?"

제자의 어리둥절한 표정을 바라보며 공구는 빙그레 웃었다.

"사당 안에 곡식을 담아놓은 호련(瑚璉)이라고나 할까?"

호련이란 매우 귀중하게 여겨지는 제기(祭器)였다.

귀중한 그릇에 비유를 받은 장본인이 기뻐할 것은 더 말할 나위도 없으리라. 자공은 꾸벅 절을 올리더니, 신바람이 나서 돌아서서 나갔다.

자공이 막 방문턱을 넘어섰을 때였다.

"단목사야, 잠깐!······"

등 뒤에서 고함소리가 발걸음을 멈추게 만들었다.

"너는 이것을 알아야 한다. 군자란, 그릇처럼 오직 한 가지 용도에만 쓰여서는 안 되는 법이다."

자공은 정신이 번쩍 들어 돌아섰다.

"사부님, 그렇다면 어떻게 해야만 군자가 될 수 있습니까?"

"말을 많이 하되 의논은 적게 해야 한다. 네 마음 속으로 무엇이든지 말하고 싶은 일이 있으면, 먼저 그것을 실천에 옮기고 나서 입으로 말할 수 있어야만 군자라고 할 것이다."

그 말씀은 자공의 극단적으로 흐르는 성격, 충동에 쉽사리 흔들리는 나쁜 버릇, 입 빠르고 수다스러운 고질을 정통으로 찌른 것이었다.

자공은 얼굴이 붉어졌다.

"불초, 단목사, 명심하오리다."

논에 벼가 쑥쑥 자라듯 나날이 성장하는 제자들을 보면서, 공구는 무엇이라 형언할 길이 없는 기쁨과 위안을 느꼈다. 이리하여 그는 새로 맡은 사공의 직분에 심혈을 기울일 수 있었다. 실적은 눈에 띄게 두드러졌다. 얼마 후, 노정공은 공구를 대사구(大司寇)의 자리에 임명하였다.

당시 대사구의 지위란 국내 비적(匪賊) 토벌 작전을 관장하며 형사 재판과 감옥을 운영하는 막강한 권력을 지니고 있었다.

공구는 대사구로 취임한 지. 사흘째 되는 날부터 온갖 전적(典籍)과 판례문서, 참고자료를 모두 꺼내어 일일이 조사하고 대조하면서, 근거에 맞추어 국내 기강을 엄격히 바로잡기 위한 새로운 법규를 제정하거나 현실에 맞게 기존의 법을 뜯어 고치는 작업에 착수했다.

어느날 공구가 문서를 훑어보고 있었는데 웬 사람들이 고래고래 악을 쓰면서 대사구의 아문에 뛰어들었다. 문지기가 황급히 막으려 했으나 그들은 미치광이처럼 사납게 뿌리치고 단숨에 동헌까지 들이닥쳤다.

바깥이 시끄러워지자 공구도 무슨 일인가 싶어, 하던 일을 멈추고 내다보았다. 아문에 뛰어든 두 남자는 무슨 까닭으로 싸움이 벌어졌는지 머리를 온통 풀어 헤치고 땟국이 줄줄 흐르는 팔뚝으로 상대방의 멱살을 마주 부여 잡은 채 숨이 턱에 닿도록 드잡이질을 하는 것이었다. 뜻밖에도 한사람은 나이 사십 여세의 중년이요, 또 한 사람은 겨우 열대여섯쯤 들어보이는 떠꺼머리 총각이었다.

"웬 소란이냐!"

공구가 호통을 치자 두 사람은 약속이나 한 듯이 그 자리에 털썩 무릎을 꿇고 굽신굽신 절을 올렸다.

"대감님, 판결좀 내려 주십시오."

"뭣하는 자들인데 여기까지 들어와 소동을 부리는 게냐!"

중년 사내가 먼저 하소연을 늘어놓기 시작했다.

"대감님 이놈은 제 아들 녀석입니다요. 제 에미가 어려서부터 너무 응석받이로만 키웠기 때문에 버릇이 아주 고약해졌지요. 논밭에 나가서 이 애비 일을 돕지도 않고 집안 살림살이에도 손가락 하나 까딱하지 않습니다. 제 어미가 벌써 세상을 뜬 이후로 안팎으로 일이 많아 바쁜데 자식놈이 안살림을 맡아야 할 것 아닙니까? 그런데 이 놈은 빈둥빈둥 놀기만 하고 길거리에 나가 왈패 건달 녀석들과 실컷 어울리다가 저녁 때면 어슬렁거리며 돌아와 제가 해놓은 밥이나 뚝딱 먹어치우는 게 일입니다. 오늘 아침에도 제가 이놈더러 함께 밭에 가서 일 좀 하자고 달랬더니 이 놈이 오히려 이 애비한테 주먹을 휘둘러 대지 않겠습니까? 그래서 하도 원통하여 대감께서 처분 좀 내려 줍시사 해서 이놈을 끌고 왔습니다."

그러자, 총각 녀석도 질세라 냉큼 변명을 하고 나선다.

"아버지는 너무 말이 안 통해요! 무슨 일을 시킬 때 입만 벌렸다 하면 욕설부터 퍼붓고 걸핏하면 마구 두들겨 패니, 이거 어디 견딜 수가 있습니까? 대감님 여기 좀 보십쇼……!"

총각이 옷섶을 헤쳐 가슴팍을 드러내는데, 온통 핏멍이 든 상처투성이었다.

"보셨죠? 이게 모두 아버지한테 얻어맞아서 생긴 상처입니다!"

공구가 이맛살을 찌푸리면서 물었다.

"너희들 이름은 뭐며, 어디서 뭘 하고 사느냐?"

아비가 답을 했다.

"소인은 호각(胡覺)이라 하옵고, 이놈은 호건(胡乾)이라 합니다. 집은 이 곡부성 동북편 모퉁이에 있고, 대대로 농사꾼으로 살아 왔습니다요."

공구는 아들의 가슴팍을 가리키면서 다시 물었다.

"이게 모두 네 손으로 때려서 생긴 상처렷다?"

그러자 호각도 시퍼렇게 부은 눈퉁을 내보이면서 항변했다.

"대감, 이걸 좀 보십쇼! 자식놈이 제 아비한테 이렇게 손찌검을 할 수 있단 말입니까?"

공구는 아들을 돌아보고 엄하게 호통을 쳤다.

"호건, 이놈! 너는 어째서 빈둥빈둥 놀기만 하고 아버님 일을 돕지 않았느냐? 또 제 아비를 치는 놈이 세상 천지에 어디 있는가!"

공구의 호통에 풀이 죽었는지, 호건은 고개를 툭 떨구고 말았다.

공구는 다시 아비쪽을 돌아보고 꾸짖었다.

"호각, 너는 아비라고 해서 자식놈한테 마구 손찌검을 해도 된단 말이냐? 어째서 그토록 망나니 짓을 저지른 게냐?"

아비 역시 머리를 숙이고 아무 말이 없었다.

원내에는 한동안 정적이 감돌았다. 공구도 입을 다문채 곰곰이 생각에 잠겼다. 이 사건을 처리할 묘수가 좀처럼 떠오르지 않았다. 시간이 지날수록 이마에 주름살이 점점 깊어지고 꼭 다문 입술 언저리에도 심각하게 주름살이 잡혀갔다.

잠시 후 눈을 들어 문밖 하늘을 바라보니, 제비 한쌍이 작은 몸통을 날렵하게 움직이면서 벌레를 잡느라 한창 바쁜 모습이었다. 무심하게 날짐승을 뒤쫓던 눈길이 감방 처마 끝 제비 둥지에 가서 멎는 순간, 공구의 눈이 반짝 빛났다.

'옳거니, 좋은 수가 있다!'

그는 목청을 가다듬고 엄한 기색으로 새삼 부자를 꾸짖었다.

"아비가 아비답지 못하고 자식이 자식답지 못하다니, 세상에 이럴 수가 있느냐! 여봐라, 게 누구 없느냐?"

"예이! 소인들 대령이오!"

진작부터 문밖에 대기하고 있던 아전 네 사람이 이구 동성으로 응답하면서 득달같이 달려왔다.

"이 예법도 모르는 부자를 감방에다 쳐 넣어라!"

그야말로 마른 하늘에 날벼락이었다. 호씨네 부자는 두 눈을 휘둥그레 뜨고 입만 딱 벌린 채 멍청하게 서 있다가, 목소리를 합쳐 고함을 질러댔다.

"억울하오, 대감! 저는 억울하오!"

"아이구 대감 나으리! 제가 무슨 죄를 지었다고……."

공구는 못 들은 척 무시해 버리고 손을 내둘렀다. 아전 넷이 범처럼 달려들더니, 왁살스런 손길로 호씨 부자를 번쩍 일으켜 세우기가 무섭게 솔개 병아리 나꿔채듯, 뒷덜미와 허리춤을 한꺼번에 거머잡고 감옥으로 질질 끌어갔다.

공구는 옥리(獄吏)를 손짓해 불렀다. 그리고 남이 듣지 못하게 소근소근 몇 마디 당부를 건넸다.

"저 부자를 한 감방에 가두되, 처마 끝 제비 둥지가 내다보이는 감방을 골라서 넣도록 해라. 그리고 먹을 것이나 마실 것이나 부족함이 없게 잘 돌봐주어야 한다."

"알아 모시겠사옵니다!"

옥리는 시원스레 대답했다. 그러나 그 영문을 모르는 터라, 돌아서는 길에 고개가 절로 갸우뚱하니 기울었다.

공구는 얼굴에 만족한 기색을 띤 채, 다시 전적 문서를 들추는 일에 정신을 쏟기 시작했다.

한편, 얼떨결에 감옥 신세를 지게 된 호씨 부자는 한동안 펄펄 뛰어가며 고함을 질러댔으나, 시간이 지나자 울화통 대신 차츰 불안과 조바심이 생겨나면서 풀이 죽은 채, 저마다 감방 한구석을 차지하고 쭈그려 앉았다.

곰곰이 생각해 보니, 도대체 이게 무슨 날벼락인지 그저 기가 막힐 따름이다. 집안 일로 부자간에 좀 다투고 불목(不睦)하였기로소니, 그게 감옥에 처박힐 중죄라도 된단 말인가? 동네 사람들마다 입에 침이 마르도록 칭송하길래, 그 대사구 나으리가 공평하게 판결을 내려 줄 것으로 잔뜩 기대를 걸고 찾아왔는데 시비 곡직(曲直)을 가려주기는커녕 다짜고짜 호통 몇 마디 친 다음, 피고 원고 가릴 것없이 한꺼번에 감옥에다 처박을 줄이야 누가 알았겠는가. 호씨 부자는 멀찌감치 떨어져 앉은 채 한숨만 푹푹 내쉬었다.

점심 때가 되자, 옥졸이 밥상을 들고 와 감방 문 안으로 들이밀었다.

"자, 밥상은 하나뿐이니까, 사이좋게 앉아서 나눠 먹어라!"

아비와 아들 녀석이 거적을 끌어다놓고 상 앞에 마주 앉았다. 밥뚜껑을 열어보니, 하얀 쌀밥이 그득하니 담겨 있었고 구수한 고깃국 냄새가 코 끝에 확 풍겼다. 호씨 부자는 목젖을 껄떡거리면서도 금방 손이 나가지 않았다. 도대체 무슨 속셈으로 이렇게 푸짐한 대접을 해 주는지, 생각하면 할수록 요령 부득인 것이었다. 하기야 사형수는 형장에 끌려나가는 날 마지막으로 이처럼 푸짐한 밥상을 차려준다고 했는데, 설마하니 우리 부자가 죽을 죄라도 저질렀단 말인가……?

두 사람은 황소 눈만 멀뚱멀뚱 뜨고서 바깥 하늘을 쳐다보았다.

감방 처마 끝 제비 둥지에서 새끼들이 쨱쨱 지저귀는 소리가 들려왔다. 호씨 부자의 눈길도 저도 모르게 그쪽으로 쏠렸다. 고개를 들고 바라보니, 어미 제비가 앙증맞은 두 발톱으로 둥지 끝에 위태롭게 서서 이제 한창 배고픈 새끼들에게 먹이를 주고 있었다. 새끼는 모두 네댓 마리, 샛노랗고 여린 주둥이를 한껏 벌리고 목을 길게 뽑은 채로 저마다 먹이를 빼앗으려고 아귀다툼을 벌이는 중이었다. 먹이를 다 주고나자, 어미새는 훌쩍 날아 오르더니 어디론가 사라졌다. 그 대신, 나뭇가지에 앉아서 줄곧 기다리던 또 다른 한 마리가 둥지로 날아왔다. 아비새인 모양이었다. 제비 두 마리는 번갈아가며 먹이를 물어다 새끼들에게 먹이느라 정신이 없었다.

호각은 젓가락을 놓고 넋빠진 사람처럼 멍하니 처마 끝을 바라보고만 있다. 제비 새끼와 어미새들이 하는 양을 쳐다보고 있노라니, 갑자기 뇌리에 불쑥 떠오르는 것이 하나 있었다. 그것은 철부지 아들 녀석이 자라서 어른이 될 때까지 기르느라 무진 고생을 해온 자신과 아내의 모습이었다.

'아아, 그 때가 좋았어! 하루 일을 끝내고 집에 돌아와 요 귀여운 녀석이 재롱을 부리는 것을 보면, 아내와 나는 하루의 피곤이 싹 가시고 지친 몸도 개운하게 풀리지 않았던가? 그리고 또 아들 녀석도 이만큼 어엿하게 자랐고 말이야. 그래, 정말 좋은 세월이었지…….'

어느덧 호각의 가슴은 뿌듯해지고 눈시울이 화끈 달아올랐다.

아들 호건도 망연자실 제비 둥지를 바라보았다. 두 마리 제비가 쉴 새없이 먹이를 물어다 새끼들의 입에 넣어주는 정경을 보는 동안, 그는 저도 모르는 사이에 행복감에 젖어 빙그레하니 미소를 띠었다. 그 다음 순간에 느껴지는 것은 이날 이때껏 자신을 키워 주느라 고생한 어머니와 아버지의 은덕이었다. 그는 눈길을 툭 떨구었다. 내려진 눈길에 잡힌 것은 엄동설한 추위에 나무하느라 살갗이 트고 삼복 무더위 속에 농사짓느라 새카맣게 그을린 농사꾼의 손, 바로 썩은 나무토막처럼 거칠기만 한 아버지의 손등이며 갈라진 열 손톱이었다. 흘끗 아버지의 얼굴을 훔쳐보는 순간 아들은 가슴이 뭉클해지면서 마음 속 깊이 잠들고 있던 가책이 고개를 쳐들었다. 그것은 곧바로 채찍이 되어 자신을 무자비하게 후려치기 시작했다. 마음의 고통이 목구멍 위로 불끈 치밀어 오르더니, 이내 울음 섞인 비명으로 화하여 한꺼번에 쏟아져 나왔다.

"아버지, 제가 잘못했습니다! 저는 짐승만도 못한 놈입니다!"

뒤이어, 아들은 그 자리에 털썩 엎드렸다.

"아버지, 나한테 벌을 주세요! 마음껏 때리고 욕해도 좋아요!"

아버지도 아무 소리 않더니, 이내 격한 감정을 못 이기고 얼굴의 근육이 씰룩거리다가 훌쩍훌쩍 소리내어 흐느끼기 시작했다.

아들은 무릎 걸음으로 감옥 창살 앞까지 나가더니 바깥 세상을 향해 목청이 터져라 고함을 질러댔다.

"누구 없소! 여보세요, 날 좀 봐요!"

옥리가 기겁을 해서 달려갔다. 호건은 옥리의 두 다리를 부여안고 애걸복걸 빌기 시작했다.

"아버지는 아무런 죄가 없습니다! 모두가 내 잘못입니다. 나으리, 어서 아버지를 내보내 주십쇼. 이 감옥에는 나 혼자 갇혀 있어야만 됩니다!"

그제서야 옥리도 모든 의문이 풀렸다. 옥리는 죄수의 두 팔을 뿌리치고 휑하니 앞채 동헌으로 달려갔다.

"아뢰오! 아들 호건이 죄를 자백했습니다. 호각도 아들을 끌어 안고 있습니다. 저 소리를 들어보십쇼! 아버지와 아들이 땅을 치며 대성 통곡을 하고 있지 않습니까? 대감님, 어떻게 할깝쇼?"

"오냐, 내가 직접 가서 보기로 하자!"

공구는 감옥으로 들어갔다. 호씨 부자가 서로 부여안은 채 꺼이꺼이 청승맞게 울고 앉아 있었다.

"호건, 네 잘못을 알겠느냐?"

공구가 묻자, 호건은 서슴지 않고 응답했다.

"예, 압니다!"

"그 잘못이 어디 있는고?"

"배은 망덕하게도 어버이의 길러주신 은혜에 보답할 줄 몰랐습니다."

"오늘 이후로는 어찌 할 텐가?"

"지난 잘못을 뼈저리게 뉘우치고 새 사람이 되겠습니다."

공구는 다시 그 아비를 돌아보고 물었다.

"호각, 네 잘못을 알겠느냐?"

"소인이 잘못 가르친 죄이옵니다."

"옳게 깨달았구나. 자식을 기를 줄만 알고 가르치지 않았으면, 그것은 아비의 잘못이다. 좋다, 모두 일어나거라!"

호씨 부자가 엉거주춤 일어서자, 그 머리 위에 공구의 꾸지람이 떨어졌다.

"어른은 어린 것을 사랑하고, 어린 것은 어른을 공경해야만 예의에 합치되는 법이다. 너희들 부자처럼 이렇게 예의를 몰라서야 무슨 체통이 이루어지겠느냐!"

그는 한숨 돌리고 나서 말을 이었다.

"너희들이 마음을 돌려 먹었다니, 나도 너희를 석방하여 집에 돌려보내겠다. 하지만 그놈의 고질병이 다시 도져서는 안 되느니라! 알겠느냐?"

호씨 부자는 감격의 눈물을 흘리면서 거듭 사례를 표한 다음, 사이좋게 집으로 돌아갔다.

비록 사소한 가정 불화였으나, 이 사건은 노나라 전역에 강렬한 반향을 불러 일으켰다. 공구의 절묘한 심판에 백성들의 칭송이 자자했다. 뿐만 아니라 그 재치는 두고두고 항간의 얘깃거리가 되었다.

이튿날, 공구가 조회에 참석하기 위해 궁궐 문을 들어서다가 상국 계손사와 정면으로 마주쳤다. 계손사는 그를 보기가 무섭게 따지고 나섰다.

"사구 대감, 당신은 언젠가 나한테 이런 말을 한 적이 있지요? 나라를 잘 다스리려면 효도를 널리 제창해야 한다고 말이오."

"그런 말씀을 드리기는 했습니다만, 새삼스레……."

공구가 의아하게 대꾸하려 하자, 그는 중간에서 말을 딱 끊어놓고서 삿대질이라도 하려는 듯 사나운 기세로 몰아붙였다.

"그런데 호씨 부자가 서로 소송을 건 행위는 불효가 아니란 말입니까? 제 아비를 고소하다니, 그런 불효막심한 아들 놈은 극형에 처해도 죄가 남을 터인데, 어째서 죄를 다스리지 않고 오히려 석방해 주었단 말이오?"

공구는 차분한 음성으로 그 이유를 설명했다.

"상국 어른, 천하 제후들이 패권을 다투는 오늘날 세상 사람들도 모두 폭력만 숭상하고 예법을 가벼이 여기고 있습니다. 나라에서 효도를 제창하지 않고서 효도가 무엇인지 모르는 서민 백성들을 법에 걸어 죽이기만 한다면, 이런 도리가 어디 있겠습니까? 가르치지 않고 처벌만 한다면, 이는 바로 무고한 사람을 잘못 죽이는 경우나 다를 바 없습니다."

"그 말이 옳기는 하오만……."

"《서경》 말씀에 어떻게 덕성을 밝히고 형벌을 삼갈 것인가에 대해 다음과 같이 이르고 있습니다. '홀아비와 과부를 업신여기지 말고 부디 긍휼히 돌보아 줄 것이며, 다음으로 재능이 쓸 만한 자는 적재 적소에 등용하고, 존경받을 만한 덕성이 있는 자는 마땅히 그에 걸맞는 존경을 받게 하라. 이것이 덕성을 밝히는 일이다. 형벌이란 본디 그 위엄을 베푸는 것인즉, 모름지기 그 정상으로 보아서 위엄을 꼭 부릴 만한 경우에 한하여 부득이 위엄을 베풀되, 결코 넘치는 일이 없어야 할 것이다. 이것이 곧 형벌을 삼가는 일이다.' 이 말씀은 교화의 효과를 충분히 발휘하고 형벌을 신중히 쓰려면, 의지할 데 없는 불쌍한 사람을 업신여기지 말고 등용할 값어치가 있는 사람은 과감히 쓸 것이며, 존경받을 만한 사람은 존경하고, 형벌은 부득이 받지 않으면 안 될 죄인에 한하여 적용한다는 말입니다. 그래야만이 백성들도 도리가 무엇인지 알게 될 것입니다."

"흐흠, 좋은 말씀이오! 그럼 백성들이 죄를 저지르지 않게 하려면 어떻게 해야 하오?"

"《서경》에 또 이런 말씀이 있습니다. '형벌에는 때와 순서가 있으며, 집법자들의 사심(私心)이 없음을 널리 드러내어 백성들로 하여금 모두 감복하게 만들 수 있다면, 백성들도 삼가 경계하며 화목과 순종에 힘쓴다' 하였습니다. 이 도리에 맞추어 형벌을 써야만이 백성들도 마음으로 기꺼이 복종할 것이요, 또 부지런히 생업에 종사하되 법을 어기는 일이 없을 것입니다."

"어디, 한 말씀만 더해 주시구료! 가슴이 탁 트이게 말이오."

계손사는 흥미가 생기는지 연신 고개를 주억거렸다.

"'마땅히 형벌을 써야만 할 경우에 형벌을 쓰고, 마땅히 죽여야 할 경우에만 죽여야 하며, 이를 제 마음 내키는 대로 경솔히 행사해서는 안된다' 이 말은 《서경》 주서(周書) 강고(康誥) 편에 수록된 내용인데, 바로 주공 희단이 아우님 되시는 강숙봉(康叔封)에게 훈계하신 말씀이기도 합니다."

"'덕성을 밝히고 형벌을 삼간다' …… 참으로 훌륭한 말씀이외다!"

"예, 그렇습니다. '명덕 신벌(明德愼罰)'이 그 중심되는 의미입니다. 그러나 오늘의 세태는 정반대입니다. 백성들을 교화시킬 마음은 내던지고 형벌을 어지러이 남용하고 있으니, 이래서는 백성들이 잘못을 저질러도 그 잘못이 어디에 있는지 끝끝내 모르게 됩니다. 형벌이 무거워 질수록 도적만 더욱 늘어나는 현상이 나타나는 것입니다."

"한데, 그것이 호씨 부자와 무슨 관계가 있소이까?"

"저는 호씨네 아들이 교화도 받지 못한 채 극형을 당하여 억울하게 목숨을 내버리게 되는 것을 차마 볼 수가 없었습니다. 그래서 잠시 동안 감금해서 이들 부자가 스스로 뉘우쳐 마음을 돌리고 다시 화해하여, 자애스런 아버지, 효성스런 아들이 단란하게 살아갈 수 있게 만들도록 한 것입니다. 이것이 바로 '명덕 신벌' 이라는 주공의 옛 가르침을 따르는 길이 아니겠습니까?"

계손사는 희끗희끗해진 수염을 쓰다듬으면서 껄껄껄 웃었다.

"하하하! 사구 대감은 세상 만사 이치를 손금 들여다보듯 훤히 꿰뚫어 알고 계시는구료. 이 계손사는 대감의 그 재능만으로 우리 주군을 보필하여 이 나라를 훌륭히 다스릴 수 있으리라 믿겠소."

"아닙지요, 상국 대감과 제가 마땅히……."

조회를 마친 후 퇴궐하는 길에, 미리 나와서 기다리고 있던 상국 계손사는 공구를 따로 불러 은근히 물었다.

"사구 대감, 부탁이 하나 있소. 대감의 문하에는 인재가 매우 많다던데, 그 중 몇 사람 뽑아서 내 가신으로 주실 생각은 없으시오?"

공구는 이내 대답을 않고 계손사의 기색을 찬찬히 거듭 살펴 보며 어떻게 해야 할지 망설였다. 거절해야 옳을 것인가, 받아들여야 옳을 것인가 생각하던 중에 자신이 현재 이 벼슬길에 오르기까지 겪었던 숱한 역경이 머리 속에 스치고 지나갔다.

'그렇다, 기회가 주어졌을 때 잡아야 한다. 계손씨의 가신이면 어떠랴, 이 나라를 위해 몸바쳐 일하기는 마찬가지 아닌가?'

"문하에 제자가 비록 많기는 하오나, 정치 일에 종사할 만한 인물은 몇 안 됩니다. 지금으로서는 중유와 염구 두 사람이 쓸 만합니다."

"그 두 사람을 모두 내 가신으로 주면 어떻겠소?"

"중유는 성격이 거칠고 우직스러운 데다 입바른 말을 곧잘 합니다. 아무래도 시일이 좀 더 걸려야만 정치 일에 종사할 수 있겠습니다. 우선 염구 한 사람만 보내 드리기로 하지요."

"그럼 사구 대감께서 염구를 잘 설득시켜 빠른 시일 안에 보내 주시오. 내 집의 총관(摠管)으로 삼을 테니까."

"알겠습니다."

집에 돌아와서, 공구는 곧바로 염구를 불러들였다. 그리고 상국 문중에 가신으로 천거했다는 사실을 밝힌 다음, 본인의 뜻을 물었다.

염구는 공구의 문하에서 수학한 지 여러 해, 벌써부터 정치적인 재능이 돋보이고 그것을 어느 때나 한 번 시험해 볼 수 있을까 해서 줄곧 그 기회를 찾던 중이었다. 염구는 두말 없이 쾌락했다.

공구는 대사구의 중책을 맡은 이래 정무가 너무도 번거롭고 바쁜 나머지 단 하루도 변변히 쉴 틈이 없었다. 그런데 때마침 향사(鄕射) 대회가 열리게 되자, 그는 대회를 하루 앞두고 문하생들을 불러들여 의중을 떠보았다.

"내가 오래도록 활쏘기 연습을 못해 보았는데, 내일 모처럼 향사 대회가 열린다니 문득 가 보고 싶구나. 어떠냐, 너희들도 날 따라서 향사에 참가해 볼 생각은 없느냐?"

"아무렴요, 가고 말굽쇼!"

제자들은 물어보나 마나였다. 스승의 말이 떨어지기가 무섭게 강의도 팽개치고 뿔뿔이 흩어져서 집으로 달려가더니, 이튿날 꼭두새벽 제각기 무사 복장 차림에 전통(箭筒)을 메고 활을 갖춰들고 돌아왔다. 그 중에서도 자로는 무예 출신이라, 향사에 참가한다는 말을 듣고는 하루 종일 신바람이 나서 마냥 싱글벙글이었다.

공구는 아침 일찍이 제자들을 데리고 활터로 나갔다. 이른 아침인데도 확상포 들판에는 향사에 참가하려는 한량과 구경꾼들로 인산 인해를 이루어, 멀리서 바라보기만 해도 그 너른 벌판이 온통 새까만 개미 떼가 모인 것처럼 북적대고 있었다.

공구는 문하생들의 옹위를 받아가며 활터로 들어섰다. 과녁 셋이 일자로 나란히 늘어서 있는 것을 보니, 그야말로 두 눈이 번쩍 뜨였다. 과녁 한가운데는 홍심(紅心)이 그려져 있고 그 둘레에 먹물로 그린 검정 테두리가 겹겹이 넓은 원을 이루어 나갔다. 공구는 눈에 신경을 모으고 잠시 바라보더니, 이맛살을 찌푸리면서 뒤를 돌아다 보고 중얼거렸다.

"거리가 너무 가깝구나!"

제자들도 덩달아 뒤를 돌아보았다. 등 뒤에는 활과 화살을 잡은 청장년들이 우글우글대며 잔뜩 모여 서서 하나같이 주먹을 쓰다듬고 이제나 저제나 시합이 열리기만 잔뜩 기다리고 있는데, 워낙 숫자가 많다보니 서로 밀치고 밀리는 통에 대기선 범위를 훨씬 넘어 사선(射線) 안까지 들어와 있었던 것이다.

공구는 장내를 정리할 겸, 또 자로의 지휘 능력을 짐짓 시험해 볼 요량으로 즉석에서 꾀를 하나 내었다.

"중유야, 오늘 사격 훈련에서 네게 좌사마(左司馬) 직분을 맡길 테니, 어디 이 사람들을 통제해서 모든 청장년이 다 쏠 수 있도록 수완을 보여주지 않겠느냐?"

"절더러 지휘를 맡으라굽쇼?"

뜻밖의 직책을 맡게 된 자로는 어리둥절해서 되물었다.

"그래, 이 사람들을 재주껏 정리해서 차례대로 나서게 해 보려무나."

"알겠습니다, 그야 쉬운 일이지요!"

자로는 한 손에 활과 화살을 잡은 채 군중들 앞에 나서더니, 목청을 한껏 돋우어 크게 외쳤다.

"모두들 들으시오! 향사 대회는 누구나 모두 유쾌하게 즐기는 자리요. 그런 만큼 출전자들도 순서가 있고 자격이 있어야 하오. 무릇 싸움 터에 나가서 패전했던 장병과 멸망한 나라에서 온 대부들은 선두에 나와 쏠 자격이 없으니 일체 뒷열로 물러나시오!"

그 말이 떨어지자 일부 사람들이 고개를 떨구고 뒷열로 물러났다.

자로는 손가락으로 눈앞의 작은 공터를 가리키면서 또 한 번 외쳤다.

"국가에 공로가 있는 분, 부모에게 효도하고 형제들끼리 우애하는 분, 친애로써 벗을 사귀는 분, 스스로 품격이 고상하다고 자부하시는 분은 이리 나와 서시오!"

이어서 또 한 떼의 군중이 뒷걸음질 쳐 물러났다. 활터에는 삽시간에 빈 터가 엄청나게 늘어났다.

"됐다, 중유야. 이만하면 거리도 적당하게 늘어났다. 그럼 어디 사격을 지휘해 보려무나."

"예, 그럼 시작하겠습니다!"

자로가 제일 먼저 지명한 사수는 자공, 안회, 염옹 세 사람이었다. 세 사람은 일렬로 나란히 두 다리를 벌린 자세로 버티고 선 채, 활시위에 화살을 먹인 다음 힘껏 잡아 당기면서 과녁을 겨누었다.

석 대의 화살이 바람을 가르는 소리를 이끌고 힘차게 날아가더니, 살 촉이 눈이라도 달린 양 빗나감도 기울어짐도 없이 과녁 홍심에 정통으로 들어맞았다.

"두둥! 둥, 둥!"

과녁 쪽에서 북소리가 연속 세 차례 울렸다. 대기하고 있던 채점관이 명중을 알리는 신호였다. 뒤미처 관중들의 인파가 물결치면서 우레 같은 박수 갈채가 벌판을 뒤흔들었다.

두번째 사격 또한 홍심에 명중하고 마지막 화살 석 대도 어김없이 과녁을 쏘아 맞추었다. 환호성과 박수 갈채가 물끓듯 터져나와 한참 동안 메아리쳤다.

자로는 나머지 사형 사제들을 차례차례 지명하여 사선 앞에 끌어냈다. 이들의 성적은 3발 명중에서부터 2발, 단발, 구구각색으로 나타났다. 시합이 절반쯤 끝났을 때, 자로는 스승을 돌아보았다.

"사부님께서도 나오셔야죠."

공구는 미소 띤 채 도리질을 했다.

"아니다. 오늘 향사는 너희들의 솜씨를 보는 것만으로 족하다. 중유야 이번에는 네 차례다."

자로는 진작부터 손이 근질거리던 참이라, 훌쩍 뛰어나왔다. 그리고는 급박한 손길로 시위에 화살을 먹이더니, 원위치에 그대로 선 채 별로 겨냥도 않고 연속 세 발을 쏘아 날렸다. 화살은 모조리 홍심에 명중하여 1,2천 명을 헤아리는 관중들의 박수 갈채와 경탄 섞인 환호 소리에 귀가 먹먹할 지경이었다.

공구는 흐뭇한 미소를 지으면서 제자들을 하나씩 돌아보았다.

"오늘 향사 대회에서 내가 눈요기 한번 실컷 했구나! 너희들 가운데 실력이 깊고 두터운 사람이 얼마나 되는지 이제 알 만하다. 자아, 그럼 시간이 늦었으니 이만 돌아가기로 하자."

학당에 돌아와서도 제자들의 흥분은 좀처럼 가라앉지 않았다. 강의는 제쳐놓고 둘러앉아 흥미 진진하게 이야기 꽃을 피우느라 정신이 팔렸다. 토론 화제는 두말 할 나위도 없이 궁술 사격법이었다.

공구 역시 흥겨움을 이기지 못하고 제자들의 토론장에 끼어들어 이들의 솜씨를 하나하나씩 평가하고 칭찬을 아끼지 않았다. 마지막에 가서, 그는 자로를 돌아보고 이렇게 말했다.

"중유야, 오늘 사격 시합에서 네가 비범한 지휘 능력을 지니고 있다는 사실을 제대로 알게 되었다. 이제 말이다만, 상국 대감이 지금 가신으로 삼을 만한 인재를 찾고 있는데, 그 자리에 널 추천하면 어떻겠느냐?"

자로는 별로 탐탁치 않은 듯, 시큰둥한 반응을 보였다.

"저는 사부님의 수레 앞에서 견마잡이를 하는 것이 제일 좋습니다. 벼슬아치 노릇을 안 할랍니다."

"중유야, 이 스승이나 너희들이나, 모두가 학문을 익히고 예를 배우는 것은 나라에 헌신하기 위해서가 아니냐? 나는 차마 네가 그 재능을 파묻어 두고 평생토록 내 견마잡이 노릇을 하도록 내버려 둘 수는 없다. 교룡(蛟龍)이 물에 들어가야만 그 진면목을 나타내듯, 너도 큰 바다로 나아가서 마음껏 재능을 발휘해야 한다!"

"불초 중유, 사부님의 분부시라면 따르오리다. 하오나, 어느 때 부임하게 될런지요?"

"기다릴 것도 없다. 상국 대감은 사람을 쓰는 일이 몹시 절박해서 안달하고 있으니 말이다. 오늘 중에라도 상국 부중에 찾아가면, 무슨 말이 있을 것이다. 가서 시키는 대로 따르려무나."

"사부님, 이 중유가 처음으로 벼슬길에 오른다니 불안감이 앞섭니다. 번거롭고 귀찮으시겠지만, 아무래도 사부님께서 좀 더 많이 돌봐주시고 이끌어 주셔야겠습니다."

"염려 말고 가거라. 나도 너한테 엄격히 그것을 요구할 테니 말이다."

자로는 무던하게 웃어가며 다른 뜻을 끄집어냈다.

"제가 말씀드린 뜻은 그게 아니올시다. 이대로 저 혼자 상국 부중에 쳐들어갔다가는, 보나마다 세상 사람들이 절더러 벼슬 못해 안달이 난 녀석이라고 비웃을 것입니다. 그래서 누군가 천거를 해 주셨으면 ……."

공구도 자로의 속셈을 훤히 꿰뚫어 본 터라, 두말 없이 고개를 끄덕였다.

"가만 있거라, 내가 상국 부중으로 찾아가서 대감 앞에 맞대놓고 애기를 해 주마. 그럼 상국 대감도 너를 무겁게 써 줄 것이다."

"그렇게만 해 주신다면 더 바랄 것이 없습니다. 고맙습니다, 스승님!"

공구는 잠시 생각을 하더니 그 자리에서 벌떡 일어났다.

"아니지! 그럴 게 아니라, 지금 당장 나하고 상국 부중으로 가자꾸나! 쇠뿔도 단 김에 빼랬다고, 아예 나 보는 앞에서 상국 대감이 네 재능을 시험해 보도록 하는 것이 좋겠다."

자로 역시 같은 생각이라, 고개를 끄덕거려 보였다.

두 사람은 그 길로 계손사의 부중을 찾아갔다. 몇 마디 인사치레가 끝나자 곧바로 시험에 들어갔다. 계손사는 자로를 앉혀놓고 국가 정치에 대해서 꼬치꼬치 물었다. 자로의 응답 역시 청산유수, 한 번도 막히는 법없이 줄줄 나왔다. 계손사는 몹시 기꺼워한 나머지, 즉석에서 자로를 가신으로 받아들이고 상국 부중의 총책임을 맡는 총관(擔管)에 임명했다.

자로는 무슨 일이든 과단성 있고 시원시원하게 처리해서, 아주 짧은 시일 안에 계손사의 호감을 사게 되었다.

세월은 물같이 흘러, 어느덧 양춘 가절의 3월이 돌아왔다.

공구가 대사구 직분에 전심 전력을 기울이는 동안, 노나라의 사회 기풍에는 커다란 변화가 일어났다. 그는 더욱 자신감이 생겼다. 이제 난세를 평정하고 주례를 회복시키는 것도 이미 환상이 아니었다. 밤낮으로 동경해 오던 그 오색 찬란한 금자탑이 바로 눈앞에 다가온 듯, 어긋버긋하던 윤곽도 정교한 모습으로 보이고 층층마다 위계 질서 또한 분명하게 자리잡은 것이, 그 광채는 일월과 빛을 다투는가 하면 장엄하기로는 태산에 견줄 만큼 당당해 보였다.

어느 봄날, 공구는 봄기운이 철철 넘치는 길거리 정경을 보고 문득 야외로 봄놀이를 나가보고 싶은 충동이 일었다.

학당에 들어선 그는 제자들의 문안 인사를 받는 둥 마는 둥, 대뜸 소풍 가자는 얘기부터 끄집어 냈다.

"이것 봐라, 하늘이 아주 맑아 좋구나! 이 따뜻한 날, 꽃이 활짝 핀 봄날에 하루 온종일 방 안에만 처박혀 있을 수야 없지 않은가? 우리 사수(泗水) 강변으로 봄 나들이를 나가보는 것이 어떻겠느냐?"

놀러 나가자는 데야 마다할 학생이 어디 있겠는가. 제자들은 부랴부랴 죽간 묶음을 치워놓고 스승을 따라 나섰다.

사수는 바로 곡부성 북문 밖, 그리 멀지 않은 곳에 흐르고 있었다. 성문을 나서니, 강변에 늘어진 수양버들 숲이 마치 푸른 모시 장막을 펼친 듯 사람들의 시야를 가리고 있었다. 강둑에 올라서서 도도히 흐르는 강물을 바라보며, 재잘재잘 지저귀는 새들의 노래 소리를 들었다. 눈부시게 빛나는 햇볕에 목욕하고 산뜻한 공기를 한껏 들여마시니, 스승이나 제자나 모두들 마음이 후련해졌다. 강기슭을 따라 흐드러지게 핀 야생화의 맑고 산뜻한 향기가 뭇사람들을 취하게 만드는가 하면, 짓푸른 하늘가의 구름이 온갖 형상을 빚어내면서 사람들의 눈길을 잡아끌고 놓아주지 않았다.

공구는 강둑 위에 서서 한참 동안 눈 아래 흐르는 강물을 굽어보았다.

자공이 스승의 그런 모습을 지켜보다가 이해할 수 없다는 듯, 조심스레 물어왔다.

"사부님, 제가 보기에 사부님은 강에 나오실 때마다 걸음을 멈추고 한참 동안이나 바라보시는데, 어째서 그러시는지요?"

공구는 잠시 생각을 가다듬더니 한 마디 한 마디씩 느리게 끊어가면서 말머리를 꺼냈다.

"물이 불어났을 때는 강 한가운데 모래톱을 천천히 삼켜 가라앉히

않느냐? 그것은 아주 자연스런 현상이라서 별로 그럴 힘도 없어 보이지만, 실상 그 역량(力量)은 어느 무엇으로도 막거나 억제하지 못한다. 마치 수양을 하고 덕성을 갖춘 사람의 미덕처럼 말이다. 내 말뜻을 알아듣겠느냐?"

"예, 어렴풋이나마 이해할 듯싶습니다."

"물의 흐름이란, 처음부터 끝까지 조리 정연한 법칙을 지니고 있다. 상류에서 하류로 흐를 때의 질서 정연함이란 우리 인간이 차례에 따라서 의(義)와 이치에 점진적으로 접근하는 방법과 비슷하다고 할 것이다. 강물은 세찬 기세로 물결치면서 흘러갈 뿐 결코 메마르는 법이 없다. 마치 온갖 물체의 본원(本原)처럼 말이다."

"강물에서 그것을 보고 계십니까?"

"아무렴! 또 강물은 높은 데서 낮은 데로 흐르면서 온갖 소리를 낸다. 마치 무궁무진하게 음계를 바꾸어가며 연주하는 음악 소리처럼 말이다. 이 강물은 저 험한 숭산(嵩山)의 준령에서 발원하여 천길 낭떠러지, 만길 까마득한 골짜기를 숱하게 거쳐 흐르면서도 시종 두려운 기색을 보이는 법이 없다. 그것은 우리 인간들의 용감한 정신을 방불케 한다. 하지만 일단 호수나 연못, 또는 자그만 그릇에 담길 때는 시종 평정을 유지한다. 마치 인간들이 모두 법으로 정한 기준을 엄격히 지켜야 하듯 말이다."

"강물도 사람에게 좋은 가르침을 주는 군요."

"또, 물이란 그릇에 가득 채울 수는 있지만, 그 용량에서 넘치는 법이 없다. 우리 인간의 행동과 사고 방식이 기울지도 치우침도 없이 올바른 자리에 처해야 하는 것도 꼭 이와 같지 않느냐? 물이란 아득히 먼데서 흘러와 다시 먼 곳으로 흘러가되, 그 자태는 처음부터 끝까지 우아함과 아리따움, 그리고 맑고 깨끗함을 잃지 않는다. 마치 티없이 맑고 깨끗한 사람처럼 말이다. 물이란 종국에 어디까지 흘러 가더라도 시종 그 정결함을 유지한다. 마치 아름다운 정서, 훌륭한 지조에 감화를 받은 사람들의 영혼처럼 말이다."

자공은 아무 대꾸도 없었다. 그저 눈을 내리감은 채 강물이 주는 말 없는 깨우침에 귀를 기울이고 있을 따름이었다.

"강물은 이따금씩 흘러 온 방향으로 되돌려질 때도 있다. 그러나 그 길이 제 아무리 어렵고 간난 곡절(艱難曲折)이 심하다 할지라도, 마침내 제 갈 길을 되찾아 동해로 흘러 들어가게 마련이다. 어떠냐, 우리 인간 중에도 이 강물의 흐름처럼 백절 불굴의 정신을 지니고 굳센 의지로 자신의 목표를 향해 나가는 사람이 있지 않느냐?"

"……."

"그렇기 때문에, 덕성 있고 수양을 갖춘 사람이라면, 큰 강물을 보았을 때 반드시 한 번 더 보게 된다는 말이다."

이윽고 자공의 입에서 감탄어린 탄성이 흘러나왔다.

"강물에 그토록 많은 교훈이 있을 줄은 상상도 못했었습니다. 자연의 가르침이란 정말 헤아릴 수 없이 신비스럽군요!"

어느새 다른 제자들도 스승 곁에 몰려 서서 하염없이 강물의 흐름에 눈길을 던진 채 강물의 교훈을 되새김질하고 있었다. 고개를 끄덕이는 사람, 친한 동료들과 쑤군쑤군 의견을 나누는 패거리, 제자들의 반응은 여기 저기서 나타나고 있었다.

다만 두 사람 민손과 안회는 강물을 바라보기만 할 뿐 한 마디도 하지 않았다. 저마다 깊은 생각에 빠져든 모양이었다.

공구 역시 골똘하게 상념에 젖어 들었다. 문득 뇌리에 떠오른 것은 태산 계곡에서 자욱한 물보라를 흩뿌리며 쏟아져 내리던 폭포의 장관이었다. 이어서 자기가 세운 서원(誓願)이 번득 떠올라 가슴을 철렁하게 만들었다. 그러나 공구는 이내 자신을 위로했다.

'주례를 회복하기까지 까마득히 먼 여정이 남았다 하더라도, 지금

나는 겨우 첫걸음을 힘차게 내딛지 않았는가. 이제 앞으로 계속 걸어 나가기만 한다면, 종국에 가서는 내가 지향하는 목표에 도달할 수 있으리라……!'

생각이 이에 미치자, 그는 마음이 조급해졌다.

'그렇구나, 세월은 지금 이 눈앞에 강물처럼 끊이지 않고 흐른다. 시간을 허비해서 되겠는가?'

그는 제자들을 소리쳐 불러 모았다.

"됐다. 이만하면 봄 나들이를 실컷 즐겼겠지? 이만 돌아가자!"

돌아오는 길에, 제자들은 웃고 떠들고 미진한 여흥을 삭이느라 법석을 떨었다. 공구도 강물의 흐름에서 얻은 흥취가 남았는지, 수레 위에 앉아서 이따금씩 빙그레 미소를 지어가며 고개를 주억거렸다.

얼마쯤 가려니, 공구가 느닷없이 길 곁 언덕 하나를 손가락질해 가리켰다.

"아아, 참 좋은 지세로구나!"

제자들의 눈길도 공구가 가리키는 손끝을 따라서 언덕 비탈 쪽으로 쏠렸다.

"내가 죽은 후 저곳에 묻힐 수만 있다면, 더 바랄 것이 없겠다."

그 한 마디에, 제자들은 입만 딱 벌린 채 벙어리가 되고 말았다. 감히 상상도 못할 일, 생각조차 하기 싫은 일이 공구의 입에서 거침없이 나온 것이었다.

〈제1권 끝〉

소설 공자 　제1권(전3권)

초판 인쇄　2001년 1월 20일
초판 발행　2001년 1월 25일
2판　발행　2008년 9월 20일
3판　발행　2015년 4월 5일
4판　발행　2019년 7월 10일

지은이 / 취 춘 리
옮긴이 / 임 홍 빈
펴낸이 / 김 용 성
펴낸곳 / 지성문화사
등　록 / 제5-14호(1976.10.21.)
주　소 / 서울시 동대문구 신설동 117-8 예일빌딩
전　화 / 02) 2236-0654
팩　스 / 02) 2236-0655, 0952